古典文獻研究輯刊

三十編

第 **19** 冊

明代佛教文學研究
（第三冊）

趙 偉 著

國家圖書館出版品預行編目資料

明代佛教文學研究（第三冊）／趙偉 著 -- 初版 -- 新北市：
花木蘭文化事業有限公司，2024〔民113〕
目 2+236 面；19×26 公分
（古典文學研究輯刊 三十編；第 19 冊）
ISBN 978-626-344-918-3（精裝）
1.CST：佛教文學 2.CST：明代
820.8   113009670

ISBN-978-626-344-918-3

古典文學研究輯刊
三十編　第十九冊　　　　　　　ISBN：978-626-344-918-3

明代佛教文學研究
（第三冊）

作　　　者　趙偉
總 編 輯　杜潔祥
副總編輯　楊嘉樂
編輯主任　許郁翎
編　　　輯　潘玟靜、蔡正宣　美術編輯　陳逸婷
出　　　版　花木蘭文化事業有限公司
發 行 人　高小娟
聯絡地址　235 新北市中和區中安街七二號十三樓
　　　　　　電話：02-2923-1455 ／傳真：02-2923-1452
網　　　址　http://www.huamulan.tw 信箱 service@huamulans.com
印　　　刷　普羅文化出版廣告事業
初　　　版　2024 年 9 月
定　　　價　三十編 20 冊（精裝）新台幣 50,000 元

明代佛教文學研究

（第三冊）

趙偉 著

目次

第十三章　與物無忤：妙聲的文學觀念與詩文寫作

　　明初同時有詩名的僧徒還有妙聲，《姑蘇志》提到良琦與妙聲云：「良琦字符璞，天平寺僧，妙聲字九皋，景德寺僧，皆有詩名。聲有《東皋錄》。」〔註1〕可見妙聲的作品很被認可。妙聲對同時期的宗泐相當欽崇，在《送臻上人西遊序》中稱讚道「善世禪師季潭公以道德文學為吾教宗盟」〔註2〕，欽佩之情溢於言表；二人在經歷與文學創作上確有不少相同之處。

　　作為佛教徒，妙聲的宗教觀念中卻有著濃厚的傳統自然崇拜與鬼神崇拜的色彩，《浮玉軒記》云「名山大川能出雲雨以澤生民者，必有神靈司之，自古有天下者莫不尊祀」〔註3〕，此即傳統的萬物有神觀念，如《禮記・祭法》云「山林川谷丘陵，能出雲，為風雨，見怪物，皆曰神，有天下者祭百神」〔註4〕，《尚書・堯典》云「肆類於上帝，禋於六宗，望於山川，遍於群神」，宋人史浩注云：「此舜作事天之法也。肆，遂也。類，祭也。上帝，天也；天，夫道也；地，妻道也，舉天則地必從矣。禋，亦祭也。六宗者，祭法所謂時也，寒暑也，日也，月也，星也，水旱也，四坎壇之祭四方。山林川谷之見怪物者，皆得為之神，以其幽遠望而祭之，故曰『望於山川，遍於群神』也。後世帝王，其有為社稷主，即位之初而不能告天地神明者，是不法舜也。」〔註5〕妙聲的

〔註1〕《姑蘇志》卷五十八，《四庫全書》本。
〔註2〕《東皋錄》卷中，《四庫全書》本。
〔註3〕《東皋錄》卷中。
〔註4〕漢鄭玄注、唐陸德明音義、孔穎達疏：《禮記注疏》卷四十六，《四庫全書》本。
〔註5〕史浩：《尚書講義》卷二，《四庫全書》本。

佛教觀念就帶有這樣中國傳統宗教的色彩。本章以《東皋錄》為據，析論妙聲的佛教觀念、文學寫作與文學觀念。

一

妙聲與宗泐都十分重視文學寫作，二人有相同之密友日章法師，日章法師奉詔還山，有王生作《泉石閒齋圖》，宗泐在圖上題詩以為贈，詩云：「奉詔還故山，江船復東下。獨防如飛鴻，秋日照平野。王侯贈新圖，山水儼幽雅。石崖天際高，茅屋長松下。清香散佛龕，妙觀了空假。白雲席上生，碧溜階前防。神清境自閒，所適無取捨。佳趣政在茲，健筆老能寫。乃知遺世情，獨有還山者。安得添我身，閒齋共瀟灑。」〔註6〕《式古堂書畫匯考》在宗泐本首詩下收錄妙聲詩一首，云：「三年京國住，奉詔得還山。猿鶴驚猶識，雲松故自閒。銅瓶瓜蛻綠，筍坐豹遺斑。莫熱龍香鉢，留將在世間。」〔註7〕本詩不見於《東皋錄》，可能是一首佚詩。這兩首詩寫得都是日章辭京回鄉事，可見三人之間的關係應該比較密切。妙聲有《故慧辯普聞法師塔銘》述其生平，《贈斯道成序》言其學「東海淨信之堂有日章法師，宏臺衡之學，彼上人者善觀水者也，善言聖人者也」〔註8〕，故於《日章法師上竺江湖疏》中稱日章法師「負天下之才名，可當重寄，友一國之善士，尚論古人傳佛心印」〔註9〕。又作《寄上竺日章和尚》詩，云：「年踰七十歎衰翁，足不良行耳又聾。無復白間聽夜雨，每因黃落識秋風。有時百步三回坐，何日孤燈一笑同。想見朝回多論述，天花飛落研池中。」〔註10〕這些文字表達了對日章尊敬，二人的感情亦流露於詩句文字之間。

妙聲的著述皆收錄於《東皋錄》。文獻中對《東皋錄》有不同的記載，《欽定續通志》卷一百六十二載「《東皋錄》三卷，釋妙聲撰」，《欽定續文獻通考》卷一百九十四載「釋妙聲《東皋錄》三卷」，並記其小傳云：「妙聲字九皋，吳縣人，洪武時與釋萬金同被召，蒞天下釋教。」《明史》卷九十九載「妙聲《東皋錄》七卷」，《千頃堂書目》卷二十八載「妙聲《東皋錄》七卷」，記其小傳云：「字九皋，吳縣人，居常熟慧目寺，洪武三年召統天下僧教。」《邵亭知見

〔註6〕　《全室外集》卷三，《四庫全書》本。
〔註7〕　《式古堂書畫匯考》卷五十一，《四庫全書》本。
〔註8〕　《東皋錄》卷中。
〔註9〕　《東皋錄》卷下。
〔註10〕　《東皋錄》卷上。

傳本書目》卷十五載：「《東皋錄》三卷，明釋妙聲撰，《四庫》依汲古閣抄本，
洪武十七年其徒德瓛刊本」。三卷本與七卷本的不同，以及《邵亭知見傳本書
目》所云《四庫全書》所載本，四庫館臣在該書的提要中說：「《東皋錄》三卷，
明釋妙聲撰。妙聲，字九皋，吳縣人，元末居景德寺，後居常熟慧日寺，又主
平江北禪寺。洪武三年，與釋萬金同被召，蒞天下釋教。所作詩文，繕寫藏之
山房，洪武十七年，其徒德瓛始刊行之。《明史·藝文志》《明僧宏秀集》皆作
七卷，此本有汲古閣印，蓋毛晉家鈔本，前有晉題識，亦稱德瓛所刻。凡詩三
卷、雜文四卷，而其書雜文及詩僅共為三卷，蓋傳錄時所合併也。」四庫館臣
說的毛晉題識，載於《東皋錄》卷首，識云：「師名妙聲，字九皋，吳郡人也。
《姑蘇志》云景德寺僧，有詩（闕）。生平多著述，名《東皋錄》，命弟子繕寫，
藏之山房。總其事者，白蓮住山完敬修、虎丘藏主慧無盡、善士陳君錫也。洪
武十七年甲子春，法孫德瓛跋而授梓，凡詩三卷，序、記、贊、銘、傳、跋、
雜文四卷。」〔註11〕這些記載，基本上可以知道《東皋錄》的來龍去脈。

　　由開篇提到《式古堂書畫匯考》收錄的佚詩知道，妙聲的著述並沒有全部
被收入到《東皋錄》中，有一定程度的散佚。《式古堂書畫匯考》收錄另一首
無題詩，亦不收入《東皋錄》，詩云：「人生有定分，安分固其宜。安之亦有術，
在慎所當為。彼美景春氏，端居方在茲。朝餐美藜藿，夕坐誦詩書。內顧良已
足，知命復奚疑。樂哉東郭外，保此黃髮期。氣與嵩穎合，心將珪組辭。寄云
未達者，庶用此道推。」〔註12〕《趙氏鐵網珊瑚》亦收錄本詩，署名妙聲，其
中「夕坐誦詩書」一句寫作「夕坐誦書詩」〔註13〕，稍有不同。從詩意來看，
本詩符合妙聲的思想特徵，具有「樂道」之意，下文中會有詳細敘述。

　　《珊瑚網》卷三十與《式古堂書畫匯考》卷四十八都收錄有妙聲《任月山
仿韓幹畫馬卷》詩云：「憶昔唐家全盛日，四十萬匹屯平川。龍媒散落在何處，
苜蓿秋風生暮煙。」這首收錄詩將妙聲《題畫馬》之四的兩句與《雜題畫》之
九中的後兩句混收在一起了。《題畫馬》之四：「前朝王孫善畫馬，筆跡不在曹
韓下。君看榻上玉花驄，風骨權奇絕蕭灑。卻憶至元全盛時，四十萬匹皆吾師。
崇天門下宣入貢，大僕牽來親見之。李君愛馬人莫比，意氣相期論萬里。千金
買得真驊騮，蚤晚騎之見天子。」《雜題畫》之九云「何人畫此好頭赤，絕勝

〔註11〕《東皋錄》卷首。
〔註12〕《式古堂書畫匯考》卷五十四。
〔註13〕《趙氏鐵網珊瑚》卷十六。

天廐玉連錢。龍媒散落在何處，苜蓿秋風生暮煙。」《珊瑚網》收錄的「卻憶至元全盛時，四十萬匹皆吾師」兩句，與妙聲的原作改變比較大。《式古堂書畫匯考》收錄有《仇山村七言詩卷》，這是妙聲的一篇佚文，文云：「予始就學時，即知仇白名。蓋二先生乃宋之遺老，同居錢唐，名望相等，一時制作多出其手，學者宗之爾。時天竺南北兩山法席甚盛，諸尊宿咸在，無不與二人者遊。仇遠，字仁近，自號山邨民，學者稱為山邨先生，蓋抱道博通之士也。今觀其詩沖遠幽茂，而靜退閒適之趣溢於言外，信可敬也。此詩乃為前住天平山士瞻和尚所書者，今六十餘年矣，今天平住山復菴禪師，士瞻翁之法子也，一旦得之，如獲舊物，且喜且歎。既為卷，俾識於左。夫物之廢興成敗，似有數存乎其間。自兵興以來，故家所藏法書珍玩殘剝毀棄，鮮有脫者，而是書獨完於水火瓦礫之餘，而又復歸於其後之人，殊非偶然也。俯仰今昔，為之一嘅。洪武戊辰八月，東皋釋妙聲謹識。」〔註14〕可見文亦有散佚之篇。

　　《古今禪藻集》收錄有妙聲佚詩《雪篷圖為蔡子堅賦》二首，之一云：「木蘭為舟寬可宅，團團中虛室生白。朔風吹雪著孤篷，表裏皭然同一色。中流蕩槳　素波，吳兒自能小海歌。酒酣恍如天上坐，洪濤咫尺通銀河，雪篷雪篷奈爾何。」下有注云：「南宗演上人歸定水寺，賦詩為別，就簡見心。」之二云：「豫章老禪天下士，今既無雙古無比。十年不見怨飛鴻，幾度相思隔江水。前年有書到空谷，放在床頭百回讀。至今散帙眼忽明，時復看雲淚相續。上人新自浙東來，曾侍生公說法臺。窐水本生天馬種，鄧林還有豫章材。春雨相逢又相別，明日扁舟異吳越。君到山中問我時，為言舌在頭如雪。」〔註15〕本詩為蔡子堅賦，蔡子堅似乎為元末明初的名士，交遊頗廣，《式古堂書畫匯考》云：「張天永，字長年，其先秦州人，父官建康教授。天永奉母避兵於蘇之嘉定，績學砥行，文譽日隆。薦授浙江行省都事。其詩書於練江雪篷云者，蔡子堅家於吳淞之上，日以耕釣為樂，文人才士咸與之友。嘗作漁舟江上篷窗舲屋，以粉堊為飾，名曰雪篷。子堅把釣垂綸，得魚沽酒，命客賦詠其中。」〔註16〕當時有不少文人賦蔡子堅的雪篷，如謝應芳《雪篷為蔡子堅作》詩云：「鴟夷船載西施去，遺臭五湖煙水路。喜爾吳淞雪篷江，水曾無尤物污篷。窗洞開天雨，花棟樓屹立。水為杜鵝鴨，不驚柔櫓鳴。鷗鳧渾在平沙聚，非熊無夢釣無

〔註14〕《式古堂書畫匯考》卷十七。
〔註15〕《古今禪藻集》卷二十。
〔註16〕《式古堂書畫匯考》卷五十三。

餌。如琴無弦得琴趣，虎頭能為畫漁蓑。驢背無勞見詩句，潮州阻雪八千里。諫書直抗曾何補，殘氈囓雪十九年。使節堅持亦良苦，雪篷之樂樂於天。雖欲同人人弗取，獨有山陰王子猷。清興頗堪同日語〔闕〕。」〔註17〕蕭規《雪篷圖詩為蔡子堅作》詩云：「吳榜何年過東淛，帶得山陰一篷雪。春風浩浩吹不消，夜月娟娟照偏潔。雪篷主人且好奇，載客日遊隨所之。呼酒恒持金鑿落，對花每品玉參差。咿啞柔櫓渡湖曲，驚起鴛鴦不成宿。汎汎斜當瓊樹移，搖搖直傍銀槎矗。棹歌齊發聲抑揚，高情獨愛水雲鄉。從遊酬酢誰最密，儒雅人稱馬季常（謂馬公振也）。」〔註18〕由《雪篷圖為蔡子堅賦》來看，妙聲可能亦曾賦詠蔡子堅雪篷之中。

　　四庫館臣在提要中雲妙聲詩文多元至正時所作，其實入明後的作品並不少，如《贈譚訥夫》詩云：「江南專制屬元臣，共喜群賢拜命新。多難政須弘濟士，字民當用讀書人。東風庭院鶯花曉，白日衣裳錦繡春。臺閣欲求三語掾，非君誰可繼清塵。」〔註19〕妙聲對元臣歸順明朝持支持態度，其本人在入明後應該不會中斷寫作，「臺閣欲求三語掾」之語表明妙聲應該不斷向朝廷建言，實際上他確實作了不少這樣的作品。入明之後寫作了很多的詩文作品，入明後所作文大多明確標明洪武年號，如《故慧辯普聞法師塔銘》提到：「國朝洪武二年，善世院移文升住上天竺，以高僧選留京師瓦官寺，有旨就天界禪寺升座，為眾說法」〔註20〕。《妙智寺碑》提到「國朝洪武二年，住山雲溪雨構庫庾及爨室，繼雨而主者南軒凱，力圖恢復，中山正乃首建觀音大士殿，殿有堂，高明宏敞，像大士於中。」〔註21〕等等。諸如此類之文中標明「洪武」，是妙聲在不斷言明自己對明朝廷的支持。

二

　　妙聲為江南吳郡人，上引《欽定續文獻通考》《千頃堂書目》中已略引其小傳。由於缺乏傳記資料，對妙聲的生平瞭解頗不詳細，《禪門遺書》本《東皋錄》中，收有編者明復的《〈東皋錄〉解題》，其中云：「曾入古庭室，古庭於元際以博通聞，能嫻練賢首、天台兩家教言。師從之學，飽飫法味，遂成大

〔註17〕《龜巢稿》卷十六，《四庫全書》本。
〔註18〕《御定佩文齋詠物詩選》卷一百二十七。
〔註19〕《東皋錄》卷上。
〔註20〕《東皋錄》卷下。
〔註21〕《東皋錄》卷下。

家。歷主邑之景德，熟之慧日，平江北禪，晚退居石湖。」這也只是從妙聲所作詩文中總結出來的，不能更詳細地瞭解妙聲生平與家庭狀況。妙聲的承嗣，似乎有不同的說法，楊維楨在《送用上人西遊序》中提到其為用上人法嗣說：「金仙氏之教，上為坐，次為遊，下為誦習也。滅去動息，歸於頑空，坐而得之。聞觸知覺，會於真原，遊而得之。誦習者，一出一入之學耳。然其遊也，不趨乎靈山勝水之聚，求即夫大浮屠之神者，耳目其聲光，則亦僕僕與販丁役卒等爾。四明用上人，蓋有志乎浮屠氏之遊，天台廬阜羅浮南嶽蓋嘗遍歷焉，將自虎丘達金陵，馴致乎五臺之山，其徒自妙聲而下凡十餘人，贈之言而去。」〔註22〕《續佛祖統紀》中載「法師法照」中提到妙聲云「大弟子妙聲、繼席及時舉等四十餘人，手度一百餘人」〔註23〕，這兩處提到的妙聲難以確定是否本文之妙聲，從語氣來看，楊維楨所言的妙聲似乎與本文之妙聲極為接近，如此則妙聲的師承不止一位法師。

　　傳記資料的缺乏，使得現在也難以瞭解妙聲如何接觸佛教，以何種因緣出家，據其著述推測，其家鄉濃厚的佛教色彩以及對家鄉歷史盛衰反覆帶給人無常之感悟，可能是其出家的重要原因。《東皋雜興》描寫其家鄉景況，之一寫到居住的環境云：「三高祠西湖水東，浦口水與長橋通。人言此中可避世，來結茅齋如已公。」之二云：「茅齋政在溪水西，水邊楊柳拂人低。溪童蕩漾唱歌過，驚起月中烏夜啼。」居住之處應該風景秀麗、安靜且往來者不多，故言「此中可避世」。之三描寫鄉民生活之狀云：「江雨霏霏梅子黃，田家盡室治田忙。青裙攜餉誰家婦，赤腳踏車傍舍郎。」淳樸的鄉村生活，確實是一處可以避世之處。吳又是歷史悠久、興衰更迭頻繁之地，因此妙聲筆下的吳地，充滿著歷史的變遷與無常，之五云：「夫椒風卷太湖波，句踐兵來踏浪過。野老不知亡國恨，至今猶唱越人歌。」之六云：「吳王避暑在山陰，水殿風生白苧吟。埜草荒煙那復識，空留遺恨到如今。」之七云：「館娃宮殿鎖煙霏，曲徑香消草露晞。疑是春魂猶未滅，寺門花落雉朝飛。」之八云：「范蠡功成愛五湖，空煙猶想曉篷孤。從知烏喙難同樂，不待君王賜屬鏤。」〔註24〕吳地之興衰與歷史往事，或許從開始就對妙聲留下了很深的烙印，對佛教生出天然的親近感。

〔註22〕　《東維子集》卷十。
〔註23〕　《續佛祖統紀》卷之一，《續藏經》第 75 冊，第 739 頁。
〔註24〕　《東皋錄》卷上。

　　出家後的妙聲，應該是潛心研讀佛教的典籍與歷史，對佛教的功用有著深刻的體悟。妙聲在詩歌中描述到佛教的歷史與史蹟，如《送心覺原之天台》詩云：「煌煌西方教，神化敷四海。自從永平來，東漸已千載。玄風被遐邈，佛日垂光彩。法運雖中微，亢龍終靡悔。豈惟其數然，無乃彼相罪。諸公極扶持，戮力淨氛靄。百足信不僵，浡興如有待。維君富才藝，嗜道甚饑餒。感激赴前途，力行知非殆。丹邱鬱峨峨，白石何磊磊。山川亦良是，塔廟今猶在。世道若翻覆，主維藉玄宰。欲樹大法幢，當著忍辱鎧。吾教得璉嵩，禪林有元凱。君名日已起，我發行當改。安得赴遠遊，相從拾蘭茝。」〔註25〕詩中敘述了佛教傳入中國之後的大概脈絡，從中看到佛教在傳播過程中的艱辛，以及信仰者從中所付出的巨大努力。弘法者之所以能克服重重阻礙，「忍辱」樹立起「大法幢」，將佛法弘揚下去，支撐的就是對佛教的虔誠信仰。佛教傳入中國之後，就與國運聯繫在一起，《瀚北海靈巖諸山疏》中云「佛法入中國，與國運同其盛衰，叢林有主人，視人才以為輕重」〔註26〕，這就將佛教的命運與國運相聯結起來（「同其盛衰」），佛教是國家的一部分，而非在世法之外。

　　佛教的盛衰以「人才為輕重」，即佛教與國運的盛衰皆由乎人，《善慶菴記》中云：「佛之道本於無為，而建立度門以施其教者，必有其地，是故叢林幢刹之盛遍於區夏，而莫之夭閼者也。然竊觀古今上下千數百年之間，所以成壞廢興者，則未嘗不由乎人焉。」〔註27〕《心覺原天台惠眾江湖疏》又提到云「一代之才則必為一代用矣，天下之寶固當與天下共之」〔註28〕，亦是強調人才的重要性，「天下之寶固當與天下共之」有些類似於宋代士人與君主共治天下之意，或許這是宋人以天下為己任觀念在其身上的遺存；與個人的解悟相比，妙聲似乎更重視以佛教化天下。《瀚北海靈巖諸山疏》中又慨歎佛教之行「莫非命也」〔註29〕，這樣慨歎的原因就在於佛教的命運與國運聯結在一起，國興則佛教興，國衰則佛教衰。瀚北海上人與元末明初的文人、僧人交往應該比較密切，王謙《送瀚北海上人主靈巖席》詩，云：「大山小山樹如髮，細路盤盤青石滑。記得靈巇寺裏僧，相逢坐我憩雙腳。雲氣飄忽為遊，龍山椒虛閣孤涵空。眼明飛鳥入煙去，亂峰天末開芙蓉。昔吳夫差曾避暑，泉上金室變黃土。

〔註25〕《東臯錄》卷上。
〔註26〕《東臯錄》卷下。
〔註27〕《東臯錄》卷中。
〔註28〕《東臯錄》卷下。
〔註29〕《東臯錄》卷下。

老僧指點故物存，石井分明照千古。千古一夢一太息，又讀蘄王墳上石。王之忠勳炳星日，墓道無人剪叢棘。諸孫力弱誰為主，天颯悲風魂亦語。斷垣躑躅春垂花，落日鴟鴉暮啼雨。我歸僧坐石龕燈，十年不向山中行。晨起題詩送北海，感我山中今古情。好依雙樹聽說法，重歷舊遊纏布襪。徵王家乘翻經餘，裹茶井床蘿月白。」〔註30〕虞堪《送瀚北海上人住靈巖寺》詩云：「昔到吳王避暑宮，靈巖寺在半天中。霸圖終入黃池會，山勢猶紆紺宇雄。一去豪華千古夢，數聲啼鳥百花風。高人好在琴臺上，海月傳心向碧空。」〔註31〕由詩中的「千古一夢一太息，又讀蘄王墳上石」「一去豪華千古夢，數聲啼鳥百花風」來看，兩首詩所書寫的內容與所表達之意基本一致，這應該是瀚北海上人與人談論佛教之理十分注重之處，由無常而堪破世事，或許這也是妙聲佛教「與國運同其盛衰」之意。

　　能「與國運同其盛衰」，妙聲認為這是佛教受到中國民眾歡迎極其重要的原因，《福壽院記》云：「佛以性為宗，以神道設教而化成天下，惟其無為也。而後能大有為，自國都郡邑名山大川至於江湖嶺海之表，幽深險阻之區，莫不崇其祀尊其教，所以為天子壽國而佑民者，蓋有其道矣。故其宮廬門垣之制，林園壇幢之奉，惟其力之所能而莫之禁，理固然也。以其有為也，故隨世起滅廢興；相尋於無窮，以其無為也。雖廢興相尋，而卒不可得而泯者，是以適於壞空消委之餘，方且感慕興起。」〔註32〕佛教隨國運之盛衰而盛衰，同樣在國運之盛衰中發揮著重要作用。國家應該重視佛教的作用，因此在《送為上人序》中，妙聲稱讚西域對佛教的重視，云：「西域諸國皆知事佛，惟高昌為至自王公以下多削染為僧，方其盛時，以道德智術為有國者，所尊信足為吾教之重者，比比有焉。」〔註33〕佛教受到西域各國的重視，一方面是接受佛教的信仰，一方面可能是由於佛教的功用，《蕃王禮佛圖》詩直述佛教的功用，云：「維西列萬國，有土此有人。孰是無繼立，而能治其民。佛化大無外，萬有入彌綸。衣冠雜誕謠，莫不悉來賓。東方九州地，文治亦相因。豈知五經表，各自敘彝倫。斥鷃譏南運，舜英疑大椿。擴充固有道，一視歸同仁。」〔註34〕佛教對於國家的佑護，在於能夠陰翊王度，《送鋸上人之京》寫了明初的佛教政策，詩中云：

〔註30〕　《珊瑚木難》卷五，《四庫全書》本。
〔註31〕　《希澹園詩集》卷三，《四庫全書》本。
〔註32〕　《東臯錄》卷中。
〔註33〕　《東臯錄》卷中。
〔註34〕　《東臯錄》卷上。

「江南初春雪載塗，送爾作賓於皇都。冀北遂空群驥裏，海東生此真珊瑚。中朝自古有師法，開士只今多大夫。萬言草奏明光裏，陰翊王度如唐虞。」〔註35〕詩中寫的顯然是明初朱元璋召僧人入金陵之事，妙聲深刻領會到朱元璋以佛教陰翊王度的宗教政策，下文亦有詳述。對世人對佛教的排斥與非議，妙聲持極為擔憂的態度，如《題虞侍講書白太傅八漸偈》詩中「古人事佛今人非，二老風流今古稀」〔註36〕之句，流露了對當下世人對佛教非議的憂歎。

　　佛教與國運「同其盛衰」，是妙聲對佛教的重要認識之一。妙聲對佛教觀念的認識，則體現在對佛教之道的闡述上。妙聲指出佛教之道「一」，《送義上人序》中云：「凡為吾學者，務三而已，曰戒曰定曰慧，學雖有三，道則一也。以戒為墉，以定為宇，以慧為門，守其墉，安其宇，闢其門，道在是矣。」〔註37〕學不同而道一，《拈花室記》中再次云「夫佛之道在身為律，在口為教，在心為禪，用則有三，其實一也」〔註38〕。由佛教之道「一」這個看法，妙聲進一步闡發為三教皆為聖人之教，故三教之心同之道一，《思上人遊方詩後序》云：「夫聖人之為教也，其心則同，而其跡或異。以性本一，故不得不同也；以情糾紛，故不得不異也。善學者於其心不泥其跡，於其同不崇其異。道之行也，惡有彼此之間哉。自大教東漸，天下化成，古今縉紳先生學士大夫類多知其說者，匪徒知之，亦允蹈之，匪允蹈之，亦能言之。今觀其書，往往能極玄理之奧，合一貫之旨，其言足以善民俗助治教，所謂並行而不悖者，不可誣也。獨韓歐氏迷跡而好異，醜詞巧辨，肆為排詆，既無傷於日月之明，而又無益於其教，徒使後世好名之徒竊其說以為口實，豈非盛德之累乎。嗚呼，何弗思之甚耶。然二子始乖，而終合信乎心之未嘗不同也。」〔註39〕《周玄初禱雨詩序》中又以道士周玄初之例，說明三教之心同。周玄初「有道術，能劾治鬼物，及祠祭禳禬，吳人多信之」，周玄初則自言其道術云：「夫天人之分，固懸絕矣，吾以眇然之身寄其間，而能感而吾應、召而吾從，無不如志者，惟此心焉耳。蓋天即理也，神而明之，存乎其人，苟以心契理、理合於天，將無施不可，獨雨乎哉。凡吾動作魔斥以示吾用者，蓋將駭常人耳目，以神吾術耳。然所以致雨者，不在彼而在此也。」妙聲對此非常贊同，指出「此吾家惟心之旨也」，

〔註35〕　《東臬錄》卷上。
〔註36〕　《東臬錄》卷上。
〔註37〕　《東臬錄》卷中。
〔註38〕　《東臬錄》卷中。
〔註39〕　《東臬錄》卷中。

由此再次指出「信乎道無二致也」〔註40〕。為道教徒作傳之文,還有《溪雲山居記》等,這幾篇傳記都是作於洪武時期,推測其對三教之觀念,有來自於朱元璋與明初宗教政策的原因。

後世對佛教之道多歧的看法,妙聲指出是由於後學學者不達佛教之意造成的,《拈花室記》中云「後世學者不深惟佛祖之意一而三之,互有牴牾,猶復置議其間,弗達之過也」。妙聲對此進行了批評,「達摩之來,單明禪學,謂之教外別傳,自其說行,三學於是乎始判」〔註41〕。《故古庭法師行業記》敘古今對佛教之道的看法云:「古先碩師,智足以知諸佛立教之本,言足以達群經指意之奧,隨順物宜而異其施,初無彼此宗途之辨也。後世學者,弗能觀其會通以崇其道,顧乃專門各家,務為角立,甚至相詆訾。」後世學者不能會通佛教之道而各自角立、詆毀,「此道之所以衰也」。妙聲因此強調修行者要「卓然不惑於流俗,不泥其師說,取諸異同,參會融貫,得古人宏法之心」〔註42〕,方能振興佛教。

三

洪武三年（1370）,妙聲受朱元璋徵召至京師,《送義上人序》中云「洪武三年春,詔吳郡西白禪師住京師天界寺……是年秋,余被召至京師」〔註43〕,能夠受到朱元璋的徵召,表明了妙聲在元末佛教中的地位與聲譽;可能是因為這段被徵召的經歷,妙聲對朱元璋的宗教政策領會得特別深刻。

妙聲多首詩歌寫到明初朱元璋徵召佛教高僧事。其中有多首提到竺隱和尚,《次韻竺隱和尚朝京》詩,之一云:「赴召共承宣室問,還山同罷紫宸朝。誓扶佛日行黃道,敢望皇恩下赤霄。長江東去濤逾險,大火西流氣尚驕。歸去自期唐懶瓚,功名總付霍嫖姚。」之二云:「紫陌朝天候曉涼,加沙何事造鵷行。玉杯瀲灩行椒酒,金盞清涼送蔗漿。西掖梧桐秋更碧,內園仙果露猶香。客星漸散江湖遠,萬里重瞻佛日光。」〔註44〕由詩中所記可知朱元璋將高僧徵召至京,並對他們的招待十分優厚,妙聲感動之餘表達了輔教的決心,《寄竺隱和上》之一:「兩街都錄有司存,共喜吾家得辨臻。輔教有書勤獻納,洗光

〔註40〕《東皋錄》卷中。
〔註41〕《東皋錄》卷中。
〔註42〕《東皋錄》卷中。
〔註43〕《東皋錄》卷中。
〔註44〕《東皋錄》卷上。

佛日荷堯仁。」〔註45〕以佛教輔佐朝政、「洗光佛日荷堯仁」，或許是妙聲那一刻內心感動而真實的想法。《寄夫璞和尚》詩流露出的是同樣心情，之一云：「對御經筵日日開，香雲長繞雨花臺。百官殿上齊彈指，再見天台智者來。」之二云：「六十餘州舊化風，流傳今復到江東。龍盤虎踞京華地，聖主重興佛隴宗。」〔註46〕詩中露出描述「聖主重興」的興奮之情，「聖主重興」又是通過「經筵日日開」「香雲」「百官殿上齊彈指」等展現出來。

　　妙聲於洪武三年與釋萬金同被召，應該於四年春辭闕返歸，在京師的時間只就一年左右。雖然在朝廷的時間不長，妙聲似乎對朱元璋的感受極深。一方面極力頌揚朱元璋，如《送王都事之閩闉》詩中的「願將聖主憂勤意，說與東南父老知」〔註47〕抒發對朱元璋的頌揚與好感。《遣興次張翰林韻》詩亦是此意，云：「漢主憂勤減膳頻，誰令天下尚黃巾。近聞李廣軍威振，複道張騫使節新。天意未忘清廟祀，群雄休犯屬車塵。史臣擬草河清頌，還屬詞林第一人。」〔註48〕《次韻答沈行恕京回之作》詩云：「客舍春寒樹影稀，青山迎我入王畿。雲開雉堞瞻金榜，日射龍章識袞衣。御果近從仙苑賜，天花多傍講筵飛。聖恩特許兼旬住，攜得香煙滿袖歸。」〔註49〕寫出初被徵召入金陵時的喜悅心情，以及對朱元璋的頌揚。一方面隱含著對朱元璋深深的忌憚，如《次韻張叔平》之一云：「有香難返九泉魂，升濟惟憑化佛尊。望拜略同郊祀禮，祝詞親出內廷門。緇黃兼唱唐風盛，王霸相參漢制存。斂福錫民精意享，西來紫氣滿乾坤。」詩中可謂表現極力頌揚之能事，之二的語氣卻是急變，云：「京華雖好只懷歸，生怕緇塵化素衣。因覽山川尋古蹟，莫占星象動天威。水深不惜浮杯渡，發短何勞待日晞。」忌憚之意通過「京華雖好只懷歸」「莫占星象動天威」等句洩露出來，最後「解道江南佳麗地，詩家今有謝玄暉」〔註50〕表達回家鄉安居、不問世事潛心詩書的願望，如《寄竺隱和上》中極力描寫竺隱被徵召時的優遇，之二最後一句「松枝西指望歸來」，期望的卻仍然是回歸。內心深刻又清晰的忌憚，或許是妙聲入京只一年即辭歸的原因。

　　洪武四年春，妙聲辭經回歸故里，基本上是以隱居鄉村的狀態，在《送臻

〔註45〕　《東臯錄》卷上。
〔註46〕　《東臯錄》卷上。
〔註47〕　《東臯錄》卷上。
〔註48〕　《東臯錄》卷上。
〔註49〕　《東臯錄》卷上。
〔註50〕　《東臯錄》卷上。

上人西遊序》中言「余既老且病，無復有意於世務，瘖默自養」〔註51〕；《衍道原送行詩後序》中言「今余且老居僻處，獨慨念疇昔欲與道原上下其論，則邈乎遠哉」〔註52〕。《招隱軒記》中悲「好榮之士溺利祿而忘返，雖顛覆繼踵而曾弗悟」，不知「深山之幽叢桂之傍，可以保身而全真」〔註53〕，這或許是妙聲辭京師而隱居鄉村的心聲。《北山堂記》中，妙聲再次表達自己的心聲，云：「若西山者，吾嘗遊焉，其長林曲塢，負岡緣澗，往往有民生聚其間，與漁樵之舍高下雜處，雲霞花竹，蔽虧映帶。樂哉閬風，縣圃之居也，蓋嘗問其人，則舉莫知其所以美也，徒熙熙攘攘為利往來而已。余因歎性本之妙，一泊於利欲，則日用罔覺操存之效，立乎物表則無所不見，是猶在山者不知山，惟置身於其外者能知之……蓋將體物以見志，即事以明理，觀夫山川流峙、煙雲捲舒，風雨霜露之沾被，草木飛泳之動植，無適而非道也。」〔註54〕文中通過對比說明，表達對居住村舍之「無適而非道」的看法，這是晚年對世事與人生的超越，如《漉酒圖》詩云：「棄官賦歸來，田家酒初熟。脫我頭上巾，漉此杯中綠。獨漉復獨漉，漉多酒還濁。酒濁猶自可，世濁多反覆。桑枯柳亦衰，但有松與菊。田父晚相過，相與話墟曲。共醉茅簷下，此生亦以足。」〔註55〕詩中所寫應該是洪武四年後事，晚年能有「共醉茅簷下」這樣「無適而非道」的生活，確實「此生亦以足」。實際上，妙聲對隱居鄉村的生活似乎很無奈，《小隱軒記》中說出了隱者之「不得已」，云：「隱者所以全身也，全身將以存其道也。蓋吾身者，任道之器，身不遑恤，道惡乎存。夫君子抱道蓄德，固欲施之人，非獨善而已也。時之不可，道之不行，則有含章鏟采，韜景滅跡，自放於山澤，長往而不返，是知隱者蓋有不得已焉耳。苟行止進退皆合於道，當於義將無適不可，山林即朝市也，朝市亦山林也，則隱者豈有小大之辨哉。吾徒之學，尤汲汲以利物為務，恒懼有不被吾仁者，故有不擇地而處，不待時而行者矣。」〔註56〕儘管一再陳述「行止進退皆合於道，當於義將無適不可」，但內心中「時之不可，道之不行」之不得已而隱的心態，還是明顯流露出來。

〔註51〕 《東臯錄》卷中。
〔註52〕 《東臯錄》卷中。
〔註53〕 《東臯錄》卷中。
〔註54〕 《東臯錄》卷中。
〔註55〕 《東臯錄》卷上。
〔註56〕 《東臯錄》卷中。

　　妙聲詩歌中屢屢表達這種「無適而非道」的生活狀態，《與陶生》詩以幽趣之語，寫出內心中的超脫，云：「我有青山一片霞，倩君為我制加沙。明朝天上講經去，吹落滿身優鉢華。」〔註57〕所謂「天上講經去」，意在指自己無拘束的超脫狀態。《海萍記》中，妙聲以「不物於物」表達超脫云：「天地之間，物莫大於海，莫小於萍，以萍而寄於海，猶泰華一塵太倉一粟耳。然大亦一物也，小亦一物也，相與並居天地間，孰知其為大，孰知其為小。將先海而後萍乎，抑先萍而後海乎？蓋不可致詰也。洎乎下上相摩，物我相傾，強弱相陵，是非相乘，而小大形焉。小大既形，則品類萬殊，雖巧歷莫能舉其數矣。博物者曰楊花入水化為萍，是知萍物之化者也。方其未化也，隨風東西飄搖，浮遊無所根蒂；其既化也，與波上下，聚散開合，靡有底止。人之生也，寓形宇內，有異於是萍寄於海者乎。死此生彼，倏起忽滅，千變萬化，未始有極，有異於是萍梏於化者乎。夫善觀物者不物於物，故能成其物，齊小大，一彼此，惟有道者能之。」〔註58〕本篇的筆法與語氣，顯然是在極力模仿《莊子》，「齊小大，一彼此」亦是闡述《莊子》齊物之論。不物於物，是強調心的自由及自主，妙聲模仿莊子的汪洋恣肆，竭力要表述的就是內心自由之狀。

　　需要注意的是，妙聲在盡力表達內心的超脫與超越，但前提是「無適而非道」「惟有道者能之」等，即以「道」為前提。妙聲因此主張學者當努力致「道」以「達死生之變」，《送法上人序》云：「傳曰『君子學以致其道』。致者，極至之云也，則夫學焉者當篤志問辨，致知力行，以求其至，不若是，非學也。今夫百工方技之流，聞有善藝猶不遠而求之，況君子之學所以成已成物者，可不知所務哉。佛之學以心為宗，將以盡性命之奧，達死生之變，生一切心以復清淨妙明之本，尤當精思遐覽真參實叩以極其至，固有得一言足以充夫終身之願欲者，此有志之士所以老於行而弗止也。」〔註59〕「有志之士」即努力追求佛道者，對「道」應當「老於行而弗止」。從佛教之「道」，明佛教「清淨妙明」之心，「盡性命之奧，達死生之變」則能達到《蓮花室記》中所言「神會默契」之境，云：「夫草木之可愛者眾矣，而蓮之為花獨異乎群卉。亭亭焉不可狎而玩也，皡皡焉不可淤而污也，故愛者未必知，知者未必盡，

〔註57〕《東皋錄》卷上。
〔註58〕《東皋錄》卷中。
〔註59〕《東皋錄》卷中。

惟佛也則藉之為用，寄之為言，行而為履，坐而為床，結為雲，散為雨，居處遊息無不與之俱，豈但集之為裳，葺之為蓋而已。其說法也，又取以喻其書，蓋以其處於水而不著於水，本於土而不留於土，自疏濯淤泥之中，而超遙埃壒之外，開合同體，花實同時，深有合於所說之妙。夫其書數萬言，而一花足以盡之，其有以也哉。彼襲芳香之娛，託吟詠之適者，未足以語此也……佛以言為教，而本於無言，以念為修，而至於無念。寂而恆照，照而恆寂，於以復乎明靜之體，而極夫實際者也。然則居是室讀是經者，當神會默契，自得於言象之表，豈徒玩其花頌其言而已也。」〔註60〕如此則確非「徒玩其花頌其言而已」。

　　明佛教之心則明佛教之「道」，妙聲同時對遠遊而求道持積極肯定的態度，《送超藏主序》云超上人「將遊觀乎江海之上」，妙聲對之云：「余嘗悲好遊之士類脅於外誘，其能尊德樂義而嚚嚚者固善矣，而猶有待乎人知。若夫周流四方，覽觀山川，極天下巨麗之觀，將上下馳騁以昌其文詞，抑末矣。吾徒之遊，則舉異於是。無上菩提，修厥自我，而決擇在人，世固有先我而覺者，吾將往從之，故有於立談之間，觀感之際，樂其所欲得者。夫如是，雖其人在遐陬異域萬里之外，猶將委質而受命焉，況其邇者乎。今前輩斯盡，師友道喪，其存而足徵者，僅在吳越。吳，則上人桑梓之邦也，既皆得而事之矣。今將適諸越，越之碩師尤不易一二數，資其見聞，得以周悉而互辨，則何患乎德之不立、道之不明也哉。雖然，古人有云務外遊不如務內觀，夫務外遊者有待樂，內觀者無方，上人其慎諸博覽而約取，即物以明真，無徒事乎世俗之遊也，則幾矣。」〔註61〕《宦遊序》中記遊而成政，云：「士大夫捐親戚、去墳墓、隨牒遠，方簿書期會之暇，亦將遊目騁懷，以舒其煩鬱，升高望遠以達其視聽，觀風問俗以參其治績，然後志以是得，政以是成，於是有山水之適、燕遊之好，託之賦詠，流傳四方，使人有所欣慕而興感，則庶幾乎宦遊之樂也哉。」〔註62〕以遊求道，以遊達視聽、觀風俗而成政，是遊的最高境界。

　　妙聲除明確表明佛教之道一而無歧之外，基本上並無明確表述佛教觀念之語，只在少數詩歌中流露出對「空」的看法。如《送方禪者》詩中云：「上人禪家流，勇往志所尚。伽趺縛禪寂，抖擻謝塵坱。境靜道易親，理得形自喪。

〔註60〕　《東臯錄》卷中。
〔註61〕　《東臯錄》卷中。
〔註62〕　《東臯錄》卷中。

翻經悟空假，繕性了真妄。」〔註63〕詩中雖是描寫方禪者，卻可以看成妙聲的自我寫照，以及禪學觀念的自我描述。《次韻魏守題韓園》寫色空云：「名園新雨後，禪館百花中。苔徑縈紆入，蘿龕窈窕通。磬聲金殿月，旛影日壇風。良牧留深眷，因茲悟色空。」〔註64〕前半段寫韓園之景，後半寫由「磬聲」「旛影」而悟色空。儘管在這方面相當吝嗇筆墨，並非以佛教僧徒們慣常的廣長舌的姿態出現，但結合上述對佛教之「道」的闡述、對自由超脫心境的抒發與對「神會默契」的體認，妙聲對佛教確實有著深刻的體悟。

四

　　《寒食省墓示諸侄》詩中有「生兒莫斷詩書種」，可見妙聲對讀書的看重，又如《題徐氏東園灌夫卷》讚揚南州徐孺子「隴上輟耕仍讀書，日斜猶是帶經鋤」〔註65〕等句亦可見對讀書的重視。實際上妙聲確實很喜歡讀書，《純煦軒》詩云「出日何杲杲，照我床上書」〔註66〕，可見其讀書之狀，從其詩文中可見出其確實閱讀了大量的書籍。《贈四明粥書單生》詩中論讀書云：「古人讀書手自寫，今人藏書充屋椽。牙籤插架不解讀，何異愚翁工守錢。單生持書入我室，竹光落床亂緗帙。居貧不能常得書，為我借觀留數日。昔在鄞江識單生，於今白髮老於行。明年倘有江舡賣，我欲從君覓《論衡》。」〔註67〕對讀書充滿著極大的熱情。《危學士贈渭上人詩序》中，妙聲論述了佛教與文學的關係在於「精神會通」，云：「古今一時也，交際一心也，其精神會通，復有愈於目擊而面晤者，豈古所謂神交也與。若歐陽之於惠勤、蘇子之於參寥輩，方之於今事，雖懸絕而風義之感猶一日也。」〔註68〕《過石湖懷心覺原》詩中的「最愛參寥好詩句，風蒲藕葉滿汀洲」〔註69〕之句，表明他願意做一個與宋代參寥一樣的詩僧；《次韻寄徑山以中和尚》詩中的「野猨供筆詩成後，玉女焚香定起餘」〔註70〕表明自己願意作為一個詩僧。

　　妙聲對文學與文學作品，給予極高的評價，如《松石室》中寫出了對文章

〔註63〕《東皋錄》卷上。
〔註64〕《東皋錄》卷上。
〔註65〕《東皋錄》卷上。
〔註66〕《東皋錄》卷上。
〔註67〕《東皋錄》卷上。
〔註68〕《東皋錄》卷中。
〔註69〕《東皋錄》卷上。
〔註70〕《東皋錄》卷上

的重視，詩中「文章世所驚」之句，表示出對「世所驚」文章的讚賞。《招隱軒記》中論淮南王門客小山所賦《招隱士》，妙聲論之云：「此《招隱》之賦也，與余嘗愛其高古幽潔。自漢以來，為文章宗無不喜誦而樂道，由是以知古人英詞妙語，在天地間如元氣流行，要自不泯，故能行遠也如此。」〔註71〕文章如天地間流行之元氣，《偃松軒記》以古人對松、竹等物的歌詠為例說明歌詠的「興寄之遠，名言之妙」，云：「寓意於物者，物不能為吾累，山川草木風雲月露摩蕩流峙，往過來續，皆足以樂吾情性之正，而草木生植華茂，尤易觀感，故君子取以自近，而其趣則有不同者焉。若屈原於蘭蕙，淮南於桂樹，王猷之竹，陶潛之松菊，皆樂之不厭，形於詠歌。此數子者，豈留連於一草一木之微以玩其華也哉，其興寄之遠，名言之妙，未易與俗人言也。」〔註72〕山川草木皆能樂情性之正，故歷代文人樂之形於歌詠以託興寄，古今人之興寄皆由發乎情而出，《小山序》云：「國華喜為詩，蓋欲以是自見於世，其亦茲丘之遭也與。且具區之傍，豈無高山大澤足以遊目騁懷以成其趣者，而取捨乃如此，豈意之所適興之所寄初不限於大小遠近也哉。夫比興之作，詞旨音調雖有古今之異，然感乎物發乎情，則今猶古也，古猶今也。」〔註73〕詞旨古今有異，感乎物發乎情則古今不異，是故古今託興寄之歌詠「足以寄情而宣意」，《停雲軒詩序》云：「夫君了木有不須友以成者，麗澤之樂，切偲之益，蓋不可一日而離也。離則思，思則詠歌形焉，詠歌既形，則凡物之感於中者，皆足以寄情而宣意，此風人託物之旨，而陶淵明所以有《停雲》之賦也。余嘗謂是詩興寄高遠，感慨之深見於言外，非止思友而已，此當與知者道也。隴西李伯高，信義人也，事親之暇，方汲汲於求友，於是榜其燕集之軒曰停雲，蓋取陶詩也。陶之詩，舉世能誦之，陶之心，則識者或寡矣。伯高慕陶，其亦知陶之心乎，抑將取以文其外者也。余聞伯高遜敏好學，誦詩讀書，尚友古人，其知陶之心者哉。夫得古人之心者，其行必合於古，苟合於古則取友之道，其庶幾乎停雲之名，其有聞於世也必矣。」〔註74〕由此可見，妙聲強調文章是由感乎物發乎情而出，能託興寄；文中一再說明情性之正、「得古人之心」「合於古則取友之道」等，皆是在表明歌詠雖託著者之興寄，仍不出於「道」之範圍。

〔註71〕《東皋錄》卷中。
〔註72〕《東皋錄》卷中。
〔註73〕《東皋錄》卷中。
〔註74〕《東皋錄》卷中。

　　文章之用在於「寄情而宣意」、託興寄而得古人之心，妙聲清楚知道文章更大的功用與影響力，《題岳陽樓圖》詩云滕子京「可憐風流已冥漠，猶有文章遺令名」﹝註75﹞，文章能夠將功績留存並傳播下去，這是對文章功用的高度認同與肯定。《雪齋銘》中再次肯定文章能夠使一個普通的居住之處名聞天下，云：「清河張善夫圖其居曰雪齋者，求文詞以侈之。其鋪張雪齋之義備矣。昔杭有僧曰無擇，居西湖，凡軒前草樹竹石，皆淫之以蜃，恒若雪集狀。蘇文忠公過之，以為事雖類兒嬉，而勝還可愛，為題曰雪齋。後守彭城，又作詩遺之，秦少游為記，由是雪齋之名聞於世，士大夫過杭而不一至焉，則以為恨。夫一齋之微，而名至於今弗衰者，由蘇公品題與秦之文故也。今張氏之居，群賢之文實在，庸詎知今之雪齋，非昔之雪齋也與。余於善夫未之云識，因群賢之文而知善夫為佳士也。」﹝註76﹞本來極其普通的居住之所，因文人一篇文章的宣揚名聞天下，足見文章的巨大力量。文章的巨大影響力，固然可以使一處普通的住所名聞天下，妙聲指出文章更重要的作用是要「鳴國家之盛」，《三吳漁唱集序》云：「古者詠歌謠咢之辭，多出於草野，所以寫其悲憂愉佚之情，著其俗尚美惡之故，詩之國風是已。若夫宗廟朝廷，則公卿大夫之述作，雅頌在焉。自采詩之官廢，而詩道息，然發乎性情者，今猶古也。故齊謳楚歌吳歈越吟，遇事而變，雜然並興，蓋有不可勝紀者矣。詩道曷嘗息哉。《三吳漁唱集》者，鄭君伯仁之詩也。伯仁懷抱利器，未得施用，以其所蘊，悉發為詩，宜有憤懟怨刺，而和平清適，方退託於漁樵，非得於詩者不能也。伯仁，越人也，而繫於吳，非忘本也，蓋觸物引興，有不能自己者，況吳越之同風哉。伯仁家為東南名儒，其過庭之學有自來，異時用之朝廷，鳴國家之盛者，不在斯人乎。於是為《三吳漁唱集序》。」﹝註77﹞

　　作為佛教徒，妙聲受到朱元璋的感染而「鳴國家之盛」，從佛教的角度出發，其亦明確指出語言文字、文章與修道之關係，即文學性極強的比興之文「所載皆真乘實印」，《玉林序》云：「今夫龍藏金匱所秘，貫華祇夜之屬，大小所攝，動以萬計，其鋪張鴻烈，敷暢玄奧，金石之相宣，珠璧之交映，未嘗不合乎比興之文也。然其所載皆真乘實印，葩華之詞、靡曼之音，弗在也。今吾子有取於玉，則志近乎正，而非世俗之所尚矣。夫玉之貴於天下者，以德不

﹝註75﹞《東臬錄》卷上。
﹝註76﹞《東臬錄》卷下。
﹝註77﹞《東臬錄》卷中。

以物，君子無故，玉不去身，匪事華飾，蓋以比德焉。」〔註78〕即文章要明佛教之道，與禪宗祖師們棄經教離言句相比，妙聲主張不離語言文字而明自性，《王居士閱藏經序》說道：「佛本無言，而所以言者，將導迷而至悟也。悟不自悟，必由言說，由是經論之文生焉。其自西徂東，至唐《開元錄》為五千四十八卷，其後歷代譯者尚多有之，其在天竺而未至者尤不可勝計，是為一大藏教。其間有權有實，有頓有漸，有大小偏圓，有了義有不了義，精粗鴻纖，罔不畢載，得其小者則遷善遠惡，得其大者則歸元復性。譬如飲海，隨量取之，而海初無損益也。然真如寂滅之理，心路俱絕，而況語言文字乎哉。故曰修多羅教如標月指，若復見月，了知所標畢竟非月，然亦未始捨指而求月也。要由不離語言文字之間，而達乎自性本有之妙，不即不離，道在其中，此佛之所以教也。」〔註79〕佛之所以教，就是要以語言文字或者文章達自性本有之妙。《真本原壽寧江湖疏》云「焚疏鈔以倍宗承，殊非妙論，即文字而詮解脫」〔註80〕，強調以文字詮悟解脫。有人懷疑禪宗的釋迦拈花、迦葉微笑之說，認為傳道者「明白洞達，深切告戒」尚恐有差誤，況無以言而教，妙聲在《拈花室記》中予以回應，云：「蓋佛之道本於無言，而亦未嘗無言也，是故浩乎山海之積不足多，寂乎淵默不為少，恒欲學者不離語言文字而達無言之妙，此其所以教也。」〔註81〕妙聲辯證地說明了無言與有言之關係，即並非不存在無言之教，但卻重點指出佛教之道儘管本於無言，實際上「未嘗無言」，佛之教在於「不離語言文字而達無言之妙」。妙聲這是清楚地析論了文章、語言文字與悟道之間的關係，即無言而有言，以語言文字達自性之妙，因此《心覺原崇明奉聖山門疏》中自云「下筆不休，以文章而為佛事」〔註82〕，《跋石室和尚應生傳後》讚揚石室和尚「能以文字廣第一義諦」〔註83〕。

　　鑒於語言文字、文章的重大影響力和重要作用，妙聲肆力於寫作。《東臯錄》提要中，四庫館臣評論妙聲的寫作云：「妙聲入明時，年已六十餘，詩文多至正中所作，故顧嗣立《元詩選》亦錄是集。然方外者流，不攖爵祿，不能以受官與否為兩朝之斷限，既已謁帝金門，即屬歸誠新主，不能復以遺老稱

〔註78〕《東臯錄》卷中。
〔註79〕《東臯錄》卷中。
〔註80〕《東臯錄》卷下。
〔註81〕《東臯錄》卷中。
〔註82〕《東臯錄》卷下。
〔註83〕《東臯錄》卷下。

矣，今係之明，從其實也。妙聲與袁桷、張翥、危素等俱相友善，故所作頗有士風，當元李擾攘之時，感事抒懷，往往激昂可誦；雜文體裁清整，四六儷語，亦具有南宋遺風。在緇流之內，雖未能語帶煙霞，猶非氣含蔬筍者也。」毛晉在《東皋錄題識》中亦說：「師名妙聲……尤長於四六儷語，卷末諸山江湖等疏，堪與月泉吟社往復，詩、啟並傳，其《興福》《桃源》諸記，余已撰入邑乘云」。可見妙聲確實非常擅長於寫作，其創作能力與傾向，從《祭瀚北海文》中可見一斑，文云：「何玄綱之解紐兮，悲吾道之垂秋。群峰搖落而變色兮，哀吾人之逢尤。豈過盛其必毀兮，抑馴致之有由。惟若人之謇謇兮，每慷慨而懷憂。寧溢死而先逝兮，弗忍見吾圍之虔劉。指蒼天以為正兮，遂隕身乎洪流。嗚呼哀哉兮逢時弗康，蕭艾怒長兮蘭蘅為之不芳。何若人之弗淑兮，竟罹其殃。所亡者微兮，所存者長。乘風上征兮覲我覺皇，歷千古兮其名孔彰。采蘋藻兮奠桂漿，懷高誼兮何日而忘。」〔註84〕這本只是一篇祭文，妙聲卻仿楚辭之意，寫得文采飛揚，並以充沛的情感表達對祭主的懷念與敬仰。妙聲文章中的情感處處存在，再如《祭謀仲謨文》云：「朋友道喪，淳風陸沉，自古已然，匪今斯今。勢傾利合，燠附寒侵，不有古者，孰啟我襟。」〔註85〕祭文突出二人之間的非同一般的情感，既有情感上的相通又有對對方「道」上的認同，「表表仲謀，惟義是任」即又突出了對方的任義為道。此篇代表了妙聲文章寫作的重要特徵，即文筆、情感與明道並重並存。

對楚辭的模仿，顯示了妙聲的文學思想稍有復古傾向，具體表現在《友桂軒記》中，文中先云：「友桂軒者，謝君彥明讀書學文之所也。彥明天分甚高，好古文、六藝之學，釋老百家之書亦靡不觀。善博覽強記，甫弱冠，已知名薦紳間，諸公亟交口延譽，而彥明不自畫，猶極撢討，肆力為文詞。會科目既廢，得專意古學，每下筆輒以古為師法，馳騁上下，稍有不合者弗出也。」開篇表明了尊重多讀書、善為文辭者的態度，下文云「余嘗與彥明消遙乎軒上，相與商確雅道，共歎古人文章之妙」，是妙聲經常與他人談論古人的詩文創作（「古人文章之妙」）。謝彥明問妙聲對文的見解，妙聲說：「余佛者無事乎文。然生當盛時，及見前代文章大家諸老，頗接其餘論。其言曰『昔唐子西有云六經以後，便有司馬遷，六經不可學，故學文當學司馬遷』，又曰『學司馬遷當自班固始』。後以其言而竊窺之，若夫秦漢則去古未遠，王澤未熄，故其文非後

〔註84〕《東皋錄》卷下。
〔註85〕《東皋錄》卷下。

世可及。自爾以來，代有作者，而莫盛於唐宋，然視秦漢則有間矣。自訓詁之學行，而古文遂微，近世文運中興，制作尤盛，其間卓然振古豪傑之才，無讓於昔而牽於時，尚不得不靡而從之，此其文終有愧於古也與。抑又聞之，古人論立言者謂漢不如秦，秦不如周，世愈降而愈下，時勢則然也；今之論者往往守其師說，好是今非古，而吹求其失，不亦過乎。古語有之『家有敝帚，享之千金』，斯不自見之患也，因誦所聞而遂及此，非論文也。」〔註86〕妙聲對於文學的看法，與「共歎古人文章之妙」相聯繫起來，所言之意在於不廢古，似乎有比較濃厚的復古傾向。實際上妙聲詩文中的復古色彩是比較濃厚的，如其詩歌寫作受到《易》與《詩經》的影響頗深，如《藏暉齋詩》中云「《易》貴含章，《詩》稱養晦」〔註87〕，將《易》與《詩經》並稱。許多詩歌直接或者化用《詩經》之句，如《荷花詠》云「彼澤有嘉植，淤泥擢朱華，宛在水中央，塵土無由加」〔註88〕，詩句對荷花的吟詠含有佛教之意，但語句顯然化用的是《詩經》中的句子。來自於《易》的詩句，如《送心覺原之天台》中「法運雖中微，亢龍終靡悔」〔註89〕等句。從下文還可以繼續看到，妙聲對唐代新樂府的模仿、宋詞的借鑒與模仿、及四庫館臣說的「雜文體裁清整，四六儷語，亦具有南宋遺風」等，由此可以窺得其文學觀念。

對文章寫作中文筆、情感與「道」並重來看，尤其《友桂軒記》中所云「文章之妙」實際上更多指的仍然是文章中的「道」，因此妙聲所云之文章並非是純粹的文學之作，《送心覺原之天台》詩繼云「情文困追琢，至道在稊稗」〔註90〕，可見其讚賞與重視的是明至道之文章，而非追求雕琢文字之文章。《題虞侍講書白太傅八漸偈》中以「香山居士《八漸偈》……文章官閥總相如」〔註91〕之句，說明文字對解悟的作用。妙聲強調詩文之文字之用是「宣寄大化而善世」，《懷淨土偈序》云：「昔廬山遠法師與入社群賢，著念佛三昧詩行於世，近世植菴嚴教主作《懷淨土詩》為七言四韻，雖非為詩而作，而情辭淒婉，往往有佳句可誦爾。後作者非一，篇什益多，蓋有不可勝錄者矣。然騖高者弗切，徇俗者近俚，鮮克當乎人心，識者病焉。吳之東，宏其教者曰無引法師，自罷

〔註86〕《東臯錄》卷中。
〔註87〕《東臯錄》卷上。
〔註88〕《東臯錄》卷上。
〔註89〕《東臯錄》卷上。
〔註90〕《東臯錄》卷上。
〔註91〕《東臯錄》卷上。

講淨信，即冥神西域，行業純白，人從而化，制《懷淨土偈》四十篇，述其志以勸。觀其出入經論，比物連類，直而信，質而盡，蓋植菴之流亞也……吾徒之為文，所以宣寄大化，而善世云爾，無事乎華靡之辭也。世遠道衰，學者倍其師說，託焉以自放，假之以為高，緒章續句，若專以其業者無當於道，無得於己，無益於物，則亦何樂而為之也哉。嗚呼，無惑乎吾道之弗振也。無隱蓋有見於此者矣，於是獨探原本，具訓以警，其有功於名教者乎。」〔註92〕《送煥書記序》中明確提出文以載道，云：「書記，古者聘問通好往來之辭，後世以為職，文翰者之目，唐用之藩府，韓子所謂通敏閎辨兼人之才者也。吾氏以文害道，學者弗之尚，然經論之富，未嘗不由乎文也。夫言以達志，文以載道，言而不文其行也不遠矣，故大方廣眾，必設掌書記一人，所以敷暢道妙，翽翽宗教，內則歲時伏臘之會，外與縉紳四鄰交，凡文詞之事，皆屬焉，亦良難矣。道既降而文益勝，人尤以是為美名而樂趨之，求無愧於斯者，亦或寡矣。」對修行者文害道的看法，妙聲明確反對，提出文以載道，故其與友朋之間多「以道義相悅，以講習相樂」，而「未嘗以文字見託也」〔註93〕，如在《日章法師上竺江湖疏》中稱讚日章法師「迨敷文而載道，肆筆成書」〔註94〕等。

　　文以載道、由文字而悟自性之妙，是妙聲的文學觀念，其文學寫作基本圍繞這種文學觀念而發。

五

　　由上述對妙聲重「道」的說明，可以見到「道」之所指，並不完全是佛教之道，同時包含儒家之道之意，實際上妙聲對儒家之道同樣是極其重視的。朱元璋徵召佛教僧徒入京師，往往是以「通儒學僧」的名義，妙聲能夠被徵召，表明其對儒學應該是相當精通的。

　　簡單的生平傳記文獻不能明瞭妙聲的生平與知識系統情況，從其自作詩歌中似乎看出妙聲有可能出自於儒學之家，《寒食省墓示諸侄》詩中似乎說到自己的家庭情況，云：「汀柳青黃野花白，村巷家家作寒食。暖風吹盡紙錢灰，淚落春煙收不得。村西町疃溪灣路，長記門前白楊樹。廿年不見泉下人，有酒空澆樹邊土。人言賢者有子孫，我家兄弟今具存。生兒莫斷詩書種，繼爾長原

〔註92〕《東臬錄》卷中。
〔註93〕《東臬錄》卷中《送義上人序》。
〔註94〕《東臬錄》卷中。

忠孝門。」〔註95〕詩中描述了其家庭情況，顯示了妙聲對讀書與儒家綱常倫理的看重。與明復只注意到妙聲的佛教經歷相比，妙聲實際上極其重視儒家之道，《送顧秀才遠遊序》提到顧德常要外出遠遊四方，妙聲問之曰：「君之遊也，將挾其所有遊公卿以成其名乎？將有奇謀異術希世用事以求富貴利達者乎？抑將以堯舜之道要人主以康濟斯民乎？將覽觀山川交結賢俊以發其文章乎？君將奚取？」顧德常云：「不非為是也。吾聞河洛天地之中，聖哲所化，而魯則吾聖人父母之邦也，意洙泗之間，流風遺澤猶有存者。詩書禮樂之傳，風氣民俗之厚，旁求博採，耳濡目染，庶幾有得焉。為是行也。」顧德常之言在於追求儒家之道，妙聲對此頗為贊同，云「善夫君之遊也」〔註96〕。

在儒家倫常觀念中，妙聲極其重視孝。《蒲菴》詩云：「循彼南澗，言採其蒲，採之何為，瀰瀰是圖。彼蒲之良，利用為屨，載緝載紝，如藝稷黍。我思古人，惟睦之陳，克用是道，甚宜其親。我行四方，十年於今，母寔有命，余何弗欽。乃築我居，於越之野，悠悠我思，朝夕於楚。亂離孔憮，山川邈悠，豈不懷歸，水無行舟。爰有清泉，在居之側，既浸既灌，蒲葉毿毿。蒲葉毿毿，蒲生日多，母氏燕喜，我勞其何。」〔註97〕蒲菴寓意「孝」之意，同時期來復著述取《蒲菴集》，即是明「孝」之意。《繼燈錄》的《杭州靈隱見心來復禪師》云「（來復）初住越之定水，作室東澗，名曰『蒲菴』，示睦州思親之意」〔註98〕。睦州是指唐代僧人睦州道明（780～877），黃檗希運禪師之法嗣，侍母極孝，《釋氏稽古略》等佛教文獻記其侍母事云：「睦州陳尊宿，名道明……眾請住觀音院。常有百餘眾。經數十載，諸方歸慕，咸以尊宿稱。後歸開元，房居織蒲鞋以養母，故有『陳蒲鞋』號。」〔註99〕蘇天民在《與見心禪師》序中言來復以「蒲菴」表達孝親之意，云：「及觀所載請銘受業之先師，收殯無鬼之亡友，編蒲菴以思母，通唱和以納交，與夫起廢寺於喪亂之餘，措身心於安閒之地，其設施行事，則又見其有大過人者矣。」〔註100〕妙聲《蒲菴》詩即取此意，再如《壽彩堂歌》，表達同樣的孝親之意，詩云：「春羅作衫花纂纂，衫袖宜長帶宜緩。朝朝日日在親前，祇恐身長衣又短。君家有堂人不如，堂上有

〔註95〕《東臬錄》卷上。
〔註96〕《東臬錄》卷中。
〔註97〕《東臬錄》卷上。
〔註98〕《繼燈錄》卷第五，《續藏經》第86冊，第545頁。
〔註99〕《釋氏稽古略》卷三，《大正藏》第49冊，第843頁。
〔註100〕《澹游集》卷上。

琴仍有書。花開酒熟意多暇，賓客滿座爭歡娛。況復親年猶未老，黃髮相期同壽考。故衣既敝又改為，年年剪羅縫舞衣。」〔註101〕

　　《思本堂記》中，妙聲指出孝悌仁愛乃人之本，云：「夫形生之初，本一人之身也，似續之傳，本一氣之分也。本之深者其末茂，德之厚者其流遠，此必然之理也。盍亦觀夫水與木乎。木之蒼然拔地而特立，柯葉暢達，凌風雨而伏光景，彌久而益大；水之滔滔汩汩晝夜不止，及其至也，深廣莫測。何以能若是哉，由有本而然也。君子思其本，益自修而衍其澤，其有不興者哉。然其思也，當自近者始，近者吾親之謂也，吾之有身本於吾親，自吾親至於吾祖，遠而至乎高曾之所自出，又推之以及其宗族，一人之身，一氣之分者，則孝悌仁愛之心，寧有已乎。此思本之致也。尚德好賢樂義，方為朝廷任漕餫之寄，事集而民弗擾，暇則事親教子，克盡其道。」〔註102〕由自然現象推出「本」的存在，孝悌仁愛乃君子之本，作為佛教僧徒如此重視儒家之孝，妙聲指出是因為「孝根於心人之所同」，故佛之教亦重孝親，《檗孝子刺血書經序》云：「夫親莫甚於父母，愛莫切於肌膚，貴莫越於至道，今有捨所愛求所貴而有益於其所親者，雖愚者亦將為之，況賢者乎。蓋孝根於心人之所同也，使有可以致其孝，宜無所不至，又何愛乎尺寸之膚哉。古之聖人慮夫後世不由其道，將毀傷滅絕而不顧，故著於經，謂『全而生之、全而歸之』以為孝，而又曰『毀不滅性』，則亦示乎其旨矣。毀而不滅其性，可不謂孝乎。昔元德秀、李觀喪其親，皆嘗刺肌血繪佛像、書佛經以資冥福，史氏書之。元、李為唐之儒英，文行有過人者，使不合於道，其肯為之乎？作史者其肯取之乎？吾佛之道，廣大悉備，使人原始返終，知所以生推因尋果，知所以死，蓋人物之化，固有虛靈不昧者存焉。非佛之道，孰能升濟，而至於善道乎。為人子者，欲致其親於善道，則捨佛而焉求？此佛之為教，而史氏有取焉。」〔註103〕致親於善道，捨佛無所求，是妙聲對孝以及佛教之孝的重視。《于氏祠堂記》中說明佛教之孝與儒家之孝的異同，云：「墓祭非古也，其禮以義起者，與禮緣於人情，則夫墓者吾親體魄之所在也。於是焉求之孰不可哉。雖然，此猶為遊方之內者言也，吾徒宗出世之學，當論其親於道，生以志養，歿以道濟，使死而不亡者，去沈塞而升高明，孝莫大於是矣。」〔註104〕

〔註101〕《東皋錄》卷上。
〔註102〕《東皋錄》卷中。
〔註103〕《東皋錄》卷中。
〔註104〕《東皋錄》卷中。

　　妙聲不止是不遺餘力闡述儒家之孝，亦如來復等僧徒一樣，亦極重視儒家的貞節觀念，如《貞壽堂》詩，即是大力宣揚吳氏守貞節而養老並育子，詩云：「翼翼貞壽堂，肅肅賢者居。堂上鶴髮母，霓裳而霞裾。貞節四十年，壽今八袤餘。斯堂得嘉名，請試陳厥初。母也實氏吳，番有先人廬。良人澁先露，生計亦淪胥。誓言賦栢舟，那復詠關雎。志存楊氏祀，靡暇恤其諸，大兒甫六菁。小才五月餘。辛勤立門戶，寤寐課詩書。嶄然見頭角，藉甚多名譽。伯為邑大夫，仲隨李輕車。彩衣日就養，樹諼滿庭除。兄弟進甘旨，夫人御板輿。令德兼壽考，此樂復何如。瞻彼堂之陰，嘉樹鬱扶疏。上有雙鳳雛，和鳴自紆徐。爵位日以高，祿養日以舒。生封有令典，厚積待吹噓。煌煌太史筆，照映百車渠。桓楹俯流水，過者式其廬。」〔註105〕吳氏的守節，重獲得善報，這又是儒家與佛教觀念的共同體現。

　　將佛教之孝闡述為「諭其親於道，生以志養，殘以道濟，使死而不亡者，去沈塞而升高明」，表明妙聲儘管深入儒家、對儒家之意有著深刻的理解，但畢竟是佛教徒的身份，使其對儒家的闡發，不可避免地帶有佛教的色彩，如《敬齋說》中闡釋儒家的「敬」，云：「敬之義大矣，自古聖賢所以成已而成物者，曷嘗不由乎是。考之《詩》《書》，曰『懋敬厥德』，曰『敬天之休』，曰『於緝熙敬止』，《易》之『敬以直內』，《禮》之『毋不敬』，皆其事也。學者事親修身，應事遇物，所當致力而盡心者，故君子之於敬也，如饑渴之於食飲也，蓋不可斯須而忘，忘則易慢之心入矣。《傳》曰『敬，德之聚也，能敬有德』，是知敬者德之所由生也，可不慎與。汝南周景安以敬名齋，而來徵其說，余聞景安以孝悌立身，以恪恭事佛，如向所陳，蓋有為景安言之者已。余佛者當以吾言而申告之，佛之教本乎心，凡言一心者，敬之旨也。成乎靜，凡言禪寂者，敬之緼也。夫欲上求下化自度而度人者，莫先於此，故又合悲智而言之，謂之兩田。喻之如田者，以其能邁種德敏，生福也。夫佛為法王，光昭天下，湛然無為，巍乎尊高，以三界之大，物無定心，應不一方，明則有天人，幽則有鬼神，以天之尊嚴，而猶敬匪懈，而況於人乎，況於鬼神乎。是故敬之不足而詠歎之，詠歎之不足而又香華纓珞服御以將之。蓋佛者真如之理也，至極之果也，證其理臻其果不若是不足以有得也。」〔註106〕開始完全是以儒家之說解釋「敬」，解釋亦恰切到位，之後則「以吾言而申告之」，以佛教之意將「敬」

〔註105〕《東皋錄》卷上。
〔註106〕《東皋錄》卷下。

之旨解釋成「一心」，而且申明不以佛教真如之理理解「敬」之旨則「不足以有得」，是從與佛教結合的角度來闡釋儒家之說了。妙聲並不拘泥於以佛教解儒學，有時候又以儒學解佛教，上文是佛教之意將儒家的「敬」之旨解釋成佛教「一心」，《海上人觀音示夢述》以儒家之說解釋觀音，云：「夫夢生於思，思本於心，心者神明之舍，而夢者神明之交也。《周禮》六夢，其一曰『正夢，謂無所感而自夢』，餘則屬思，思有邪正，則夢有吉凶，而占夢之法其來尚矣。吾聖人無謀之應，無往不在，而詠思之切者，恒庶幾見之精爽之交，發於夢寐靈異之征，蓋必有先焉者。《記》曰『清明在躬，志氣如神，嗜欲將至，有開必先』，是之謂也。」〔註107〕綜合來看，妙聲重視的是各家學說相互為用，《真本原壽寧江湖疏》說「教禪初本一源，而孔墨亦相為用」〔註108〕。

　　在闡述儒家之道時，妙聲展現了汪洋恣肆、上下捭闔、瑰麗詭譎的文筆，《贈斯道成序》中云：「子亦嘗觀夫水乎？余嘗自具區遵湖而南，放於東滋，登垂虹，俯洞庭，以臨三江，見汪瀲停蓄，震盪噴薄，彌望數萬頃，包絡三州，浩然巨浸，乃慨然太息，以為天下之水莫此若也。及北浮大江，泝天險，極吳楚之交，其潮汐迅悍，焱馳霆擊，神造鬼設，瞬息數千里，莫測源委，於是目眩心掉，赧焉自愧其見之晚也。後觀乎東海，見江漢百穀之會，日月星辰之所出入，浩浩湯湯，與天地混，徒望洋而歎，敝罔自失，曰：『嗟夫！水有至於是者乎，向之所見，若蹄涔耳，杯水耳，何足以語天下之壯觀哉。』」妙聲在這裡顯然模仿了莊子的寫作方式，本序似乎是寫給儒士，因此文末闡述的是儒家之道，云：「夫吾聖人之道，猶大海也，諸子百氏，猶江若湖也。人有學聖人之道，遺其大者遠者，而安於小成，是猶習江湖之流而不知海之大全，其敖然自足也，宜哉？孟子曰『觀於海者難為水，遊於聖人之門者難為言』，信夫。今吾子富於《春秋》，有志於聖人之道，譬諸水焉，固已絕江湖之流而侵尋乎海矣，果能力學篤行而弗措，吾見其入聖賢之域不難也。」〔註109〕序中鼓勵斯道成力學篤行、達到聖賢之域，語意可謂殷切。這種模仿莊子的汪洋恣肆的筆法，或許能使儒家之道更為深入人心。

　　更為值得注意的是，妙聲在闡述儒家之道時，似乎發掘到「人」的存在，《慧敏機保寧方外交疏》云：「五經之表，復自有人，何往非道。三乘之書，

〔註107〕　《東臯錄》卷下。
〔註108〕　《東臯錄》卷下。
〔註109〕　《東臯錄》卷中。

皆為善世，不愧相師。自非會其，大同曷以臻乎玄奧。達是道者，吾將與之。」
〔註110〕將儒家與佛教放在同等的地位上，其中「五經之表，復自有人」一句
似乎隱含著對「人」的重視，與一般道學家重視「道」而完全將「人」忽略相
比，確實是相當可貴的。

六

四庫館臣評論妙聲的寫作「所作頗有士風，當元李擾攘之時，感事抒懷，
往往激昂可誦」，對妙聲的著述來說的確是中肯的評價。「頗有士風」應該是指
其詩文中含有的濃鬱的文人之氣，如《七夕》詩云：「七夕已復至，徂暑適雲
消。候蟲依砌響，梧桐帶露飄。雙星限河漢，孤月麗層霄。歙吸仰靈氣，徘徊
望斗杓。獨嗟天路永，空悲清夜遙。南飛有烏鵲，惆悵不成橋。」〔註111〕詩
歌顯然是在模仿秦觀的《鵲橋仙》，但詩作表達的「惆悵不成橋」之情，又與
《鵲橋仙》「兩情若是久長時，又豈在朝朝暮暮」之意相反。詩中的詞語、詩
意與流露的惆悵之情，無不與文人士大夫之作相類。詩文中表現出了與文人相
同的習性，如《松泉銘》云：「松與泉，天下古今所常有者也，常則不書，此
何以書？志美也。其志美者何？蓋君子有所取焉爾。君子有所取焉者，奈何以
其近道也。何言乎近道？松之生，氣亢金石，百折而不撓，有似乎君子秉德有
恆也。原泉混混，晝夜而不息，有似乎君子進學有本也。雖然，松或材而斧斤
至焉，泉或豬而魚鱉生焉，其性則移而弗克，全乎天矣。惟深山窮谷，人跡所
不到，無向者之患，而幽人畸士朝夕與俱樂之而不厭，而後能遂其性。此雖所
託或異，殆亦有數存乎其間也。余所志者靜菴寧公，居南嶽數年，日與二物者
遊，因自號曰松泉隱者。山中人宜之甚樂之甚，今雖棄去，猶隨所寓，揭之以
自表；視其志，初無累於物，合所謂澹而不厭者。」〔註112〕本文為一棄去之
寓所做記，本身就具有文人之作風；以松與泉而寫明靜菴禪師的隱居山林生
活，此為佛教僧徒之平常生活，然文中一再表明「君子」，是文中所記與文人
之寫法、文人之山林生活並無二致。本文是以文人的筆法，以描寫文人式的對
山林生活的心態來描寫靜菴（僧人）的山林生活，充滿著文人化。

所謂的「感事抒懷」，使妙聲詩文既有理性思考又帶有強烈的情感色彩的

〔註110〕 《東皋錄》卷下。
〔註111〕 《東皋錄》卷上。
〔註112〕 《東皋錄》卷下。

兩重性，這些詩作既體現著佛教之理，又體現著文人身上具有的情感與情懷。妙聲詩文的「感事抒懷」首先表現在對自然的思考，《行路難》詩中體現出對宇宙論、人生論的思考，云：「天地無有邊，日月茫無涯。人於其間號最靈，胡乃不學坐自乖。饑食費稷黍，衣被絲與麻。古今一事皆不省，何異木石插齒牙。生者還復然，死者其奈何。萬萬千千盡如此，令我起坐久歎嗟。」〔註113〕對天地宇宙、生死的不可把握，從內心中發出深深的慨歎。本詩的思考與慨歎，這是妙聲深入佛教之義理的體現。

其次表現在對無常之義的慨歎上。人生與世事的「無常」，自古以來就引起文人與佛教僧徒無窮盡的慨歎，妙聲亦是如此。《擬秋胡》之一云：「來者靡居，逝者其奈何。來者靡居，逝者其奈何。歲短意長，樂少哀多。遺世獨立，豈無其他。哀我人斯，營營則那。歌以言之，逝者其奈何。」之二云：「瞻彼西山，松栢何蒼蒼。瞻彼西山，松栢何蒼蒼。所謂伊人，在天一方。至道在茲，懷之靡忘。豈不欲往，道阻且長。歌以言之，松栢何蒼蒼。」之三云：「彼瑤者臺，赫赫何人居。彼瑤者臺，赫赫何人居。朝競紛華，夕已為墟。鬼神害盈，乃喪厥家。昔為所羨，今可長籲。歌以言之，赫赫何人居。」〔註114〕本詩之一與之三無常之意具足，之二稍有不同，充斥著滿滿的懷念之意。

對無常的慨歎，包括歷史與人生無常的慨歎。對歷史的慨歎，《次韻遊石湖》之一：「闔閭城西佳氣深，青天翡翠斷千岑。臺荒不見麋鹿跡，日落空聞樵牧音。吳王宮殿絕壁下，隋朝城郭清湖陰。登高弔古意不盡，惟有沙鷗知我心。」〔註115〕歷史的遷變，總是能引起敏感之士深刻的慨歎。對人生的慨歎，《寄上竺日章和尚》詩云：「年踰七十歎衰翁，足不良行耳又聾。無復白間聽夜雨，每因黃落識秋風。有時百步三回坐，何日孤燈一笑同。想見朝回多論述，天花飛落研池中。」〔註116〕其中的「年踰七十歎衰翁」「想見朝回多論述」即是慨歎人生的逝去。現有的文獻不能清楚知曉妙聲的生平及其經歷情狀，詩文展現的對人生慨歎極其深刻，《贈駱自然》詩云：「駱生家在錢塘住，正近曲江蘇小墓。生來無目最善音，自小學歌今獨步。憶昔太平開樂府，新聲傳得宮中譜。摩訶兜勒西域來，子夜吳歌自風土。一聲悲壯梁塵飛，二聲激烈行雲低。

〔註113〕　《東皋錄》卷上。
〔註114〕　《東皋錄》卷上。
〔註115〕　《東皋錄》卷上。
〔註116〕　《東皋錄》卷上。

三聲四聲山石裂，魑魅夜走猩猩啼。我來江上忽相見，聽我履聲如識面。殷勤道我攻詞章，吾今衰也何由羨。落花游絲春寂寂，來前再拜當筵立。為我揚袂歌一行，滿堂聞之皆動色。我本東西南北人，如今天地盡風塵。勞生觸事易成感，使我泣下沾衣巾。駱生駱生吾已老，往事悠悠勿複道。已將身世等浮雲，莫把新詞故相惱。掩琴罷坐求我歌，我歌哀樂何其多。人生百年能幾何，駱兮駱兮奈爾何。」〔註117〕詩中慨歎的仍是他人的人生，從中同樣能看出妙聲對人生極其深刻的體悟；本詩的深刻慨歎，顯示了妙聲的人生應該也是充滿了種種波折，使得敏感的妙聲做出這樣的詩歌。本詩顯然化自白居易《琵琶行》，無論是語句、情緒都可看出極力模仿之意。與《琵琶行》稍有不同，本詩中更多充斥與流露的是暮年的失意與悲涼，恰似晏殊《山亭柳·贈歌者》詞，晏詞云：「家住西秦，賭博藝隨身，花柳上、斗尖新。偶學念奴聲調，有時高遏行雲。蜀錦纏頭無數，不負辛勤。　數年來往咸京道，殘杯冷炙謾消魂。衷腸事、託何人。若有知音見采，不辭遍唱陽春。一曲當筵落淚，重掩羅巾。」二者比較來看，可謂如出一轍。妙聲的詩歌在這裡體現出明顯的文人之風。這種寫作方式與文意，或者仿寫白居易《琵琶行》，似乎是元末明初僧人很喜歡作的題材，如同時期的來復見心有《聽斗谷宗侯琵琶歌》詩云：「我與宗侯相遇時，乃在長安客舍裏。宗侯弱冠我尚幼，相留夜宿常同被。是時來生對彈棋，屢愧負進訝技師。兩三青衣善絲竹，日來勸酒向客屋。手抱琵琶不敢彈，為有倫摯正當局。宗侯手取抽撥續，徐把安膝笑轉軸。長拂小撚兩三彈，涼風滿屋聲謖謖，為我一彈鷫鴣曲。轉聲促軫音更悲，如百指按弦聲高低。大絃如濤小絃雨，鴛雛鳳踠相喚飛。曲聲婉轉復激楚，云是古傳吳葉兒。餘韻綯嘈凝不散，多少宮商弦上換。忽聽千兵赴陣，甲馬行珊珊，轉似隔壁幾個好女傷春坐愁歎。侯家第宅東城偏，父子兄弟皆好賢。邀我幾醉如澠酒，兄弟列坐鳴管絃。坐中搊箏兼吹笛，聲聲倚和真的歷。總道同經內府傳，才說琵琶皆不敵。回首長安已幾年，三春老盡杏花天。近時二三友人探春信，復與宗侯相周旋。一聞此聲意俱醉，歸乃謂余之言然。誰知枯木嬌如語，誰知雅弄將琴侶。河間盧對三雍宮，定陶枉摘銅丸鼓。銅丸摘鼓聲冬冬，樧金戛玉徒雍容。只好新安查八十，近時京都李瞎翁。天工一夜推送三人音弄入我手，使我一彈一飲自廢蓬蒿中。」〔註118〕這或者是受到白居易《琵琶行》感奮，或者是當時的社會狀況引起僧

〔註117〕《東臬錄》卷上。
〔註118〕《澹游集》卷上。

人們的同感，從而創作此類的詩歌。

　　妙聲的「感事抒懷」最重要的是體現在對國事、社會民生的關懷上，這方面又體現出詩作中濃鬱的文人化氣息。如《秋興》詩云：「溪上涼風吹早秋，長空澹澹水東流。芙蓉露泣吳宮怨，苜蓿煙連漢苑愁。貢賦未全通上國，王師近報下西州。關山萬里同明月，遍照詩人自白頭。」〔註119〕本詩應該作於元末明初之間，頗有唐詩之韻，與唐代文人邊塞詩之作極為相似；詩歌表現出對國家統一的期望，頗有陸游《示兒》詩「王師北定中原日，家祭無忘告乃翁」之期望。《苦雨懷東皋草堂寄如仲愚》詩云：「四月淫雨寒凄迷，邊軍夜歸聞鼓鼙。大麥漂流小麥黑，富家歎息貧家啼。書囊留滯北山北，草堂故在西枝西。焚香掃地早閉戶，莫遣加沙沾燕泥。」〔註120〕詩中闡發的亦是對邊境安定的期望。

　　妙聲對民眾生活極其關注，《書吳尹張德常恤民詩卷》寫對民眾的體恤：「閒居林下聽風謠，爭誦郎官惠愛饒。勸課不教遺赤土，苛徵無復到青苗。獄詞善用《春秋》斷，梟鳥宜從朔望朝。」〔註121〕詩中讚揚張德常的恤民，實質反映的是描述對民眾生活的關注。妙聲感歎民生之苦，《和感遇並雜詩》之一云：「悲風拡黃桑，茇舍依樲棘。歲歉兒苦饑，家貧母猶織。寒窗秉機杼，卒歲不成匹。里胥夜蹋門，叫怒催紝織。蹇余晚歸田，耕不如神力。一飯愧其人，安敢自皇息。」詩中感歎民眾生活與生命之艱辛，或即謂生活與生命之「苦」。之二云：「胡雁乘朔風，矯矯厲羽翼。江南稻粱地，異彼陰山北。所憂弋者篡，繒繳在尋尺。奈何隨陽侶，自剪排風翮。豈知經羅網，復懼膏鼎鬲。本不飛冥冥，於今悔何益。」這首與第一首所要表達之意相同，詩意上要更進一步，揭示出人生或眾生遭受到的網羅無處不在，人生幾乎就是籠罩在網羅之中。之四云：「美利在於人，翕張隨所如。上焉有好者，天下將同趣。宣尼常罕言，防源知在初。魏罃問利國，孟子亦回車。沛公田舍夫，蕭何刀筆胥。提劍入咸陽，僅收其圖書。謀生誠止足，制用自可餘。橫流竟莫返，舉世無寧居。」〔註122〕這首詩則是譴責了統治者逐利給社會和民生帶來的傷害；統治者好逐利，則「天下將同趣」，整個天下處於物慾橫流之中，則「舉世無寧居」。

〔註119〕《東皋錄》卷上。
〔註120〕《東皋錄》卷上。
〔註121〕《東皋錄》卷上。
〔註122〕《東皋錄》卷上。

　　對統治者戕害民眾的行為，妙聲進行了強烈的譴責，上引《和感遇並雜詩》之四是從逐利方面的譴責，即可以看作是從倫理上的譴責，《新墳行》詩從具體行為進行譴責云：「南山崔嵬青入雲，將軍取山新作墳。方春迫民就工役，路上白日無行人。西家舊墳雙石馬，一日驅來華表下。東家翁仲今尚存，一朝移來在墓門。葬期日薄雲最吉，雞鳴而作夜不息。新墳已成舊墳毀，舊鬼銜冤新鬼喜。新墳舊墳無了期，南山崔嵬青不移。」〔註123〕詩中對統治者的暴行加以強調，關心民眾與民生之情透出紙表。本詩似乎在模仿白居易新樂府詩之風格，從立意到風格都體現出妙聲受到唐代這種新樂府詩的影響，由《題郭義仲詩集》詩中「每誦新裁樂府詞」〔註124〕可知。為了民眾，妙聲甚至向上天呼號，《劾飛廉》詩云：「飛廉事紂償厥宗，何自上天司八風。噓枯吹生在掌握，竊弄神柄貪天功。四月五月旱大甚，天地翕赫方蟲蟲。原田莓莓赤如燎，種不入土啼老農。雨師鞭霆走群龍，玄雲四合零雨蒙。胡為吹雲使消爍，更鼓烈焰翻長空。斯民焦勞亦何罪，得不哀怨號蒼穹。天雖處高聽甚聰，汝敢迷罔斧爾躬。天誅將加不可逭，殛死大荒誰汝恫。」〔註125〕飛廉（蜚廉星）是中國古代年支十四星之一，主凶。詩中通過強烈譴責蜚廉星對人間帶來的凶災，表達對民眾與民生的關懷，體現出了強烈現實關懷意識、體恤民情之艱辛。與對蜚廉星帶來凶災的譴責相反，《龍掛》詩云：「白龍下天欲行雨，赤日卷水江中央。銀河東傾浪波接，劍影倒射雲旗揚。下民方憂涸轍鮒，上帝許借天瓢漿。龍來勸爾一杯酒，平地水深三尺強。」〔註126〕這是對上天旱時降雨的致謝。對天的怒號還是致謝，完全是以民眾的立場出發的，展現出其關心民眾疾苦的心懷。

七

　　詩文中的「感事抒懷」，還表現在個人的情感表達上。如《病起薔薇甚開》寫病癒之後的歡喜心情，云：「薔薇好顏色，結架傍琴臺。微雨夜來過，今朝花盡開。祇應深待我，也復可憐才。且以永今日，獨詠亦悠哉。」〔註127〕開放的薔薇花頗使妙聲感到會心。寫離愁則入腸三分，如《題岳陽樓圖》云「蛟

〔註123〕《東皋錄》卷上。
〔註124〕《東皋錄》卷上。
〔註125〕《澹游集》卷上。
〔註126〕《澹游集》卷上。
〔註127〕《東皋錄》卷上。

龍出吟霧雨愁，腸斷江南未歸客」〔註128〕，本詩的寫愁頗似秦觀《題郴陽道中一古寺壁二絕》詩：「門掩荒寒僧未歸，蕭蕭庭菊兩三枝。行人到此無腸斷，問爾黃花知不知」。

為朋友寫的挽詞中，內心的真摯之情傾然而出，如《水定茂仲實挽詞》詩「平生數行淚，並落莫燈前」〔註129〕、《平嶺厓挽詞》詩「江湖久無淚，為爾一沾巾」〔註130〕等詩句，將內心之真情毫無掩飾地沖然泄出。對朋友之間的深情，妙聲更是毫無掩飾地表達出來，如《贈王主簿》「欲知思愛深多少，處處春風布穀啼」〔註131〕，《過袁仲章》詩「為懷公子金蘭契，更愛郎君玉樹新」「卻愁候吏催行馬」〔註132〕等句，都深深流露出對友人的情感。送行詩與懷人詩寫得頗為感人，《送沈行恕》詩云：「挾策事行邁，言往五湖濱。陰風結山嶽，落葉滿河津。之子忽已遠，我懷將焉陳。志士惜白日，行客念蕭晨。況茲艱難際，奪我心所親。中情苟不移，在遠猶比鄰。毋為離別苦，庶以道自珍。」〔註133〕由送行引出自己的羈旅之感與鄉愁，《送人遊越》詩云：「二月雨多春水生，放船去作越中行。沙鷗見慣渾相識，野鶴逢將亦不驚。禹穴桃花千洞曉，若耶楊柳一川明。江山信美非吾土，況聽長松杜宇聲。」〔註134〕《送陶元庸之越》是一首送行詩，卻寫得相當奇怪，詩云：「吳越山川一水分，總戎今屬李將軍。旌旗影動黿鼉窟，鼓角聲連虎豹群。徼外遐荒來送款，幕中賓客總能文。想君禹穴題詩處，長向姑蘇望白雲。」〔註135〕似乎是在為出征的友人送行一般。元末明初唐蕭亦有《送陶元庸》詩，云：「有酒澆趙州，無酒醉鸚鵡。不逢平原君，何須識黃祖。殺姬謝豎士，茲事付塵土。誰能愛文章，甘受嫚罵侮。丈夫氣蓋世，身為知己許。蒼茫風塵際，因子慨今古。臨岐舞銅劍，霜隼陵平楚。去矣江國遙，相思隔津鼓。」〔註136〕結合唐蕭詩來看，陶元庸應該是明建立之前，被朱元璋派遣出征浙江一代的將領，因此本詩可能作於元末明建立之前。

〔註128〕《東皋錄》卷上。
〔註129〕《東皋錄》卷上。
〔註130〕《東皋錄》卷上。
〔註131〕《東皋錄》卷上。
〔註132〕《東皋錄》卷上。
〔註133〕《東皋錄》卷上。
〔註134〕《東皋錄》卷上。
〔註135〕《東皋錄》卷上。
〔註136〕錢謙益：《列朝詩集》甲集第十八，《續修四庫全書》第1623冊，第1頁。

　　寫景詩中體現出妙聲隨興之樂,《吳江夜泊》詩云:「月照門前蘆荻花,繫舟不省是誰家。一雙白鷺忽飛去,水上有人彈琵琶。」完全是一副隨興所至之樂趣,《吳山曉行》詩亦是寫此:「草露泠泠著屐行,野橋村巷不知名。長庚如李天將曙,始聽荒雞第一聲。」〔註137〕步履跟隨著興致,沒有目的地遊覽著鄉村景色,出現於眼前野橋村巷與不經意發現的「忽飛去」的白鷺,總能引起詩人內心莫名而會心的歡悅。《寄賈吉甫》詩亦是如此:「垂虹亭下白鷗波,十里香風散芰荷。見說掾曹公事簡,晚涼攜酒聽漁歌。」〔註138〕妙聲以心情的狀況將景物分成有情與無情,《發金陵》詩云:「大船浮江江水清,中流蕩槳駕鵝鳴。楚雲無情自西去,吳山不斷來相迎。坐依北斗近人白,臥見河漢當空橫。舟中有客且勿語,聽我竹枝歌月明。」〔註139〕這首詩應該是被徵召入金陵時所作,以遠離而去之景(「楚雲」)喻為無情,接近金陵的喜悅通過「吳山不斷來相迎」的有情而表現出來。

　　有些景物詩寫得相當細膩,如《和薛生早秋見寄》詩之一,就將小景物寫得頗為細膩,云:「雨洗秋容澹,江含霧氣深。候蟲依井徑,歸燕拂簷陰。庾信江南賦,靈均澤畔吟。正愁聞古調,諷誦重兼金。」細膩之中卻又表現出一絲淡淡的愁意,愁意從「秋容澹」「霧氣深」「候蟲」等洩露出來。這些詞寫出了妙聲相當沉鬱的心境,尤其「候蟲依井徑,歸燕拂簷陰」一句,歸燕帶來的往往是心情的喜悅,但是這一句中讀者的眼光似乎全被吸住在「候蟲依井徑」,在內心中引起的是秋蟲將逝的悲涼,尤其可見妙聲高超的寫作手法。詩末的「正愁聞古調」將愁意推向高潮,同時作為過渡句,很自然將愁意引入深化,因此詩之二云:「涼風起蘋末,落葉灑衣裳。物色悲行客,乾坤入戰場。參軍鬒尚短,太尉足何香。忽聽吟梁甫,懷人意甚長。」〔註140〕《雨中觀荷》再次體現出這種情況,詩云:「濯濯雨中荷,粼粼花底波。銅盤寫珠露,雲錦落銀河。泉客卷衣泣,湘靈鼓瑟歌。鷗翻兼鷺浴,情致奈君何。」〔註141〕

　　四庫館臣言妙聲之作「雖未能語帶煙霞,猶非氣含蔬筍者也」,說其作「非氣含蔬筍者也」是恰當的,而「未能語帶煙霞」則不盡然。妙聲之詩作是帶有煙霞之氣的,體現在大量的題景物詩中,如《蘭雪齋》詩云:「階前春雪

〔註137〕《東臯錄》卷上。
〔註138〕《東臯錄》卷上。
〔註139〕《東臯錄》卷上。
〔註140〕《東臯錄》卷上。
〔註141〕《東臯錄》卷上。

埋，階下幽蘭生。蘭芳雪正消，流水循除鳴。馨香既飄越，月露浩已盈。長想讀書處，散帙有餘清。」〔註142〕詩歌寫得清新雅致。這類的寫景小詩中，不乏充滿了生活氣息之作，如《送人省親》詩中「蟋蟀依苔井，蟢蛸在板扉」〔註143〕之語，寫出了妙聲對生活真切喜悅的切悟般的感受。《次張士行草堂韻》詩云：「西枝草堂西復西，山回谷轉路多迷。蜜蜂出戶櫻桃發，桑葚連村布穀啼。自起開門留野鶴，誰能立馬候朝雞。經時不到雲深處，雉子將雛鹿有麛。」〔註144〕詩中充滿了生活情趣，同時更顯示了一幅天然之趣。

八

　　對世事的堪破、無常的慨歎與短暫被徵召而感受到的政治恩威，「感事抒懷」的妙聲沉入到樂道的生活之中，如《漉酒圖》詩云：「棄官賦歸來，田家酒初熟。脫我頭上巾，漉此杯中綠。獨漉復獨漉，漉多酒還濁。酒濁猶自可，世濁多返覆。桑枯柳亦衰，但有松與菊。田父晚相過，相與話壚曲。共醉茅簷下，此生亦以足。」〔註145〕以酒濁凸顯「世濁多返覆」，可以猜想「多返覆」的「世濁」應該給予過妙聲深刻的感受，才會有「共醉茅簷下，此生亦以足」的心態。與此詩相同的，《題滄浪醉眠圖》詩云：「沄沄此河水，水渾不見底。水渾猶自可，水深將沒汝。舟楫無根柢，風波無時休。不如高堂上，飲酒可忘憂。」〔註146〕詩中的「水渾」「水深」與「世濁多返覆」之意相同，最後一句的「飲酒可忘憂」與「共醉茅簷下，此生亦以足」之意相同。這種深刻的感受，使得妙聲將追求的重心轉向了「樂道」，《題歸去來圖》詩云：「奮身報韓仇，決策扶漢鼎。有懷千載上，慷慨心獨領。家貧值時變，樂道事幽屏。賦詩聊自娛，去縣不待請。高風振六合，名與日月並。朗詠《歸去》篇，猶疑見煙艇。」〔註147〕詩的前半部分有激昂的「感事抒懷」之意，後部分開始敘「賦詩聊自娛」的「樂道」之懷，本詩實際上可以看作是妙聲從「感事抒懷」的激昂，向「賦詩聊自娛」而「樂道」的轉變。

　　「共醉茅簷下，此生亦以足」具有強烈的樂道色彩，妙聲在詩歌中書寫出

〔註142〕　《東皋錄》卷上。
〔註143〕　《東皋錄》卷上。
〔註144〕　《東皋錄》卷上。
〔註145〕　《東皋錄》卷上。
〔註146〕　《東皋錄》卷上。
〔註147〕　《東皋錄》卷上。

了其樂道的心態。《圭復菴貧樂齋》中明確提出「樂惟道義」，云：「貧非樂也，樂惟道義，匪哲弗居，孰雲細事。室如懸磬，俯仰無愧，終身欣然，何憂何懼。矧伊吾人，宗自西方，一飯候暑，三宿於桑。彼上人者，如圭如璋，肆求懿德，其居允臧。載瞻其居，有琴有書，亦有嘉賓，來與我娛。草衣藜羹，屢空晏如，從吾所好，有樂只且。往有鍾鼎，弗慎弗守，彼有榮觀，弗圖弗究。」〔註 148〕詩中明確提出自己對鍾鼎「弗慎弗守」對榮觀「弗圖弗究」的「樂惟道義」觀念。《樗軒》中云「逍遙樂其下，永願辭朝簪」，承接了對鍾鼎「弗慎弗守」對榮觀「弗圖弗究」之意，前兩句的「培根在封植，種德務華深」承接了妙聲遵「道」的觀念，遵「道」而樂「道」，是妙聲以「道」為本的主線。妙聲樂「道」的內容，按照《樗軒》詩中說的是「物生各有適」「各遂天地性」，詩云：「彼樗實散木，三年踰十尋。形質雖偃蹇，柯葉自蕭森。物生各有適，小大在所任。敢期當世用，聊致東溪陰。清風樹下至，和我邱中琴。群鳥亦萃止，懷人遺好音。各遂天地性，庶當君子心。」〔註 149〕《黃葵》詩中言進退皆和天道，云：「庭樹鶼鳩鳴，眾芳跡如掃。愛此承露杯，揚英向晴昊。黃中本通理，靜退合天道。所懷秉明德，非獨顏色好。陶潛愛佳菊，歸去苦不蚤。三徑已就荒，壺觴亦傾倒。邈哉千載上，異代同襟抱。攬彼草木微，於焉託幽討。」〔註 150〕自然萬物順和天道，詩人融入其中，渾然一體，於其中體悟樂道之感，並寄託懷襟。詩中寫陶潛實際上是自指，詩人如陶潛一樣，融合天道之中而感受順和天道之樂。

「樂道」是一種物我雙忘的境地，《松石室》詩云：「上人禪者流，獨往脫天械。燕坐一室中，心遊大千界。松風與石瀨，蕭瑟雜澎湃。物我澹相忘，靈虛絕纖介。瞻彼五髻峰，峭拔出天外。長松將秀石，出入妨（去）而隘。日與二者俱，消搖一何快。逝將從君遊，吾衰怯行邁。」〔註 151〕身處一室而心遊世界，物我雙忘而不滯，浸入沉靜愉悅的道心；「逝將從君遊」意指妙聲的心境徹底與自然融合為一體。順和天道的樂境與樂道的心境，妙聲或許認為只有在「古逸民」時代才能出現，因此《邨居圖》詩表達了對「古逸民」的追懷，云：「東村有隱者，素髮颯垂領。几上種樹書，門前釣魚艇。秫稌風露深，葭

〔註 148〕 《東臯錄》卷上。
〔註 149〕 《東臯錄》卷上。
〔註 150〕 《東臯錄》卷上。
〔註 151〕 《東臯錄》卷上。

茭天水永。雲飛洞庭小，花落春戶靜。懷哉古逸民，披圖發孤詠。」〔註152〕古逸民不逐世俗之利，逍遙樂道（「消搖一何快」）。追懷「古逸民」，一方面體現出妙聲如道學家一般對「三代」的嚮往，一方面或許是因為現實中無法體會到與自然融為一體的樂道心境，因此《漁隱》詩表達自己避世之意，云：「青山當船頭，流水在船下。披襟獨揮車，鷗鷺與同社。我本避世人，初非漁釣者。得魚亦不賣，有酒聊自寫。百年如過鳥，萬物猶一馬。與世久相忘，胡為不予舍。」〔註153〕根據詩意，妙聲描寫的避世，不是與一般士人一樣簡單地躲避塵世，而是追求「古逸民」的樂道之風。

　　樂道的狀態下，妙聲對生活的描寫在向「古逸民」的理想狀態靠近，《易安軒》詩云：「豐屋雖萬間，所託在尋尺。南窗極低小，亦足容我膝。知止庶不殆，適性聊自佚。邈哉古之人，瞻彼江上宅。桑麻被墟曲，榆柳蔭溝術。有子學書史，有田藝黍稷。於焉悅親戚，且以御賓客。赫赫通侯居，榮觀互阡陌。持盈諒弗戒，百鬼瞰其室。永懷栗里翁，曠達有清識。欣賞方在茲，庶用警晨夕。」〔註154〕樂道則「易安」，簡單順從自然的生活是「適性」「曠達有清識」的表現，「赫赫通侯居，榮觀互阡陌」是對世事與生活的通透體味，故能有《述古道雪齋》詩中說的「湛妙信可樂」之心境，詩云：「黃岡有雪堂，西湖有雪齋。勝選不在雪，其人賢且佳。蘇公天下士，與世寡所諧。愛此林下趣，品題自吾儕。風流吾家述，好古獨興懷。南遊得成印，況與秦文偕。神交契冥漠，尚友遺形骸。積雪遍大野，流水鳴空階。湛妙信可樂，勿愧食無鮭。」〔註155〕「好古」即是對「古逸民」之風的嚮往，「愛此林下趣」是樂道的具體體現，以及對「道」的「神交契」，《心覺原宜晚軒》詩中的「深諧靜中趣」亦是此意：「青山多故情，慰我齒髮莫。愛此泉上軒，深諧靜中趣。孤雲赴遠壑，落日在高樹。牛羊下來盡，鳥雀歸飛屢。境勝欣有得，形忘澹無慮。消搖步前楹，曠望一延佇。懷哉未歸客，微徑草多露。」〔註156〕

　　「深諧靜中趣」的樂道境地，在喧嘩中能感受到寂靜，《靜寄軒》詩云：「深居一室靜，獨坐群動息。涉世諒無營，照空欣有得。風吹松上雨，花落

〔註152〕　《東皋錄》卷上。
〔註153〕　《東皋錄》卷上。
〔註154〕　《東皋錄》卷上。
〔註155〕　《東皋錄》卷上。
〔註156〕　《東皋錄》卷上。

澗底石。當期永日閒，共此喧中寂。」〔註157〕達到「喧中寂」的境地，便不為外界風雨所動，如《次韻道行可清明雨》詩云：「風雨蕭蕭夜向晨，清明都付寂寥濱。吹殘野外無窮柳，消盡江南大半春。臨水桃花還有浪，銜泥燕子不生塵。匡床坐穩渾慵起，賴得同人語笑頻。」〔註158〕詩中描寫了江南清明的景致與風雨，對到達「喧中寂」的境地的僧人來說，外在的風雨並不能動其心境。

出於樂道之思，妙聲在描寫環境時，往往將普通的環境盡力描寫成類似於「古逸民」所居住之有道之境，如《野望軒記》云：「凡為遊觀者，則必搜奇抉勝，躪翳濁就清曠，殫月廢日而後成，得於此必遺於彼，鮮克有兼者焉。若夫不越戶不徙席不登高臨深，而萬象畢陳、意態呈露，莫能遁逃者，其惟茲軒也與。軒在具區之上，涭溪之陰，仲謨謀上人之別墅也。軒之南東暨西，皆平疇沃野，人煙墟落遠近隱見，水泉阡陌交貫聯絡，浮青蕩白膠葛下上，田夫漁子帶等箬而負襏襫，岸耕水擉，謠咢遞發，樵童牧豎嘯歌躑躅與相應和。居人過客，來往旁午。軒之深廣僅倍尋，又三面皆牖，疏明洞達，圖史之外可容數人，每鉤簾而坐，清暉秀色溢於几席。邇可攬結，遠盡無際，晦明朝夕，各極其趣，景物之變，日新而無窮，信遊觀之具美者也。」妙聲將本來一座「深廣僅倍尋」的平常的野望軒的描寫，超越「遊觀之樂」之地，上升為「磅礡萬物，內外交養」〔註159〕之地。這樣的篇章並非僅此一篇，妙聲幾乎將所有《記》都寫成了有道之境，某些描寫可能為了突出古逸民之「道」意，有著道教化的傾向，如《仙山圖》詩云：「芙容插青天，天近可倚杵。樓觀棲曾厓，日月出其下。地無凡草木，人是靈仙侶。蒼龍守重關，皓鶴戲玄渚。璚林何蕭森，瑤草亦蕃廡。天人道固殊，朒朓自今古。卑高雖遼絕，臨制足官府。吾聞崑崙顛，其上有縣圃。此圖無乃是，茲理詎無取。」〔註160〕一篇篇《記》一首首詩，近似於在描寫仙境。再如《和感遇並雜詩》之三云：「有虞昔南狩，死葬蒼梧山。帝子泣幽怨，至今竹斑斑。重華骨已朽，淳樸何時還。我欲往從之，洞庭汨孱顏。夢寐奠靈瑣，懷椒候其間。安得御風去，揮手謝人寰。」之五云：「西山一何高，草樹鬱樽樽。仙靈此焉宅，尚有秦遺民。我欲躡丹梯，

〔註157〕《東皋錄》卷上。
〔註158〕《東皋錄》卷上。
〔註159〕《東皋錄》卷中。
〔註160〕《東皋錄》卷上。

引手捫青天。天高迥無極，欲上嗟無因。令天若可上，世上那有人。」〔註161〕
詩中的「秦遺民」顯然是將詩境描寫成《桃花源記》之境，對「淳樸」嚮往，
顯然是對古逸民之風的回歸，是對近於仙境的桃花源的想像。

〔註161〕《東臬錄》卷上。

第十四章　道衍的詩文創作與形象的歷史演變

　　朱元璋去世之後，有一位僧人以出人意料的方式出現在歷史舞臺上，並且一直到民國時期仍然處於是非的爭論之中，這位僧人就是明初的道衍。所謂的處於歷史舞臺的中央，是指道衍輔佐朱棣奪帝位成功，在靖難之役的前前後後發揮了重大的作用。直到民國時期一直處於是非之中，是指道衍輔佐朱棣起靖難之兵的行為受到了不同的評價，毀譽不一，有積極的肯定，如不著撰人的《靖難功臣錄》中說：「及出師，廣孝常居守，運籌帷幄，蓋義師之起，實廣孝首贊助之。」〔註1〕與相對稀少的肯定聲音相比，更多的文獻是對道衍的指責和攻擊。道衍從配享太廟到受到萬般的詆毀，在令人感到唏噓的同時，更能感受到社會與思想的深刻變化。在涉及到道衍的明清兩朝史學文獻和小說中，道衍的形象被進行了共同的醜化，明清小說中道衍的形象則明顯是受到史學文獻的影響。

　　關於道衍的研究，何孝榮《明代南京寺院研究》介紹了其簡要事蹟，其他一些關於明代佛教史的著作中有一些類似的簡要記述。解芳《詩僧姚廣孝簡論》（《文學評論》2006 年第 5 期）簡要介紹了道衍的文學創作。道衍在明代佛教史、政治史、文學史中具有特殊的色彩，本文梳理道衍文人化的文學創作與文學觀念，並通過以道衍在文學史上被醜化的歷程為例，揭示史學觀念對文學創作觀念的巨大影響。

〔註 1〕朱當㴐：《靖難功臣錄》，明嘉靖二十三年（1544）雲間陸氏儼山書院刻本。

一

　　道衍，幼出家為蘇州妙智菴僧，「好讀書工詩文」。據其《祭瑩中文》所言，洪武八年時詔取通儒學僧出仕，「師與衍皆赴京」，這應該是道衍首次受到朱元璋的接見，應該注意的是，道衍表明自己是「通儒學僧」。洪武十五年八月，朱元璋命選取佛僧侍奉親王，「衍與師又同選舉也」〔註2〕。選任僧徒參與政事，是朱元璋經常使用的做法，永覺禪師曾論朱元璋的這一做法云：「唐以前，僧見君皆不稱臣，至唐則稱臣矣。然安秀諸師宮中供養，皆待以師禮，諸師稱天子則曰檀越，自稱則曰貧道。至宋絕無此事，然猶有上殿賜坐、入宮升座等事。至近代並此亦無之，僧得見天子者絕少。惟洪武間尚有數人，然止於奉和聖製，及差使外國。且有強畜髮而官之者，且有和詩用一『殊』字而被殺者。」永覺這段話意在強調「以僧德歷代而遞衰，故待僧之禮亦歷代而遞降」〔註3〕，但提到的僧人參與政事確是事實。道衍被派遣侍奉燕王朱棣。道衍來到北京侍奉朱棣後，「以謀於太宗，起燕邸」〔註4〕，輔佐朱棣起靖難之師並奪得帝位。

　　關於道衍輔佐朱棣在靖難之役前後的事蹟，《釋鑑稽古略續集》載云：「太祖擇名僧輔諸王，文皇帝時為燕王，廣孝自請於文皇曰：『殿下若能用臣，臣當舉一白帽子與大王戴也。』既而文皇自求廣孝於太祖，許之。蓋王上加白乃皇字，是時廣孝已知燕邸異日之必有天下為皇帝矣。洪武未，靖難兵起，皆廣孝之謀也。」朱棣能成功奪位，「皆廣孝之謀」幾乎是一致的認識。作者對此的評論是：「姚廣孝之遇文皇，猶劉基之遇太祖，皆佐命天界，非偶然也。廣孝在燕侍文皇時，天寒甚，文皇出一對曰『天寒地凍，水無一點不成冰』，廣孝應聲曰『國亂民愁，王不出頭誰作主』，文皇大喜。後舉兵，令擇日，至期疾風暴雨，文皇謂曰：『出師大風雨，此兵家之忌也。』孝曰：『殿下是個龍，正要大風雨，方助得勢頭起。』果驗。」〔註5〕這裡對於道衍的記載，顯然是已經被神化過了。道衍對朱棣的輔佐，評論者與歷史記載者一致歸於道衍「遇異人傳術，能知人休咎，及善術數之學」。上述對道衍的評論，一則是強調道衍思維敏捷，一則是強調道衍身上的術數色彩。按照歷史的真實來看，道衍對朱棣的輔佐，最重要的是對形勢的判斷。面對建文帝的削藩，各藩王如果不加以反抗，毫無疑問最終將被剝奪所有的權力，甚至會淪為階下囚或者不得善

〔註2〕《獨菴外集續稿》卷五，載《姚廣孝集》第一冊，第194頁。
〔註3〕《永覺和尚廣錄》卷第三十，《續藏經》第72冊，第573頁。
〔註4〕王世貞：《明詩評》四，明萬曆四十五年（1617）刻本。
〔註5〕《釋鑑稽古略續集》二，第932頁。

終。其次是利用具有術數色彩的手段和方式堅定朱棣以及隨從者起兵的決心，所謂「殿下是個龍，正要大風雨，方助得勢頭起」等語與歷史上常用的利用術數化手段號召反抗與起兵的方式一般無二。

道衍的術數來自於元代道士席應真，朱琰編《明人詩鈔續集》卷三收錄道衍詩兩首，其中一首為《明詩綜》所收錄《送友人之松江》，另一首即是朱彝尊《靜志居詩話》中所引的《謁劉太保墓》。《詩鈔》中有道衍小傳，云：「廣孝，幼名天僖，長洲人。本醫家子，度為僧，名道衍，字斯道。事道士席應真，得陰陽術數之學。太祖選高僧侍諸王，廣孝從燕王之北平。惠帝立，議削奪諸藩，廣孝贊燕王舉兵。」〔註6〕道衍出身於醫家，出家為僧後又以道士為師，又學陰陽術數之學，顯示了道衍早期在信仰上具有民眾信仰的特點，即接受過多種信仰，根據自己的興趣和實際需求而接受某種信仰，信仰上的排他性較小。隨著年齡的增長，尤其是被朱元璋選中侍奉燕王之後，應該是越來越堅定了自己佛教徒的身份，特別是靖難之役後，朱棣因其功績命其還俗為官，道衍則堅決不還俗不娶妻生子。

道衍的一生可能受到元代同樣曾作為佛教僧徒的劉秉忠的影響。朱彝尊所引道衍《謁劉太保墓》之「劉太保」就是元代名臣劉秉忠，《靜志居詩話》云：「少師與十高僧同徵，當時孝陵『知人則哲』，何不移來復之誅，誅之。考前代桑門得預軍謀者，若佛圖澄、道安、鳩摩羅什、支曇猛、竺朗，皆非盛世之事。少師獨早著才稱，晚參帷幄，文與『北郭十友』之林，武居靖難諸臣之首，咄咄怪事。觀其入燕兩謁劉太保墓，賦詩云：『良驥色同群，至人跡混俗。知己苟不遇，終世不怨讟。偉哉藏春公，簞瓢樂巖谷。一朝風雲會，君臣自心腹。大業計已成，勳名照簡牘。身退即長往，川流去無復。佳城百年後，何人敢樵牧。斯人不可作，再拜還一哭。』蓋早以藏春子自況矣。」〔註7〕朱彝尊在此所引詩即道衍《劉文貞公墓》詩，詩中稱讚劉秉忠：「一朝風雲會，君臣自心腹。大業計已成，勳名照簡牘。身退即長往，川流去無復。」〔註8〕詩中對劉秉忠的描述，幾乎就是道衍後來參照的模板。道衍後來又有《春日謁劉太保墓》詩云：「芳時登壟謁藏春，兵後松楸化斷薪。雲暗平原眠石獸，雨荒深邃泣山神，殘碑蘇蝕文章舊，異代人傳姓氏新。華表不存歸鶴怨，幾多行客淚

〔註6〕朱琰編：《明人詩鈔續集》卷二，樊桐山房藏板、乾隆庚辰（1760）刻本。
〔註7〕《靜志居詩話》卷六，人民文學出版社1990年版，第145～146頁。
〔註8〕《逃虛子詩集》卷一，載《姚廣孝集》第一冊，商務印書館2016年版，第13頁；《續修四庫全書》本《逃虛子詩集》載本詩標題為《謁劉太保墓》。

沾巾。」〔註9〕深深的懷念之情溢於字表。道衍對隔代的劉秉忠確實有一種很深的情愫，視之為知己，因而一再去拜謁劉秉忠之墓，並書寫滿含感念之情的詩作。劉秉忠自號藏春散人，《元史》劉秉忠傳云：「秉忠生而風骨秀異，志氣英爽不羈。八歲入學，日誦數百言。年十三，為質子於帥府。十七，為邢臺節度使府令史，以養其親。居常鬱鬱不樂，一日投筆歎曰：『吾家累世衣冠，乃汩沒為刀筆吏乎。丈夫不遇於世，當隱居以求志耳。』即棄去，隱武安山中。久之，天寧虛照禪師遣徒招致為僧，以其能文詞，使掌書記。後遊雲中，留居南堂寺。世祖在潛邸，海雲禪師被，召過雲中，聞其博學多材藝，邀與俱行。既入見，應對稱旨，屢承顧問。秉忠於書無所不讀，尤邃於《易》及邵氏《經世書》，至於天文、地理、律曆、三式六壬遁甲之屬，無不精通。論天下事如指諸掌。世祖大愛之，海雲南還，秉忠遂留藩邸。」〔註10〕劉秉忠的隱居是因為「不遇於世」，遂「隱居以求志」。相對照來看，二人的經歷幾乎完全相同：首先是具有非凡的才能，其次是出家為僧，第三是二人都具有術數之色彩，第四是作為僧人侍奉親王，第五是輔佐親王取得巨大的成功。因此道衍對劉秉忠的稱讚是完全可以理解的，可以推測的是，道衍可能是以劉秉忠為模板作為自己行事的指導。後世者看到了二者的相似，明中前期的李東陽就說：「元劉太保詩一絕，國朝姚少師所書也，劉、姚俱隱於僧……兩翁雖遭際不同，跡頗相類，觀姚書劉作，有契會之意焉。程錦衣用明持以視予，兩翁皆天下奇士，其學予則不能知，後有具法眼者，不知作何等觀也。」〔註11〕李東陽看到了二人的事蹟極為相類，二人俱隱於僧又同為天下奇士，似乎有隔代契會之意。清代僧人性音重編的《禪宗雜毒海》收有《禮建文君遺像》詩，云：「陰謀休恨姚廣孝，老佛曾傳楊應能。斂卻殘棋誰勝負，閻浮提內兩員僧。」〔註12〕性音對道衍和劉秉忠視作同類人物，都具有「斂卻殘棋」定勝負之能。四庫館臣《藏春集》提要中提到二人的「蹤跡頗同」云：「秉忠起自緇流，身參佐命，與明道衍蹤跡頗同。然道衍首構逆謀，獲罪名教，而秉忠則乘時應運，參贊經綸，以典章禮樂為先務，卒開一代治平，其人品相去懸絕，故所作大都平正通達，無噍殺之音。」〔註13〕清末劉聲木在「僧人位至將相」中云：「世人但知明姚

〔註9〕 《逃虛子詩集》卷八，第94頁。
〔註10〕 《元史》卷一百五十七，第3687～3688頁。
〔註11〕 李東陽：《懷麓堂集》卷四十一《題姚少師所書劉太保詩》，《四庫全書》本。
〔註12〕 《禪宗雜毒海》卷二，第62頁。
〔註13〕 《藏春集》卷首，《四庫全書》本。

廣孝起自緇流，佐成祖以得天下，而不知元劉秉忠亦起自緇流，佐元世祖受命。姚廣孝之佐成祖，以篡取侄位，原為利祿而起，無道德之可言。其後官居極品，位極人臣，終身不易僧服，亦惡人中異人也。」〔註14〕二人以佛教僧徒輔佐親王成就事業，在中國歷史上是相當獨特之事。劉聲木對道衍的評價，代表了明末之後正統文人對道衍的看法，這在下文中有更多地論述。

　　上述文獻中提到的「姚廣孝」就是道衍，這是他出家之前的俗名，道衍是出家後的法號，靖難之役後，朱棣念道衍之功又恢復其俗名，故一般以「姚廣孝」稱之，而不以「道衍」稱之。關於道衍（姚廣孝）生平事蹟及功績，最早較為詳細的記載應當是明代王鏊纂修的《姑蘇志》，云：「姚廣孝，長洲人。初為僧，名道衍，字斯道，居相城妙智菴。時相城靈應觀道士席應真者，讀書學道，兼通兵家言，尤深於機事。廣孝從之，執弟子禮，於是盡得其學。然深自退藏，人無知者。其友王行獨深知之，曰『他日必當有所遇，固不得以人廢言也』。洪武中，以高僧薦，選侍文皇於燕邸，深見親信，與密謀。永樂中，以靖難功進官太子少師，複姓賜今名。擬於元之劉秉忠，卒贈榮國公，諡恭靖，配享廟庭。初，靖難之功廣孝第一，事定未嘗自言，文皇屢欲官之，輒辭。一日召見，令人潛以冠服被體，亟命宣謝，不得已受命，終不蓄髮娶妻，所居多在僧寺。然文皇眷禮彌篤，每稱少師而不名。及病，駕幸其第，問後事，對曰『出家人復何所戀』，強之終無言。文皇念其功，特官其養子姚繼為尚寶少卿。廣孝博通內外典，亦工文詞，所著有《逃虛子集》，別有《道餘錄》，則專詆程朱，其友張洪嘗云『少師於我厚，今死矣，無以報之，但見《道餘錄》輒為焚棄』。」〔註15〕王鏊對道衍出家為僧、遇道士席應真、被選為侍奉朱棣、朱棣即位後的寵遇、學術，作了較了較多的說明。《姑蘇志》這裡的描述，基本上用的是野史的描寫手法，文中雖然稱「以靖難功進官太子少師」「文皇念其功」，卻沒有正面描寫道衍的功績，關注點在道衍的術數、與朱棣的「密謀」、學術上和程朱理學的相悖，開啟了後來對道衍批評、指責與詆毀的先聲。

　　所謂「靖難之功廣孝第一」，指的是道衍堅定地支持朱棣起兵，並在朱棣久攻濟南不下時提出繞過濟南城直下南京的謀略。實事求是地說，道衍在戰役中的謀略相當一般，明人宋端儀曾在論「顧成」時提及到道衍「素不習兵事」，云：「顧成，洪武二十九年升右軍都督府都督僉事，充征南總兵官。既歸，靖

〔註14〕《萇楚齋五筆》續筆卷三，盧江劉氏 1929 鉛印本。
〔註15〕《姑蘇志》卷五十二，明正德修撰本。

難之師起北方，公受命往禦。至真定，靖難之師縶公以獻。文皇識公先朝舊人，解其縶……遂遣元獲人送北京，令輔仁宗皇帝居守。時姚廣孝奉命輔居守，有腹心之寄。姚素不習兵事，與公議多不合。會南兵圍城，仁皇於軍旅調度恒從公言，城中文武之臣競進曰：『顧成，南將，其中叵測，不可專任。』然公所言計，皆合機用，皆有效……南兵數圍城卒以敗去者，多用公謀也。」〔註16〕由此可見道衍的具體的戰役謀略確實一般，他擅長的是宏觀的戰略和謀略，並成為朱棣取得靖難之役的勝利與奪得帝位的關鍵，在這個意義上論道衍靖難之功第一也無可厚非。關於道衍在靖難之役中的功績，下文還有敘及。

在文化事業上的貢獻，道衍主持編修《永樂大典》和監修《太祖實錄》。關於《永樂大典》的纂修，學界已有不計其數的論述，在此不以贅言；監修《太祖實錄》表明朱棣對道衍有著非同尋常的信任。永樂初年，朱棣對《明實錄》的纂修很不滿意，遂讓道衍監修《實錄》，沈德潛有兩段話提到道衍監修《實錄》，一為「國初實錄」條云：「本朝《太祖實錄》修於建文中，王景等為總裁。後文皇靖難，再命曹國公李景隆監修，而總裁則解縉，盡焚舊草。其後永樂九年復以為未善，更命姚廣孝監修，總裁則楊士奇，今所傳本是也。」二為「監修實錄」條云：「至洪武三十五年七月，實建文四年也，文皇新即位，以前任知府葉仲惠等修太祖錄，指斥靖難君臣為逆黨，論死籍沒，本年十二月始命重修。其時監修者為曹國公李景隆、忠誠伯茹瑺。雖文武各一人，皆勳臣也。永樂九年，又以景隆、瑺等心術不正，編輯不精，改命姚廣孝、夏原吉為監修，其纂修則屬之胡廣等。」〔註17〕永樂重修《實錄》，實際上是對前修《太祖實錄》的不滿，讓道衍監修《太祖實錄》實際上是對《太祖實錄》進行修改，將其中對朱棣有忌諱的地方進行修改。朱棣讓道衍監修《太祖實錄》的重纂，是對他的極大信任，道衍極好地完成了《太祖實錄》的監修工作。道衍《與夏尚書》中提到自己對監修《太祖實錄》的盡心，云：「終日杜門沉坐，惟觀佛待盡，余無足書者。區區所念，《太祖實錄》萬世法則，此是國家至重之事。」〔註18〕將修《太祖實錄》作為「國家至重之事」，道衍可謂是盡心盡力。

對道衍功績的評價，明末李贄給予了極高的肯定，認為「我國家二百餘年以來，休養生息，遂至今日士安於飽暖，人忘其戰爭」，皆是「我成祖文皇帝

〔註16〕《立齋閒錄》三，《四庫全書》本；又參見楊士奇《鎮遠侯墓碑》。
〔註17〕《萬曆野獲編》卷一，中華書局1997年版，第5、6頁。
〔註18〕《逃虛子文集新輯》，載《姚廣孝集》第一冊，第322頁。

與姚少師之力也」。李贄以七十五歲的高齡，尋訪道衍「遺書遺像甚勤」，有告之者云：「公自輟配享，祀大興隆寺，而今毀矣。今移公像於崇國西偏，甚不稱。」李贄遂「齋戒擇日」往崇國寺瞻禮之，見「墨蹟宛然，儼有生氣」，心中慨慕，「欲涕者久之」〔註19〕。這裡提到了道衍配享的事。道衍由於功大，朱棣即位後給予了很高的冊封，「成祖即位，論功封資善大夫、太子少師，複姓賜今名。卒贈榮國公，諡恭靖」〔註20〕。朱棣的寵遇，使得道衍在永樂時有著超然的地位，沈德潛論明初的「國公文臣」云：「國公爵雖至貴，然歷朝勳號，俱稱武臣。惟太祖朝，韓國公李善長生前疏封時得稱文臣。至太宗則姚廣孝贈榮國，亦被文臣之稱，以緇徒得比隆開國元勳，亦異矣。」〔註21〕朱國禎《湧幢小品》「講讀」中提到朱棣對道衍的重視：「太祖最好學，海內宿儒，徵聘殆盡。臨朝，侍左右，每事諮訪，退即與之講解，甚至互為辨難。又設大本堂教皇太子，其諸王、諸王孫皆親加督課，且日與諸儒相上下。故太宗、仁宗、皆優於文事，而建文尤為瞻敏。太宗又推此意教皇太孫，命姚廣孝等講讀華蓋殿，故宣宗詩文妙絕今古，而繪事尤精。雖聖神天縱，要之預教之功不可少也。」〔註22〕朱國禎將道衍放在自朱元璋以來的以飽學之臣教授皇子讀書的系統中，看待他的超高地位。道衍七十歲時，成祖有《賜太子少師姚廣孝七十壽詩》二首，之一云：「壽介逃虛子，耆年尚未央。功名躋輔弼，聲譽籍文章。晝靜槐陰合，秋清桂子香。國恩期必報，化日正舒長。」之二云：「玉露滋芳席，奎魁照碧空。斯文逢盛世，學古振儒風。未可還山隱，當存報國忠。百齡有餘慶，寫此壽仙翁。」〔註23〕詩中以「壽仙翁」稱之，殷切的關懷之情溢於詩外。道衍在永樂時的寵遇，確實可以「以緇徒得比隆開國元勳」一語概之。「以緇徒得比隆開國元勳」的事例，在歷史上除元代劉秉忠外再無第三人，地位可謂顯赫。道衍後來的毀譽，有可能與他作為佛教徒身份而享有顯赫地位有關，尤其是在本來就視佛教為異端的程朱理學學者眼裏更是如此，由此程朱理學學者們攻擊道衍的《道餘錄》就可以理解了，這在下文有詳述。假如靖難之役後道衍沒有享有如此高的地位，或許可少此非議歟。

　　道衍的地位在明仁宗即位時達到高峰，洪熙元年即以道衍配享太廟，陪祀

〔註19〕　李贄：《續焚書》卷三「姚恭靖」，中華書局1975年版，第85頁。
〔註20〕　朱琰編《明人詩鈔續集》卷三，樊桐山房藏板、乾隆庚辰（1760）刻本。
〔註21〕　沈德符：《萬曆野獲編》補遺卷一，第810頁。
〔註22〕　《湧幢小品》卷之二，《四庫全書存目叢書》本
〔註23〕　《御選明詩》卷一。

朱棣,《千頃堂書目》云道衍去世後「太宗御製文銘,其墓仁宗立,追贈少師,配享太廟」〔註24〕,可謂極享榮耀。沈德潛「太廟功臣配享」條云:「古來帝王皆有功臣侑食,本朝惟中山王徐達以下十二人,配享太祖。至洪熙元年,又加清河王張玉、東平王朱能、寧國公王真、榮國公姚廣孝,陪祀太宗。」陪祀朱棣、享受國家的祭祀,這是至高的榮耀。這種榮耀一直到明世宗嘉靖皇帝被改變,嘉靖帝重定祀典,「進劉基於太祖之側,而斥姚廣孝,不使得侍太宗」〔註25〕,可能就是因為此時對道衍的毀譽言論越來越多。《世宗實錄》中詳載了將道衍撤去陪祀的過程:「甲申。上諭輔臣曰:『廖道南嘗言姚廣孝弗宜配享太廟,夫廣孝在我皇祖時建功立事,配享已久,或不當遽更,但廣孝係釋氏之徒,使同諸功臣並食於德祖、太祖之側,恐猶未安。禮官雖曰遵畏成典,實非敬崇祖宗之道,卿等其加思之。』至是,禮部尚書李時同大學士張璁、桂萼等議,以廣孝事太宗,雖有帷幄之謀,厥後加以厚秩,賜以顯爵,亦足償其勞矣,若削髮披緇,沾榮俎豆,則非所宜,信有如皇上所諭者,臣等議當撤去,即移祀於大隆興寺內,每歲春秋遣太常寺致祭,庶宗廟血食之禮,秩然有嚴,而朝廷報功之意兼盡無遺矣。上從之,仍命告於皇祖以行。」〔註26〕對撤去道衍的配享,沈德潛說「此不特聖主獨見,亦海內公論」,表明此時對道衍的看法發生了重大的轉變。嘉靖帝將道衍的塑像移到大隆興寺內,每年尚遣官員祭祀,至萬曆時連寺廟的祭祀也停止了,萬曆時人沈榜論及「敕祭姚少師」條云:「洪熙元年,以榮國恭靖公贈少師姚廣孝,有靖難功,命從祀於太廟。嘉靖九年,從中允道南請,謂廣孝髡徒,不宜與廟祀,移護國寺祀之。寺在皇城西北隅,歲春秋二仲,先十日,太常寺題遣本寺堂上官行禮,萬曆十四年更止之。祝曰『皇帝遣諭祭於榮國恭靖公贈少師姚廣孝』,曰:惟爾佐我文祖,靖難功多,昔配廟庭,茲歸梵宇,仲春秋遣祭,用答殊勳,靈爽有知,尚其歆服。」〔註27〕道衍的塑像移到大隆興寺內後,很快便不知所之,靜海勵宗萬撰《京城古蹟考》「護國寺」條云:「臣按寺本元崇國寺,至元中建,同名者二,此乃北寺也。宣德間改名隆善,成化壬辰又增護國二字,故沿今名。寺為脫脫故宅,曾塑其夫婦像於佛座下。明姚廣孝像亦在寺,像有自題一偈,後署獨菴老人題,蓋其號也。釋名道衍,字斯道,詳《春明夢餘錄》。今查寺在西四牌樓東北,

---

〔註24〕《千頃堂書目》卷二十八。
〔註25〕《萬曆野獲編》卷一,第 12 頁。
〔註26〕《明世宗實錄》卷之一百十六。
〔註27〕《宛署雜記》卷十八,北京出版社 2018 年版。

共六層，頗為輪奐莊嚴。由山門入，為二門，列將軍二，俗所謂哼哈者也。再進為四金剛。大殿釋迦，殿後一八角亭，亭後為千佛殿，中座供三世佛，座下左一襆頭朱衣老叟，右一鳳冠朱裳老嫗。詢之寺僧，則曰脫脫夫婦也。孫承澤所錄不誣矣。至道衍像無存焉。」塑像的丟失，祭祀自然難以維持下去，實際上的反映是朝廷對道衍已經不甚重視了，故致使其塑像廢棄並消失。道衍身後的這種境遇，使得李贄連連歎息「而其可如此苟簡棄置之哉，而其可如此苟簡棄置之哉！」〔註28〕

道衍從配享太廟到塑像不知所之，顯示了明中期後對其看法的巨大轉變，對道衍的醜詆亦日甚一日。

二

後世在論及朱棣之罪時，誅殺大臣是被指責最多的，《明史紀事本末》列舉朱棣靖難之後誅戮大臣云：「文皇甫入清宮，即加羅織，始而募懸賞格，繼且窮治黨與，一士秉貞，則祖免並及，一人厲操，則里落為墟，雖溫舒之同時五族，張儉之禍及萬家，不足比也。乃若受戮之最慘者，方孝孺之黨，坐死者八百七十人；鄒瑾之案，誅戮者四百四十人；練子寧之獄，棄市者一百五十人；陳迪之黨，杖戍者一百八十人；司中之係，姻婭從死者八十餘人；胡閏之獄，全家抄提者二百十七人；董鏞之逮，姻族死戍者二百三十人；以及卓敬、黃觀、齊泰、黃子澄、魏冕、王度、盧元質之徒，多者三族，少者一族也。」谷應泰由此批評朱棣的誅戮超過「罪止三族」的暴秦之法與「不過五宗」〔註29〕的強漢之律。清朝乾隆時浙江嘉興陳球論及朱棣的誅戮云：「第在成祖當靖難以來，刑書過峻；及承平之後，法網仍嚴。義士忠臣，悉充冤獄；貞妻烈女，半入教坊。抄成瓜蔓之名，萬家露宿；罪定株連之例，九族屍橫。或慷慨以就烹，或從容而引刃。流丹化碧，血染杜鵑，葬玉埋香，魂依芳草。」〔註30〕在對朱棣誅戮大臣的譴責中，道衍被殃及，論者認為道衍有能力阻止朱棣對大臣的誅戮卻沒有加以阻止。道衍實際上對朱棣誅殺大臣的行為是有所勸阻的，燕師入南京前，道衍預感到朱棣會大開殺戒，就請求朱棣一定不能殺掉「天下讀書種子」方孝孺，朱棣答應了道衍的請求，最終的結果卻是朱棣誅殺了方孝孺的十族。道衍後來又從朱棣手下救出了建文帝身邊的僧人溥洽（詳見下文所引

〔註28〕《續焚書》卷三「姚恭靖」，中華書局1975年版，第85頁。
〔註29〕《明史紀事本末》卷之十八，中華書局2015年版，第307、308頁。
〔註30〕《燕山外史》卷七，光緒五年（1879）刻本。

《明史》姚廣孝本傳）。乾隆時人徐述夔在其小說《快士傳》中提到道衍請朱棣「寬文字之禁」：「詔使去後，莊文靖又糾合了眾詞臣，併科道各官，今詞上疏，為請降恩赦事。其略云：『臣等伏念文皇靖難之日，一時被戮之臣，如方孝孺、鐵鉉、景清、練子寧、黃子澄等，辱及妻孥，禁及文字，處之之法，未免過當。原其獲罪之由，不過各為其主，君子不以人發言，即使其人不正，而言有可取，猶當採錄。況彼為國捐軀，以忠義自矢者乎？先臣姚廣孝，寬文字之禁，此天下所仰望於陛下者也。』」〔註31〕這雖是小說家言，難以作為確憑的依據，從請託朱棣不殺方孝孺之事來說，道衍勸說朱棣「寬文字之禁」有可能是真實的。乾隆帝《過姚廣孝墓戲題》詩，就認為道衍本能夠諫止朱棣對大臣的誅殺：「建塔以藏身，千年名不淪。一興應一滅，其主必其臣（注：洪武曾為皇覺寺僧，即位後既法古制，分封諸子，何以又令僧輩各隨諸王往藩省，以致廣孝得去燕邸，竟釀成永樂靖難之變，所謂有是君必有是臣矣）。未止多行戮（注：永樂最聽廣孝之言，其稱兵篡逆，皆用其謀，甚至大行誅戮　蔓株連，未聞廣孝有所諫止也），徒稱斯返真。無生背戒律，有像畫麒麟。儒墨去韓遠，蕭曹擬漢親。漫言羞見姊，原是棄倫人。」〔註32〕從詩中提到道衍被姊姊拒見的典故，可見乾隆對道衍的瞭解十分深入，作為皇帝如此深入瞭解一位前明臣僚，本身就顯示了道衍的重要性，而乾隆的看法幾乎就是清代人對道衍評斷的定性。朱棣的誅戮從方孝孺而起，已經無法猜測如果方孝孺很痛快答應為朱棣起草即位詔書，朱棣是否會對建文舊臣大開殺戒。朱棣從方孝孺身上看到了建文舊臣對他的巨大反對力量，方孝孺質疑的「成王安在」是建文舊臣的普遍執著之念，如練子寧被割舌之後用舌血在地上書「成王安在」四字，建文舊臣「君亡與亡，君存與存」的執拗對於朱棣的統治來說是巨大的阻力，這種情況下，清除和誅戮建文舊臣對朱棣來說似乎是必然的。道衍卻因此受到連累而背上了黑鍋，《曲海總目提要》在《讀書種》提要中為道衍喊冤云：「明成祖殺孝孺，後世無不悲之，作者為孝孺發憤，故姚廣孝及蹇義等皆蒙詆毀。而且指斥崇禎帝煤山殉國事，以為成祖誅戮太多之報應，疑明末不得志者之所為也。」《讀書種》應該是南明或清初人所撰，其中提到明朝滅亡乃朱棣殺戮太多之報應之語，與黃宗羲引南明隆武皇帝的話語（見下文）相同。

　　道衍救了如溥洽等不少大臣及僧徒，有時也對朱棣的殺戮起了推波助瀾

〔註31〕《快士傳》第十二卷「雪憤恨外國草文　善反覆小人花面」，清初刻本。
〔註32〕《御製詩》四集卷九十四。

的作用，明人姜清敘卓敬事蹟云：「（卓）敬，字惟恭，浙江瑞安人，家卓奧，後徙滄州。少讀書，十行俱下，一日棄不復讀，亦未忘也。七歲，有異人見之，曰：『此奇兒也，第血不華色耳。』年十五六，讀書寶香山。性至孝，晨昏禮雖遠不廢。夜嘗歸，值風雨，路得一牛，騎之歸，及門縱之，則虎也。洪武戊辰登進士，授給事中。好直言，嘗勸上曰：『諸王服飾尚有擬天子者，此亂之道，何以命天下耶？』上笑而納之。他日，與同官見，適八十一人，上命改為元士。尋以六科為政事本源，又更為源士，後復稱給事中。上疏多過直，或戒以太剛則折，敬謝曰：『敬知盡諫諍職耳，禍福非所計也。』言之益力。歷宗人府經歷，進戶部侍郎。後靖難兵入，有執敬數之曰：『此得非前日奏我諸王者耶？』敬厲聲對，辭不遜，且曰：『若用敬言，王何能至此？』上怒，欲殺之，繫之獄，使人諷之受官，不屈。姚廣孝曰：『昔吳不殺范蠡而蠡卒滅吳王，衍不殺石勒而勒終滅衍。夫敬言誠見用，陛下豈有今日？』於是斬敬，夷三族。」〔註33〕道衍擔心不殺卓敬會留下禍患，《明史紀事本末》卷十八《壬午殉難》云：「文皇感其至誠，猶未忍殺，而姚廣孝力言養虎遺患，意遂決。」〔註34〕《明史》云道衍之所以讓朱棣殺掉卓敬，是因之與卓敬之間的嫌隙：「燕王即位，被執，責以建議徙燕，離間骨肉。敬厲聲曰：『惜先帝不用敬言耳！』帝怒，猶憐其才，命繫獄，使人諷以管仲、魏徵事。敬泣曰：『人臣委贄，有死無二。先皇帝曾無過舉，一旦橫行篡奪，恨不即死見故君地下，乃更欲臣我耶。』帝猶不忍殺。姚廣孝故與敬有隙，進曰：『敬言誠見用，上寧有今日。』乃斬之，誅其三族。」〔註35〕《明史》的編纂者本身就對道衍有偏見，這是清代人對道衍普遍的認識，但勸說朱棣殺掉卓敬本身顯示了道衍的胸懷確實並不極其寬廣。

　　上述這些事例，也許是後來除《道餘錄》對道衍醜詆的來源（《道餘錄》的問題下文有詳述）。洪武初期道衍已有很好的聲譽，如明初的戴良《姑蘇姚廣孝》中說「前輩之所作成，後生之所期望，惟君與宋景濂氏而已」〔註36〕，將道衍與明初文臣之首的宋濂並提。永樂之後對道衍開始出現了負面的刻畫，較早對道衍加以負面刻畫的或許是明人都穆（1458～1525）。都穆是明代中期

〔註33〕《姜氏秘史》卷二，國家圖書館藏清初抄本。
〔註34〕《明史紀事本末》卷十八，第 293 頁。
〔註35〕《明史》卷一百四十一，第 4024 頁。
〔註36〕戴良：《九靈山房集》卷三十，《四庫全書》本。

的金石學家與藏書家，藏書豐富，距離永樂朝又比較近，對於永樂一朝的事情瞭解得會更詳實一些。都穆敘道衍事云：「僧道衍，俗姓姚氏，蘇州相城人，少師事桐城道士席應珍，應珍通儒家書，兼多異術，衍盡得其傳，以才氣自負，欲返冠巾。嘗入城，見僧官導從其盛，歎曰『僧中亦自富貴』。遂不果。洪武三年，秦、晉、燕、周等十王之國召選高僧，國一人從，衍與選從燕王，居北平慶壽寺，後燕王舉兵，大抵多衍之謀。三十五年，燕王入南京，詔復衍姓，賜名廣孝，拜太子少師。初邑王賓有高行，永樂二年，廣孝以朝命賑饑蘇松，暇日往謁賓，賓不肯見。後廣孝再過，乃屏去騎從，以指扣門，賓問為誰，曰『道衍』，賓曰：『吾析薪忙。』廣孝立俟門外，久之，門啟，遂相與再拜，坐定，賓語不他及，但連聲曰『和尚誤矣，和尚誤矣』，廣孝慚而退。予識姚廣孝義孫廷用，好著故衣，一日，以里役見太守楊貢，跪而緋袍見，詰之，答曰『先祖遺衣』。問何官，曰『少師姚廣孝』，貢大怒，醜詆之。同知者遽曰『公言信直，奈太宗皇帝何』，貢默然。」〔註37〕這是現在能找到對道衍「醜詆」的較早文獻，其中透露出來都穆與道衍義孫交往，其所述之事或許有所根據。據都穆所記，道衍在為僧時已頗慕富貴，王賓與楊貢的態度，表明自永樂開始便有很多對道衍的不滿，這些不滿可能就是後來醜化道衍的根據。道衍主動去看望與王賓，表明二人之間的關係相當友善，儘管王賓不願與身居高位的道衍相見，道衍卻為之作傳。道衍撰的《王光菴傳》中，王賓「醫學尤精，用藥多神效」，而且也是一個「善相人之術，決人死生休咎，其驗如影響」的術數之士，「多與方外人交，或閉戶閱佛書以消長日」〔註38〕，這些方面與道衍極其相像。不同的是，王賓樂於隱而不仕，醫術精而不與富貴人醫，可能由於此而使王賓不願意與身居高位的道衍相見。道衍與王賓事又見於清人吳肅公所撰《明語林》云：「姚廣孝少與王仲光（賓）友善，姚既貴，旋里鳴騶詣仲光。仲光閉戶不納，姚曰『仲光高士』。明日徒步造門，乃相接。坐談既久，姚徐勸仲光仕，仲光忽苕甌墮地而僕，口目俱斜。」〔註39〕按照道衍與王賓的關係與瞭解程度來說，道衍勸王賓出仕是有可能的。道衍撰的《王光菴傳》中沒有提到過這個事例，卻描寫王賓「面及肘股皆成瘡」行市井間，「或箕踞道旁，

〔註37〕 《都公譚纂》卷上，《續修四庫全書》本。
〔註38〕 《逃虛子集補遺文》，載《姚廣孝集》第一冊，第 286 頁。又見《吳都文粹》
　　　　 續集卷三十九，《四庫全書》本。
〔註39〕 《明語林》卷一，《四庫全書存目叢書》本。

露兩股爬癢」，時人「以其醜而無薦舉者」〔註40〕。不管怎麼說，「醜而無薦舉者」的王賓後來成為道衍的反面襯托。

道衍是不是在為僧時便已有求富貴之念不得而知，這些描述恐怕是被篡改過的記載。《續燈存稿》收錄少師姚廣孝傳，載自元季兵亂至其去世事蹟云：「元季兵亂，遨遊江湖，深自韜晦。參徑山愚菴，及諮叩禪要，盡得心髓。掌內記三年，出世普慶，遷天龍。嘗自題肖像曰：『看破芭蕉拄杖子，等閒徹骨露風流。有時搖動龜毛拂，值得虛空笑點頭。』洪武中，以高僧應選侍文皇於燕邸。永樂中，以佐命功，上欲官之，不可。一日召見，上潛令人以冠服被體進爵太子少師，亟命宣謝，不得已拜命。終不蓄髮，賜妻妾弗受也。有閒居詩曰『春燕雛成辭舊壘，午雞啼罷啄陰階』，庶可以見少師矣。後病篤，上幸其第問後事，對曰『出家人復何所戀』，強之，終無言。泊然而化。」〔註41〕這裡對道衍的載記，偏重於佛教意識。無論是自題肖像詩還是閒居詩以及臨終「出家人復何所戀」之語，以及《次韻答天平復菴師》詩中的「便欲泉頭分半榻，相依談笑盡餘生」〔註42〕等語，都顯示出道衍是一位看破執著與沉浸於寂靜之中的高僧。一心求富貴與看破執著兩個背反的兩面，到底哪一個是道衍真實的面目難以確定，有可能求富貴之念存在於道衍出家之初，看破執著則是在經歷世事之後內心逐漸歸於寂靜。若其觀念有這樣一個轉變的話，道衍從輔佐朱棣開始一路順利，備受朱棣寵遇，其轉折的點或者說轉折的契機，根據現有文獻又不得而知。從現有文獻來看，道衍應該確實有建功立業之心，內心中同樣也有看破執著的寂靜，二者俱存才使道衍既想建立功業、建立功業之後又不肯蓄髮還俗。或許其《謁劉太保墓》詩中「一朝風雲會，君臣自心腹。大業計已成，勳名照簡牘。身退即長往，川流去無復」的詩句，是他內心真正而恰當地寫照。

假如平心地推測，後世對道衍的批評、斥責，詆毀的成分更多一些。王賓作為隱士拒見道衍，認為出家人不應該參與世俗權力爭奪之事實屬正常。靖難之功成後，道衍回家鄉拜見姐姐而遭拒，這有可能是經過篡改過的記載與謠傳，至少是誇張了記載。明末張岱《夜航船》中載「姚廣孝姊」，即記道衍的姐姐拒見之事：「姚廣孝以靖難功，封榮國公，謁其姊姚。姚闔門麾出之，曰：

〔註40〕　《吳都文粹》續集卷三十九。
〔註41〕　《續燈存稿》卷第六，《續藏經》第 84 冊，第 72 頁。
〔註42〕　《逃虛子詩集》卷八，第 95 頁。

『做和尚不了，豈是好人？』終拒不見。」〔註43〕被姐姐拒見之事，自明中期之後才逐漸出現，或許是有人憑空臆造出來的也未可知。不過這個故事自從被提出之後傳播卻頗為廣泛，謝肇淛《五雜俎》以此為例說明士君子一旦為功名所迷，識見固不及婦人女子：「狄梁公之仕女主也，有取日之續；姚廣孝之佐靖難也，有化國之勳。而皆為其姊所羞。」〔註44〕姐姐因為道衍以和尚身份參與政事而拒見，真實的情形到底如何已不得而知。

　　以姐姐拒見之事可以看到明代中期之後對道衍的醜詆之深。對道衍評價的變化，或許最早就是始自上文提到的《姑蘇志》中王鏊所作的傳記以及都穆的記載。撰寫這樣的傳記，一般來說其中應該多是溢美之詞，王鏊為道衍所作的傳記對道衍的功績僅以「靖難之功廣孝第一」一句加以總括，並無舉實例以具體說明道衍的功績，更關注的是描寫道衍的術數色彩。關於道衍的這些事情，王鏊和都穆的記錄是能見到的較早的記載，這些記載又成為後來引申、加工、誇張和醜詆的來源。

　　道衍另一被後來文學作品所醜化之事是收義子。關於道衍收義子事，王鏊有較為詳細的記載：「姚廣孝……嘗肩輿過閶門，見酒望書甚工，問『誰書』，乃一少年，召與相見，曰：『若相當貴，能為吾子乎？家有何？』曰：『唯老母與妹，少師見憐，願以身事。』乃辭其母復來，廣孝迎之曰：『惜也，年不甚永，官止四品。』歸以見於上，曰：『此行得一子。』上為賜名曰繼，使侍東宮，讀書於文華殿。後廣孝復以使事歸，途中得疾，抵城門不入，命其下為幄曰『上將來視』，已而駕果至，撫勞備至，賜金唾盂，且問『有何言』，廣孝以手加額，曰『泐季潭在獄久，願赦出之』。即坐中使人出季潭，則發已蓋額，廣孝復以手加額謝。數日，駕復至。及薨，繼計於上，上曰『汝父死有何言』，曰：『願陛下厚恤臣家。』上即大怒，曰『汝父平生與吾語，何嘗及私家』，乃逐繼。使使兩相城，取其弟侄來京，賜弟金帛充溢，然二人皆農夫，愚騃特甚。上嘗憶廣孝言『為僧者不顧家』，且邏者於其家往往得帖，亦云，乃復還二人於家。繼於仁宗初召為太常少卿，謁告還至張家灣，卒，年四十二。廣孝之先，自汴扈宋來吳，家相城，世業醫。父曰震卿。廣孝初名天禧。幼白父曰：『某不樂為醫，但欲積學以仕王朝，顯父母。不則從佛，為方外之樂耳。』年十四，遂出家千里之妙智菴，名道衍。遊學湖海，刻意為

〔註43〕《夜航船》卷五倫類部，《續修四庫全書》本。
〔註44〕《五雜俎》卷八，《續修四庫全書》本。

－516－

詩文，追古作者。洪武四年，詔取高僧，以病免。八年，詔通儒學僧出仕。禮部考中，不願仕。賜僧服還山。十五年，孝慈高后喪，列國親王各奏乞名僧歸國修齋。於是左善世宗泐舉道衍等三名，太祖親選首衍，住持慶壽寺，參太宗於潛邸。二十餘年，禮遇甚厚。後有詔取赴京，尋還之。太宗靖內難，賓於幕下。暨即位，授左善世。已而曰：『道衍有功於國，宜蓄髮加以官爵。』時年已七十二，賜今名，並冠帶、朝服，升資善大夫，太子少師。六月，往蘇松賑濟，賜玉帶一。廣孝雖官於朝，仍清淨自居。」〔註45〕這段話對道衍在靖難之役之前出家、被朱元璋選中、侍奉與輔佐朱棣以及後來的收義子事記載比較詳細，其中提到拯救宗泐出獄，可能是筆誤，道衍是救溥洽出獄，而非救宗泐出獄。本段記載從行文來看，與《姑蘇志》中的姚廣孝傳一樣頗類似為小說家言者。身為佛教僧徒而有後嗣，在明初似乎有很多這樣的情況，道衍《真慶泰院主遺像其孫道權長老請贊》言道權長老為原真泰院主之孫，文末且有「宜令子孫多令望」〔註46〕之語。《景玉字說》文中首句便云「水月禪師有子，貌甚莊，材甚良」〔註47〕等語，表明水月禪師是有兒子的。儘管不知道這些佛教僧徒的後嗣是如何來的，不過由此可以說明道衍收義子並不是稀奇的事。值得注意的是，王鏊在這裡正面描寫了道衍的聞雞誦經，「所居蓄一巨雞，每雞一號即起，朗然誦經」，下文可以看到，王鏊所記述其他的事情尤其是其收義子事被進一步誇大性地醜化和渲染，聞雞誦經這樣勵志的行為卻被完全忽視。

　　明後期永覺元賢（1578～1657）禪師直言劉秉忠與道衍以僧徒身份「貪謬妄之勳名」是佛門之罪人：「僧家寄跡寰中，棲身物表，於一切塵氛尚當謝絕，況可貪祿位乎？一切文事尚不可與，況可操武事乎？自元時劉秉忠首開此禁，繼而姚廣孝傚之，貪謬妄之勳名，破慈悲之大化，佛門中萬世之罪人也。」有人為二人開解「菩薩大戒殺，有時而許開，二師蓋大權之士，未可以比丘之法局之也」，元賢說：「所謂殺有時而許開者，乃在家菩薩之事，如衛君父，如禦寇盜。既身任其職，豈可不殺？況殺一人而能救百千人者，則可殺；殺一人而能成百千好事者，則可殺。今二人者，既身為釋子，非在家之比，又其所為者破滅綱常，禍流四海，有何利益而可謂之大權乎。是非獨為佛門之罪人，亦名

〔註45〕　《震澤紀聞》，清順治三年（1646）刻本。
〔註46〕　《獨菴外集續稿》卷五，《姚廣孝集》第一冊，第 189 頁。
〔註47〕　《獨菴外集續稿》卷五，《姚廣孝集》第一冊，第 196 頁。

教之罪人也。」〔註48〕元賢批駁道衍貪圖祿位，有趣的是最終的落腳點卻在批評道衍破滅綱常乃「名教之罪人」上。所謂的「名教之罪人」，從後來的評論看，一方面是指道衍不應該輔助朱棣奪帝位，一方面是其《道餘錄》對程朱理學的批評，元賢沒有提及《道餘錄》，其所言應該是指道衍不應該輔助朱棣奪帝位。

在明後期的一片詆毀聲之中，也有對劉秉忠與道衍的肯定，如如愚《與許虎侯將軍》詩云：「足下文能副眾，武能威敵，此特當行，茶飯不足，為足下多。至於神情超脫，品格高玄，會心禪窟，轉身教誨古今，武拚中之希有也。甚羨甚羨。小詩如命奉贈，亦劍首一映耳，烏足談於戴晉人前。弟詫在方外交，他日大庾嶺頭以殺人心成佛，未必不藉是作贄禮以見足下也，足下幸勿謂劉秉忠乃不了心之羅漢耶。」〔註49〕如愚將劉秉忠視之為「了心之羅漢」，雖沒有提到道衍，想必若提到道衍自然也是如此的看法。如王世貞就稱道衍為名臣，云：「由僧徑拜大位者，唐左衛大將軍梁國公懷義，元太保參議中書省劉秉忠，明太子少師姚廣孝。懷義嬖幸不足言，秉忠、廣孝皆名臣，廣孝不蓄髮不婚娶。」〔註50〕然而這些肯定的聲音太過於弱小，與醜化的聲音洪流相比實在是微不足道。黃宗羲曾引南明隆武帝之語直指靖難削弱了明朝元氣：「上謂『國家元氣之削，由於靖難』；命禮臣追復建文年號，立忠臣方孝孺祠；設姚廣孝像，跪於階前。」〔註51〕《南明野史》記云：「帝謂國家元氣之削，由於靖難。命禮臣追復建文帝年號，忠臣方孝孺祠設姚廣孝像，跪於階下。」〔註52〕南明將明朝的衰敗歸因於朱棣和道衍的奪位，道衍就這樣在二百餘年後成了明朝丟掉天下的替罪羊。

南明以朱棣和道衍作為替罪羊的看法固然可笑，清人卻將這樣的看法繼承下來。清人眼裏的道衍就是一個謀逆者，四庫館臣在《明書》提要中說「國朝傅維鱗撰……其分隸尤為不允……姚廣孝首倡逆謀，尤為亂首，何以又入《異教傳》中乎」〔註53〕。傅維鱗在《明書》中並沒有為道衍辯護，只是將其納入異教（佛教）中，四庫館臣反應就如此激烈，認為應該將道衍列為謀逆中。

〔註48〕《永覺元賢禪師廣錄》卷三十，《續藏經》第 72 冊，第 573 頁。
〔註49〕《石頭菴集》卷五，《四庫全書存目叢書》集部第 191 冊，第 161 頁。
〔註50〕《弇州四部稿》卷一百六十四，《四庫全書》本。
〔註51〕《賜姓始末·隆武紀年》（行朝錄之一），上海掃葉山房 1927 年鉛印本。
〔註52〕《南明野史》卷中，商務印書館 1930 年鉛印本。
〔註53〕《四庫全書總目》卷五十。

四庫館臣在《四庫全書》的編撰說明中云:「國家文教昌明,崇真黜偽,翔陽赫耀,陰翳潛消,已盡滌前朝之敝俗。然防微杜漸,不能不慮遠思深,故甄別遺編皆一準至公,劃除畛畦以預消芽蘗之萌。至詩社之標榜聲名,地志之矜誇人物,浮辭塗飾,不盡可憑,亦並詳為考訂,務覈其真,庶幾公道大彰,俾尚論者知所勸誡。」編撰《四庫全書》的功能是「公道大彰」並使「論者知所勸誡」,編撰的標準是「一準至公」,然而就是這樣「一準至公」的標誌下,開篇便斥責道衍「助逆興兵」:「一,文章德行,自孔門既已分科,兩擅厥長,代不一二,今所錄者如龔詡、楊繼盛之文集,周宗建、黃道周之經解,則論人而不論其書;耿南仲之說《易》、吳玓之評詩,則論書而不論其人。凡茲之類,略示變通,一則表章之公,一則節取之義也。至於姚廣孝之《逃虛子集》、嚴嵩之《鈐山堂詩》,雖詞華之美足以方軌文壇,而廣孝則助逆興兵,嵩則怙權蠹國,繩以名義,非止微瑕,凡茲之流,並著其見斥之由,附存其目,用見聖朝彰善癉惡悉準千秋之公論焉。」〔註54〕四庫館臣評價道衍作品「詞華之美足以方軌文壇」並不誇張,其詩歌中用語確實非常華美,如《登錦峰》云:「奇峰起蒼旻,秀色鬱可采。靈石麗文華,晴空炫霞彩。斕斑駁青暈,氤氳雜芳靄。朝陽映猶輝,夕陰膏還藹。或云神州仙,鞭驅過滄海。」〔註55〕道衍的文學創作下文有詳細論述,即使道衍的文學寫作水準很高,由於其輔助朱棣起兵被打上了「助逆興兵」的烙印,與奸相嚴嵩一起成為清代「彰善癉惡悉準千秋之公論」的典型。

　　事實而論,道衍的形象並非如上所描寫那般不堪。首先上文中也提到他勸解朱棣寬文字之禁、救出溥洽、為僧時聞雞誦經等事,表明道衍頗有正面形象。上文文獻中一再提到朱棣即位後,極力甚至以逼迫的手段讓道衍蓄髮還俗為官、并賜宮女相伴,道衍堅決不從,以僧徒之身終老。臨終前「出家人復何所戀」之語,表明道衍對塵世之功績並無留戀,是真正看破了對塵世的執著。

　　功成之後道衍堅決不蓄髮還俗為官,《客居》詩之二中曾言「鍾鼎非所愛,山林復何憎」、之四中「金璧未是寶,禮義乃為珍」〔註56〕等句,直言自己對權力、富貴並不熱衷。清人倪濤輯錄有《姚少師五言詩帖》云:「我本巖壑人,不樂城市住。從來禮法疏,自得山林趣。山林有何好,窈窕忘世慮。素積洞口

〔註54〕《四庫全書總目》卷首三。
〔註55〕《逃虛子詩集》卷一,《續修四庫全書》集部第28冊,第14頁。
〔註56〕《逃虛子詩續集》,載《姚廣孝全集》第一冊,第143、144頁。

雲，綠藹沙頭樹。深林暮煙集，長空孤鶩鶩。遠峰疑有無，飛瀑如雨澍。其中
隱者居，茂密堪旅寓。安得天隨子，遊從隨杖屨。」〔註57〕雖然詩中言禮義為
珍，道衍卻是更樂山林之趣而不喜歡禮法的束縛，以巖壑人自認，處山林以忘
世慮。《奉旨歸山中》詩云：「蘿龕雲煖足棲遲，忽拜徵書且暫難。不仕還從禪
子志，無才終荷聖君知。食供美膳饑應厭，衣賜輕絺暑正宜。此日承恩歸舊業，
坐看松長萬年枝。」〔註58〕其中「不仕還從禪子志」之句表明了道衍的志向，
《題秋山圖》「我輩逢山看不厭，只因生長在山家」〔註59〕之句也是表明「從
禪子志」。永樂六年五月，道衍因病而作《五月壽椿堂獨坐想長洲舊業之竹漫
成絕句》，詩序云「獨坐於壽椿堂之南窗，忽想長洲舊業之竹，歸心油然而生
也」，油然而生的歸心與「荒村寥落無人處，誰謂茅菴有此君」之句，再次看
到道衍的「從禪子志」。《客居》詩之六「君子貴在道，不與外物遷」的「道」
就是他的「禪子志」〔註60〕，「禪子志」不受到外在的影響而遷移；《秋懷》詩
「乃知君子尤，所尤在道窮」，與《客居》詩之八自言人憂慮的乃是「道無成」
所述之意相同，若存「貧賤心」，則將「不履危機」〔註61〕。

　　分析道衍不還俗為官的原因，或許有這樣三個。其一有可能姐姐的態度真
的對他有所影響，《釋鑒稽古略續集》「太宗文皇帝」條中，對此事有較多記
述：「（永樂二年）六月命太子少師姚廣孝往蘇湖等府賑濟。廣孝初為僧，其姊
嘗戒之曰『汝既為和尚當發慈悲心』，蓋知其好殺也。及預靖難，姊歎息謂人
曰『和尚慈悲當如是耶』。廣孝既貴還吳，往見姊，姊拒之曰：『貴人何用至貧
家，家為不納。』廣孝乃易僧服而往，姊堅不肯出，家人勸之，姊不得已出立
堂中，廣孝即連下拜。姊曰：『我安用爾拜許多耶，曾見做和尚不了底，是甚
好人。』言畢，遽還戶不復再見。」〔註62〕道衍的姐姐追求的佛教的慈悲而非
世俗的富貴，對佛教的虔誠程度令人敬佩。道衍的家庭關係，尤其是道衍與姐
姐的關係，文獻中無更多記載。道衍還吳去拜訪姐姐，表明姐弟二人的感情深
厚，姐姐以「汝既為和尚當發慈悲心」之語戒之，拒不相見之事的真相已經撲
朔迷離不知真假，其姐曾說過「汝既為和尚當發慈悲心」這樣的話是有可能

〔註57〕　《六藝之一錄》卷三九一，轉引自《姚廣孝集》第一冊，第153頁。
〔註58〕　《逃虛子詩集》卷八，載《姚廣孝全集》第一冊，第96頁。
〔註59〕　《逃虛子詩集》卷九，載《姚廣孝全集》第一冊，第117頁。
〔註60〕　《逃虛子詩續集》，載《姚廣孝全集》第一冊，第145頁。
〔註61〕　《逃虛子詩續集》，載《姚廣孝全集》第一冊，第144頁。
〔註62〕　《釋鑒稽古略》續集續集二，第941頁。

的。《明史》在《姚廣孝傳》中收錄這個典故時，卻記為「往見姊，姊詈之，廣孝憮然」〔註63〕，完全改變了姐姐對道衍的態度。道衍在《學喻》文中提到佛教徒應以「佛聖人之道是學」，並批評當時佛教徒假途以干名云：「今為佛之徒者，經論之不攻，戒定之不習，多學於操穎，揮翰綴篇，摛藻花竹丘園之詠，風雲月露之詞，蓋將欲假途以干名，挾伎以遊食也。」〔註64〕《學喻》寫於還吳時的六月，即在看望其姐前後，道衍最終不蓄髮還俗、娶妻妾，或許與姐姐對他的態度有相當大的影響。朱棣賜給道衍兩個宮女，道衍堅決不觸碰，嚴守著佛教的戒律，《五燈全書》「杭州府天龍斯道道衍禪師」中描述道衍嚴謹持守佛教戒律：「終不蓄髮，戒行尤謹，嘗賜二宮人不受，乃召還之。畜一大雞，雞一鳴即起，朗然誦經，雖日理國事不間也。」〔註65〕能嚴守佛教的戒律的道衍，因此那些做不了和尚之言並不確切；或許這個說法只是指責道衍作為佛教徒不該參與政事。歷史上尤其是明代，僧人參與政事者不計其數，如道衍這樣被醜詆者卻極為罕見。

其二，臨終前「出家人復何所戀」之語，顯示他對佛教之理與世事有透悟的理解。《高景山深雲山居歌為淨上人賦》中直言的「我年已老倦奔走」之語，與「出家人復何所戀」之意幾乎一致。道衍在賦中描述了他嚮往的景象：「若人之高孰與同，居深與世無相通。牽蘿陟磴歷阻折，一徑直上深雲中。深雲之中何所有，重關深閉無塵蹤。下有盤渦出壑之流水，上有倚天照日之奇峰。險厓雪積兮侶乎天日，怪石林立兮猶彼峥嶸。青松兮如龍，白雲兮重重。道人結茅屋，不費造化工。似學大梅老，不欲世人知。住處復羨鳥窠師，居木杪兮梯曾空。悠然宴坐忘物我，但見木葉青還紅。石頭路滑誰得到，來遊只許香山翁。我年已老倦奔走，南遺願與君相從。會當酌瓢泉柱吟，節招明月引清風。俯仰笑傲兮不覺日之又夜，共坐於盤陀石上，且聽寒山寺裏鐘。」〔註66〕詩中對出世間的平靜、清冷、寂靜之境具有深深的浸入其中的喜愛，詩意透露出與高廣森嚴的廟堂相比，道衍或許更喜愛清冷的佛教氛圍，《客居》詩之九中寫道衍看到「小而奧」的吳山與「闊且深」的吳水，馬上就生發出「何日乞骸骨，來此盡餘生」〔註67〕的欲想。日常中也是喜歡清冷之境，《初春晚坐南軒喜王山

〔註63〕　《明史》卷一百四十五，第4081頁。
〔註64〕　《獨菴外集續稿》卷五，載《姚廣孝集》第一冊，第195頁。
〔註65〕　《五燈全書》卷五十六，《續藏經》第82冊，第209頁。
〔註66〕　《逃虛子詩續集》，載《姚廣孝集》第一冊，第146頁。
〔註67〕　《逃虛子詩續集》，載《姚廣孝全集》第一冊，第144～145頁。

人過訪》詩云：「春陽勢未舒，林深暮還冷。開軒悵久坐，獨對青松影。石龕冱閒雲，苔井響寒綆。驚客鳥翻翻，照佛燈耿耿。華輈辱遠過，雜沓破幽靜。臨風笑語溫，道念心已領。諒惟高世士，元非玩光景。遙送出林扉，新月懸西嶺。」〔註68〕不是長期沉浸且內心體悟與接受這樣清冷的環境，很難描述出這樣的景致，這是從心底對清冷之境的同感和接受。《晚步》處處體露出獨處的平靜之樂與對清靜生活平靜接受的喜愛，詩云：「晚步出門去，林端見新月。牛羊下嶺來，疏鐘何處歇。行行且復佇，遙對西山雪。」〔註69〕《與笑軒晚過穎山精舍》詩「斜日在山人散後，亂蟬疏柳自秋風」是對日常生活有著喜愛的體味，道衍內心中一定有著如佛陀所說的寂靜之樂。《味苦詩為一初賦》詩云：「甘腴眾所歠，苦毒吾乃喜。味之曾勿厭，八珍同其美。簞瓢能久如，鍾鼎豈常爾。昔賢有遺戒，刀蜜不可舐。願言膏粱人，於斯當染指。」〔註70〕喜眾人之所苦，苦眾人之所喜，道衍是相當鍾情於佛教徒的生活。《續燈存稿》「少師姚廣孝」條，在敘「上欲官之，不可」「終不蓄髮，賜妻妾弗受」後引其《閒居》詩「春燕雛成辭舊壘，午雞啼罷啄陰階」之語，云「庶可以見少師矣」。居高位時，歸心與獨處之心仍時時存在，如「少師自題畫竹」云：「姚少師竹卷，永樂六年夏五月，余因病不出，獨坐於壽椿堂之南窗，忽想長洲舊業之竹，歸心油然而生也，故作短稍，並詩以紀其事云。『翠葉襯襫拂水雲，凌霜勁節不同群。荒村寥落無人處，誰謂茅菴有此君。』初八日午前書姚廣孝。」〔註71〕居高位時，內心仍對煙霞存有念想，《奉答楊基孟載》詩云：「恓恓泊城南，春深抱幽獨。餘花猶綴紅，眾樹已滋綠。茲因塵內居，始憶山中屋。何時陪騎遊，吟看舊題竹。」〔註72〕道衍甚至為自己建作了退藏之所，《麝香塢淨念精舍記》中云：「蘇城西之諸山高而大者，惟穹窿山，山之陰折而小西曰麝香塢。姚子得塢之地近百畝，一徑而入窅邃，衍夷若盤谷。然離地百餘步，有茅屋數家，為鄰鳳凰山，如幾當其前。穹窿山如屏直，其後竹樹蒼翠，池泉澄渟，誼囂不聞，靚深可愛，於是姚子結廬其間，作退藏之所。」〔註73〕這些對禪境的深切感受和喜愛不是能夠編造出來的。

〔註68〕 《逃虛子詩集》卷一，載《姚廣孝全集》第一冊，第 15 頁。
〔註69〕 《逃虛子詩集》卷一，載《姚廣孝全集》第一冊，第 15 頁。
〔註70〕 《逃虛子詩集》卷一，載《姚廣孝全集》第一冊，第 15 頁。
〔註71〕 《珊瑚網》卷三十六，《四庫全書》本。
〔註72〕 《逃虛子詩集》卷一，載《姚廣孝全集》第一冊，第 5 頁。
〔註73〕 《逃虛子文集新輯》，載《姚廣孝集》第一冊，第 294 頁。

　　其三，道衍對俗世功業與無常有著深刻的認識。《謁劉太保墓》詩中稱讚劉秉忠「一朝風雲會，君臣自心腹」「大業計已成，勳名照簡牘」「身退即長往，川流去無復」等語，既是對劉秉忠的描寫，也是對自己一生的描寫。「一朝風雲會，君臣自心腹」描述了與朱棣之間的關係，《駐蹕寺》詩中讚揚朱棣云：「太宗真英主，赫赫龍鳳姿。天策四海空（定），況復有東夷。」〔註74〕道衍受到朱棣的賞拔，全心全力輔佐「真英主」建立功業是在情理之中的，《東昌道中》詩「艱難不憚歸燕地，因感親王寵顧憂」〔註75〕、《夏日謝賜衣履》詩「自慚四體多疏陋，猶荷君王寵渥新」〔註76〕等語就是感懷朱棣對他的寵信。《燕臺驛》詩中頌揚燕昭王「待士心」之可貴：「燕城舊都會，館宇廣且深。萬方來使客，四座雜言音。停車紛垣下，立馬翠柳陰。池流出潛卿，庖煙起驚禽。前王好賢者，築臺置黃金。黃金未足貴，所貴待士心。茲駬乃有由，禮遇古猶今。他邑量難並，過者加敬欽。」〔註77〕道衍被朱棣所賞拔，心中或許充滿了對朱棣的感恩之心，遂有輔助朱棣成就功業的抱負，《送梁修撰潛赴北京》中「賈生議論資生化，揚子文章稱聖情，好盡忠心報明主，士林從生震佳聲」〔註78〕的詩句，可謂是他的心聲；《贈畫士李居中》詩中云「能事但求真賞識，感恩不在賜恩多」〔註79〕表達是同樣的心聲。《婁桑村》詩中有些暗喻諸葛亮之意：「武侯既道合，關張乃君尊。不逢權與操，天下豈三分。英雄為時出，功德被生民。邈焉千載後，遺廟今尚存。丹青圖素壁，凜凜如生神。煙蘿覆其宇，雪松翳其門。秋風重過客，感激復何言。」〔註80〕在為范仲淹作的《天平山白雲禪寺重興碑》中說「興壞理亂，措諸事業，必賴乎才能智謀有足為者，然後見其成效也」，似乎也有暗喻如諸葛亮一樣是「才能智謀有足為者」〔註81〕。諸葛亮是千古臣子的典範，道衍《重謁文丞相祠》詩中以文天祥為引表達「但欲臣心磐石固，寧論天運斗星移」〔註82〕

〔註74〕《逃虛子詩集》卷一，載《姚廣孝全集》第一冊，第12～13頁。
〔註75〕《逃虛子詩集》卷八，載《姚廣孝全集》第一冊，第95頁。
〔註76〕《逃虛子詩集》卷八，載《姚廣孝全集》第一冊，第96頁。
〔註77〕《逃虛子詩集》卷一，載《姚廣孝全集》第一冊，第11頁。
〔註78〕《逃虛子詩集》卷八，載《姚廣孝全集》第一冊，第100頁。
〔註79〕《逃虛子詩集》卷九，載《姚廣孝全集》第一冊，第116頁。
〔註80〕《逃虛子詩集》卷一，載《姚廣孝全集》第一冊，第12頁。
〔註81〕《吳都文粹》續集卷三十二，《四庫全書》本；《獨菴外集續稿》卷三，載《姚廣孝集》第一冊，第165頁。
〔註82〕《獨菴外集續稿》卷一，載《姚廣孝集》第一冊，第158頁。

這樣對朱棣的忠心，與作為大臣典範的諸葛亮的形象可謂是相符。道衍去世後，朱棣親撰寫有《御製推忠報國協謀宣力文臣特進榮祿大夫上柱國公姚廣孝神道碑》，對道衍加以推揚：「洪武十五年，僧宗泐舉至京師，朕皇考太祖高皇帝一見異之，命住持慶壽寺事。朕藩邸，每進見，論說勤勤懇懇，無非有道之言，察其所以堅，確有守積純無疵，朕益重之。及皇考賓天而姦臣擅命，變更舊章，構禍亂危迫朕躬，朕惟宗社至重，匡救之責實有所在。廣孝於時識進退存亡之理，明安危禍福之機，先幾效謀，言無不合，出入左右，帷幄之間，戈沃良多。」道衍在朱棣眼中就是一個「有道」者，證明其是「有道」者是火化出舍利子：「凡七日，儀形如生，異香不散，卜地西山，礱石建塔，四月六日發引靈輀飄灑，法幢旋繞於以火之心，舌與牙堅固不壞，得舍利皆五色，其所養深矣。」道衍在帷幄之間立下重大功績，監修《太祖實錄》時能「躬自校閱，克勤職事」，朱棣因此評價說：「廣孝德全始終，行通神明，功存社稷，澤被後世，若斯人者，使其棲棲於草野，不遇其時，以輔佐興王之運，則亦安得播聲光於宇宙，垂功名於竹帛哉。」在朱棣眼裏，道衍就是一位極為有道且能建立功業的臣僚。

　　道衍努力建立著功業，卻在詩歌中又充滿了對俗世功業無常的感歎，上引《駐蹕寺》詩中稱讚朱棣「真英主」之後，詩意一轉感歎功業的易逝：「親征渡遼水，曾此駐旌麾。後來好事人，乃以名招提。晴園景澄霽，曉殿香霏微。林深埃塵遠，僧子多棲禪。幾經干戈際，荊榛委頹基。功業今何在，蒼苔繡斷碑。」〔註83〕曾經的功業現在只有布滿蒼苔的斷碑，今昔之對比實在令人無限感慨，詩歌表達的無常之感歎極為深刻。《盧溝橋》詩云：「至今燕南門，至今跨雄豪。俯仰成陳跡，流水自滔滔。」〔註84〕詩中闡述的同樣是無常之感慨，《井陘淮陰侯廟》詩中隨言「道旁古廟獨存名」，接下來的「可憐千載難言事，都作松風澗水聲」〔註85〕卻是將一切功名都消卻了。元末明初的倪瓚（無住菴主寶雲居士懶瓚）於甲寅（1374）畫《水墨竹一枝》，並賦詩云：「春水蒲芽匝岸生，閶門山色上衣青。出郊已覺清心目，適俗寧堪養性靈。花落鳥啼風嫋嫋，日沉雲碧思冥冥。禪扉一宿聽漁鼓，喚得愁中醉夢醒。」倪瓚所賦長句頗得禪意，道衍於丁巳年（1377）戲作跋語云：「以墨畫竹，以

〔註83〕《逃虛子詩集》卷一，載《姚廣孝全集》第一冊，第12～13頁。
〔註84〕《逃虛子詩集》卷一，載《姚廣孝全集》第一冊，第13頁。
〔註85〕《逃虛子詩集》卷九，載《姚廣孝全集》第一冊，第120頁。

言作贊，竹如泡影，贊如夢幻。即之非無，覓之不見，謂依幻人，作如是觀。」
〔註86〕從佛教的觀念出發，道衍指功業不過如夢幻泡影。與功業的無常、夢
幻相比，道衍更看重「保貞德」，《擬古》詩之四中云「人能保貞德，流芳亦
自足」〔註87〕，看出道衍對貞德的重視。道衍或許追求的並非俗世的功業，更
看重的是能流芳的貞德；終不肯蓄髮還俗娶妻，或許認為這是在保持貞德。
《春日過乃忠墓》詩對無常和貞德作了明確的比較，詩云：「阡隧非往昔，川
原豈如故。蕭條惟荊杞，慘默雜煙霧。翁仲不可見，日午走狐兔。憶昔龍鳳
姿，四海服危忌……遺骸瘞茲壤，期如金石固。焉知大化中，天地同旅寓。
事業水上漚，功名草頭露。死生諒莫測，榮華何足顧。不如保貞德，歌歡自
朝暮。」〔註88〕功業與榮華易逝而並不足顧，貞德卻能永流傳，追逐俗世當
下的功業，「不如保貞德」。可以比較的是道衍對文天祥的頌揚，《文丞相祠
堂》詩云：「凜凜宋忠臣，赫赫元世祖。禮遇各有道，聲光照千古。舊祠燕城
東，松柏森牖戶。英靈貫日月，勁氣鼓雷雨。有司奉朝命，維時薦芳醑。客
來拜庭除，欲退復延佇。」〔註89〕與功業、榮華相比，道衍更重「客來拜庭
除，欲退復延佇」的貞德，被朱彝尊選入《明詩綜》的《秋蝶》詩云：「粉態
凋殘抱恨長，此心應是怯淒涼。如何不管身憔悴，猶戀黃花雨後香。」秋蝶
意味著身命將隕，道衍或許是以秋蝶自喻，不管自身之如何憔悴，以「猶戀
黃花雨後香」之句寫照自己對保貞德的追求。

　　上述或許就是道衍堅決不蓄髮還俗娶妻的原因，由此尤其是道衍詩歌中
所表達出來對無常的感歎與對保貞德的重視，很難想像道衍如筆記、野史和小
說中所描寫的那般不堪。上文提到道衍對戒律的持守，在《題佛祖三經後》中
再次提到佛教戒律言：「昔楊次公曰『有律無人，大教尚存，人存律廢，大教
則墜』，旨哉斯言。故我覺皇四十九年，三百餘會，始於鹿野苑中說《四十二
章經》，終於泥連河畔說《遺教經》，始終不離於律也。」〔註90〕有這段話來看，
道衍應該是對佛教戒律的遵守甚嚴。《蒲窗記》一文，似乎是表明自己對「尤
物」並不是非常在意：「肥甘柔毳，淫畦靡豔，物之尤者，人之所共好也。清
苦幽寒，寂寥質素，物之微者，人之昕共棄也。有人於此以尤物為棄、微物為

〔註86〕《書畫題跋記》續題跋記卷五，《四庫全書》本。
〔註87〕《逃虛子詩集》卷一，載《姚廣孝全集》第一冊，第 3 頁。
〔註88〕《逃虛子詩集》卷一，第 22 頁。
〔註89〕《逃虛子詩集》卷一，第 14 頁。
〔註90〕《獨菴外集續稿》卷五，《姚廣孝集》第一冊，第 200 頁。

好者，非篤理專道、絕俗忘世之士則不能若是也。」〔註91〕這應該也是道衍的明志之語，因此上述文獻中的道衍形象，很大可能是經過被醜化過的了。《送城蘊菴住天台金仙禪寺序》中，道衍闡述有道之士云：「古之有道之士，身愈窮而道愈盛，位益卑而望益尊，蓋其重於在己者而已。重於莊己者，雖處瀍谷之間、蓬藿之下，探而飲，丐而食，以麻為衣，以芒為履，與蛇虎居，與猿狖遊，而樂之終身有不厭也。」〔註92〕道衍應該是按照古之為己者之有道之士來約束和標榜自己，沒想到不僅沒有「望益尊」，反而遭受到了眾多的醜化。

三

從明代中後期開始，道衍輔佐朱棣起兵故事成為許多小說、話本、擬話本、彈詞等作品的寫作內容。嘉靖時人高岱撰有「靖難師起」：

成祖封國時，姚廣孝知天命有在，密有推戴意。成祖初令之卜，廣孝以三錢授成祖，密祝之，始擲一錢於案，即視成祖曰「殿下欲為帝乎」，成祖斥之曰「何妄言」。更擲，曰有之，遂陳天命所在。又薦術士袁珙，珙相成祖法當為天子，曰「俟須及臍，即正大位」。成祖日夕視其須，及臍矣，召示之，昂首謂曰「吾須何如」，珙對曰：「須則及臍矣，殿下何仰首邪，仰則猶少不及，然時至矣，特力稍難耳。」時有顛士，不知何許人，亦亡姓名，佯狂譎誕，語多不倫，然事或奇，中人不識，成祖獨心異之，時召與言，多隱語贊成大事意。一日見張玉子輔坐，背有梁塵，拍其背，曰「如此大塵猶不起邪」。又嘗啟成祖曰：「城西某所有地，貴不可言，殿下豈有可葬者乎？」成祖怪其言不祥，曰「無之」。顛曰「殿下乳母何在」，曰：「死，槀葬矣。」顛曰：「亟改葬是，是當有徵。」成祖從之，今所稱聖夫人墓是也。先是，成祖聞諸王多以罪廢，又聞湘王自焚死，不勝悲憤，上書求諸王罪過狀。建文君怒，疑忌益深，諸將以兵屯近地者，日見迫脅。成祖憂懼，不知所出，會燕山護衛百戶鄧庸以奏事至京，下獄訊之，庸具言成祖將舉兵狀。齊泰等即發符遣使往逮，燕府官屬密令謝貴、張昺為燕使，密約燕府長史葛誠、指揮盧振為內應，以北平都指揮張信為成祖舊所信任，密敕信使執成祖還

〔註91〕《逃虛類稿》卷一，載《姚廣孝集》第一冊，第 219 頁。

〔註92〕《逃虛類稿》卷三，載《姚廣孝集》第一冊，第 233 頁。

京師。信受命，憂甚不敢言，母疑問之，信以告。母驚曰：「不可，吾故聞燕王當有天下王者，不死，非汝所能擒也。」信益憂未決，亡何有敕使趣之，信艴然曰「何太甚至此也」，乃往燕邸請見。不得入，乘婦人車徑至門求見，成祖見其挺身來無他也，乃召。信入拜於床下，成祖佯為風疾不能言，信曰：「殿下■爾也，有事當以告臣。」成祖曰：「疾，誠然，非妄也。」信曰：「殿下不以情語臣乎？今朝廷有敕擒殿下，殿下果無意當就執，如有意勿諱臣。」成祖見其意誠，下拜曰：「生我一家者子也。」乃召廣孝至謀事，適簷瓦墮地，成祖心惡之，色不懌，曰「此何祥也」，廣孝曰「無異，是欲易色耳」。時有二人突入邸，見成祖曰「殿下尚安坐此邪」，成祖問何人，二人曰：「殿下不亟順天應人，何猶安坐此也。」成祖叱曰「狂夫何來妄言乃爾」。二人各言曰：臣為布政司吏奈亨、按察司吏李友直，今藩臬諸臣密疏殿下欲謀大事，得旨逮殿下，朝使今將至矣，脫不信疏草在此。成祖以藩臬吏恐使來探己者，怒逐之出。二人曰：「逐之出亦死，不出亦死，寧死此不出。」乃留匿邸中。成祖出其疏草示護衛指揮張玉、朱能等，曰「此何為者」。遂令玉等帥壯士八百人入衛。〔註93〕

這裡詳細記述了朱棣靖難前後事，以小說家言將術數、歷史背景與朱棣所面臨的情形描述了出來。這段記載只是在開始將道衍描述成知天命的術數之士之一，實際上促成朱棣起兵的還是當時的政治狀況，可以說朱棣為了自保而不得已起兵。高岱的記述是十分符合當時歷史情形的，他沒有過度渲染和擴大道衍在其中的鼓動作用。

　　與《鴻猷錄》客觀記述不同的是，很多小說將道衍描寫成鼓動朱棣起兵的關鍵人物，道衍在這些小說中幾乎無例外地成為被批評和譴責的對象。明人董穀在記載朱棣廣建聽經樓時，提到「當時若姚廣孝、訢笑隱、泐季潭、琦楚石諸僧，皆高才博學，與宋景濂、沈士榮諸學士，往復論難，各明其道」，將道衍列入博學高才之列。在所撰寫的碧峰傳的條目中，記載道衍不聽勸阻堅持輔佐朱棣起靖難之兵：「余昔於京師大興隆寺，觀少師影堂，即姚廣孝祠室也。頂相一軸，人物魁梧雄偉，信豪傑哉。聞諸其徒之老曰：『廣孝，故元臣也，元末削髮，為僧於蘇之承天寺。其兄碧峰長老戒行甚高。洪武中，徵天下高僧

〔註93〕《鴻猷錄》，《四庫全書存目叢書》本。

以輔諸王，廣孝有用世之志，將應詔，碧峰苦勸止之，不從。既而佐成祖靖難，遷都北京，碧峰思之，往訪焉。既見，厲聲呵責，廣孝事之甚恭謹。』」〔註94〕這對道衍來說，是相當正面、積極的描寫，然其為了表現碧峰而過度描寫道衍拒聽勸阻而圖靖難事，有些坐實了道衍「謀逆」的意味，成為眾多小說譴責道衍的事例。楊慎《廿一史彈詞》中的「易瓦兆，太平錢，禍生病虎」就是演說道衍輔佐朱棣起兵事，所謂「禍生病虎」以及注釋中「靖亂之圖遂起」等語，是對道衍、朱棣靖難之事的不滿。《廿一史彈詞》原名《歷代史略十段錦詞話》，傳世後易名為《廿一史彈詞》，為楊慎謫戍雲南時所作，本書或許是其胸中不滿情緒的流露，其對道衍不滿的原因不得而知，或許是當時人一種普遍的看法。明代後期的小說《續英烈傳》第三回「姚廣孝生逢殺運　袁柳莊認出奇相」、第四回「席道士傳授秘術　宗和尚引見英君」、第五回「姚道衍借卜訪主　黃子澄畫策勸君」、第六回「建文帝仁義治世　程教諭術數談兵」、第七回「葛誠還燕復王命　齊黃共謀削諸藩」、第八回「徐輝祖請留三子　袁忠徹密相五臣」等章回中描寫了道衍從侍奉朱棣到輔助朱棣起兵的過程，第三十一回「一時失國東入吳　萬里無家西至楚」中則言朱棣得天下之後封賞道衍等功臣，提到了道衍往見姐姐而被拒之事。這部小說對道衍的敘述尚為平實，然所述姐姐拒見事亦隱含了對道衍的批評。凌蒙初《二刻拍案驚奇》卷三十三「楊抽馬甘請杖　富家郎浪受驚」開篇「敕使南來坐畫船，袈裟猶帶御爐煙，無端撞著曹公相，二十皮鞭了宿緣」四句詩，正文有聲有色地敘述道衍遭受報應的因果事。小說中詳細敘述了道衍在靖難之役前堅定朱棣起兵的決心，其中有個情節為他書所不載：「後來贊成靖難之功，出師勝敗，無不未卜先知。燕兵初起時，燕王問他『利鈍如何』，他說：『事畢竟成，不過廢得兩日工夫。』後來敗於東昌，方曉得『兩日』是個『昌』字。他說道『此後再無阻了』，果然屢戰屢勝。」這段情節可能是說書人或者小說創作者根據朱棣東昌之敗所添加的。小說中對道衍「光著個頭，穿看蟒龍玉帶，長安中出入」的描寫，亦寓含著貶義。小說中描寫道衍奉朱棣之命到南海普陀落伽山進香，到蘇州時做野僧打扮獨自上岸觀看風俗，不料卻被曹姓吳縣縣丞按倒在地「打了二十板」。事後官員們「就請當面治曹縣丞之罪」，道衍卻出人意料地哈哈大笑道：「此乃我前生欠下他的。昨日微服閒步，正要完這夙債。今事已畢，這官人原沒甚麼罪過，各請安心做官罷了，學生也再不提起了。」小說意在描寫道衍明因果，「曉

得過去未來的事」〔註95〕與其術數之士的身份一致。小說強調的是因果報應不爽，卻又稱讚了道衍的度量，一定程度上是對道衍的正面描寫。

清代出現的《姑妄言》《女仙外史》等小說則沿著道衍被醜化的路線上繼續發揮，對道衍的描寫越來越不堪。如果僅僅從這些小說中的描述來認識道衍的話，他就是一個相當不堪的作惡多端的人物。

《姑妄言》於二十世紀六十年在前蘇聯被發現，第五卷中有大篇幅對道衍的描寫。《姑妄言》的著者曹去晶不知何故對道衍尤其憤恨，在小說中極力描寫其醜事。小說中先醜化道衍的出家，神相袁珙見了對其父親言「若令習儒，恐其不壽，若使之為僧，將來貴為帝師」，這顯然是虛造之言。道衍的父親「遂送他去一個素常相與的和尚法號圓通的菴中出了家」，因此道衍「並不是自己願去苦修」，而是「沒奈何做了和尚的」，這就為道衍的不堪行為埋下了伏筆。他的師父是個淫蕩和尚，道衍學其師之行為，亦成為一淫蕩和尚，並有一個私生子姚繼。醜行暴露後，無法在家鄉立足，雖至南京投奔宗泐，宗泐將其舉薦給朱元璋，朱元璋又讓其侍從燕王朱棣。建文帝削藩時，道衍鼓動燕王起兵，「篡奪了建文的天下，改元永樂，算他功居第一」。永樂曾賜二宮女與道衍，道衍不受，小說評論道衍論這是「要假裝活佛一般」「要博虛名」；後文中更是極力描寫道衍在世後的淫慾，最終被崇禎皇帝下旨掘墓戮屍。作者又以崇禎之口言「成祖當年豈不願克守臣節，為廣孝所惑，以致起兵奪位」，這應該是作者的意見。

這裡提到的道衍的私生子姚繼，就是上引王鏊所說的道衍收留的義子，《古今圖書集成》「家範典養子部」引《姚廣孝傳》專門記載其收養子事，云：「廣孝拜太子少師，出賑蘇湖，過閶門，見酒簾書甚工，呼問之，乃一少年。養以為子，歸，以見於帝，曰『此行得一子』。賜名繼，使侍東宮讀書文華殿。廣孝死，帝命官其養子姚繼為尚寶少卿。」《古今圖書集成》這個記載應該就是來自於王鏊的記述。道衍所收義子事，實際上他自己曾經提到過，在《故承直郎太常寺丞柳莊袁先生墓誌銘》中提到說：「初衍無子，以弟澤民承後，澤民仲子士元謂弟無繼兄之義，白於有司，奉澤民歸宗，而己為衍子，俾得倫序不紊。」〔註96〕即是說，道衍的義子實際上是其友人袁珙弟弟之子袁士元，而

〔註95〕《二刻拍案驚奇》卷之三十三，載《凌濛初全集》第三冊，鳳凰出版社 2010年版，第 541～552 頁。
〔註96〕《逃虛子文集新輯》，載《姚廣孝集》第一冊，第 308 頁。

非王鏊所說的在路上碰到的少年，王鏊之說或者是有意編造，或者是道聽途說。王鏊的說法卻又被《古今圖書集成》所沿用，以致於以訛傳訛。細閱《姑妄言》中關於道衍的描寫，基本上就是本於道衍收養子的文獻和《明史》姚廣孝傳兩個內容，加以擴寫、改編和虛構而成的。

　　《姑妄言》在第五卷的卷首評論道衍之惡云：「姚廣孝之惡，但有知靖難時事者，人人無不痛恨之。今寫他這一番再世之淫惡，更彰其當日之凶毒。諒仁人君子見此一段，只有拍案稱快，決無為之稱冤者。偶有其人，或亦是不以忠孝為心，乃此禿之類歟？更有暢快者，姚澤民雖是烝他的繼母、庶母，卻是姚廣孝淫他的孫婦、孫妾。姚華胄為榮國公之孫，固可稱遙遙華胄，但所生一予民，一澤民，愚者不過只愚其身，賊者則今日辱及家庭，後來敗及王事。且又生一步武乃叔之賊孫，其覆宗滅族宜矣。」曹去晶在小說中如此醜化道衍，頗不可理解。憑空猜測，大概有這樣的原因：一，曹去晶可能是與建文帝有某種關聯，或許其先祖曾為建文帝時之官員，朱棣即位後遭到屠戮，如「姚廣孝之惡，但有知靖難時事者，人人無不痛恨之」之語似乎是在發洩對朱棣即位後的屠殺憤怒。二，曹去晶可能是一位虔誠純粹的佛教信徒，對道衍輔助朱棣起兵頗為不滿。小說中也提到了姐姐據不見道衍事：「這姚廣孝本醫家之子，他父親精於岐黃，生性佞佛，只生一子一女。他那女兒真是個女中丈夫，識字知文，深明大義，夫死守節，教子成人。她雖是個女流，強似那鐵錚錚的漢子。自從姚廣孝助燕王篡逆，她知道了，恨入骨髓。後來姚廣孝封了國公，衣錦榮歸，那時他父母已歿，來見賢姐姐。他賢姐姐閉門不納，隔籬道：『我家從無此貴人。』姚廣孝識其意，變僧服而往，姐猶不與見。家人勸之再三，其姐不得已開門，自立於中堂。姚廣孝入，拜謁其謹。姐怒道：『世上做和尚不到底的可是好人？』便抽身而入，姚廣孝愧赧而出。」曹去晶屬清代前期人，這個情節表明他應該是讀過明幻輪編的《釋鑒稽古略續集》。曹去晶借讚揚其姐姐對佛教虔誠信仰的行為，批評道衍放棄信仰而助朱棣起兵之舉，曹去晶是借編造道衍事鞭撻社會上的種種醜惡，原書的第一回總評說：「此一部書內，忠臣孝子、友兄恭弟、義夫節婦、烈女貞姑、義士仁人、英雄豪傑、清官廉吏、文人墨士、商賈匠役、富翁顯宦、劍俠術士、黃冠緇流、仙狐厲鬼、苗蠻獠玀、回回巫人、寡婦孤兒、謅父惡兄、逆子孝悌、良朋損友、幫閒梨園、賭賊閒漢、至於淫僧異道、比丘尼、馬泊六、壞媒人、濫淫婦、孌童妓女、污官髒吏、凶徒暴客、淫婢惡奴、傭人乞丐、逆孥巨寇，不可屈指。世間所有之人，所有之

事，無一不備。余閱稗官小說不下千部，未有如此之全者。勿草率翻過，以負作者之心。」話語中對社會的種種醜惡極度不滿，曹去晶也可能是借編造道衍事來描寫當時「淫僧異道、比丘尼、馬泊六、壞媒人、濫淫婦」〔註97〕之醜相。

曹去晶在《姑妄言》中對道衍的刻畫，尤其是對其再次輪迴中的淫慾與亂倫的描寫，應該可以肯定地說是不符合歷史事實的。作者如此描寫或許是為了表達某種意圖或者譴責，但不管要表達或說明某種怎樣的意圖與譴責，如此來編造不實的故事情節，是對道衍的極大不尊重。或許也可以說，曹去晶對待道衍的態度，實際上就是清代人對待道衍的普遍態度，上文《古今圖書集成》與《明史》都是康熙時期編撰完成，《四庫全書總目》完成於乾隆時期，這些極其重要的文獻中對道衍的評價，反映的是清代主流對道衍的看法，雖還不至於掘墓戮屍，對其著述卻有欲焚之而後快之意，因此曹去晶在《姑妄言》中對道衍的醜化，完全是合乎情理的。曹去晶之後的劉聲木論《道餘錄》云：「明僧道衍即姚廣孝，燕王棣謀逆，多資其謀畫，當時毒流四海，天怒人怨無論矣。推姚廣孝之心，毒流四海，猶以為未足，復欲毒流後世，撰《道餘錄》二卷，刊入所撰《逃虛子集》中。其專詆程朱，肆行無忌，至為悍悖，喪心病狂，不意其一至於此。《姑蘇志》載張洪謂人曰『道衍與我厚，今死矣，無以報之，但每見《道餘錄》，輒為焚棄』云云，是當時雖親昵之人，且已焚其書矣。後來桑悅、屠隆、李贄、祝允明輩肆無忌憚，直欲滅絕綱常，卒致明易社為屋，皆姚廣孝階之厲，是流毒又及於後世矣。王夫之《宋論》《讀通鑑論》詆斥蘇文忠公不遺餘力，皆為桑悅輩而發。然蘇文忠公雖細行不檢，責以不能正心修身可矣，其狂悖不若斯之甚也。」〔註98〕清代秉程朱之學者，對於道衍在《道餘錄》中對程朱的評論頗不能接受，並認為道衍《道餘錄》對程朱的評論，是後來李贄、屠隆等人之源頭。上述對道衍的醜化，與《道餘錄》對程朱的評論有關。

如劉聲木等人多認為的，道衍輔助朱棣起兵是「謀逆」，這應該也是道衍在清代屢受指責的原因之一。這些看法或許都是來自於《明史》姚廣孝本傳。本傳將道衍放在列傳中，而非列入釋道傳中，應該是認為道衍並非純粹的佛教僧徒，是以輔佐朱棣的重臣視之。清人陸以論「明史體例」云：「《明史》體例極精，姚廣孝入列傳，不以僧許之也……閹黨、佞倖、姦臣列於宦官之後流賊

〔註97〕《姑妄言》，中國戲劇出版社2000年版。
〔註98〕《萇楚齋五筆》隨筆卷九。

之前，其嫉之也深，而貶之也至矣。」〔註99〕《明史》修撰者沒有將道衍列入到釋道傳中，似乎也不認為其為謀逆之臣，看上去對道衍還比較看重。然而仔細分析本傳對於道衍的描寫和寫作結構、用語，其中寓含著對道衍的褒貶。本傳中雖亦多言道衍事蹟，然實際上就是在圍繞著如何慫恿朱棣起兵、為朱棣獻策、以及對其隱含的批評而寫。如寫與朱棣的密切關係云「出入府中，跡甚密，時時屏人語」，這是表示道衍極度為朱棣所信任，為其能鼓動朱棣提供合理可信的理由。寫道衍慫恿朱棣起兵云：「及太祖崩，惠帝立，以次削奪諸王。周、湘、代、齊、岷相繼得罪。道衍遂密勸成祖舉兵。成祖曰：『民心向彼，奈何？』道衍曰：『臣知天道，何論民心。』乃進袁琪及卜者金忠。於是成祖意益決。陰選將校，勾軍卒，收材勇異能之士。燕邸，故元宮也，深邃。道衍練兵後苑中。穴地作重屋，繚以厚垣，密甃翎甋瓶缶，日夜鑄軍器，畜鵝鴨亂其聲。」這裡特別提出朱棣「民心向彼」之言，寓意為朱棣與道衍的行為確實是謀逆；民心既在建文帝一側，道衍仍以天道鼓吹、誘導朱棣，其行為按照傳統觀念來說確實是大逆不道。接下來又進一步寫道衍對朱棣的鼓動，云：「適大風雨至，簷瓦墮地，成祖色變。道衍曰：『祥也。飛龍在天，從以風雨。瓦墮，將易黃也。』」一則強化了道衍的術數之士的身份與色彩，再則強化了朱棣一再猶豫時，道衍的鼓動都使得朱棣堅定了「謀逆」的信心，如下文朱棣久攻濟南不下而「意欲稍休」，道衍則「力趣之」，朱棣遂「益募勇士，敗盛庸，破房昭西水寨」。道衍在靖難之役中立下的功勳，除決策起兵之外，另有兩處，一為朱棣堅守北平：「其年十月，成祖襲大寧，李景隆乘間圍北平。道衍守禦甚固，擊卻攻者。夜縋壯士擊傷南兵。援師至，內外合擊，斬首無算。景隆、平安等先後敗遁。」二為朱棣久攻濟南不下且傷亡慘重時，道衍提出了「毋下城邑，疾趨京師，京師單弱，勢必舉」的戰略決策，朱棣遂繞過濟南直趨京師，攻下南京而獲得政權。若如姚廣孝本傳所言，道衍在靖難之役中的貢獻確實決定性的，確定起兵的決策與戰爭中的戰略決策十分關鍵，本傳中敘及道衍之作用云：「帝在藩邸，所接皆武人，獨道衍定策起兵。及帝轉戰山東、河北，在軍三年，或旋或否，戰守機事皆決於道衍。」因此，道衍雖「未嘗臨戰陣」，但朱棣「用兵有天下」、奪得帝位，道衍「力為多，論功以為第一」。「力為多，論功以為第一」的評斷語，從整個行文來看，不僅沒有凸顯出道衍的功績，反而更深化了道衍的謀逆之罪。本傳最後寫道衍在去世前請朱棣釋放建文帝的

〔註99〕《冷廬雜識》卷五。

主錄僧溥洽事亦值得玩味：「十六年三月，入觀，年八十有四矣，病甚，不能朝，仍居慶壽寺。車駕臨視者再，語甚歡，賜以金睡壺。問所欲言，廣孝曰：『僧溥洽係久，願赦之。』溥洽者，建文帝主錄僧也。初，帝入南京，有言建文帝為僧遁去，溥洽知狀，或言匿溥洽所。帝乃以他事禁溥洽。而命給事中胡濙等遍物色建文帝，久之不可得。溥洽坐繫十餘年。至是，帝以廣孝言，即命出之。廣孝頓首謝。」道衍作為永樂身邊的一位重要臣僚，可敘的事蹟很多，如監修《明太祖實錄》《永樂大典》等重大事蹟只用「重修《太祖實錄》，廣孝為監修，又與解縉等纂修《永樂大典》，書成，帝褒美之」〔註100〕一語帶過，而對釋放一個僧人則用如此多的篇幅筆墨，用意可能用來暗示道衍對慫恿朱棣起兵之謀逆之罪的悔悟。

　　其實起兵與否，最主要的決定者還是朱棣。朱棣的決策才是最關鍵的，如道衍以及下文提到的袁珙父子等其他人不過是起了順水推舟的推動作用，使得朱棣朱棣起兵的決心更加堅定而已。但《明史》姚廣孝本傳的書寫導向，似乎是深深影響了清代文人與知識分子對道衍的看法。曹去晶之後，呂熊在撰著的小說《女仙外史》（又名《石頭魂》，全名《新刻逸田叟女仙外史大奇書》，日譯本題名《通俗大明女仙傳》，約成於康熙四十二年，梓行於康熙五十年）中，雖然沒有如曹去晶一般極力醜化道衍，卻是用大量的篇幅敘述道衍從出世、輔助燕王至被殺的過程。小說第八十七回中，道衍去看望姐姐，作者以其姐姐之口說「他從燕王謀反，罪惡滔天，我雖小家，也知忠義」，因此不肯「認他為弟」，很顯然作者認為朱棣的靖難之役是謀逆，道衍不知忠義並助紂為虐。隨後又描寫道衍在「赤城東畔見一樵子」，聽聞道衍之名，大喊一聲「我正要砍你的禿顱」，便「把斧子向著頂門上擲下來」；道衍說「這是建文的逃臣，東湖樵夫之類，不怕死的，又不知他名姓」，卻並不追究。作者如此捉弄道衍還意猶未盡，又寫道衍在石澗遇到個「松顏鶴骨的人」，聽聞道衍之名亦大喊「我正要鋤你這個逆禿」，便「當腦蓋鋤下來」。接連遇到兩個建文帝舊臣，道衍很鬱悶，作者在第八十八回開篇說：「這兩個樵父、園翁，當日都不知其名姓，道衍在途中躊躇，猜說是建文的逋臣，怎麼剛剛湊巧撞著？若說不是，為甚的這樣怨恨著我？」幾乎所有的民眾都在議論道衍的不是，小說云：「說也古怪，那江浙的人都知道姚少師南遊，三三兩兩，沒有個不唾罵幾句。說教導了燕王謀反，又攛掇殺了無數忠臣、義士，真正萬惡無道，少不得有日天雷擊死的。」

〔註100〕上引文獻皆出自《明史》卷一百四十五《姚廣孝本傳》，第 4080～4081 頁。

聽了這些議論，道衍認為：「我佐當今而取天下，是順天之命，何故倒犯了眾怒？不要說別個，我的親姊姊也是這樣的心腸。總是愚人不知天道。當時王安石不過行的新法，一朝罷相，竟被販夫、豎子、村姑、野嫗，當面驅逐、唾罵，幾至無地可容。我已成騎虎之勢，除非死後才下得來，不可以一日無權的了。」〔註101〕作者在小說中，對道衍極盡譴責之事，甚至寫了他被毒打一頓、被所謂的少林無戒和尚殺死。小說整個的篇幅是在譴責道衍，但是明顯看出作者之意是在譴責朱棣，表達對朱棣起靖難之役、屠戮大臣的極大憤慨。

《女仙外史》中道衍被毒打二十杖的事，有可能採用的是《二刻拍案驚奇》中的情節，並加以發揮。這個情節在隨後石成金撰的小說《雨花香》（紀曉嵐抄本）再次被使用。石成金有《雨花香自敘》，下署「雍正四年二月花朝石成金天基撰寫」，可知此小說亦成書於康熙後期雍正前期，比《女仙外史》稍後。《雨花香自敘》云：「昔雲光禪師於江寧城南，據岡阜最高處設壇，講經說法，每日聽者，日常千餘人。如欲入世者，聽講經而善愈進於善，雖有不善，亦悔改而從善，或有志出世者，聞法而心明性朗。其功勝於恒沙寶施，緣此而感召上天雨花，異香遠襲，後名其地為雨花壇。遊人登其巔，則江未與林巒文相映帶，大是奇觀。自梁歷今，昭然耳目，垂諸不朽。於欣羨久矣，乃將吾揚近時之實事，漫以通俗俚言，記錄若干，悉眼前報應須如，警醒明通要法，印傳寰字。凡暗昧人聽之而可光明；奸貪刻毒人聽之而頓改仁慈敦厚，若有憂愁苦惱之徒，聽講而得大快樂；或遇毀仙謗佛之輩，自聞談說，亦變虔信皈依；若夫出世之高哲，往習淨土，任專參悟，可照其功而證果位。是為善有如此善報，為惡有如此惡報，皆現在榜式，前車可鑒。種種事說，雖不敢上比雲師之教濟雨花，然而醒人之迷悟，復人之天良，與雲師之講義微同，因妄以《雨花香》名茲集。」可知此書的寫作主旨在於宣揚因果報應，「醒人之迷悟，復人之天良」。袁載錫在《雨花香序》中亦注明此意，云：「夫人之立言，惟貴乎於世道人心有所裨益。若不切於綱常倫理修齊治平之學者，雖字字珠現，篇篇錦繡，亦泊如也。余自乙巳秋，秉鐸江部，月進諸生而課之，又凜遵新令，更以策、論、經、史相劘切，庠序多士，固已烝烝向道矣，至於市井鄉野略讀書與不讀書之人，余不能一一萃而教之也。今有天基石子，為人長厚，每喜立言，曉示愚蒙，撰刻甚夥。茲觀《雨花香》一編，並不談往昔舊典，是將揚州近事，取其切實而明驗，彙集四十種。意在開導常俗，所以不為雅馴之語，而為淺俚之

〔註101〕《女仙外史》，齊魯書社 2008 年版。

言。令讀之者，無論賢愚，一聞即解，明見眼前之報應，如影隨形，乃知禍福自召之義，一予一取，如贈答焉。神為之驚懼，心為之憬語，志行頓然自新。」鑒於此書所宣揚之主旨，若「遍布戶曉」，使人「各守分循良」，則「普沾聖天子太平安樂之福，亦有補於名教不小」。

小說取「切實而明驗」的揚州近事四十種來講明因果報應之業，其中第九種「官業債」講的就是道衍（姚廣孝）。本篇開篇云：「聖人治世，不得已而設刑，原為懲大■■■以安良善，非所以供官之喜怒，逞威以■■■，每見官長坐於法堂之上，用刑慘酷，雖施當其罪，猶不能無傷於天地之和，況以貪酷為心。或問事未實，或受人賄囑，即錯亂加刑，甚至拶夾問罪，枉屈愚懦，其還報自必昭彰。」隨之云：「觀姚國師之事，甚可凜也」。作者舉例當時有專門代人挨打者，云：「州縣前有等無籍窮民，專代人比較。或替人回官，明知遭刑，挺身苦捱，這樣人揚俗名為『溜兒』。今日得錢挨打幾十，調養股腿尚未全好，明日又去挨打。可憐叫疼叫痛，不知領打了幾千幾百」。這些人「同是父母生成皮肉，一般疼痛」，之所以從事這樣的職業，作者說：「總因前世做官，粗率錯打，所以今世業債，必然還報。」這就是因果之業，前世做官打人，這世就會被打，作者接著引申到道衍身上，「試看姚國師修至祖位，亦難逃避」。作者描寫道衍在永樂時地位高寵：「凡過去未來，前世後世，俱能知曉。輔佐皇上戰爭，開創大有功勳，及至天下平定，皇上重加恩寵，他仍做和尚，不肯留髮還俗，終日光著頭，穿著袈裟，出入八輿。」事實來說，道衍確實應該是中國地位最高的僧人，「從古至今，都未見和尚如此榮貴者」。享有如此尊崇地位的道衍，在回鄉的途程中卻被小小縣丞「重責二十板」。

《雨花香》與上兩部小說不同，是將道衍作為正面人物形象描寫的，這是極其少見的。道衍回鄉途中，誡勉地方官員「愛養百姓，清廉慎刑」；在獨自遊覽蘇州城風景時，被吳縣縣丞曹恭相以莫名其妙的因由重責了二十板。曹恭相得知他打的是國師，「嚇得魂不附體」，江蘇地方官員得知國師被打更是「大驚失措」，啟請道衍「將這細官任行誅戮，免賜奏聞，寬某等失察之罪，便是大恩」，道衍卻並沒有責怪曹恭相與眾官員，而是告誡官員們要慎用刑罰：「凡為官治理民事，朝廷設立刑法，不是供汝等喜怒的，亦不是濟汝等貪私的，審事略有疑惑，切莫輕自動刑，不要說是大刑大罪即杖責。」若是錯打了，「來世俱要一板還一板，並不疏漏」。《二刻拍案驚奇》中提到道衍陳述自己挨打是因果，卻並沒有說明是何因果，《雨花香》中則以道衍自己的口吻

詳細陳述自己被打的緣由：「本師只因前世曾在揚州做官，這曹縣丞前世是揚州人，有事到案，因不曾細問事情真確，又因他答話粗直，本師一時性起，就將他借打了二十板，今世應該償還。所以特特遠來領受這苦楚，銷結因果。」道衍在這裡展現的是明道高僧與明理寬懷重臣的形象，以「奏准丹詔敕南旋，袈裟猶帶御爐煙，特來面會曹公相，二十官刑了宿愆」〔註102〕四句偈自嘲自己是來消業，與上兩部小說對其的醜化完全不同。有意思的是，石成金將毒打道衍者設計成曹姓，不知道這個曹恭相與《姑妄言》的作者曹去晶有沒有關聯。

清代小說《醒世姻緣傳》第三十回「計氏託姑求度脫　寶光遇鬼報冤仇」中寫到道衍和門下僧徒寶光的事節。寶光曾在道衍手下做小沙彌，「甚是馴謹」，道衍很喜歡他，「請了名師，教他儒釋道三教之書」。《醒世姻緣傳》亦是以敘因果為線，寶光恃才依勢而行為不謹，云：「寶光恃了自己的才，又倚了姚少師的勢，那目中那裏還看見有甚麼翰林科道，國戚勳臣。又忘記自己是個和尚，吃起珍羞百味，穿起錦繡綾羅，漸漸蓄起姬妾，放縱淫蕩，絕不怕有甚麼僧行佛戒、國法王章」。道衍去世後，寶光失勢，被交章論劾應「立付市曹，布告天下。」仁宗皇帝念道衍之功，聖恩寬宥，只是將寶光「削了職，追了度牒，發回原籍，還俗為民，妻妾聽其完聚」。寶光在返籍路上，船翻落水，差點將命丟掉，「妻妾資財，休想有半分存剩」。夜晚在廟中夢見道衍與他說：「你那害身的財色，我都與你斷送了，只還有文才不除，終是殺身之劍！你將那枝彩筆納付與我，你可仍舊為僧，且逃數年性命。」〔註103〕這是講寶光的因果，卻從側面反映出道衍遵守戒律甚嚴，如《五燈全書》中所記。

《雨花香》《醒世姻緣傳》中對道衍的正面描述，並不能改變眾多作品對道衍的醜化和詆毀。細數這些醜化和詆毀，正是來源於上述所援引各種文獻和史傳中對道衍的描述，尤其是《明史》本傳更是《姑妄言》等小說創作的依據和範本。文獻和史傳對人物的刻畫和褒貶，深刻地進入到小說創作者的腦海中，影響到了創作者的創作觀念。

四

由上述小說對道衍的描述，可清楚感受到一些小說作者對道衍的憤慨情

〔註102〕 《雨花香》，清抄本。
〔註103〕 《醒世姻緣傳》，齊魯書社 1993 年版。

緒，難以想像和推測這些極為憤慨情緒的由來。根據現有的文獻來看，這些憤慨和醜化有對道衍輔助朱棣起兵是「謀逆」行為的看法；有對道衍不能勸阻朱棣誅戮大臣的不滿；更有可能的是對道衍所著《道餘錄》的極大不滿。

　　上述所援引文獻中，可知鼓動與堅定朱棣起兵的不僅有道衍，還有袁珙父子。道衍與袁珙父子相善，作有《太常寺寺丞贈太常寺少卿柳莊袁珙墓誌銘》，對袁珙大家讚賞，云：「先生性剛毅直方，不泛交於人，安貧養志，當勝國之季，勵精儒業，九流百氏之書靡不涉究。然時與願違，遂遊歷湖海間，遇異僧古崖於補沱洛伽山，一見而奇之，因授以相人訣，期先生後必以術顯。先生決人貴賤、壽夭、禍福、休咎如指諸掌，凡求占者，必先察其心志，聽其語言，次觀其形氣，然後斷以吉，規以忠義。雖達官貴人遇之不以禮，則拂袖而去……友人以事逮，於歿者莫之能贖，先生厝以歸其母。先生臨利害，一以理勝，略無顧忌趨避，其忠義正大如此……平生剛方中正，學純行端，綽有古君子之風。」〔註104〕《明史》方技傳中有袁珙父子傳，從傳中可知朱棣最終決意起兵，不僅僅是道衍一人的主張，袁珙父子的鼓動甚至更力。《方伎》總序中特意指出袁珙等人「占驗奇中」，云：「明初，周顛、張三豐之屬，蹤跡秘幻，莫可測識，而震動天子，要非妄誕取寵者所可幾。張中、袁珙占驗奇中，夫事有非常理所能拘者，淺見鮮聞不足道也。醫與天文皆世業專官，亦本《周官》遺意。攻其術者，要必博極於古人之書，而會通其理，沉思獨詣，參以考驗，不為私智自用，乃足以名當世而為後學宗。」〔註105〕袁珙能打動朱棣之意，或許正是「占驗奇中」的手段，本傳描述其學「相人術」云：「珙生有異稟，好學能詩。嘗遊海外洛伽山，遇異僧別古崖，授以相人術。先仰視皎日，目盡眩，布赤黑豆暗室中，辨之，又懸五色縷窗外，映月別其色，皆無訛，然後相人。其法以夜中燃兩炬視人形狀氣色，而參以所生年月，百無一謬。」又描述其「占驗奇中」的神異云：「珙在元時已有名，所相士大夫數十百，其於死生禍福，遲速大小，並刻時日，無不奇中。」其中袁珙亦曾相道衍，云：「公，劉秉忠之儔也，幸自愛。」道衍後來以劉秉忠自視，有可能是受到袁珙的影響。又描述其見朱棣云：「王雜衛士類己者九人，操弓矢，飲肆中。珙一見即前跪曰：『殿下何輕身至此。』九人者笑其謬，珙言益切。王乃起去，召珙宮中，諦視曰：『龍行虎步，日角插天，太平天子也。年四十，須過臍，即登大

〔註104〕《逃虛子文集新輯》，載《姚廣孝集》第一冊，第308～309頁。
〔註105〕《明史》卷二百九十九，第7633頁。

寶矣。』已見藩邸諸校卒，皆許以公侯將帥。王慮語泄，遣之還。」相術有可能只是託辭，袁珙有可能是鼓動朱棣起兵最力者之一，可能比道衍更力。袁珙在後來仁宗確立中亦發揮了影響力：「帝將建東宮，而意有所屬，故久不決。珙相仁宗曰：『天子也。』相宣宗曰：『萬歲天子。』儲位乃定。」〔註106〕朱棣即位後，在立朱高煦還是朱高熾為太子時猶豫不決，袁珙相朱高熾之子（即後之宣宗）有天子相，遂立朱高熾為太子；解縉在支持朱高熾時有同樣的說法：「帝密問縉，縉稱『皇長子仁孝，天下歸心』，帝不應；縉又頓首曰『好聖孫』，謂宣宗也。帝頷之，太子遂定。」〔註107〕袁珙與解縉一樣，應該是朱高熾的支持者。從本傳中描述的這些事例來看，袁珙雖然被列入方伎傳，其實更擅長的是謀略。

相比於道衍來說，袁珙與之同具有術數色彩，同樣堅定了朱棣起兵之心，而且從上述袁珙本傳來看，袁珙對堅定朱棣起兵之心的作用和影響更大，可是卻沒有引起後世的指責和攻擊。臆測原因，可能是袁珙後來沒有道衍那麼高的地位，所以沒有成為攻擊的標靶。或許可以大膽推測，道衍後來之所以引來後世如此多的指責、醜化和詆毀，更可能是與他所撰寫的《道餘錄》對二程和朱熹的指責有極大的關係。

關於《道餘錄》，清人談遷論云：「姚少師廣孝，別號逃虛子，摘《二程先生遺書》二十八則、《朱子語錄》二十一則，逐條析其謬，曰《道餘錄》。吳縣行人張洪，見即毀其書，自謂所以報少師耳。」〔註108〕道衍摘程、朱四十九條析其謬，引起程朱理學學者的憤慨，是很容易理解的。永樂十年，道衍作《道餘錄序》，其中說「三先生（二程、朱熹）因不多探佛書，不知佛之底蘊，一以私意出邪詖之辭，枉抑太過，世之人心，亦多不平」，故摘《二程先生遺書》中二十八條、《晦菴朱先生語錄》中二十一條「極為謬誕」者「逐條據理，一一剖析」。將程朱關於論及佛教之語稱之為「極為謬誕」者，引起程朱學者的憤怒是可以想像的，道衍自己亦預想到，因云「知我罪我，其在茲乎」〔註109〕。從《道餘錄》中看，道衍是將程朱著述中對佛教與禪學那些常見且影響大的批評摘出來，一一加以反駁。

首先摘出來的，就是關於佛教絕綱常倫理，程明道曾說「佛學大概且是絕

〔註106〕《明史》卷二百九十九，第 7642～7643 頁。
〔註107〕《明史》卷一百四十七，第 4121 頁。
〔註108〕談遷：《棗林雜俎》聖集，中華書局 2006 年版，第 233 頁。
〔註109〕《道餘錄》，《嘉興大藏經》第 20 冊，第 329 頁。

倫類，世上不容有此理」，實際上這是儒家知識分子長久以來對佛教一種非常普遍的批評，道衍對此極不贊成。道衍指出「佛未嘗絕倫類」「佛當日出家，已納妃生子，然後入雪山修道，苦行六年，而成正覺」，所以釋迦牟尼沒有絕人倫，後來的三一教主林兆恩也是持這樣的說法。對佛教的僧徒來說，在家居士同樣維持了倫理：「出家者為比丘，割愛辭親，剃髮染衣，從佛學道。在家者為居士，君臣父子夫婦兄弟此等事，何嘗無之。」道衍接著以儒家的事例反駁：「若言絕倫類，世上不容有此理，如吳泰伯讓王位，斷髮文身，逃於荊蠻，孔子稱其為至德，而於吳廟食萬世。又如伯夷、叔齊，諫周武王，不聽欲兵之，太公曰『此義人也』。隱於首陽山，遂餓而死，孟子稱其為聖之清者。」吳泰伯、伯夷、叔齊同樣是隱居出世如同佛教的僧侶，卻「未嘗言其絕倫類」，因此佛教的僧侶也不能視為「絕倫類」。朱熹在討論莊子與佛教的差別時提到「莊子絕不盡，佛絕滅盡了，佛是人倫都滅盡，到禪時義理都滅盡」，道衍援引云《入楞伽》「三界上下法，我說皆是心，離於諸心法，更無有可得」與《華嚴經》「不取眾生所言說，一切有為虛妄事，雖復不依言語道，亦復不著無言說」等經句，云佛教並沒有將「人倫都滅盡，義理都滅盡」之論。在《江漢朝宗》詩中，道衍以「無情尚爾知元會，父子君臣豈敢違」〔註110〕之語表明自己沒有違背人倫。作為佛教僧徒，道衍並不動員友人出家為僧，《寄劉翼南》詩中「世情雖厭官宜守，未許東林作社人」〔註111〕之句是讓厭倦世情的劉翼南繼續守官職以為世用，而非鼓勵或動員其出家離俗，這是道衍重視人倫的另一種表現。道衍指程明道若人盡皆出家為佛則「天下卻都沒人去裏」的擔憂，是「與杞國憂天傾者，可同日而語」。佛教與儒家在倫理上的差別，程明道指佛教為異端，致使儒家之道不明，道衍指出道之不明「非惟佛老為異端之學而害之」，是由天運所造成的：「三代之末，百家諸子競起，角立淳厚之氣日銷，澆薄之風日長，莫非天運使然爾。若欲人心復古，不悖於道，除是唐虞周孔復生，通乎神明，以化治天下則可也。」學者不入儒家而習其他學說者，是「各從其志」而已。道衍批評程明道之所以有這樣的看法，一是因其「不曾多閱佛書」，若其曾盡閱佛教典籍，絕不會對「各從其志」提出異議；二是「存物我之心，滯於一偏」，故不能擺脫藩籬之見。

　　其次，對於佛教的觀念，程伊川先是指佛教使人「形如槁木，心若死灰」

〔註110〕　《逃虛子詩集》卷九，載《姚廣孝集》第一冊，第121頁。
〔註111〕　《逃虛子詩集》卷九，載《姚廣孝集》第一冊，第124頁。

如牆壁木石而與事無益，道衍辯護「形如槁木，心若死灰」是二乘與外道邪禪，後世禪祖亦「叱之為魂不散底死人」，大乘圓教與此不同，「戒定慧及淫怒癡，俱是梵行」。程明道進一步說的「佛學只是以生死恐動人」，道衍則援引《圓覺》「一切眾生，於無生中，妄見生滅，是故名為輪轉」之語，說明佛教強調的是生死解脫、於輪轉中見生死，而非是「以生死恐動人」。程明道指宋代佛教因談性命道德而更能惑人，道衍說性命道德也是佛教僧徒「不可一日無者」之「本分事」，佛教傳入中國以來，未曾斷絕過山河、社稷、國土、人民、君臣、父子等「相生相養之事」。程伊川指佛教以「人皆可以為堯舜」之言鼓動人，道衍則指出佛教與儒家之同處：「佛願一切眾生皆成佛道，聖人言人皆可以為堯舜，當知世間出世間聖人之心，未嘗不同也。」程朱皆指「佛氏之言近理」，道衍則論「天下只有一個道理」，「縱使上古聖人，下至近代諸子百氏，所說無出此一個道理」，即是明確說佛教之理與諸子百家之理是同一個理，是殊途而同歸。針對朱熹從華夷之辨說佛教自從傳入中國「非但人為其所迷惑，鬼神亦被他迷惑」，道衍再次指出佛教與儒家之理相同：「佛氏之教無非化人為善，與儒者道並行而不相悖。不相悖者，理無二也。僧勸鬼神不用牲祭，是不殺害物命，此仁者之心，以此心相感鬼神，敬信而從之也。」或許正是佛教的這些觀念，程明道擔憂天下習禪成風而已不能救，道衍直言「明道若救不得，不若相忘於江湖」，而不必有如此之憂慮。程伊川則憂慮世之學者「學則未有不歸於禪者」，道衍云士大夫多從達磨一宗之最上乘禪之無掛礙：「直截根源，無諸紆曲相，謂之頓修，果得此道者，灑灑落落，居一切時，遇一切境，自無留礙。」朱熹更是憂慮佛教之盛已不能「拗得它轉」，即使能守得一世不被佛教所轉，三世之後「亦必被他轉了」，道衍說：「教之盛衰，繫乎時運，如海潮焉，其長也，欲落之不可得；其落也，欲長之不可得。」佛教的盛衰如海潮之漲落一樣是自然之勢，非人力所能「拗得他轉」。與對程明道的態度一樣，道衍說「朱子何慮之深也」。

　　第三，對佛教自私自利的辯護。道衍承認「形如槁木，心若死灰」是二乘與外道邪禪，大乘佛教則顯示出圓融的特徵，理學學者也看到了大乘佛教在觀念上與小乘佛教的不同，程明道云「昔之惑人也，因其愚闇，今之入人也，乘其高明」，即是指大乘佛教對知識分子的吸引力，道衍云：「佛以慈悲方便，化度眾生，皆令入無餘涅槃，人雖有愚闇高明之殊，佛性一也。」道衍這句話只辯護了「縱愚闇者可惑」的批評，卻沒有辯護了「乘其高明」的批評，實際上

這也沒有什麼可以辯護的，大乘佛教就是以其圓融的義理吸引的知識分子的關注。在論及《華嚴經》的理事觀時，程伊川承認「未得道他不是」，這也是二程承認的佛教之高明處，程伊川卻又將理事觀歸到自私上，道衍對此詳加闡述：「《華嚴》乃稱性之極談，一乘之要軌，三觀圓照於無際，一玄總具於毛端，塵含法界，量無廣狹之殊，海印森羅，光絕鉅纖之間，是不可思議之大法也。本然之理，周遍一切……程夫子知萬理歸於一理，而不知一理散於萬事，重重無盡，無盡重重，自他不間於微塵，始終不離於當念。窮玄極妙，非二乘凡夫之所能知也。然而百家眾藝，無不圓該，外道天魔，悉皆容攝，涅槃生死，總是空華，地獄天宮，皆為淨土，若言為輪迴生死怕怖而自私，謬之謬矣。大乘菩薩，不捨悲願，出生入死，為化度一切眾生，雖在生死惡道之中，如遊園觀爾。」程明道說的「乘其高明」更多指的是禪學，禪學主要談論心性，程伊川說禪學言性「猶太陽之下，置器其間，方圓大小不同」，太陽並不動，道衍說：「《首楞嚴》云『五陰之識，如頻伽瓶，盛空以餉他國，空無出入』，佛以此喻識情，妄有來去，其如來藏妙真如性，正是太陽元無動靜。」對禪學的心性，程伊川又批評學禪者「平居高談性命之際卻好，至於世事，往往直有都不知」，實際「實無所得」，道衍承認「今之有一等禪者，惟弄口頭，士大夫座間供談笑而已」，卻無實得，然「若以禪者一概如此」，又是「似魚目混珍耳」。程伊川承認佛教「亦盡極乎高深」，卻又指佛教「免死生，齊煩惱」是「卒歸於自私自利之規模」，道衍反問佛教既然極乎高深，又安得歸於自私自利，「自私自利是小人所為，君子則不然，何況乎佛、聖人清淨寂滅之道者」。程伊川又指佛教之理雖窮深極微卻見偏，道衍又反問云「釋道之學，既窮深極微，烏得窮神知化而不與乎」。

　　第四，辨別二程與朱熹對佛教的一些不正確的認識。程朱對佛教的一些不準確的評斷，如（一）否定佛教中一些重要經典。朱熹言《維摩詰經》「南北朝時一貴人如蕭子良之徒撰」，道衍遂述該經之譯本云：「《維摩詰經》凡三譯：一吳支謙譯三卷；二姚秦羅什譯，肇法師注七卷；三《說無垢稱經》唐玄奘譯六卷。三經本同譯有異爾。此經惟談不思議解脫境界，非下根小器之人得聞。」朱熹又言如《圓覺經》《楞嚴經》等許多內容「是文章之士添」，非佛陀所說，道衍述之史實云：「佛經不曾有杜撰者，《圓覺經》是唐罽賓三藏佛陀多羅譯至中國；《楞嚴經》中天竺沙門般剌蜜帝譯至廣州制止寺，烏長國沙門彌伽釋迦譯語，菩薩戒弟子前正議大夫同中書門下平章事清河房融筆授。」又進一步解

釋二經說：「此二經乃圓頓上乘，惟顯佛之境界，菩薩修習此法門者，全性起修，全修在性；非餘小乘經之可同日語也。」（二）在否定某些佛經的同時，程朱對佛禪僧徒進行了否定。程朱都提到佛教的寂滅是強要寂滅，實際上並不曾得寂滅，道衍說：「世儒言釋氏寂滅，不知所以，但把寂滅做空無看了，而不知佛書有云『諸行無常，是生滅法，生滅滅已，寂滅為樂』，又曰『諸法從本來，常自寂滅相』。寂滅者，言此道不生不滅也。離生滅，求寂滅則不是，即生滅而證寂滅乃是，此即有為而無為，無為而無不為也。」朱熹言宋代禪僧宗杲「做事全不通，點檢喜怒更不中節」，道衍毫不留情反駁云：「晦菴所言可謂差之毫釐，謬以千里也。杲大慧，宋朝僧，資性高妙，參禪第一，自言我是參禪精子法嗣，圓悟勤住徑山，大機大用，非尋常俗流。」宗杲看上去「做事全不通，點檢喜怒更不中節」，實則是「生滅心滅，寂滅現前，嬉笑怒罵，無非佛事」。宗杲在當時被士林稱之為忠孝兩全，「不阿秦檜為忠，俗家無後，為其立嗣，治家捨以正彝倫為孝」。（三）朱熹批評佛教所談實際乃中國之說，如「晉末以前遠法師之類，所談只是莊列」，道衍云彼時士大夫所談皆是莊列，佛教僧徒談莊列不過是隨順當時時尚，並非是要剽竊莊列之言。朱熹後來又再次說慧遠、僧肇等「只是說莊老」，「後來人亦多以老莊助禪」，道衍辯護說：「晉魏之時，儒釋之文，俱尚老莊。彼時佛經翻譯過東土來，潤文之人，如《維摩詰所說經》，肇法師注，並肇論其中行文用字，或出入老莊者有之。遠、肇、道安、支遁輩，其文多尚老莊，其見亦有相似處。故達磨過東土來，說個不立文字，直指人心，見性成佛，掃蕩義學，儒者言老莊助禪，則不然也。且如維摩肇論，其文或似老莊，如般若、華嚴、涅槃、寶積、楞伽等大經，何嘗有一言似老莊。其立法自成一家，儒老二教，不曾有此說也。」朱熹評論佛教僧徒之知死只是告子的不動心，道衍說：「釋氏古尊宿，死者多克日克期而去，載在方冊，不可勝數。」

　　綜上，二程與朱熹從綱常人倫到義理對佛教進行深入的批評，道衍根據佛教觀念和義理、史實一一加以反駁。這些反駁中，儘管有小部分並不是有針對性，但大部分是有理有據，能充分闡述佛教的觀念與義理，展現了道衍深厚的佛教修養和學識。二程對佛教的批評與道衍的反駁中，有時又有著義氣之爭。程伊川指責佛教「譬之以管窺天，只務直上天，惟見一偏，不見四旁，故皆不能處事」，儒家「如平野之中，四方無不見」，道衍反唇相譏真正以管窺天的是孔子：「佛以大圓鏡智照了虛空世界，塵毛剎海，無所不知，無物不見，所以

佛十號中，有曰：正遍知、明行足。若以管窺天者，夫子自道也。」這樣一些充滿火藥味的話語，引起程朱理學學者的憤慨，這是一定的。在反駁中，道衍更是使用了許多對二程和朱熹相當輕蔑的話語，如二程「誤解佛言」、程伊川對佛教「伊川不願從而師之亦陋矣」「程夫子何其謬哉」「程子見之偏」、程子若知禪味「雖世有術如五侯鯖程子亦不嗜矣」「謬之謬矣」「程夫子未之聞也」「晦菴恐未見影在」「此是朱子讕語」、程朱「昧其心也」「晦菴蓋未知禪門中事，惟逞私意以詆佛」「朱子何見之不明如此」、朱熹「塗污佛聖」等語，確實容易引起程朱後學者的不滿和憤怒。

《道餘錄》中直指程伊川「偷佛說為己使」，自然是為後世理學學者所不能接受的。《道餘錄》的最後，道衍引用了朱熹詩云：「端居獨無事，聊披釋氏書。暫息塵累牽，超然與道俱。門掩竹林幽，禽鳴山雨餘。了此無為法，身心同宴如。」認為既然對朱熹來說「佛書暫得一閱尚有如是之益」，便直言朱熹「心中未必不信佛也」〔註112〕。對朱熹等人借用與信仰佛教的評斷，在《與王學士達善書》中有更為詳細地說明，道衍在文中敘與「扣其中空空然、觀其行真小人不若」之二老談儒釋之同異。二老「每見人事佛讀佛書，即面侮而笑之，背毀而罵之」，道衍指出儒釋二家「跡不同，而本同」，斥佛教的儒學之士只是從跡上而非從本上批駁，道衍舉例說：「且如考亭朱先生亦披閱佛書，《大全集》中有《久雨齋居誦經》詩曰：『端居獨無事，聊披釋氏書。暫息塵累牽，超然與道俱。門掩竹林幽，鳥鳴山雨餘。了此無為法，身心同宴如。』如此，則誦佛經不為無益也。慈湖楊先生每日誦《金剛般若經》，至將諸本較正一本，手書板刻於慈湖書院，至今存焉。二先生皆道學之師，而中心未嘗不有佛也。蓋其輔名教，而不欲沉湎於佛耳。況張橫渠晚逃佛老，呂東萊曾究禪學者乎。」〔註113〕道衍再次引用朱熹所作的《久雨齋居誦經》，並如此來肯定或者明說這些理學家（道學之師）「中心未嘗不有佛」，是程朱後學者斷然不能接受的。

《道餘錄》對二程和朱熹的批評，看上去是道衍對理學的極大不滿，實際上道衍對儒學具有很深的感情，《讀書室》詩「山人嗜古忘榮寵，朱素隨身事周孔」〔註114〕表述出對儒家聖人的尊敬。道衍竟然作有《陳節婦》詩，讚頌

〔註112〕上引《道餘錄》原文，皆出自《嘉興大藏經》第20冊，第329～336頁。
〔註113〕《逃虛子文集新輯》，載《姚廣孝集》第一冊，第321頁。
〔註114〕《逃虛子詩集》卷二，載《姚廣孝集》第一冊，第38頁。

「凜若松竹同」〔註115〕的節婦心，這使得道衍有些如道貌岸然的理學家的做派，一點也不像一個萬物皆空的佛教僧徒，同時人王行《贈道衍上人序》中說道衍「不合於儒者無幾」：「世謂沙門氏離去中國禮樂制度之事，故其法縱弛曠肆，過高無實，眾以此病之，孰知其不足以蔽人之善哉。北人渡河而遊，人則駭也，蓋其俗故不善遊而莫之信也。今沙門有能修道德、攻文辭、治先王之言者，為其法所泥，希或重之，余未嘗不為之三復而歎，仲尼稱『不以人廢言』，而可以其法而遺其人耶。吳沙門道衍上人，高爽通亮，氣貌阬阬，聽其言求其學，陰察其所為，不合於儒者無幾，特有衣冠之異耳。」〔註116〕道衍的觀念和行為，與儒者相合，與儒者的差異可能就在於衣冠的不同而已。在《題〈雪擁藍關圖〉》中為韓愈辯護、喊冤：「千山一雲亂飛雪，藍關蕭蕭行跡絕。可憐倔強韓退之，匹馬度關腸亦結。嬌妻稚子無復窺，罷奴老僕能相隨。得失於人既有命，文章驚世將何為。孰謂當年憲宗惑，親縷千言陳佛骨。若云佛怒禍斯人，佛也為人誠可忽。潮陽去此八千程，冠蓋已失春花榮。作詩示侄成一笑，披圖千載為合情。」〔註117〕韓愈因為諫佛骨而被貶，道衍為給其喊冤竟然說出了「佛也為人誠可忽」這樣對佛陀不敬的話，這是站在儒者的立場為正直者辯護。明初的王彝，指道衍是託跡於佛教的儒士：「師儒林之出也，而託跡於浮屠之間，余故不以浮屠待師，而師亦不自待以為浮屠而已也。」〔註118〕道衍是不是「亦不自待以為浮屠」不得而知，道衍在《奉酬王右史蘊德》詩中確實說自己學儒不成而學佛：「少時事孔學，長日遊儒林。朝披手中卷，暮橫膝上琴。無成即從佛，淨業乃所在。」〔註119〕學儒不成而學佛，故道衍心中對儒學充滿著難以言說的情感，《遊定州學》詩云：「中山名郡匪當時，黌舍蕭條亦可悲。雪浪翻騰蘇子石，丹青零落魏公祠。無門過客聽弦誦，庭有諸生治禮儀。顧我為僧雖異教，坐來惆悵一題詩。」〔註120〕由道衍作為一個佛教徒對儒學的「惆悵之情」來看，道衍批駁的不是儒學，而是對二程和朱熹指謫佛教的不滿。

作為佛教徒，道衍對程朱的這種不滿是合理而可以理解的。道衍認為儒釋

〔註115〕 《逃虛子詩集》卷二，載《姚廣孝集》第一冊，第 26 頁。
〔註116〕 王行：《半軒集》卷十二，《四庫全書》本。
〔註117〕 《逃虛子詩集》卷三，載《姚廣孝集》第一冊，第 39 頁。
〔註118〕 王彝：《王常宗集》卷二《衍師文稿序》，《四庫全書》本。
〔註119〕 《逃虛子詩集》卷二，載《姚廣孝集》第一冊，第 21 頁。
〔註120〕 《逃虛子詩集》卷八，載《姚廣孝集》第一冊，第 97 頁。

既有同又有異,《送王琦還天台侍親》詩中「譊譊論釋儒,同異欲明驗」〔註121〕就是論儒釋有同異,道衍批評程朱可能也是不滿於程朱只見儒釋之異而不見其同。《道餘錄》對二程和朱熹的批評,卻又引起程朱理學學者眾多的批評與不滿,同時的友人張洪「但見《道餘錄》輒為焚棄」以回報導衍的友誼,從側面表示當時人對《道餘錄》的看法,以故四庫館臣在《逃虛子集》提要中說「是其書(《道餘錄》)之妄謬,雖親昵者不能曲諱矣」。該書提要中直指朱棣和道衍為「謀逆」,即位為「篡立」,道衍「資其策力居多」;因此儘管道衍「詩清新婉約,頗存古調」,卻因其「謀逆」而與嚴嵩一起「為儒者所羞稱」。《道餘錄》中對二程、朱熹的駁斥與持論的「尤無忌憚」,便更是為「儒者所羞稱」了。明後期的李贄,對道衍和《道餘錄》極為稱讚,云:「公有書名《道餘錄》,絕可觀,漕河尚書劉東星不知於何處索得之,宜再梓行,以資道力,開出世法眼。」〔註122〕現存的《道餘錄》即署逃虛子姚廣孝著、卓吾李贄閱,以李贄的觀念來看,《道餘錄》確實是「開出世法眼」之書。入清後隨著對道衍和《道餘錄》一浪高過一浪的批評和駁斥,對道衍的客觀評價成了不可饒恕的指責,如(清)昭槤《嘯亭雜錄》指責王鴻緒對道衍的寬恕云:「王尚書鴻緒之左袒廉王,餘已詳載矣(見前卷)。近讀其《明史稿》,於永樂篡逆及姚廣孝、茹瑺諸傳,每多恕辭,而於惠帝則指謫無完膚狀。蓋其心有所陰蓄,不覺流露於書,故古人不使奸人著史以此。」〔註123〕在史學家和文學家筆下的共同塑造下,道衍的真實形象便被完全掩蓋了。

五

前引戴良《姑蘇姚廣孝》將道衍與明初文臣之首的宋濂並提,彼時道衍還未輔佐朱棣獲得功績,所謂「惟君與宋景濂氏而已」似乎是指文學創作而言的。若戴良說的是此意,那麼道衍的創作在明初時便已經相當被認可了,朱琰編《明人詩鈔續集》卷三道衍小傳中,有同樣的看法:「少工詩,與王賓、高啟、楊基友善,宋濂、蘇伯衡亦推獎之。」〔註124〕明後期的王世貞評「姚少師廣孝」云:「少師棲遁禪宗,衷嬰世網,既參佐命,卒返初服,互逃儒釋之間,未獲進退之所。其詩如入忉利天,雖自快樂,未就解脫,魔障既深,終

〔註121〕《逃虛子詩集》卷二,載《姚廣孝集》第一冊,第26頁。
〔註122〕《續焚書》卷三,第85頁。
〔註123〕《嘯亭雜錄》卷三,中華書局1980年版。
〔註124〕《明人詩鈔續集》卷三,樊桐山房藏板、乾隆庚辰(1760)刻本。

當墮落。」〔註125〕王世貞言道衍之詩「自快樂」，或是指道衍能在作品中抒發自己性情之意；而「未就解脫，魔障既深，終當墮落」應當是指道衍以僧人身份輔佐朱棣奪位之事，並非是純從文學創作所論的。上文援引四庫館臣對道衍的文學創作有「詞華之美」的評價，但因其「著逆興兵」而應見棄，採用的是與王世貞相同的評價方式。儘管否定之意多，但從戴良、朱琰、王世貞與四庫館臣等對作品的評價來看，道衍的文學創作還是有較高水準的，明末江盈科《雪濤閣四小書之四》言道衍為明初大臣中第一能詩者，云：「國初大臣能詩者，當以姚少師廣孝為第一。其題《金陵懷古》詩云：『譙櫓年來戰血乾，煙花猶自半凋殘。五峰山近朝雲亂，萬歲樓空夜月寒。江水有潮通鐵甕，野田無路到金壇。蕭梁事業今何在？北固青青眼倦看。』是何等新脫朗透，豈尋常剿襲者所能道？」〔註126〕是對道衍創作水平的極大肯定。

如同上文引述其敏捷地以「國亂民愁，王不出頭誰做主」對朱棣「天寒地凍，水無一點不成冰」的典故，道衍的創作是極其敏捷的，因此能留下大量的作品絲毫不奇怪。道衍很喜歡創作，「刻意為詩文」，明代蔣一葵《堯山堂外紀》云：「姚廣孝……刻意為詩文，由是知名。《詠百花洲》云：『水灩接橫塘，花多礙舟路。波紅晴漾汩，沙白寒棲鷺。緣汀漁綱集，隔浦菱歌度。不見昔遊人，風煙自朝暮。』」〔註127〕看來詩文給道衍帶來了一定的聲譽。這裡所引用的《詠百花洲》前半部分描述百花洲的景致，確實有「刻意為文」之嫌，「不見昔遊人，風煙自朝暮」卻是詩鋒一轉，感歎人世無常之意，頗有唐人劉希夷《代悲白頭翁》中「年年歲歲花相似，歲歲年年人不同」之慨，對百花洲景致的描寫如同「年年歲歲花相似」，「不見昔遊人」如同「歲歲年年人不同」，之前的詩句都成為「不見昔遊人」一句的鋪墊；「風煙自朝暮」則是詩鋒再次一轉，由對「不見昔遊人」或者「歲歲年年人不同」的感歎，進入到寂靜禪境的感悟。這首詩同時體現出四庫館臣「詞華之美」與王世貞「自快樂」這兩種評價。道衍的許多詩歌也寫到他的抱負，蔣一葵又引述說：「道士席應真讀書學道法，兼通兵機，道衍師之，盡得其術，然深自晦藏，人無知者。已而至京口，賦《覽古》濤曰：『譙櫓年來戰血乾，煙花猶自半凋殘。五州山近朝雲亂，萬歲樓空

〔註125〕 《明詩評》四。朱彝尊在《明詩綜》卷十七中援引這段話，言為蔣一葵所說，參見第 789～790 頁。王世貞的生活時代比蔣一葵早得多，故蔣一葵應該是轉述王世貞的評語。
〔註126〕 《雪濤閣四小書》之四，載《江盈科集》第二冊，第 714 頁。
〔註127〕 《堯山堂外紀》卷八十一，《四庫全書存目叢書》本。

夜月寒。江水無潮通鐵甕，野田有路到金壇。蕭梁事業今何在，北固青青眼倦
看。』〔註128〕江盈科援引的《金陵懷古》與蔣一葵援引的《覽古》是同一首
詩，文字稍有不同；二人皆援引並加以稱賞，表明道衍詩歌寫作的水準確實很
高。本詩實際上是對無常的感慨，尤其「蕭梁事業今何在，北固青青眼倦看」
一句，感歎古今功名的不長存；本詩對無常的感歎，具有非常濃厚的文人氣與
英雄氣概，詩句之意與氣勢頗類似蘇軾《赤壁懷古》之詞，也具有《三國演義》
開篇「滾滾長江東逝水」一詞之意，宗泐從中看出了道衍的抱負，言詩句不似
釋子之語，遂將其推薦給朱元璋，最終道衍輔助朱棣奪得帝位。

　　道衍的著述，《千頃堂書目》卷十六載「姚廣孝《佛法不可滅論》一卷」、
卷二十八載「姚廣孝《逃虛子集》十卷，又《外集》十卷」；《明史》卷九十八
載「《佛法不可滅論》一卷」、卷九十九載「姚廣孝《逃虛子集》十卷、《外集》
一卷」；《欽定續通志》卷一百六十二與《欽定續文獻通考》卷一百九十一皆載
「《逃虛子集》十一卷《類稿》《補遺》八卷」；四庫全書存目叢書收錄「《逃虛
子詩集》十卷、《續集》一卷、《逃虛類稿》五卷、《逃虛子〈道餘錄〉》一卷、
《逃虛子補遺》一卷、《附錄》一卷」。《四庫全書存目叢書》本應該是各版本
中搜集道衍作品最全的，但也有遺漏，如《牧潛集》七卷提要中提到說「元釋
圓至撰……後有洪喬祖《跋》，又有姚廣孝《序》，《序》為《逃虛子集》所不
載。」〔註129〕明代後期僧人明河《書姚序後》中提及《牧潛集序》云：「予讀
虎丘舊志，志中有《修隆禪師塔記》，高安圓至筆也，歎其文字之妙，不知至
為何人，是必有文集，恨不得其全而觀之。又數年，在皋亭固如法友得抄寫《牧
潛集》一冊，於武陵書肆中持以相示，展視則為至《本集》，知至字牧潛，號
天隱。如獲至寶，讀之，青球古瑝，層出迭見，光怪陸離，直令人應接不暇，
千古絕唱，自有鬼神呵護，終不可磨滅也。前有方虛谷《序》，後有洪居士
《跋》，二老皆極口稱許，而少師此《序》，集無有也。予得之會稽祁侍御家，
仍知此集國初已經翻刻，道開法友近又得殘破刻本，亦無少師此文，知是元板
校對無不同者，但多詩數首耳。恨空囊蕭瑟，不能梓公同好，適海虞毛子晉社
兄入山見訪，合前所得舉畀之。子晉負奇志，交友滿天下，天下之奇書祕典將
澌滅而僅存者，不惜重購刻之，為古人通血脈，與後世開心眼，其學日富，其
刻日廣，是帙之歸，殆輕塵足嶽耳予。竊有一言，少師云天隱之文雖未見，其

〔註128〕《堯山堂外紀》卷八十一。
〔註129〕《四庫全書總目》卷一百六十六。

如長江大河，浩汗無際，駭膽栗魄之勢，少師概以陳言衰衰，左衝右突而不休，為長江大河，此人所能耳。」〔註130〕現存《牧潛集》中仍缺道衍《序》，並由明河的敘述可見道衍作品的佚失是很多的。商務印書館出版樂貴明編《姚廣孝集》五冊，除了整理《逃虛子集》《逃虛類稿》等外，廣收博輯，是對道衍著述的一次完整的整理和輯錄；不過本書仍然沒有收集到道衍所作之《牧潛集序》。第二冊至第五冊收錄的是《太祖實錄》，儘管道衍是《太祖實錄》的監修，卻也不能把《太祖實錄》作為道衍個人的作品，這種做法並不是很恰當。

　　《江南通志》卷一百七十四以及上述所引不少文獻中都將道衍列為「北郭十子」之一，實誤，《明史》王行傳中列舉北郭十才子云：「初，高啟家北郭，與行比鄰，徐賁、高遜志、唐肅、宋克、余堯臣、張羽、呂敏、陳則皆卜居相近，號北郭十友，又稱十才子。」〔註131〕關於「北郭十子」的說法稍有不同，但各種說法中，道衍都不在其中，只是與十才子之一的高啟等人關係密切、友善，《千頃堂書目》卷十七云：「右北郭十子。楊基、張羽、徐賁、王行、王彝、余堯臣、宋克、呂敏、陳則、釋道衍皆與高啟友善。」道衍與北郭十才子關係密切，尤其與高啟、王行的關係緊密，作品受到他們的肯定和稱讚。高啟與佛道二教之徒交往都較密切，稱與佛教徒交往和交談是其緩解「羈情」的方式，即如《雨中客僧舍》云「不邀釋子語，何以緩羈情」〔註132〕。高啟更以前生曾為僧徒自視，如《期張校理王著作徐記室遊虎阜》云「前身似是雲水僧，餘習愛覓名山登」〔註133〕，《贈演師》詩云「我欲相依老，前身恐是僧」〔註134〕，《重過南寺尋悟公不值》詩云：「我是鈞天夢覺人，憶來松下似前身。老僧何去袈裟在，落葉斜陽滿室塵。」〔註135〕這些詩歌表明了高啟對佛教的沉浸與喜愛。道衍是高啟交往的重要僧人之一，其《僧道衍》詩云：「楞伽曾往問，緣潤冒嵐深。殘雪寒山暮，幽扉閉竹林。欲寄棲禪跡，尚違捐俗心。別後空遙念，迢迢雙樹陰。」〔註136〕詩中表達了與道衍之間的想念。高啟作有《獨菴

〔註130〕 《牧潛集》卷首，《四庫全書》本。
〔註131〕 《明史》卷二百八十五，第7330頁。
〔註132〕 《大全集》卷六，《四庫全書》本。
〔註133〕 《大全集》卷八。
〔註134〕 《大全集》卷十二。
〔註135〕 《大全集》卷十七。
〔註136〕 《大全集》卷十三。

集序》，肯定和讚揚道衍的創作：「詩之要三，曰格曰意曰趣而已。格以辨其體，意以達其情，趣以臻其妙也。體不辨則入於邪陋而師古之義乖，情不達則墮於浮虛而感人之實淺，妙不臻則流於凡近而超俗之風微。三者既得，而後典雅沖淡、豪俊穠縟、幽婉奇險之辭變化不一，隨所宜而賦焉，如萬物之生，洪纖各具乎天，四序之行，榮慘各適其職，又能聲不違節言必止義，如是而詩之道備矣。夫自漢魏晉唐而降，杜甫氏之外諸作者，各以所長名家而不能相兼也。學者譽此詆彼，各師所嗜，譬猶行者埋輪一鄉而欲觀九州島之大，必無至矣。蓋嘗論之，淵明之善曠而不可以頌朝廷之光，長吉之工奇而不足以詠丘園之致，皆未得為全也。故必兼師眾長，隨事摹擬，待其時至，心融渾然自成，始可以名大方而免夫偏執之弊矣。余少喜攻詩，患於多門，莫知所入，久而竊有見於是焉，將力學以求至，然猶未敢自信其說之不繆也，欲求徵於識者而未暇焉。同里衍斯道上人，別累年矣，一日自錢塘至京師，訪餘鐘山之寓舍，出其詩所謂《獨菴集》者示余，其詞或閎放馳騁以發其才，或優柔曲折以泄其志，險易並陳，濃淡迭顯，蓋能兼採眾家，不事拘狹，觀其意亦將期於自成而為一大方者也。間與之論說，各相晤賞，余為之拭目加異。夫上人之所造如是，其嘗冥契默會而自得乎，抑參遊四方有得於識者之所講乎，何其說之與余同也。吾今可以少恃而自信矣。因甚愛其詩，每退直還舍，輒臥讀之不厭。未幾，上人告旋，乞為序其帙首，辭而不獲，乃識以區區之說而反之。然昔人有以禪喻詩，其要又在於悟圓轉透徹，不涉有無，言說所不能宣，意匠所不可構，上人學佛者也，必有以知此矣。」〔註137〕序開始先論詩歌創作的格、意、趣，又論古今詩人除杜甫外無有能兼各家之所長者，然後讚揚道衍的詩歌兼採眾家之長而又有所自得，「險易並陳，濃淡迭顯」，是自成一家之大方者。高啟對道衍的詩歌給予如此高的評價，可能是因為道衍對詩歌的認識與他相同，因此對其詩歌「臥讀之不厭」。

　　道衍對高啟的情感似乎更為親密，高啟對其詩歌「臥讀之不厭」，道衍則有《雪夜讀高啟詩》云：「吹臺長別最傷情，詩句流傳到遠林。此夜雪窗開帙看，宛同北郭對床吟。」〔註138〕讀高啟的詩歌，就像與其在面對面吟唱一般。《客次讀高啟詩集》二首再言讀高啟詩的感受，之一：「對君長自誦君詩，只為君曾許我知。今口相看雖客裏，一編讀盡夕陽時。」之二：「吟場處處擅名

〔註137〕《鳧藻集》卷二，《四庫全書》本。
〔註138〕《逃虛子詩集》卷九，載《姚廣孝集》第一冊，第117頁。

魁，愛我頻將卷帙開。好並韓詩與杜集，讀時元不為愁來。」〔註139〕詩中表達二人之間的相知，《寄高編修季迪》詩云：「濟濟登明日，雍雍際盛時。朝回仍載酒，講罷卻刪詩。尋竹思龍阜，看花戀鳳池。自忘形服外，遊詠不須期。」〔註140〕詩中的「龍阜」「鳳池」或許是二人曾經共同遊覽之地。《奉答高啟季迪》詩應該是對高啟寄詩的回應，詩云：「清晨長松下，聽禽坐逾深。蘭章忽遠寄，光華麗空林。諷詠得密意，展玩慰離心。春晴見猶簡，況茲逢暮陰。」〔註141〕見到書簡則得對方心中的「密意」，以此慰藉別離之情。高啟生子，道衍作《賀高啟生子》詩以「精神秋水骨英靈」讚賞之，並以「試啼此日期成器」〔註142〕期望之。《訪高啟鍾山寓舍辱詩見貽》更能看出二人的感情，詩云：「一江風雨泛孤舟，到岸尋君始散愁。樹色映關知白下，山光入戶憶青丘。兒令洗垢更衣見，庖囑蠲腥作飯留。不是別來情愈密，經句笑語為相投。」〔註143〕由此詩可知二人極為相投。

　　道衍與當時許多文人的關係都較為密切，王彝提到道衍與眾人的密切關係云：「至正間，余被圍吳之北郭，渤海高君啟介休王君行、潯陽張君羽、郯郡徐君賁日夕相嬉遊，而方外之士得一人焉，曰道衍。師其為古歌詩，往往與高、徐數君相上下。是時余所居鶴市，聚首輒啜茗坐樹下，哦詩論文以為樂，顧雖禍福死生榮瘁之機乎其前，亦有所不問者。」〔註144〕王彝不僅提到了道衍與眾文人的親密關係，同時提到了道衍的詩歌與高啟等人不相上下，哦詩論文是他們在一起進行的主要活動內容。明初的詩人楊基有《雨中效韋體寄季迪止仲道衍仲溫》四首，寫與道衍等人的「離憂」，之一：「屢覯歡未終，乍違離緒繞。冥冥鄉國陰，獨坐空齋曉。鵑啼春樹密，花落流鶯少。不有郢中吟，何由寫懷抱。」之二：「久靜厭紛俗，齋居自玄處。遙知久默暇，共此瀟瀟雨。屢驚芳節換，暫覺清音阻。欲扣竹間扉，棋聲隔春渚。」之三：「叢林翳重岡，迢遞僧居獨。憑軒一悵望，春雨蘼蕪綠。泉香花落磧，窗暝松園屋。憶爾諷經餘，袈裟坐深竹。」之四：「別君俄兼旬，芳景已雲暮。南風吹新綠，欲暗庭前樹。驪鳴孤驛曉，鴉散春城曙。盼此慰離憂，新知忽成

〔註139〕《逃虛子詩集》卷九，載《姚廣孝集》第一冊，第112頁。
〔註140〕《吳都文粹》續集卷四十九。
〔註141〕《逃虛子詩集》卷一，載《姚廣孝集》第一冊，第13頁。
〔註142〕《逃虛子詩集》卷七，載《姚廣孝集》第一冊，第86頁。
〔註143〕《逃虛子詩集》卷七，載《姚廣孝集》第一冊，第87頁。
〔註144〕王彝：《王常宗集》卷二《衍師文稿序》，《四庫全書》本。

故。」〔註145〕由獨坐回憶起眾人在一起談論時的歡樂，以所面對之景慰藉離憂，彼此之間的親密之情從詩句中透露出來。北郭十子的徐賁有《賦鉢送僧道衍》：「舊日天王獻，初因佛祖傳。藏龍元有法，乞米但隨緣。不受蕭郎擊，寧求魏後憐。託歸村口寺，洗傍石根泉。此去留香積，當參飽飯禪。」〔註146〕這首詩當是作於道衍未顯之時，詩中顯示道衍是一個任運隨緣的禪僧，可知徐賁與道衍的交往很早。徐庸有《和逃虛子三香詩》云：「羅浮仙子膚如霜，洛妃樊姬年正芳。瑤臺宴集偶相會，欲笑未笑清浮香。縞袂飄飄舞春雪，凌波淺印雙鉤月。梨雲帳底夢初驚，玉笛樓頭聲未絕。仙山琪花伴瑤草，物外青青自能保。細看風韻不相亞，一詠一吟消熱惱。高標莫使俗士知，摩娑老眼心怡怡。逃虛老人有珠玉，珍重不減涪翁詩。」〔註147〕徐庸讚賞道衍《三香詩》猶如珠玉，不減黃庭堅之作。道衍《三香詩》指的應該是《題三香圖》，詩中提到「梅兄攀弟嗟同芳」「當年山谷曾有詠」等句，說的是宋代黃庭堅曾經作過《戲詠蠟梅》《題高節亭邊山礬花》等寫臘梅的詩詞。徐庸所說道衍的「珠玉」，一是指道衍對三香的描寫不減黃庭堅的詩作，再則是詩中的「我生已解色是空，到處何曾被花惱」〔註148〕之句，與黃庭堅之意契合，黃庭堅雖然詩詞描寫豔麗，卻並不執著於豔麗，而是視之為空。《冷齋夜話》記載黃庭堅的一則軼事，「魯直悟法雲語罷作小詞」條云：「法雲秀，關西人，鐵面嚴冷，能以理折人。魯直名重天下，詩詞一出，人爭傳之。師嘗謂魯直曰：『詩多作無害，豔歌小詞可罷之。』魯直笑曰：『空中語耳，非殺非偷，終不至坐此墮惡道。』師曰：『若以邪言蕩人淫心，使彼逾禮越禁，為罪惡之由，吾恐非止墮惡道而已。』魯直領之，自是不復作詞曲耳。」〔註149〕法雲秀規勸黃庭堅勿作豔詞，黃庭堅說這些不過是「空中語耳」，又《冷齋詩話》有佚文云：「山谷謂余言：吾少年時作《漁父詞》曰：『新婦磯頭眉黛愁，小姑堤畔眼波秋。魚兒錯認月沉鉤，青蒻笠前無限事，綠蓑衣底一時休。斜風細雨轉船頭。』以示坡，坡笑曰：『山谷境界，乃於青蒻笠前而已耶！』獨謝師直一讀知吾用意，謂人曰：『此即能於水容山光，玉肌花貌無異見，是真解脫遊戲耳。』」〔註150〕黃庭堅是以「解

〔註145〕楊基《眉菴集》卷一，《四庫全書》本。
〔註146〕徐賁《北郭集》卷四，《四庫全書》本。
〔註147〕徐庸《南州集》卷之三，《四庫全書》本。
〔註148〕《逃虛子詩集》卷四，載《姚廣孝集》第一冊，第42頁。
〔註149〕《冷齋夜話》卷十，大象出版社2006年版，第81頁。
〔註150〕《冷齋夜話》輯佚，第94頁。

脫遊戲」的筆調和態度來寫作這些香豔詩詞，心裏並不執著於香豔之事。道衍的「我生已解色是空，到處何曾被花惱」詩句，也是指所題三香詩同樣是「空中語耳」之意，這是道衍的「珠玉」。

北郭十子中與道衍關係相當密切的是王行。王行在《百丈泉記》中說與道衍相友：「至正二十五年春，迪之孫智及介予友道衍，要予觀是泉，請為之記。」〔註151〕杜瓊《王半軒傳》云「（王行）尤深契道衍，謂必有知者」〔註152〕，四庫館臣在本書提要中說：「《半軒集》十二卷，明王行撰，行字止仲……又與道衍深相投契，嘗告以盍有所待，不當以其法老，蓋負其桀黠之才，有不肯槁死牖下者。」〔註153〕鄒亮指出杜瓊《王半軒傳》沒有將王行與道衍二人的關係說透，跋《王半軒傳》中云：「東原逸史作《王半軒先生傳》，固實而核矣，惟所載知道衍一事未悉。昔唐李白識郭汾陽於稠人中，後其再造唐室，皆汾陽之功，故史稱『白非但為詩人而已』。方衍當髡首緇服，深自退處，若為世之所棄，而半軒三復歎『仲尼不以人廢言，不可以法而遺其人』，又曰『安知終無與其同志』，蓋有所待者。斯時及此，惟先生一人，後衍果授知於文皇，參謀謨贊密勿，以清內難，再造鴻業，厥功居第一，賜名複姓，官居極品，卒加諡贈，配享廟食，天下後世皆知，可與汾陽等若是者。皆先生所灼見，豈臆度之而已，惜乎謝世未及躬見。」〔註154〕鄒亮認為王行是能識道衍者，二人關係類似於唐之李白與郭子儀。王行有《送道衍之遊山序》，序中說：「道衍上人，吳人也，魁磊高岸，氣度偉然，恒自重其所負，喜為博貫該通之學，其吐辭華、陳論議往往峭拔而深濬，高者既欲求逐於古人，下者亦不屑與其徒較，是以鬱屈抵梧，落落而難合。予嘗觀其貌，有以識其中，是其所為固知其遠於世也。其居婁水之上，蓬蓽蕭然，居之不以為陋。閉門深坐，或數月不出，出遇高山深林大溪長谷，冥搜遐覽，亦或屢歲不歸，興之所至，則長歌遠嘯，慨忼悲激，莫知其所以也。每曳履行吳市塵埃中，大夫士尠知之者。間獨樂與予交，不知其何求也。且求慕古人以徇於道，不知為世俗之為，信古人之所尚，不知今時之所好，知內之必當治，而不能求務外之飾，非我者眾，是我者少，毀者日來而知者未遇，所以邅回抑逆，莫克伸其志也。上人之與予交，欲何求耶？將益求其迕於時邪，欲求夫合於世之道邪？苟求合於世之道而於予焉，不其愈難合

〔註151〕《半軒集》卷十二，《四庫全書》本。
〔註152〕《半軒集》卷尾。
〔註153〕《半軒集》卷首。
〔註154〕《半軒集》卷尾。

已乎？雖然，當世之人，安知終無與上人同其志者，蓋知有所待也；使終無合於今，將有合於後世，不合於今而合於後世，其得其失亦必有所辯矣，庸何患焉。已而，上人果有逕山書記之召，來告行，則喜予言之有徵也。夫逕山，天下之大剎，書記，其徒之高選，苟微知上人者，孰能以是任之哉。則知不待於後世，而今已有知之者矣。雖然，亦不足為上人喜也，蓋合不合在命，可以合可以無合又在義焉，上人亦何與哉。若予者，雖無可以求之於後世，然亦不能求合於今也，上人其往哉，予亦終索居矣。」〔註155〕這篇序有可能是作於洪武八年道衍初次被徵召時，王行作序為之送行，序中款款而言，揭明二者心之同戚戚然；王行預言道衍將被徵，可謂是知道衍者。王行又有《與道衍上人書》，更能見二人之情誼與心理之相通，文云：「行頓首斯道上人足下，不相見使復通月共處一城，若相去數百里，然殊不能無惓惓。僕以父母妻子之故，生事繚繞，弗得朝夕奔走以候足下。斯道揭揭，一身無反顧之累，何不令僕時時望見顏色邪。僕性樸野，不能隨時追逐上下，遭逢亂離，所學固陋，與世俗不偶，屏處獨居，誰復相顧。斯道粗為見知，闊略猶爾，其他何所望哉。平時與足下論朋友之道，正不如此，豈容一旦遽異所言，私求其故，未得其說。及有人自城南來，云見足下深自退藏，若有所避，然後知足下之不出有故矣。始者與足下論朋友之道，有不合流俗者，固疑人不善也。今僕果以是故招謗速，尤令人畏避，斯道之不出，得無與僕類乎？若然，則古朋友之道不惟不可復，行於今亦不可復，言於今矣何也。僕嘗言古者朋友有相責之義，無相高之心，無相高之心，故友道篤而無間，有相責之義，故人爭勉而自修。是以友愛日篤，而交致其益也。今乃不然，有相高之心，無相責之義，蓋有相高之心則悅，善柔而親佞媚，固不修相責之道矣。相責之道既廢於是，親者前非，疏者後議，而違迕乖離、語言譏誹之風作矣，尚求所謂交相輔益者耶？若夫士君子之所為，則宜稍振頹俗，不當靡靡隨之，使相責之義吾徒亦廢，是朋友之道絕也，而可乎？蓋其悲之者深，故其言之者切，豈期惡異者聞之便起紛紛用為尤謗。世道如此，聞之烏能不屏處獨居默默自守也。今斯道之深自退藏意者，亦坐是邪？僕又以為士君子，平時觀古人之成壞理亂、是非得失之跡，亦能見善者善之，見惡者惡之也。使能因所善而為勸，因所惡而為懲，則我今效人，人後亦將效我，顧不偉邪。矧今武夫隸史市子野人有向善之心者，見儒衣冠亦知致敬曰『讀書人也』，所謂敬讀書人者，正以其能求古人之善以傚之耳。苟不能傚

之而又反之，詎能徒愧所讀之書，寧不有孤於見敬者之心乎。是以過不自量，欲知修勵也，然本出於好善之誠，不知乃速謗之道，紛紛者愈甚矣，又烏得不令人深避也。今斯道之所主，豈亦有是耶；使斯道果皆若是，則固僕之無可奈何者，尚敢為斯道之責乎。雖然，亦不可因人之言而遽異所守也，所守不變，浮言將必自定，苟必若紛紛之議，人固不當為善人，而不為善，與蟲魚鳥獸何殊。僕雖不佞，亦不敢自比於蟲魚鳥獸，以足下之敏達高明，必自有處矣。僕與足下外雖不同，中實有同者，蓋斯道非若他事佛奉師碌碌作沙門者也。或乃謂僕又召異端，不尊已道，是蓋不明曉僕之心，與斯道之所負者，奚足與之辨耶。聊爾及之以發一嘅歎耳。所欲言甚多，非相見莫備道，足下雖簡出，其能強為一來乎。」〔註156〕王行明確說二人外表雖不同，而「中實有同」，二人是「有相責之義，無相高之心」的古朋友之道，由此兩篇文知鄒亮說的王行乃真識道衍之言不虛。

六

道衍與上述眾人的交往，文學觀念與創作必然受到了一定的影響。道衍經歷了元末、洪武、建文與永樂等時期，其文學觀念與創作又帶有明顯的歷史特徵。

道衍作品中，最典型符合時代特徵的，就是一樣體現出臺閣體作品的風貌，歌頌明朝興盛、皇帝功績的作品時不時從他的手中流出。如《河清詩》頌揚聖人的功德云：「黃河通天淼無極，遠過龍門由積石。巍峩砥柱峴中流，疏鑿神工存禹跡。盤回九曲東入海，古來周武沉曾壁。何似當今聖人出，飛龍在天沛天澤。自古渾渾今見清，良由信德天人格。圓淵浪靜綠如苔，野曠風平天一碧。或擬長江如練淨，遠暎晨霞形岸赤。叔鮪王鱣可窺蹤，掠水群禽弄輕翮。雲駛虹揚神鬼駭。熒光五色歡河伯，有虞之世今復見。會看黃龍負圖冊，聖人曾不恃功德，異瑞奇祥冠今昔。」以黃河變清頌揚今之聖上如聖人，高尚的品格讓古代渾濁的黃河在今日變清，使得虞舜之世重現；道衍「作頌獻宸庭」，天下百姓「嵩呼手加額」〔註157〕。《白象》詩頌揚普天歌唱升平云：「金精孕靈象中美，南海蕃王獻天子。魁然其形移玉山，雪色毛鮮湛秋水。修牙因雷花眩目，笑彼灰褐空多肉。朝飫香蒭飲清泚，正色寒芒照林麓。此日牽來仙

〔註156〕《半軒集》卷十二。
〔註157〕《逃虛子詩集》卷三，《姚廣孝集》第一冊，第35頁。

仗裏，百獸歡驚緣異己。蠻奴喝拜即低頭，馴良有禮天顏喜。敕歸上苑揚嘉聲，周宣白狼奚足榮。惟此奇祥古無有，普天率土歌升平。」〔註158〕本詩以白象為古無有的奇祥，前半段描寫白象的與眾不同的形貌，接著描寫其馴良知禮儀，用以說明普天升平的盛況。白象在印度與佛教中是吉祥的象徵，道衍以白象為頌，描述當時盛世之下祥徵迭出的盛況，契合其佛教徒的身份。這兩首詩頌揚的應該是朱元璋，表明道衍在朱元璋時期已經寫作歌功頌德的文章了。永樂時，道衍的頌揚詩的寫作更是直接，如《永樂七年正月十五夜喜晴京都放燈甚盛賦近體一首》詩云：「元宵最喜雨初晴，盛放華燈滿帝城。花市月移珠翠影，綺樓風度管絃聲。煌煌火樹連雲燦，耿耿星橋映水明。聖主從容天上坐，與民同樂盡三更。」〔註159〕詩中將帝城「甚盛」的景貌描寫得繁榮輝煌，更將與民同樂的永樂皇帝寫成「從容天上坐」的聖主。

　　以祥瑞來頌揚盛世，是臺閣重臣們最為常用的寫作方式之一，明初重臣們如宋濂、劉基、方孝孺等都作了很多此類的作品，道衍在這方面的寫作更是得心應手。《白鹿》寫白鹿在盛世中出現云：「風孕搖光骨有仙，雪毛耀日角嶄然。氳氳香氣喰芝草，濯濯清安洗玉泉。身被耿曉霜登帝闕，時逢盛世樂賓筵。斯祥已應君仁壽，垂拱升平億萬年。」〔註160〕本首詩的寫作方式與《白象》一樣，白鹿在盛世中出現，代表著「升平億萬年」的祥瑞。《嘉禾》詩寫農業的祥徵云：「聖主安天下，嘉禾瑞正宜。殊丘天靡問，聯蕙雨時滋。玉粒香偏美，紅鮮色更奇。姬周曾記異，炎漢特名垂。差勝花雙萼，何如麥兩岐。豐年人飯飽，農父不知疲。」〔註161〕「花雙萼」「麥兩岐」的嘉禾的出現帶來豐收的年景，減輕了農夫的勞累和疲憊；祥瑞的出現正是由於聖主坐天下。道衍對永樂皇帝的頌揚可謂是別出心裁。《騶虞詩》描寫由於聖主的出現，傳說中的仁獸現於人間，詩序中說：「上即位之三載，永樂二年歲在甲申秋八月，騶虞見於河南，皇弟周王殿下獲之，九月八日親獻於朝，闔國歡頌。臣聞騶虞似虎，白質黑文，形狀偉傑，不噉生物，不踐生草，仁獸也，非君王有至信之德，則不出見於世。所以秦漢以來，至唐宋及元，而未嘗見之也。惟我聖朝太祖高皇帝，繼天立極，子養萬民，成一大統，皇帝陛下，紹隆祖業，平治海寓，親親仁民，

〔註158〕　《逃虛子詩集》卷二，《姚廣孝集》第一冊，第 35 頁。
〔註159〕　《逃虛子詩集》卷八，《姚廣孝集》第一冊，第 100 頁。
〔註160〕　《逃虛子詩集》卷七，《姚廣孝集》第一冊，第 84～85 頁。
〔註161〕　《逃虛子詩集》卷六，《姚廣孝集》第一冊，第 77 頁。

善善惡惡，以孝友至信之德，感乎天地人神。草木昆蟲之類，嘉祥異瑞，莫不迭興，四夷八蠻，莫不爭貢。今騶虞見於周國，是彰上之同氣孝友，至信之德也哉。太子少師臣姚廣孝，翦才陋學，備員文職，睹茲盛事。無以稱頌。謹稽首頓首。惶恐百拜。陳之以詩曰。」這首頌詩將永樂皇帝抬高到無以復加的地步，傳說中的騶虞在之前從來沒有出現過，永樂皇帝由於「孝友至信之德，感乎天地人神」而使騶虞出現於世間。朱棣即帝位，非議者指其奪侄子之位不合綱常，如方孝孺對朱棣所言建文不在則應由建文之子即位、建文之子太幼不能即帝位則應由建文之弟即位，就是對朱棣不顧倫理的指責；道衍頌以「孝友至信之德」，也是在為朱棣進行辯護，維護了朱棣的形象，起到止議論者之口的作用。朱棣在讀到「騶虞不易出，自古獸中珍，應世為奇兆，彰君有至仁」〔註162〕之句時，內心一定是滿意的。

　　道衍的頌揚存在於日常生活之中，如冬日連日陰沉，元旦放晴，則作《元旦朝賀喜晴》詩云：「北風雨雷正陰時，獻歲新晴景最奇。雞唱聲頻催日馭，鴛班行整列天墀。燎明金戶舒和氣，仗擁瑤階著令儀。此際龍顏多喜色，想應不獨近臣知。」〔註163〕除夕舉行大祀，則作《元夕大祀》頌揚「聖主臨壇祀玉皇」這一「千年盛典」〔註164〕，駕幸太學則作《三月旦日駕幸太學》歌詠「聖世繼興聲教遠，蠻夷無不頌陶唐」〔註165〕，這些作品不見得是道衍為此而專作的頌揚之作，也是他日常生活的一部分，因其身份和職責所在，本無歌頌之意的作品亦具有了頌揚之象。有些詩作是對朱棣的感恩，如《三月二十日欽授太子少師》詩云：「分甘巖壑事浮圖，此道何曾記有無。自念上天遺一老，誰知今日預三孤。困禽縱翮風雲會，枯橋回萌雨露濡。深荷皇恩無以報，爐香晨夕效嵩呼。」道衍以僧人身份預三孤，確實是除劉秉忠之外所無有的，道衍對此應是極為感念朱棣的，因此詩作中發自內心的感念之情是能夠理解到的。

　　上述頌揚之作，是道衍的身份、職位以及處於臺閣體創作高峰期時的文風等因素所綜合造成的。綜觀道衍的作品，這些頌揚之作遠非其全部，對禪學的感悟、對歷史無常遷流的體認，以及與高啟等人的交往，使得他的文學觀念和

〔註162〕《逃虛子詩集》卷六，《姚廣孝集》第一冊，第77～78頁。
〔註163〕《逃虛子詩集》卷七，《姚廣孝集》第一冊，第84頁。
〔註164〕《逃虛子詩集》卷七，載《姚廣孝集》第一冊，第84頁。
〔註165〕《逃虛子詩集》卷七，載《姚廣孝集》第一冊，第84頁。

文學創作出現了另外的一面。道衍文學觀念和文學創作的另一面，表現在具有佛教僧徒作品的禪悟和文人化的寫作方式。

　　明代文人尤其是臺閣重臣寫作了大量的頌揚性的作品，道衍在這方面的寫作，其實是文人化寫作方式的體現之一。由於明代的政治生態所造成，明代的僧人與文人在頌揚性作品的寫作上是一樣的，並不是僅僅道衍如此，其他僧徒同樣如此，僧人群體在這方面表現出與文人群體同樣的特徵。有所差別的是，在文學觀念上，道衍秉承了典型的傳統的道與文的關係的看法。道與文的關係，主流的看法是道為本、文為末，道衍同樣主張道本文末。歷史上不乏為道而棄文者，尤其自元代至道衍生活的明初時期，這樣的議論非常多，道衍卻能辯證地看待道與文的關係。在道本文末的前提下，道衍同時批評「文藝末也，學之何為」的看法是極其荒謬的，文學寫作需要「有本有末，有德有言」，文是載道之具，「道非文不能傳於後」，因此「不可偏勝」〔註166〕。道衍關於道與文關係的看法是非常中肯的，對兼通儒釋的道衍來說，他的「道」既包含儒家之道又包含著佛教之道，如《題僧日南畫水仙》文中云：「蒙聞浮屠氏之道，可以脫死生，超凡聖，真出世間無上之妙道也。學浮屠氏者，當以其道為本，有餘力則工於伎藝，作遊戲三昧乃可爾。若不以其道為本，而沉著於伎藝者，可謂作無益而害有益。」〔註167〕這裡的「道」是指佛教之道，學佛教者當以佛教之道為本，以伎藝作為習道與悟道的輔助。《王學士達善書》中稱「文學，孔子許游夏」「文者載道之具」〔註168〕等語中的「道」是指儒家之道。

　　道衍在文章中充分地表達了文學寫作中道為本的觀念。《讀至天引文集》文云：「余少為浮屠而嗜於文，凡昔浮屠之號，能文者之文，無不遍求而博覽也。其文或瞻而不奧，或簡而不詳，或深而太晦，或怪而太奇，或文之過而不顯其道，或道之昧而不貫其文，是多不得其正者也。」〔註169〕禪學主張不立文字，道衍學佛而嗜於文，遍求博覽能文者之文，批評昧道之文皆為不正之文。《跋北澗酹悔坡詩》云：「古之大有道之士，其自不以詞章翰墨為貴重，人之貴重其詞章翰墨者，為其人也，為其道也。百世之下，人得其片言隻字，不

〔註166〕《逃虛子文集新輯》，載《姚廣孝集》第一冊，第321頁。
〔註167〕《逃虛子文集新輯》，載《姚廣孝集》第一冊，第326頁。
〔註168〕《逃虛子文集新輯》，載《姚廣孝集》第一冊，第321頁。
〔註169〕《逃虛類稿》卷四，載《姚廣孝集》第一冊，第253頁。

問工拙，猶獲至寶而十襲藏之。豈非貴重其人之與道也哉……今之後生晚學，務近於詞翰而遠於道，欲求人之貴重者，寧不有愧於心乎。」〔註170〕文中再次指出，有道者不以翰墨為貴，而以道為貴，為文者不應「務近於詞翰而遠於道」。《韓山人詩集序》中云：「文之至精者為詩，詩之作，雖不用經書語，不讀經書、不知義理者，弗能作也。苟作之，則空疏膚近，鄙陋惡俗，不足入於大人先生宗工秀士之目矣。故凡作詩者，必讀經書為然。何哉？詩乃吟詠性情，其意止乎禮義，不讀經書，昧於義理，必不合乎其作也。三百篇之詩，其中有婦人女子之作，孔子亦取焉。婦人女子雖不能盡讀經書，其言禮義與經書合，蓋得乎性情之正者也。自漢魏而降，詩法之變，不淳乎古，故作之者，狃於近習，雖有聲律之拘，其書亦皆止乎禮義而已也。如晉宋謝靈運之清新，鮑明遠之俊逸，陶靖節之曠達，唐杜子美之渾涵，李太白之豪放，韓退之之峻險，柳子厚之清潤，李長吉之怪奇，韋應物之閒澹，孟東野之窮窘，溫庭筠之纖麗，如此者雖才氣不同，志趣有異，至其樂於吟詠，皆出乎自然而得其性情之正者也。所以名於一時。流於千古。」〔註171〕作詩須以經書為依據，詩歌雖是吟詠性情，卻意必止乎禮義；詩意與經書相合，是得乎性情之正者。

　　道衍的這種文學觀念與傳統文人毫無二致，如果不注意道衍的身份，很難意識到這是出自一位佛教僧徒之口。寫作上道衍也是按照這樣的觀念進行的，他在作品中對儒家之道的寫作頗多，《雜詩八首》之四云：「逍遙綠髮翁，服食金光草。朝遊上瑤池，暮宿邁蓬島。蟠桃幾見花，朱顏不知老。」這樣的逍遙翁並未解得真常（「真常曾未解」），還不如「趨聖途」。「趨聖」是道衍之所向往，《雜詩八首》之一云：「仲尼昔在魯，裏呼東家丘。誰知百王師，聖德與天侔。要令臣子懼，筆削成春秋。遺經勤後來，一變乃從周。」〔註172〕道衍在詩歌中表現出對孔子以及儒家之道的嚮往，嚮往成為孔子一樣的萬世之師，這或許就是道衍所趨的聖途。上引詩歌中道衍自言學儒不成而學佛，此語或許是戲言，不過顯示出道衍對於儒家之道浸潤之深。《萬歲山》詩中頌揚大明符合傳統的聖德：「超然出海上，巍巍與天齊。仰看眾山拱，始悟泰華低。瑞靄散蒼翠，靈光發虹霓。琪樹曉瑟瑟，瑤草春萋萋。蓬萊在人間，梯磴亦可躋。上有廣寒殿，凌虛立罘罳。斗星繞朱甍，雲龍護璿題。明時奉聖主，長夕耀文

〔註170〕《獨菴外集續稿》卷五，載《姚廣孝集》第一冊，第204頁。
〔註171〕《逃虛子文集新輯》，載《姚廣孝集》第一冊，第312頁。
〔註172〕《逃虛子詩集》卷一，載《姚廣孝集》第一冊，第1頁。

奎。亡金事酣宴，殘元貯歌姬。不德天靡輔，所以帝業窸。大明務恭儉，親王鑒在茲。千秋與萬歲，端拱樂無為。」〔註173〕本詩雖也是頌揚性作品，對「亡金事酣宴，殘元貯歌姬」的批判卻反映出道衍的儒家理想。道衍關心國計民生、對下層民眾的苦痛表示同情，如《苦寒》詩描寫「歲十二月當窮冬」時，民眾和貧士期望熱飯湯餅而不得，「鼻流酸涕兩耳聾」〔註174〕的苦痛呻吟。道衍對統治者造成民眾苦痛的批評和譴責的作品很多，與良琦等人的耽於山水詩酒的雅集十分不同，如《越王臺》詩云：「輦士為臺抱恨深，營門金氣尚森森。當時吳破非兵力，只在西施一捧心。」〔註175〕詩歌譴責吳王寵幸西施，導致吳國被越國所滅。「只在西施一捧心」詩句的背後，實際是抨擊吳國統治者的荒淫無度，對統治者的這種抨擊，是道衍詩歌中應該相當值得注意的作品。這首詩歌寫作的具體時間難以確定，有可能是道衍早期的作品，作為朱棣身邊相當寵信的臣僚，這種抨擊對統治者來說是一種警醒。「輦士為臺抱恨深，營門金氣尚森森」兩句也是今昔無常的對比，營門固然依舊金氣森森，當時的人早已不在，已是物是人非，如《滹沱河》「漢家事業今何在，千古東流恨莫窮」〔註176〕之句同是此意。《越王臺》詩意頗似李白《越中覽古》詩：「越王句踐破吳歸，戰士還家盡錦衣，宮女如花滿春殿，只今惟有鷓鴣飛。」是典型的文人化寫作。

批判和譴責荒淫的統治者，道衍也期望明君的出現。如其《雜詩八首》之二中詠秦始皇與劉邦云：「祖龍並六國，勢大莫與爭。欲愚世上人，肆暴坑儒生。群經化灰燼，法令從吾行。劇政若牛毛，哀哉苦疲氓。鴻鵠驟一舉，四海如沸鐺。不逢赤帝子，天下誰能平。」〔註177〕道衍在詩歌中希望有赤帝子出世平定天下，關懷的是人類（蒼生）的苦難，如《常山王廟》云「不恤蒼生塗

〔註173〕《逃虛子詩集》卷一，載《姚廣孝集》第一冊，第 15 頁。本詩乾隆《鼓山志》藝文志錄為杜庠《鼓山》詩，云：「超然出海山，巍巍與天齊。仰看眾山小，始悟泰華低。瑞靄散蒼翠，靈光發虹霓。琪樹曉瑟瑟，瑤草春萋萋。蓬萊在人間，梯磴亦可躋。上通無極境，日月行東西。星斗繞朱甍，雲龍護璿題。我欲結茲室，靜言窺天倪。」詩下並有杜庠小傳，云：「杜庠字公序，江南吳縣（今蘇州市）人。明景泰五年（1454 年）進士，知郯縣。旋罷歸，遂縱情詩酒，遨遊山水，嬉笑怒罵，皆發為詩。」不知何者為是。
〔註174〕《逃虛子詩集》卷三，載《姚廣孝集》第一冊，第 40 頁。
〔註175〕《逃虛子詩集》卷九，載《姚廣孝集》第一冊，第 113 頁。
〔註176〕《逃虛子詩集》卷九，載《姚廣孝集》第一冊，第 116 頁。
〔註177〕《逃虛子詩集》卷一，載《姚廣孝集》第一冊，第 1 頁。

炭苦，肯來塵世立功名」〔註 178〕之語，道衍想在塵世立下功名的原因是為了挽救蒼生免於塗炭之苦。正如《題釋迦佛出山相圖》中云佛陀「大悲願力因無盡，離世間還入世間」，道衍以出家人而作濟世，是佛教離世間又入世間的大慈悲精神。在社會大動盪中，道衍沒有逃於山林之中，而是期望有赤帝子一樣的英雄人物出世來平定天下，這也是他所期望遇到的明君。《擬古六首》中「榮華非可貴」「浮名暫時事」，可見道衍追求的不是權勢與聲勢，「毋將日虛棄，腐化同草木」〔註 179〕之心下所追求的是真的要建立一番功業。道衍對懷才卻終不遇者充滿了同情，《雜詩八首》之五云：「曾聞青雲士，馳聲似奔雷。闔國人共仰，岱宗高崔嵬。籲彼蓬蓽徒，砥行更多才。居然不得遇，老死良可哀。」《雜詩八首》之六云：「幽花在深井，夭夭豔春早。獨有兒女憐，不及路旁草。一朝涼飆至，繁枝成枯槁。自嗟生處偏，非是色不好。」〔註 180〕詩中對「馳聲似奔雷」青雲之士不得遇的悲哀與深井中「夭夭豔春早」幽花的幽怨，表明道衍內心中具有強烈的經世致用的抱負。期待明君且有「居然不得遇，老死良可哀」「自嗟生處偏」之歎，道衍似乎亦安於天命並等待著際遇的到來，《雜詩八首》之七云：「志士守苦節，達人滯玄言。苦節不可貞，玄言豈其然。出處固有定，語默非無緣。伯夷量何隘，宣尼智何圖。所以古君子，安命乃為賢。」《雜詩八首》之八云：「威鳳不常有，來時必覽德。祥麟不常生，待聖乃一出。二物非最靈，應世曾弗急。堂堂美丈夫，寧肯事干謁。際遇會有時，何須重感激。」〔註 181〕身為僧徒而自命為「堂堂美丈夫」的道衍終遇到了朱棣，他的際遇可謂真的是很好，具體可參加上文所述。

道衍的詩歌體現出他的身上散發著英豪之氣，這種英豪之氣絕非一般僧徒所能具有的。《雜詩八首》之三云：「翩翩豪游子，錦衣耀青春。時來洛陽陌，走馬不動塵。百金一朝盡，唯仗劍隨身。氣驕誰敢犯，睚眥猶殺人。遇主固應難，何由樹奇勳。白日倏而逝，青雲志莫伸。有恩非不報，不報婦人仁。」〔註 182〕詩中的「翩翩豪游子」有可能無具體所指，也有可能是自指，身上的豪遊之氣由這句以及「唯仗劍隨身」一句完全表現出來。「睚眥猶殺人」是對這股「豪遊」之氣的進一步渲染，《明史》本傳載的「嘗遊嵩山寺，相者袁珙見之

〔註 178〕《逃虛子詩集》卷九，載《姚廣孝集》第一冊，第 117 頁。
〔註 179〕《古今禪藻集》卷十八。
〔註 180〕《逃虛子詩集》卷一，載《姚廣孝集》第一冊，第 2 頁。
〔註 181〕《逃虛子詩集》卷一，載《姚廣孝集》第一冊，第 1 頁。
〔註 182〕《逃虛子詩集》卷一，載《姚廣孝集》第一冊，第 1 頁。

曰：『是何異僧。目三角，形如病虎，性必嗜殺，劉秉忠流也』」這段話，是對「睜皆猶殺人」一句的注解，此時的道衍身上充滿了「豪遊」之氣，而無佛教僧徒的平靜與無爭。「遇主固應難」一句，是道衍對遇到英明之君的期盼，遇到明君則將「樹奇勳」，不遇則無法樹立起嚮往的「奇勳」；「白日倏而逝」便是對不遇明君而「青雲志」得不到伸展的歎息，也如上述「自嗟生處偏，非是色不好」一句相呼應。這首詩就是道衍對自己心跡的表露，內心中之中充滿了建立功勳的渴望。正如詩中所言，道衍是希望遇到明君而建立功勳，如孔子一樣留下萬世之芳名，不願意成為涼飆襲來便「繁枝成枯槁」之幽花。

這些詩作反映出的，是道衍懷抱有強烈的儒家理想，欲拯救社會民眾的苦難，期望遇到明君平治天下，救民於「劇政」之中，《婁桑村》詩中云：「悠悠范陽郡，蔚蔚婁桑村。村民深居稠，雞犬日相聞。閭相具揖讓，古來風俗淳。」是古代文人們常懷的理想社會的圖景。對明君的期盼，以及對頌揚作品的大量寫作，使得道衍與傳統文人一般無二，其秉持的儒家之道一目了然。

七

《韓山人詩集序》中儘管提到作詩須以經書為依據，道衍畢竟注意到了詩歌是吟詠性情的，而且對此極力倡導。《題舊擬古樂府後》中提到以古樂府之情意悟出作詩之法：「余少嗜於詩，每見能詩者，必叩其作詩之法當以何為先也。一日，偕友人高啟謁遂昌鄭先生，先生留坐論詩。余以舊作數篇求教，先生喜而語余曰『子曾擬古樂府乎？』余曰『未也』，先生曰：『學詩者當先擬古樂府，得其情意，然後為詩，自無不實之患也。』余因悟先生之說，遂將古樂府擬數十篇，已而為詩，意自有餘也。稿存於篋已三十年，門人清愚欲謄出以傳於後。余一見之，真若前世事爾，火之又不忍，乃從其錄焉。他日貽笑於大方之家者，蓋必然矣。」〔註183〕所謂的「他日貽笑於大方之家」乃是自謙之詞，因這些作品得古樂府之情意，道衍才會「火之又不忍」，表示出他對作品歌詠情意的重視。《題鼓缶稿》中，明確提出詩歌是「陶冶性情」：「古之論夫詩者，無他論也，不過謂其陶冶性情耳。然所貴乎合作也，貴乎合作，則詎可以一途而取之耶。近世之論夫詩者則不然，但見其雄壯富麗、館閣氣象、忻豔有餘則取之，見其幽寂枯淡、草澤況味，厭惡不足則弗取之。吁！而不知詩之為陶冶性隋，因其境之所感，發而為書也。若登金門、上玉堂，雖欲為幽瘠枯

〔註183〕《獨菴外集續稿》卷五，載《姚廣孝集》第一冊，第201頁。

淡之語不可得也；若處草萊、飯藜藿，雖欲為雄壯富麗之語亦不可得也。蓋莫不各因其境之所感發而然也。若或反是而為之者，顧其為人非狂則妄矣，如此則陶冶性情何有哉，尚何暇問其合作不合作也歟。愚以謂大凡作詩者，不知其為陶冶性情，則未可與之言詩矣。」〔註184〕道衍的這種觀念是極為中肯的，作品的風格與寫作者的身份、地位與所出的境遇具有密切關係，作品「莫不各因其境之所感發」；文中的「見其雄壯富麗、館閣氣象、忻豔有餘則取之，見其幽寂枯淡、草澤況味，厭惡不足則弗取之」類似於陳述臺閣體與山林體的差別，道衍並不是批評臺閣體或者山林體，而是闡明無論是臺閣體還是山林體，都是與作者所處之境相關的，作品與處境順則為性情之表達，與處境相反則與性情相違。

道衍詩歌吟詠性情的體現，在於詩歌中有大量寫情的作品，如《題班婕妤題扇圖》詩云：「玉容憔悴暮偏饒，羅扇題詩恨莫消。不是恩情中道絕，西風昨夜到芭蕉。」〔註185〕詩中寫的是恩情，或許正是道衍有對朱棣的感念之情，才能將班婕妤「恩情中道絕」之情寫盡。僧人有很多寫情的作品，立意的著眼點卻往往更多是在悟情上，道衍的作品卻是與文人一樣立意在情的本身。

道衍同樣有悟情的詩歌，如《送天童用愚長老》其一：「江風江雨一舟輕，千里來尋豈世情。永夜相看疑夢裏，月分影清竹流聲。」其二：「青山長在水長流，今日人如舊日不。相見一回還別去，不知何處有離愁。」〔註186〕天童長老能千里來尋道衍，二人之間是有深厚的感情，道衍說二人之情非是世情，即使說二人之間更重的應該是心有所契而非世俗之情。道衍對情感很有了悟，相見總還要在分別，「相見一回還別去」是對情的了悟，故下句表明分別時並不會被離愁縈繞住心頭。道衍在這裡強調二人情感的非世俗之情，是因為世俗之情往往是無常的，如道衍《清明日郊行見拜掃婦人有感》詩云：「累累冢傍水邊村，新已多荒舊幾存。松檜盡期高百尺，紙錢誰掛到曾孫。」〔註187〕詩人看到有婦人去先人墳冢拜掃，看到「新已多荒舊幾存」便充滿了感歎，松檜可以長到百尺，懷念者卻可以很快忘懷，到曾孫已經不記得去拜掃曾經的先祖了。詩歌充滿了對人世無常的感歎。

即使對情有著深入本質地了悟，道衍在寫情之時往往仍露出掩飾不住內

〔註184〕《獨菴外集續稿》卷五，載《姚廣孝集》第一冊，第 199～200 頁。
〔註185〕《逃虛子詩集》卷九，載《姚廣孝集》第一冊，第 110 頁。
〔註186〕《逃虛子詩集》卷九，載《姚廣孝集》第一冊，第 121 頁。
〔註187〕《逃虛子詩集》卷九，載《姚廣孝集》第一冊，第 111 頁。

心之情，如《過湖訪張適子宜》詩云：「家在湖邊柳拂波，花時尋覓泛輕舸。
年來相見緣難得，此會歡呼比舊多。」〔註188〕這是寫相見的興奮之情，在難
得相見之緣下相見，道衍洩露出比往日相會更多的歡呼，興奮之情絲毫不加掩
飾。如上所言，道衍對情有很深刻的了悟，但更多寫情的作品表現得仍然是世
情。僧人寫情，最多的是在離別時對離情的寫作，道衍也是如此。如《送友人
之松江得曙字》云「有歌送君行，無酒留君住」〔註189〕是以歌為友人送別。
《送昂上人遊洞庭諸山》詩云：「西風飛錫度如舟，來向湖山作勝遊。七十二
峰青一色，君看何處獨宜秋。」〔註190〕昂上人要去遊覽洞庭湖及山，所去應
是帶著愉快之情，故詩歌寫作主要是描寫景色，更是讓昂上人對將要進行的遊
覽旅程充滿了期待。《金陵送　上人歸武林》詩云：「渺渺煙波發櫂歌，問師歸
去欲如何。鄉山佳處雖依舊，不似金陵勝處多。」〔註191〕這首詩同樣寫離別
的送行，卻由「歸」「依舊」兩個字眼而使與前詩有很大的不同。前詩是送昂
上人到別處去遊覽，這首詩是寫送一上人還武林，昂上人將要面對的是令人興
奮的七十二峰的景色，一上人面對著的是歸程的渺渺煙波，不同的目的地表現
出不同的心境。後一首詩中「鄉山佳處雖依舊，不似金陵勝處多」，深深表現
出道衍對一上人的依依不捨之情。

　　寫離別用得最多的手法是以景寫離情。道衍《送白楊長老》詩中云：「師
住江西我浙西，龍河同客去難齊。今朝悵別新亭畔，煙雨孤舟一鳥啼。」〔註
192〕第一句「師住江西我浙西」顯然用的是「君住長江頭我住長江尾」，起句
就用兩個地理位置表現出二人之間深厚的情意。「悵別」是內心的依依不捨之
情難以用語言來表達，「煙雨」既寫當時送別的環境又表露出內心的傷感，「孤
舟」「一鳥」是形容白楊長老即將開始的旅途中的孤單與寂寞。本詩極貼切地
以景色襯托出二人深厚的感情，以及依依不捨的送別之情，也表達出對白楊長
老即將進行的旅程的憂懷。《離亭柳》詩云：「翠絲低雨撫離舟，眉未伸時正抱
愁。一日贈行無限折，哀殘那得待深秋。」〔註193〕這首詩不是寫具體的離別，
而是寫一般性的離別，在折下柳枝送給即將遠去的友人時，內心的之情猶如多

〔註188〕《逃虛子詩集》卷九，載《姚廣孝集》第一冊，第115頁。
〔註189〕《逃虛子詩集》卷一，載《姚廣孝集》第一冊，第6頁。
〔註190〕《逃虛子詩集》卷九，載《姚廣孝集》第一冊，第110頁。
〔註191〕《逃虛子詩集》卷九，載《姚廣孝集》第一冊，第110頁。
〔註192〕《逃虛子詩集》卷九，載《姚廣孝集》第一冊，第111頁。
〔註193〕《逃虛子詩集》卷九，載《姚廣孝集》第一冊，第115頁。

感之士面對深秋時所產生的無比糾結的哀傷。

道衍的寫情之作中亦有懷念之情，《九日感懷》詩云：「八月中秋不玩月，九月九日不登山。可憐時節夢中過，誰對黃花有笑顏。」〔註194〕這首詩是寫懷人，中秋和九月九日都是家庭團圓的節日，詩中顯然是懷念自己的家人，這種懷念具有濃鬱的文人寫作的色彩，與一般的佛教徒的寫作頗不相同。《黑梅寄周玄初》詩「惆悵情人無復見，因風聊寄一枝春」〔註195〕將思念之人稱之為「情人」，這個「情人」顯然是指有情之人，而非男女之情。《奉答楊基孟載》詩是懷念朋友揚孟載，云：「棲棲泊城南，春深抱幽獨。餘花猶綴紅，眾樹已滋綠。茲因塵內居，始憶山中屋。何時陪騎遊，吟看舊題竹。」〔註196〕《七夕感懷》寫懷念自己的父母，云：「父母已亡周甲子，節逢七夕又傷悲。白頭想得垂髫日，乞巧中庭把酒時。」〔註197〕父母去世已經整整一甲子，滿頭白髮想起年幼的自己圍繞在父母膝下的景象，內心中充滿了傷悲。

道衍對「情」的寫作，是其內心真情的流露，如其所言是因所處之境之自然感發，並非是刻意壓制或者無故呻吟。寫情的詩歌用語十分平實，與頌揚性詩作的華麗用語相比，語句樸素，卻十分感動人，所以明中期的俞集（汝成）才有「少師詩縱淺近，宜傳」〔註198〕之語。分析上述作品，也可以看到道衍對情的寫作，確實沒有越出道或者經的範疇，道衍的寫作很好地踐行了他的文學觀念。

八

道衍一半以上的作品還是關於禪與禪悟的，詩作中禪悟之境表達得非常透徹。道衍強調禪悟不依文字，《般若波羅密多心經新注演義序》中說：「真淨界中心亦無有，以般若名心者，強名也。名既強矣，而言說生焉。故佛世尊廣之說，為三一十萬頌；觀自在菩薩略之說，為一十四行。厥後諸宗欲發明其說，論疏記注，疊迭出焉。然其言說愈多，而般若之心愈晦，況有僻見邪說以害其正、疑誤後學者亦已多矣義。」〔註199〕文字言說越多般若之心愈晦，即

〔註194〕《逃虛子詩集》卷九，載《姚廣孝集》第一冊，第119頁。
〔註195〕《逃虛子詩集》卷九，載《姚廣孝集》第一冊，第120頁。
〔註196〕《逃虛子詩集》卷一，載《姚廣孝集》第一冊，第5頁。
〔註197〕《逃虛子詩集》卷十，載《姚廣孝集》第一冊，第128頁。
〔註198〕轉引自朱彝尊《明詩綜》卷十七，第789頁。
〔註199〕《逃虛類稿》卷二，載《姚廣孝集》第一冊，第231頁。

禪悟不以文字言說。如上所述，道衍又主張以文字明道，二者似乎存在著矛盾，其實道衍說的是不要執著於文字之意。道以文字而明而傳，如《諸上善人詠序》所言，道衍希望通過作品使讀者「起信而興念」，文云：「於禮誦之餘，掇取歷代傳記，並近朝所聞見往生者，無問聖凡緇白，得一百二十二人，各賦詩以美之，共一百二十一首，編次成帙，目曰《諸上善人詠》，兼為略注。不揣鄙拙，將入於梓。若夫上智大賢，以淨土為心，寧有易誚，中下之流傳而誦之，倘能藉此起信而興念，庶吾頤遂矣。」〔註200〕所謂的「起信而興念」，應該就是上文說的以文明佛教之道。

　　道衍關於佛教的作品，同樣是由所處之境之感發，禪意便是由所處之境而自然感發出來，如《重過獅子林》詩云「即境自忘尤，何須更習禪」〔註201〕之句，便是說明身處某種環境之中時，禪意可自然而生。這樣的情況，在之前宗泐的篇章中也有敘述，身處的環境與禪悟之間確實存在著一定的關聯。《陳怡過禪室夜坐》詩中描寫身處「煙霞同一室，風雪共孤燈」之境，油然生發出「無心元是道，不用問三乘」〔註202〕這樣至禪之悟。《石林為金道遠賦》詩中面對「蒼然自然成」的眾石與侵入到几案的青苔，聽著「長日斷樵聲」，「無生」〔註203〕之意便自然生發。《晚過獅子林》詩中的「觀水通禪意，聞香去染心」〔註204〕之語，就是闡明環境能夠使身處其中者生發出禪心。《寄山中僧》詩中對「百丈泉邊坐石，千頭松下眠雲」〔註205〕之境的描寫，《獅子林三十韻》詩中契適「林中趣」生發出「宴坐學空生」〔註206〕的感悟，都是屬於這樣的情形。

　　道衍更深的洞悟是來源於對世事的體味，《童中州期九日過山中不至以詩見寄奉答》詩云「今古何人得自由」〔註207〕，這是對裹挾於無常與遷流之中的人生極其深刻的體察和感悟。道衍晚年時作《少師真容自跋》云：「幼讀東魯書，長習西方教。抹過兩重關，何者為悟道。不厭山林空寂，不忻鍾鼎尊榮。隨緣而住，任運而行。猶孤蟾之印滄海，若片雲之浮太清。了無他說，即此便

〔註200〕《諸上善人詠》，載《姚廣孝集》第一冊，第35～336頁。
〔註201〕《逃虛子詩集》卷五，載《姚廣孝集》第一冊，第58頁。
〔註202〕《逃虛子詩集》卷五，載《姚廣孝集》第一冊，第62頁。
〔註203〕《逃虛子詩集》卷五，載《姚廣孝集》第一冊，第62頁。
〔註204〕《逃虛子詩集》卷六，載《姚廣孝集》第一冊，第68頁。
〔註205〕《逃虛子詩集》卷六，載《姚廣孝集》第一冊，第82頁。
〔註206〕《逃虛子詩集》卷六，載《姚廣孝集》第一冊，第81頁。
〔註207〕《逃虛子詩集》卷九，載《姚廣孝集》第一冊，第118頁。

是。人問我更何如，手裏纍珠一百八。」〔註208〕一生的極為豐富的經歷，使得道衍在晚年對人生有了透徹的了悟，「不厭山林空寂，不忻鍾鼎尊榮」對經歷之後人生的體悟，「隨緣而住，任運而行」是透徹的禪悟。晚年的道衍，達到了真妄雙泯的境地，《陋容自贊》之二云：「洪武初，余為僧，住持杭之天龍禪寺，寺眾極清苦，余故憔悴如藥山玄沙也。林靜子山、吳興趙君仲穆之外孫，文章學問名於一時，況善於丹青，得外家之傳，極為精詣，與余交甚善。一日過余丈室，戲寫陋容，余贊於上。攜至北平，失去二十五年矣，今翰林庶吉士楊宗勖得之，裝潢成卷示余。余觀之真若前生事也，故感慨不已，載贊於上。以歸宗勖焉。其詞曰：昔之圓顱幨褧褐也，翛翛然巖壑之人，今之峨冠錦袍也，堂堂乎廊廟之臣。昔真而今妄耶，昔妄而今真耶。真也妄也，如土苴之與埃塵，若然則孰得而為大全乎。是猶空谷之響，大地之春，丹青莫能為之狀，文字莫能為之陳。芒乎芴乎，更無可道者，惟以一默而為親。」〔註209〕看到洪武初期時自己的畫像，感慨猶如前生事，故有真與妄如「土苴之與埃塵」、皆如空谷之響之歎。再如《自題畫像》云：「看破芭蕉拄杖子，等閒徹骨露風流，有時搖動龜毛拂，值得虛空笑點頭。」〔註210〕此時的道衍，就是一位打破禪關的老禪僧。禪悟如此，道衍仍嫌自悟太晚，《自贊》云：「仰山寺有明姚少師廣孝畫像，其自題贊云：這個禿廝忒無仁，聞名垂千古，不值半文，惜自悟之晚也。」〔註211〕

　　道衍抒寫與表達禪悟的詩作極多，這些詩作確實展現了道衍泯滅真妄的透徹的禪悟。《初登雞鳴山》中寫其沉浸於「重關無客來，紅葉擁林路」「幽禪不出嶺，雲屋高低住」之境中，「忽遇解空人，喚我吃茶去」〔註212〕，「解空人」顯然是山中的禪僧，「吃茶去」是唐宋禪門常用的典故，可能是真的去吃茶，可能是以此語指代二人對禪境的契會。此詩和《和徐一夔遊龍山雜賦》之五中「深處忽逢仙，相攜坐談幻」〔註213〕之句相同。有趣的是道衍這裡遇到的「仙」而非禪，「談幻」應該是談世事之無常；仙是長生不死的，幻則是短暫、無常而不存的，這裡的談幻應該談的是對世事的了悟，而非與長生者談論

〔註208〕　《逃虛子集補遺詩》，載《姚廣孝集》第一冊，第152頁。
〔註209〕　《逃虛子集補遺詩》，載《姚廣孝集》第一冊，第152頁。
〔註210〕　〔清〕唐時：《如來香》卷十二，轉引自《姚廣孝集》第一冊，第153頁。
〔註211〕　〔清〕汪啟淑：《水曹清暇錄》卷四，轉引自《姚廣孝集》第一冊，第153頁。
〔註212〕　《逃虛子詩集》卷一，載《姚廣孝集》第一冊，第12頁。
〔註213〕　《逃虛子詩集》卷一，載《姚廣孝集》第一冊，第14頁。

幻相的短暫與無常。《海上回與芝雲法師遊龍井次辯才法師寄東坡甕韻》起首兩句「煙霞已成性，塵寰豈可留」寫耽溺於煙霞對塵世無所留戀，不留戀塵寰之因在於了悟「無所住」，故而「不起人間尤」〔註214〕。身處靜幽之境確實可以容易使人生發禪意，真正的禪悟卻在喧鬧中悟得，《陪方厓翁綠水園遊矚》開始長篇的靜境描寫，如「園廬依古闉，門扉掃塵跡」「雲浮曲渠水，苔漬陰階石」「叢筠減舊綠，蔓草餘新碧」，華美的詞句勾畫出人跡稀至的靜幽之境，這樣的幽境之中使人「雖怡靜邊趣」，卻「未達喧中寂」〔註215〕，這不是真正的了悟。《妙上人習靜軒》詩中則描寫了這種「喧中寂」，在「嵐嶺照深屋，雲松翳閒門」「鳥啼驚曙白，花氣覺春溫」之境下，道衍「澄真源」，「冥觀了無法」之後悟到了「何有寂與喧」〔註216〕的境地；對無寂與喧之差別的體悟與書寫，顯示道衍達到了真正的了悟。

　　道衍浸禪時雖然「久忘世」與「羈禪遠離群」〔註217〕，從而洞徹禪理，但其真正的了悟卻是對世事無常的觀察。上文提到道衍對無常的描寫與感悟，《寄李敬齋》詩的「塵世光陰似轉蓬」〔註218〕表達光陰的不住，光陰不住而使功業流轉而無常，洞悟禪理的道衍能以極為平靜的心態面對這種無常，《京口覽古》詩一直寫道：「譙擄年來戰血乾，煙花猶自半凋殘。五州山近朝雲亂，萬歲樓空夜月寒。江水無潮通鏡甕，野田有路到金壇。」最後發問「蕭梁事業今何在」，何在就是不在，眼前只有「北固青青」而已，曾經的蕭梁事業令人心潮澎湃，道衍以「北固青青眼倦看」〔註219〕一句極為平靜的詩句作了總結。《琴臺》詩一直寫「崇臺起雲岑，夫差日遊宴」「七絃石上彈，閒花落餘片」這些曾經的盛景，「至今想餘音」有的卻只是「泠泠散秋院」。與無常、功業流轉相對，《路旁草》詩中「繞徑沿途雜靃青，根深塵土到春萌」寫路邊野草從衰敗到萌發，只要沾染雨露便「縱使輪蹄踏又生」〔註220〕。慨古之作感慨從興盛到衰卻而不常存，野草的萌發是從衰敗到再生，在展現與欣賞勃勃生機的同時，又將對自然、世事的了悟推到了一個更高的層次。

〔註214〕《逃虛子詩集》卷一，載《姚廣孝集》第一冊，第13頁。
〔註215〕《逃虛子詩集》卷一，載《姚廣孝集》第一冊，第12頁。
〔註216〕《逃虛子詩集》卷一，載《姚廣孝集》第一冊，第13頁。
〔註217〕《逃虛子詩集》卷一，載《姚廣孝集》第一冊，第14頁。
〔註218〕《逃虛子詩集》卷九，載《姚廣孝集》第一冊，第124頁。
〔註219〕《逃虛子詩集》卷七，載《姚廣孝集》第一冊，第87頁。
〔註220〕《逃虛子詩集》卷九，載《姚廣孝集》第一冊，第115頁。

上文提到道衍有建立功業之心，功業本身又是無常而不永存，對歷史洞悟的慨歎，道衍有時候流露出感歎追求身後之名不如眼前的歡樂的情緒，《秋懷》詩之五云：「人言身後名，不如眼前樂。名既無可用，樂亦有何託。哲人守常道，所遇皆不惡。堪嗟愚無知，區區論今昨。」〔註221〕《秋懷》一組詩，應該是道衍晚年時所作，整組詩對人生、世事、功業表達了極深的內心的感悟。本首詩表明道衍了悟功業的本質，意欲擺脫功業之心的束縛。《登金山寺寄什露湛源長老》之二：「南北驅馳十五年，人間事業任茫然。夜來一宿金山寺，始了生平未了緣。」〔註222〕一生驅馳為人間事業而忙碌的道衍，經歷之後方明瞭人間事業是要所了的塵緣而已。洞悟與了卻塵緣者，便是達道之人，《感寓》詩中云：「吾觀達道人，處世乃無我。不著市朝居，豈厭巖谷坐。」〔註223〕《宿新樂精舍》詩中「且莫論禪道，高眠遂所為」〔註224〕之句，禪道亦不論而只以高眠，可謂是真禪悟。《自適》之二同樣體現出道衍透徹的真禪悟：「老年雖在客，於世無所求。止饑瓶有粟，禦寒篋有裘。澹泊乃常事，素標任盈頭。身死隨地葬，胡用首故丘。籲彼世間士，奔競曾無休。得之又恐失，日夕長懷憂。富貴不足榮，貧賤不足羞。」〔註225〕從這些詩句來看，道衍確實是名副其實的了悟者，《陋容自贊》其一云：「貌厲春霜，心溫冬煦，愚而弗明，拙以奚取。勿安自欺，寧樂人與，願蘄水世，無毀無譽。」〔註226〕道衍的禪悟，確實達到了「無毀無譽」的境地，這是《秋懷》之二中說的可以蓋棺論定的境地：「人生苦難定，去來如轉篷。飄飄不暫息，俄頃西復東。焉知老將至，清霜改顏容。放浪無復得，蓋棺乃全終。」〔註227〕以詩歌表達對禪理的洞徹與禪境的體悟，以致於顧玄言云「恭靖性空思玄，心寂語新，惠休法振，不得專譽禪藻」〔註228〕，真是實事求是的評價。

〔註221〕 《逃虛子詩續集》，載《姚廣孝集》第一冊，第145頁。
〔註222〕 《獨菴外集續稿》卷一，載《姚廣孝集》第一冊，第157頁。
〔註223〕 《獨菴外集續稿》卷一，載《姚廣孝集》第一冊，第157頁。
〔註224〕 《獨菴外集續稿》卷二，載《姚廣孝集》第一冊，第161頁。
〔註225〕 《獨菴外集續稿》卷二，載《姚廣孝集》第一冊，第161頁。
〔註226〕 《逃虛子集補遺詩》，載《姚廣孝集》第一冊，第152頁。
〔註227〕 《逃虛子詩續集》，載《姚廣孝集》第一冊，第145頁。
〔註228〕 轉引自朱彝尊《明詩綜》卷十七，第790頁。

第十五章　辭腴義晰：冬溪方澤的詩文寫作

　　明中後期王學士人的講學活動已為學術界所關注，值得注意的是，當時的僧徒亦參與到士人的講學活動中，這從冬溪方澤禪師參與王學士人的講學活動中便可看出。方澤的觀念體現出明顯的心學特徵，這一事例再次反映出王學對明後期佛教界的極大影響。方澤的文學觀念與文學創作，亦體現出與晚明文學思潮的一致與同步。

一

　　冬溪名方澤，嘉善任氏子，大概經歷正德、嘉靖、萬曆三朝。青年時即以文名，「當時名人若唐荊川、屠漸山先生咸齒譽之」。眾多名士欲以之歸儒，「郡守梅林蕭公、貳守梅潭趙公相繼力挽歸之儒」，方澤「皆以疾辭」而入佛，「於是廢撰詠，專事梵筴」。方澤於正德丁丑出家，時 13 歲。後以法舟禪師為師，云「（嘉靖）庚寅，法舟禪師由毗陵還於天寧，始與入室，朝夕請叩聞，舉龍潭公案有省。念江淮間祖塔及金陵牛首諸勝，冀一禮造。偶受業師病甚，而兩兄又相次沒，法舟囑之曰：『養親侍師，事在吾子，不必遠遊為矣。蓋以陸沉僻壤，而與翶翔大方者同一歸也；應酬曲折，而與深冥禪觀者無相礙也；窮探經論，而與杜口毗耶者非二門也。故湯藥之勤，承歡之饋，亦要道也。然則沖襟幽抱，詎可以行跡而擬議也乎。』」〔註 1〕方澤成為法舟兩個得法弟子之一，《南宋元明禪林僧寶傳》載云：「禪師名道濟，字法舟，嘉興人也……眾

〔註 1〕張之象《冬溪集序》，載《禪門遺書》第七冊，第 2 頁。

知濟有厭世意，請留偈。濟以手搖曳曰『何多事也』，乃趨寂。時嘉靖庚戌之秋也。得法者二人：一居胥山，曰雲谷會；一居精嚴寺，曰冬溪澤。俱以嚴標行話於世。」〔註2〕作為傳法弟子，方澤為法舟禪師撰《法舟濟和尚行狀》，此文不載於《冬溪外集》，附於《天寧法舟濟禪師剩語》之後。

明人張之象對方澤評價極高，在所作《冬溪集序》中云：「儒者優於經濟，萬世之宗也。若夫徵心辨性以自覺而覺人者，釋之教亦博大矣。合之則滋美，離之則自限。是故釋之英者，研究宗乘之外，往往旁通於儒，而與文人名士遊，因以深其詞藻煥其名言，以自彰其離文之道、閟其勿思之秘者，蓋資於儒；亦猶儒者之有餘力而資於釋也。晉道安、支遁、慧遠，既道術高世而文詞才辯又皆精拔，故當時君相翕然傾慕，若景星卿雲，可望而不可即也。唐宋間，禪宗丕振，王公貴人熟於聞見，蓋有不藉文辯興者，然玄奘、道宣、契嵩、覺範亦以文衛道，厥功甚偉。元有三隱，笑隱文獨豐，虞文靖公謂如『張樂洞庭之野，蛟龍駭騰，物怪屏走』，蓋亦一時之雄也。明興，泐季潭、復見心諸老以魁奇之才、淵宏之學承高帝寵眷，郁為師宗，致海內異衲聞風而興，有光宗社，文之不可以已也如此。今之釋子謬領達摩深旨，詆為文字，曳方袍，據名剎，率多庸淺，而欲比窿盛時，言下證聖，胡可哉。乃者大江之南吳越之境，有以文字顯禪妙者，吾求之得一人焉，冬溪禪師是也。」〔註3〕這段長篇大論的話，主要論述儒釋相資，及佛教中以文字衛道的僧徒，目的在於凸顯方澤精通儒釋及以文字顯禪妙。此即陸光祖《刻冬溪禪師集序》云方澤是以文字為佛事：「乃出其餘緒，時遊戲於翰墨之場，抽毫屬草，淡不經意。迨其成也翩翩焉，辭腴義晰，諸以文章名者靡不斂手服。然師之指意，務歸於暢達性宗，闡揚至教，以語言文字而為佛事，非鶩心與（於）雕蟲篆刻者。」〔註4〕方澤與陸光祖交往不少，並作有《贈陸太常五臺》詩。陸光祖對方澤的上述評價，符合方澤的真實創作情況。雖然是以文字為佛事，方澤的作品還是得到文人們的認可，明曹大章《冬溪禪師集序》云「今觀師之理言靜行，蓋已俯視群迷，而茲集又以禪藻而驅馳藝苑」〔註5〕。

關於方澤的著述，《續通志》載《冬溪集》二卷，《千頃堂書目》載「方澤

〔註2〕《南宋元明禪林僧寶傳》卷十四《法舟濟禪師》，《續藏經》第79冊，第648頁。
〔註3〕張之象：《冬溪集序》，載《禪門遺書》第七冊，第1頁。
〔註4〕陸光祖：《刻冬溪禪師集序》，載《禪門遺書》第七冊，第7頁。
〔註5〕曹大章：《冬溪禪師集序》，載《禪門遺書》第七冊，第7頁。

《冬溪內外集》八卷」，並注云「字雲卿，嘉善人，秀水精嚴寺僧」。《明史》
載「方澤《冬溪內外集》八卷」。張之象提到《東西內外集》云：「所著詩文偈
頌若千萬言，門人真謐哀次為《外內集》，請余作序。外集蓋寓給園微旨，而
盡詞林雅藻，內集多宗乘語，以續先緒開來葉也。鬱乎歲寒之茂松，燦乎幽夜
之逸光，稽諸往匠同符作者，雖與《弘明》諸傳流通四方、羽翼大教可也。」
〔註6〕即外集是文學作品，內集為宗乘語錄。現存有明隆慶辛未（1571年）本
《冬溪外集》上下卷。《明史》《千頃堂書目》所載《冬溪內外集》八卷，其中
的《外集》指的應該就是《冬溪外集》上下卷，《內集》則應有六卷。《冬溪內
外集》之外，方澤纂有《大方廣佛華嚴經合論纂要》三卷，《千頃堂書目》卷
十六云「釋方澤《華嚴要略》二卷，字雲望，嘉善人，與唐順之、方豪為友」，
二書應為同一種，然所載卷數不同。《冬溪內集》似亦不存，《徑石滴乳集》卷
之三、《五燈會元續略》卷第四下、《五燈嚴統》卷第二十三、《續指月錄》卷
之十五、《續燈存稿》卷第十皆載錄方澤參法舟及一段語錄。方澤參法舟於天
寧寺，法舟舉龍潭參天皇語，至「何處不指示心要」時方澤有省。這段語錄是
方澤唯一一段講法語，云：

> 解制秉拂。「佛法雖遍一切世間，而未嘗有絲髮透漏，作麼生
> 結？雖未嘗有絲毫透漏，亦未嘗有絲毫囊藏，作麼生解？故知百丈
> 大師曲引初學，為此方便誆誘之辭，其實不能結不能解也。設有個
> 孟八郎漢出來，道：『我能向百丈大師結不得處一結結斷，直使天下
> 衲僧忘前失後，求出無門；亦能向百丈大師解不得處一解解開，直
> 使天下衲僧七狼八藉，竄身無地。』卻甚奇特，諸上座，彼既丈夫，
> 我能不爾？」乃擊拂子，曰「吽」。〔註7〕

據此段語錄可大概推知《冬溪內集》之內容。

　　為使文字能更恰切顯示禪妙，方澤對讀書與創作頗為重視，如《聞西洲
訃》中「身外卻嫌空不了，更留詩草在人間」〔註8〕之句，意思似乎是在說
西洲禪師沒有了悟真空之意，卻將文字作品留下來。《謝方十洲護教帖》中肯
定謝方以文字護教，云：「吾丈之文清雄偉麗，光映三吳，數公或未兼也，此
鄙人深為吾丈喜，而贊詠大乘之餘，吾丈想亦自為喜矣。」〔註9〕以文字護

〔註6〕張之象：《冬溪集序》，載《禪門遺書》第七冊，第2頁。
〔註7〕《五燈會元續略》卷第四下，《續藏經》第80冊，第525頁。
〔註8〕《冬溪外集》卷下，載《禪門遺書》第七冊，第51頁。
〔註9〕《冬溪外集》卷下，載《禪門遺書》第七冊，第69頁。

教，實際上是在強調文字的重要性，因此《夏日燕坐簡沖溪》以「多時不過揚雄宅，篋裏玄經想著成」〔註10〕之句，表明其喜歡創作的心理。唐宋派是明代中後期重要的文學流派之一，方澤對唐宋派重要作家唐順之的創作頗為欽崇，《讀唐荊川在翰林時詩稿》云：「漢家太史玉堂仙，吳會風流昔共傳。對客不辭鸚鵡詠，登臺更有鳳凰篇。深山獨往無人識，聖主同時頗自憐。再枉相尋曾不遇，空警麗藻在遺編。」〔註11〕從詩意上看，方澤對唐順之不僅欽崇其作品，更有對其仕途不順的遺憾。茅坤亦是唐宋派重要作家之一，方澤《愁茅鹿門憲副》詩云：「風流才藻自青年，垂老初逢藪澤邊。自說讀書三萬卷，何如一榻共論禪。」〔註12〕尋訪唐順之，與茅坤同塌論禪，表明無論是文學寫作還是論禪，方澤都得到了二人的認同。方澤與文人們的交往十分密切，這在下文中還有提及，與文人們的文字交往，必使得其能更好地以文字顯示禪妙。

二

對明末佛教的衰微，方澤頗為感歎，《題蘿壁圖詩後》序中感歎明開國初天下禪叢名剎光耀，宗泐等人詩畫並舉，云：「頃在項墨林家批習良久，想見開國時弘法之人龍驤驥驟，相與扶樹宗乘。如此而陵夷，至於今日賢聖並隱。傷哉。」〔註13〕方澤認為佛教具有重要的功用，其一就是這裡提到的明初以佛教陰翊王度，再如《送雲谷禪師入京》詩之二云：「聖主龍飛北制胡，山河壯麗說燕都。行過三殿從容看，得似諸天氣象無。」之五云：「每聞遊宦說瑤京，總似邯鄲夢裏行。他日倘逢中使請，好將真語悅皇情。」這兩首隱含著佛教具有「陰翊王度」之意，之三更是直接指明朱元璋制定的宗教政策，云：「高皇贊化禮名僧，冀冀袈裟在禁庭。四海分行新建國，一時詔譯進來經。」詩中肯定了朱元璋對佛教的支持與使用，佛教僧徒對朝廷的維護做出了貢獻，之四讚揚了宋代同樣維護朝廷的契嵩，云：「遙憶鐔津北上書，當時卿相盡吹噓。中流屹立回瀾柱，此去扶宗定不虛。」〔註14〕以契嵩向朝廷上書，鼓勵雲谷禪師為朝廷出力，並以此「扶宗」，體現出方澤以佛教陰翊王度的觀念。佛教的功

〔註10〕《冬溪外集》卷上，載《禪門遺書》第七冊，第 26 頁。
〔註11〕《冬溪外集》卷上，載《禪門遺書》第七冊，第 33 頁。
〔註12〕《冬溪外集》卷下，載《禪門遺書》第七冊，第 49 頁。
〔註13〕《冬溪外集》卷上，載《禪門遺書》第七冊，第 27 頁。
〔註14〕《冬溪外集》卷下，載《禪門遺書》第七冊，第 52 頁。

用之二，方澤以風譬佛，指出佛教為萬物之所依賴。方澤以風形容佛教，《說風》云：「風之行於空也，凡生息於天下者，披拂鼓動，發育暢茅，咸風焉是賴矣。然莫可以形色也。風，青耶黃耶？修若短耶？有足翼耶？而又莫可離也。在谷盈谷，在陂盈陂，若呼若噓，若奔若驅，若有神焉。極天下盡後世成物之功，莫風若矣。人之言曰：木也，土生之雨長之；魚也，水生之；螢也，草生之象齒之；有花也，雷則生之；藻也，水也，爐也，火也，八竅也，卵也，九竅也，胎也，風獨無所孳焉。」以風譬喻佛教，是相當奇特的比喻。風為萬物所賴，佛教亦如此：「佛之道之在天下，亦若是矣。明也竅於目也，聽也竅於耳也，竅於鼻，竅於口，運於手，行於足，通於思，涉於變，以列天地，以左右庶物。則是道也，莫可以形色也。佛者，同天下之耳目，心知而大覺者也。是以總天下之人，而皆惜其有聖人之才焉，而莫之覺也。凡相也，來也，往也，榮也，落也，生也，死也，相相者無是也，弗生也，弗死也，極天下盡後世生生不息者，以是道也。」〔註15〕或許正是佛教為萬物之所賴，方澤寫到了萬物對於佛教的同應，《雜花道場和定湖》詩中云「聽梵遊魚排藻出，呈書飛鳥度花來」〔註16〕。

　　佛教這些極為重要的功用，方澤因此對佛教極盡描述之能事。如將佛教場所描寫的宏偉壯觀，如《戒潔山禪房晚坐》云「鍾梵諸天接，樓臺眾登臨」，對場所的描寫，一方面突出佛教的宏盛，一方面為了襯托佛法的威鋒與談法人的風儀，「清談皆俊雅，開盡昔來心」〔註17〕。《同張樵溪姚玄岳過真如寺》詩寫高塔的高聳與禪院的深翠云：「湖渚得禪宮，幽人杖履同。香雲浮象外，高塔峙天中。樹壑攢深翠，花林落豔紅。坐聞風鐸響，歷歷證圓通。」〔註18〕這些詩作將佛教寺院描寫得莊嚴、肅穆、幽深。《和嵇公子長卿聞鍾之作》云「花宮魚梵靜，鯨吼徹霜空」〔註19〕，既寫出了寺院肅穆深幽之境，又寫出了佛法的威力。《寒夜》詩前兩句「鼓徹林聲靜，香銷夜氣澄」以對比的方式寫出難以言說的妙境，鼓聲更凸顯出樹林的寂靜，漂浮空氣中的檀香味道更顯得空氣的澄淨；接下來「簷霜輕敝衲，窗月澹寒燈」寫出寺院幽靜且帶絲絲清冷的明寂之感；後四句由此引發出佛教義理，云：「有覺非真覺，無乘即上乘。定余

〔註15〕　《冬溪外集》卷下，載《禪門遺書》第七冊，第 55 頁。
〔註16〕　《冬溪外集》卷上，載《禪門遺書》第七冊，第 34 頁。
〔註17〕　《冬溪外集》卷上，載《禪門遺書》第七冊，第 17 頁。
〔註18〕　《冬溪外集》卷上，載《禪門遺書》第七冊，第 17 頁。
〔註19〕　《冬溪外集》卷上，載《禪門遺書》第七冊，第 19 頁。

還自慰，兀兀病閒僧。」〔註20〕佛教以明悟內心的寂靜使人了悟，方澤亦將佛教寫得極為靜謐。如《寄雲溪上人》「聞說棲禪處，環溪盡白雲」〔註21〕極致地寫出了佛教的靜幽，《燕坐答友人》云「城市開精舍，棲遲宛在山」，寫出處於城市中的精舍如山中精舍一樣靜謐，下兩句「風庭幽草亂，露檻落花間」〔註22〕是對城市中精舍的靜謐之境的描寫。

　　《寒夜》前半段描寫佛教的靜穆、後半段闡發佛教之理的寫作方式，即如陸光祖所言，是以豐腴之文辭暢達佛教之旨歸，以此達到以文字為佛事的目的。從表面上看，方澤詩歌可以用文辭豐腴來形容，如《項少岳園亭看牡丹作》詩云：「彩眩千重錦，香蒸一片霞。雖然空色相，亦復感年華。」〔註23〕《寄重玄寺企泉上人》詩云：「瀑邊衣濺雨，花外磬侵雲。幾時捫石壁，共覽貝葉文。」〔註24〕《詠百舌》詩云：「霏霧凝煙雜樹林，幽禽調舌似攄心。聽來不覺簾櫳曉，臥起初疑管吹音。逞巧驟翻千鳥韻，含嬌還過百花陰。莫教學語如鸚鵡，自遣雕籠鎖怨深。」〔註25〕《同諸友過姚玄岳》詩云：「白龍潭畔靄蒼雲，黃鳥歌前紫鳳群。既取澄湖臨落景，還聞別館坐南薰。葵明欄檻參差見，松韻笙簧颭杳聞。自說一春遊雁宕，衣裳猶帶海霞紋。」〔註26〕《蘭谷詠為熙上人》云「花雜天仙雨，香浮梵字書」〔註27〕、《戚尚寶中丞過山》「溪靜泉猶凍，巖明雪未消」〔註28〕、《庚午除夕》「應臘梅全麗，催春柳暗舒」〔註29〕等等，用詞用語無不透露著精思而有貫胸臆而出之意，構建出佛教靜寂而肅謐的豐腴意象。

　　從本質上看，方澤構建出來的豐腴意象，根本的目的和用意在於闡發佛教之理，即以暢達性宗、闡揚佛教為旨歸。如《見泉臥病》開篇「汝病更多餘」等句一直是在說病與治病，最後兩句「只應深聖理，諦了萬緣虛」〔註30〕將整首詩的旨意歸於佛理。《李太僕過齋戴給諫春雩首夏同西丘衲子過予五臺石室

〔註20〕《冬溪外集》卷上，載《禪門遺書》第七冊，第 19 頁。
〔註21〕《冬溪外集》卷上，載《禪門遺書》第七冊，第 18 頁。
〔註22〕《冬溪外集》卷上，載《禪門遺書》第七冊，第 18 頁。
〔註23〕《冬溪外集》卷上，載《禪門遺書》第七冊，第 14 頁。
〔註24〕《冬溪外集》卷上，載《禪門遺書》第七冊，第 20 頁。
〔註25〕《冬溪外集》卷上，載《禪門遺書》第七冊，第 24～25 頁。
〔註26〕《冬溪外集》卷上，載《禪門遺書》第七冊，第 25 頁。
〔註27〕《冬溪外集》卷上，載《禪門遺書》第七冊，第 15 頁。
〔註28〕《冬溪外集》卷上，載《禪門遺書》第七冊，第 19 頁。
〔註29〕《冬溪外集》卷上，載《禪門遺書》第七冊，第 21 頁。
〔註30〕《冬溪外集》卷上，載《禪門遺書》第七冊，第 19 頁。

有作》詩云：「風樹調仙樂，天花映梵書。為欣清淨理，日暮尚停車。」〔註31〕
《同少岳陪張銀臺石川丈宿雲東別業》詩云：「長者諸天說，仙人五嶽心。一
宵禪榻坐，俱斷去古今。」〔註32〕《庚申生日喜謐定湖奎西泉至》詩云：「蠟
炬燦紅葩，茅堂映紫霞。眼經諸泡影，身老一袈裟。」〔註33〕《寄與山禪友》
詩云：「松龕寂寂春雲秘，金磬泠泠夜壑空。見說閒心無住著，風柯露草盡圓
通。」〔註34〕《顧蘊菴徐玄嶠晚過》云「自了區中妄，還徵象外心」〔註35〕、
《諸友夜過次韻》云「無限傳心偈，由來不藉言」〔註36〕等，無不是最終將豐
腴的文字歸之於佛教之旨上去。

　　方澤以佛教為旨歸的詩作，基本上是在整體上表達著佛教或禪學的玄妙
之理，對佛教具體的義理、概念的表述並不多。偶而有對世事做切骨的描寫，
如《戰蟻》詩云：「穴蟻拘深爭，荒成想米盟。陣嚴如有令，戰苦不聞聲。蠻
觸方虛國，雄雌迭鉦兵。坐疑秦漢事，吟對暮雲橫。」〔註37〕秦漢宏大之戰爭，
在冬溪看來不過如蟻類之爭一般，以此揭露世事之可笑，從而領悟世事之本
質。這樣切骨的描寫，體現出方澤對世事之本質深於肌膚的感受與洞悟。對於
這樣的主題，歷代文人與佛教僧徒多有言發者，通常的描寫會將寫作的重心放
在對無常與歷史的慨歎上，方澤的這首詩卻沒有聚焦於這個中心。儘管「吟對
暮雲橫」是眾多文人與佛教僧徒寫作此類主題時所經常使用的方式，以看透事
物與世事本質之眼冷靜看待世事、歷史的遷變與變幻的萬象，但方澤這首詩作
整體上並沒有顯示出慨歎之意。

　　詩作中缺少對遷變之無常的慨歎，是方澤與歷代文人與佛教僧徒寫作佛
教詩歌頗為與眾不同的地方。如《送雲谷禪師入京》之一云「自說離鄉四十
年，歸來都變舊桑田」似乎是陳述無常巨變之意，不料下兩句則云「只應悟得
心無住，攜錫翩翩又入燕」，完全沒有對無常的慨歎。這兩句詩是揭明要以徹
悟之心來看待無常，以徹悟的心境看待桑田變化，則一切的遷變與人的行為都
是任運隨緣而無滯，「攜錫翩翩又入燕」不再是離鄉慨歎，而是顯示了圓融的

〔註31〕《冬溪外集》卷上，載《禪門遺書》第七冊，第 22 頁。
〔註32〕《冬溪外集》卷上，載《禪門遺書》第七冊，第 16 頁。
〔註33〕《冬溪外集》卷上，載《禪門遺書》第七冊，第 17 頁。
〔註34〕《冬溪外集》卷上，載《禪門遺書》第七冊，第 25 頁。
〔註35〕《冬溪外集》卷上，載《禪門遺書》第七冊，第 13 頁。
〔註36〕《冬溪外集》卷上，載《禪門遺書》第七冊，第 15 頁。
〔註37〕《冬溪外集》卷上，載《禪門遺書》第七冊，第 17 頁。

心境。更為典型的是《牡丹》詩。《牡丹》詩序中敘述其五十年來與交往至密者的三次雅集，云：「北莊牡丹，正德丁丑，余始出家時植也。嘉靖戊申，項君少岳及弟墨林、嚴君少渠、夏君雲川、陳君仰觀、吳君練浦以看花至，始於此地，賦詩紀會。既而江草屢芳，流萍難偶。又十年戊午春暮獲再會焉，斯時也，彭比部沖溪、戚儀曹中岳、徐山人玄嶠、念上人西洲寔始戾止，咸有藻詠，光於粉素，而陳仰觀方遊國學，吳練浦則已物故。又八年為丙寅，於是少岳之齒尊矣，無心之雲始焉，聊出傭飛之羽，亦遂還棲。茲四月一日，爰招素心，復尋花事。曩在會者，少渠諸友凌晨來集，同聲應者姚君玄岳，衲子定湖則與少岳並舟駕浦，日午以至。而中岳宦在京朝，沖溪、墨林皆阻泥濘，西洲兢兢臥屙，徐山人又物故矣。嗟乎，戊申迄今垂二十年，杖履相將，破忘形跡，顧此郊園才獲三過，而存亡康否，不齊若此。」按照此序之敘述，一般的詩作會慨歎人生之無常，方澤詩則云「遲遲三賞滋難得」，主旨是在感歎三次相聚之難得，頗為出人意料。《與諸友》詩云：「庭前春候歸，細草發柔翠。坐感東逝波，忽焉薄秋季。風淒木葉下，霜冽鴻雁至。物化無暫停，前修歎交臂。役利已困愚，賓名亦牽智。」詩中如「坐感東逝波，忽焉薄秋季」「物化無暫停」富含遷流之意，「風淒木葉下，霜冽鴻雁至」亦是由當下景物引發的對自然的感歎，「役利已困愚，賓名亦牽智」是對人生與世理堪破，按照這樣的邏輯，接下來應該是對無常的慨歎，本詩最後的兩句卻是「所以英俊人，兢兢自磨礪」兩句勉勵人修道之語，與一般文人對自然、社會、歷史與人生的慨歎完全不同。感悟無常而戮力修道，正是佛陀所一直告誡與力行的，從這方面來說，方澤深切佛陀之所教。

以文字顯禪妙，還表現在詩作中對心境的闡述。對禪妙圓融的體味，往往體現在超脫灑然的心境上。如《燕坐用王雅宜韻》詩云：「物虛城是壑，心遠地皆山。清梵笙歌外，深禪市井間。」〔註38〕本首描寫的即是超越的心境，超越的心境的表現之一就是超越俗世而與道相親，《人日與巖山人》云「幸君形外者，時以道相親」〔註39〕、《簡少岳》尋「山親麋豕，臨水狎鳧鷺」〔註40〕等表達就是與道的渾融一體。當然能夠清晰看出的，是方澤所表述的這個「道」是有道家與道教的成份。方澤確實同樣深入《老》《莊》，如《酬嚴少渠》

〔註38〕《冬溪外集》卷上，載《禪門遺書》第七冊，第12頁。
〔註39〕《冬溪外集》卷上，載《禪門遺書》第七冊，第20頁。
〔註40〕《冬溪外集》卷上，載《禪門遺書》第七冊，第21頁。

「齊物能調象，忘筌自得魚」〔註41〕，《酬彭沖溪》「莫訝山中異，忘機鳥不飛」
〔註42〕，《題近山草堂》「自說忘機久，時看鳥下群」〔註43〕，《次沖溪韻兼酬
諸友》「見道山長寂，忘心物自齊」〔註44〕，《獨坐》「獨喜階前鳥，忘機旦暮
馴」〔註45〕，《秋暮同劉山人登煙雨樓》「知君齊物理，榮悴付空花」〔註46〕，
《夏日與嚴少渠燕坐》「燕子入簾還自語，雀群馴食已忘機」〔註47〕等詩句，
都是對《老》《莊》之意的闡發。方澤交往者中頗有道士，如詩中屢屢提到的
彭沖溪便為道士，《賦得海外孤雲贈左煉師》亦是贈道士之作，詩云：「風馭泠
泠過海門，人間遙望似孤雲。蓬山倘接浮丘伯，只恐無因卻見君。」〔註48〕對
道家道教的深入，使得方澤在闡述那種超越心境時更為遊刃有餘。

三

如《戰蟻》詩反映的，方澤對世事之本質有切骨的體悟，詩作中由此體現
出對超越世事束縛的期望，如《送陰別駕致仕還蜀》詩云：「末路誰全璧，清
風獨振纓。悟來蟬蛻早，歸去馬蹄輕。」〔註49〕但從上文提到的對無常慨歎的
消泯而勉勵修道的做法來看，相比於超越世事，方澤應該更重視經世。上引
《送雲谷禪師入京》詩中的「攜錫翩翩又入燕」之語，實際上能夠體現出方澤
對經世的重視，再如《送王翰林柘湖轉比部還京》之一云「君王前席問，應是
為蒼生」〔註50〕亦是體現經世之意。

對經世的重視，反映出儒學對方澤的深刻烙印。從對儒學的描述和闡發來
看，方澤似乎是一個純粹的儒士，對儒家之德極力稱讚。《韓氏徵德堂》序中
極為認可韓月川父親之德，云：「蓋樂川父松鄰翁之為南雄司倉也，前司倉坐
失火逮官儲，繫獄，窘甚。翁聞，惻然曰『余同官也，苟能全其生，何用家為』，
乃出橐中之裝，得白金數斤，盡與之償其逋，始獲釋。」詩中頌揚韓月川父親

〔註41〕《冬溪外集》卷上，載《禪門遺書》第七冊，第 13 頁。
〔註42〕《冬溪外集》卷上，載《禪門遺書》第七冊，第 13 頁。
〔註43〕《冬溪外集》卷上，載《禪門遺書》第七冊，第 13 頁。
〔註44〕《冬溪外集》卷上，載《禪門遺書》第七冊，第 16 頁。
〔註45〕《冬溪外集》卷上，載《禪門遺書》第七冊，第 18 頁。
〔註46〕《冬溪外集》卷上，載《禪門遺書》第七冊，第 18 頁。
〔註47〕《冬溪外集》卷上，載《禪門遺書》第七冊，第 34 頁。
〔註48〕《冬溪外集》卷上，載《禪門遺書》第七冊，第 51 頁。
〔註49〕《冬溪外集》卷上，載《禪門遺書》第七冊，第 16 頁。
〔註50〕《冬溪外集》卷上，載《禪門遺書》第七冊，第 12 頁。

的行為「鴻澤沛四方，茲唯國人仰」〔註51〕。《贈尹游擊》詩中宣揚尹游擊的事功，云：「飛將承恩南出師，樓船萬里似彪馳。熊羆盡選燕齊士，龍虎遙分海甸旗。去擬斬鯨窮島嶼，歸應飲馬駐天池。漢家自有麒麟閣，不獨周王枚杜詩。」〔註52〕《朱氏雙節》詩中讚揚「貞節諒不泯」云：「志士赴國難，捐身在須臾。二母凜一生，豈不過丈夫。」〔註53〕這些讚揚看得出方澤對儒學發自內心的肯定態度。《邑掾會約序》中，方澤闡揚「友道」，云：「嘉哉六君子，身為掾史而皆能以交道激引振勵，以自進於古之君子。然則龍驤豹變之士寧不因心慕義而肯為今之交也，農工商賈寧不傍觀興起而以古道群相厚也。故友道講，則邑之善治斯可圖矣。波流風動，洋溢鼓扇，將且自邑而郡而省，而且達之天下，則三代之學也。」〔註54〕以講友道而致使邑、均、省、天下得治，類似於以修身而致家齊、國治、天下平。《遷學說》闡揚以聖王之道風教民眾，云：「君子之蒞民也，慈以柔之，刑以明之，鼓歌以徠之，是故言出而從，令行而悅，而民莫有奸也……學宮者，道德之淵，禮樂之圃，而聖賢之邸也。後世之學，離以文辭，裂以功利，炫以胸臆，而仲尼之宮牆、性命之坦途，或背馳焉。夫新沐者必彈冠，新浴者必振衣矣。古先聖王之道，將自此而興乎。聖王之道興，相高之藝寢，性命之源濬，功利之途塞，風教其有不遷者乎。」〔註55〕這些說辭，讓方澤看上去確實與純粹的儒士一般無二。即如《張銀臺石川見示西遊之作倚韻奉贈》詩中「舊引尊羹辭聖主，新從松子學神仙」〔註56〕之句，儘管是對張石川辭官求仙的推揚，對聖主的肯定與尊崇仍能夠顯現出來。

　　方澤與儒學的關係，更重要的是體現在與王陽明心學契合上。方澤深受王陽明的影響，其作《王文成公全集議》，對王陽明的學說、事功極力襃揚，云：「儒者以釋氏絕婚宦為異，而其文博大奇勝為誕，遂肆詆其神化證悟，則於洙泗微言亦自得之而淺，蓋自唐宋諸名人然矣。陽明子，王佐才也，以不在輔相之位不獲膏被海內，乃若發前聖之所未發，以鼓舞海內豪英，使千載絕學翕然興起，顧不光且偉歟。它如策收宸濠、勘定諸叛，以贊隆平之治，其緒餘也。

〔註51〕《冬溪外集》卷下，載《禪門遺書》第七冊，第43頁。
〔註52〕《冬溪外集》卷上，載《禪門遺書》第七冊，第23頁。
〔註53〕《冬溪外集》卷下，載《禪門遺書》第七冊，第44頁。
〔註54〕《冬溪外集》卷下，載《禪門遺書》第七冊，第65頁。
〔註55〕《冬溪外集》卷下，載《禪門遺書》第七冊，第60～61頁。
〔註56〕《冬溪外集》卷上，載《禪門遺書》第七冊，第23頁。

觀茲集所敘，虛湛閒寂之存，淵通周悉之辯，及所嘗與當時禪衲覿面呈舉，蓋不唯憂入孔氏宮奧，而翩翩乎撤名蹟之藩，入無窮之境矣。至其疏清諸說之淤，振拔時趨之陋，是所先務則其言，亦遂俯循，終不盡張玄解以自崖峻，以疑人之從也。而與應化聖賢同弦異調，人鮮知之，斯以順世之權也乎。夫夏蟲疑冰，井蛙笑海，彼未知釋者能無非乎。故人非也，陽明子亦且非之，然所非乃二乘之非，而大乘家所自非爾，終不違知，反睨以藉人之詆也，於以見良工之苦心，而同事攝之婉矣。」〔註57〕在《刻薛大參誠意解》中云「孔子之學心學也」之語，完全就是王學的說法。文中對心學的重要性給予了闡述，云：「心學不講，則少者無以端其趨，壯者無以堅其操，處者無以淑其鄉，出者無以康其國，而欲化成於上，俗美於下，猶北行而求越矣。」〔註58〕方澤在《原施》中從心學的角度對「施」進行了闡發，云：「夫施也者，原諸心也，心弗原而行施，滋五陋焉：封諸己而假人以掠美者，其施也罔；悖取諸人而以衒惠者，其施也惑；割己之贏而以餌報者，其施也欲；色取諸外而不誠諸內者，其施也虛；藉施為奇貨而多方以必濟者，其施也賈。五者，吾見亦多矣，是皆不原乎心也。心也者，仁理惻怛所自生也。」〔註59〕這段對心的闡發，完全符合王陽明的心學之論。方澤由之稱王陽明為曠世之豪傑，云：「古本《大學》以『誠意』為初章，陽明先生釋而序之，以意誠為首務者以此。往余讀而征諸心矣，若入國之有門也，升堂之有階也，蓋爽然而悅之，則又慨然而歎之，曰『陽明，其曠世之豪也，微斯人，孔曾之學抑中晦也』。」〔註60〕

　　方澤與王學的關係，還體現在參與王學的講學活動、相同的三教觀、一致的文學觀念。方澤與陽明後學多有交往，《贈王龍溪先生》詩云：「抽簪從所好，家在越江陰。曾入陽明室，因傳闕里心。門人紛脫履，童子靜調琴。聞說郊迎處，諸侯禮更深。」〔註61〕王龍溪是王陽明門人，被列為浙中王門，黃宗羲給予王龍溪很高的評價：「先生親承陽明末命，其微言往往而在。象山之後不能無慈湖，文成之後不能無龍溪。以為學術之盛衰因之，慈湖決象山之瀾，而先生疏河導源，於文成之學，固多所發明也。」〔註62〕方澤與王龍溪的交

〔註57〕《冬溪外集》卷下，載《禪門遺書》第七冊，第65～66頁。
〔註58〕《冬溪外集》卷下，載《禪門遺書》第七冊，第66頁。
〔註59〕《冬溪外集》卷下，載《禪門遺書》第七冊，第56頁。
〔註60〕《冬溪外集》卷下，載《禪門遺書》第七冊，第66頁。
〔註61〕《冬溪外集》卷上，載《禪門遺書》第七冊，第19頁。
〔註62〕《明儒學案》卷十二，第238頁。

往，表明其與王學的關係頗深。方澤又有《天心書院會唐一菴先生及講學諸友》詩云：「參差樓樹俯通川，章甫聯翩奮起年。伐鼓正逢登七十，曳裾如見擁三千。平田皜皜秋暘映，零露瀼瀼夜氣偏。講席幸分揮塵客，漫將清梵答朱絃。」〔註63〕唐一菴是明末唐樞，《明儒學案》有傳。嘉靖丙戌進士，師事湛若水，「其後慕陽明之學而不及見也」，故其學「於甘泉之隨處體認天理，陽明之致良知，兩存而精究之」，但「於王學尤近」。唐樞學說標「討真心」三字為的，黃宗羲云「討真心，陽明已言之矣，在先生不為創也」〔註64〕，即唐樞雖為湛若水門人，學說卻更接近王陽明。《送郡伯徐公之福省憲副》中讚揚「私淑陽明之門而廣聖學之波瀾」的徐鏡川，云：「若夫夙夜不懈教民勤矣，奉身節約教民儉矣，威儀孔臧教民敬矣，皆某所親炙者。」〔註65〕與王門後學的交涉，表明方澤與王學有著很深的淵源。

唐樞熱衷於講學，「講學著書垂四十年」〔註66〕，《天心書院會唐一菴先生及講學諸友》詩即言其講學之狀，這首詩同時表明明後期的僧人參與了心學的講學活動，《刻薛大參誠意解》提及心學者講學於寺院，云：「（薛甸宣）屬諸生講學於北城山寺，發明心體，觀聽者良多興起，所示《誠意解》一篇，提挈綱領，包括隱奧，有尤世之心哉。」〔註67〕《送郡伯徐公之福省憲副》載徐鏡川的講學云：「郭外舊有別館，闢而新之，政暇則與多士講繹其中，聖學淵奧始弘鬯，士知向方，民欣欣觀感興起。而發政施令，因人心之本良，革時習之浮騁，盡聖學之所流溢，信乎言與行、事之一貫也。」〔註68〕關於明末士人尤其是王門心學士人的講學活動，已為學術界所熟知。方澤參與王門士人的講學活動，表明佛教僧徒亦是講學活動中的重要參與者，由此所帶來的佛教與心學、佛教與明末思想界的互動應該是相當深入的。

方澤在三教觀上與王學有著相同的看法。《答安福伍九亭知覺訟》中提出儒釋只是名稱之異，云：「儒與釋皆名也，人均生乎天地間，求踐為人焉已矣。苟能人焉，儒我可也，釋我可也；華人竺人，因地名我無不可也。」〔註69〕

〔註63〕《冬溪外集》卷上，載《禪門遺書》第七冊，第29頁。
〔註64〕《明儒學案》卷四十，第950頁。
〔註65〕《冬溪外集》卷下，載《禪門遺書》第七冊，第67頁。
〔註66〕《明儒學案》卷四十，第950頁。
〔註67〕《冬溪外集》卷下，載《禪門遺書》第七冊，第66頁。
〔註68〕《冬溪外集》卷下，載《禪門遺書》第七冊，第67頁。
〔註69〕《冬溪外集》卷下，載《禪門遺書》第七冊，第68頁。

《早春喜禪侶雲集》詩云：「鹿子迴翔衝果獻，鳥王率舞聽經來。從知佛日同堯日，八解多慚給苑才。」〔註70〕詩中寓含著佛教與儒學具有相同的地位與功用，即明末人所常說的佛教與儒學同為聖人之教，如焦竑認為讀懂《華嚴經》「然後知《六經》《語》《孟》無非禪」，並說「堯舜周孔即為佛」〔註71〕；袁宗道說「三教聖人，門庭各異，本領是同」〔註72〕，李贄從超越名利上說「超然於名利之外，不與名利作對者，唯孔夫子，李老子，釋迦佛三大聖人爾」〔註73〕。這些相同，表明方澤在三教觀上與王門心學的看法是完全一致的。

　　三教不過是名稱之異，是王門後學一貫的看法。王龍溪說：「人心本來虛寂，原是入聖真路頭。虛寂之旨，羲皇姬孔相傳之學脈，儒得之以為儒，禪得之以為禪，固非有所借而慕，亦非有所託而逃也。」〔註74〕王艮的弟子顏鈞的《論三教》云：「大抵三教至人，原宗俱在口傳心受。心受之後，各隨自己志尚大小，精神巧力，年慣積造之。」又說：「宇宙生人，原無三教多技之分別，亦非聖神初判為三教、為多技也。只緣聖神沒後，豪傑自擅，各揭其所知所能為趨向，是故天性肫肫，無為有就，就從自擅。人豪以為有，各隨自好知能以立教，教立精到各成道，是分三教頂乾坤，是以各教立宗旨分別。又流技習，習乎儒也，讀書作文獲名利；習乎仙也，符籙法界迷世俗；習乎佛也，念經咀符惑愚民，似此交尚以為各得受用，且沿襲百家技術，以遂衣食計也。」〔註75〕儒釋道三教之名均屬後起，不過是道（心性）的不同名稱而已。黃輝說：「三者，教之名，皆名此心耳。心不可名教義，第辨其非心者，西竺謂心離念是曰正思惟，東魯謂思無邪是正心，心本無邪，蓋正之名亦不立焉。」〔註76〕徐渭說：「道之名歧於此，與釋與儒而為三，而本非三也。」〔註77〕《答安福伍九亭知覺訟》詩中「儒與釋皆名也」，即上述王門學者所論述之意。儘管看法一致，作為佛教僧徒，方澤仍保存有一點對於佛教的優越感，《守默辯》中提到棲林朱子曾文學王陽明云：「棲林朱子學老氏之學，初問道於王陽明先生，

〔註70〕《冬溪外集》卷上，載《禪門遺書》第七冊，第23～24頁。
〔註71〕《澹園集》卷十六《刻大方廣佛華嚴經序》，第183頁。
〔註72〕《白蘇齋類集》卷之十七，第237頁。
〔註73〕《續焚書》卷一《復李士龍》，第13頁。
〔註74〕《南遊會紀》，載《王龍溪全集》卷七，第463頁。
〔註75〕《顏鈞集》卷二，中國社會科學出版社1996年版，第15～16頁。
〔註76〕《正思菴記》，載《黃太史怡春堂逸稿》卷二，第242～243頁。
〔註77〕《論中七》，載《徐渭集》三集，中華書局1983年版，第493頁。

不合乃去。北遊謁赤度子，問養生訣，赤度子不言，遽掩其耳，又問，掩其口。遂歸，閉關韜光山三年。」〔註78〕棲林朱子學心學、道教皆不合，後入禪林而悟守默之意，似乎是表明佛教高於道教與儒學。

上文提到方澤與明代著名文學家唐順之、茅坤等人的詩歌酬和，體現其與晚明文學思潮觀念的一致，如《寄陳海樵》「託酒有真趣，寓辭宣至情」〔註79〕，與晚明文學思潮的「求真」「直抒胸臆」等文學主張如出一轍。《丘止山轉南雍典簿》中有一段方澤與潛叟關於文學的問答，表達的是「求真」的文學觀念。潛叟問方澤是否得丘止山之文，方澤云「得之」，「其辭簡而旨婉」類似左丘明之風格。潛叟不贊同，讓方澤「更往觀之」，方澤再觀之後云「斐乎其英發也，藹乎其蘊藉也，豫乎若登乎春臺，麗乎若歷乎芳圃也」。潛叟仍不贊同，云：「譬圖龍於堂也，鱗甲首尾，龍也乃若為飛為潛為雲為雨，求諸堂不可得也。子更往觀之。」他日又問，方澤答云：「頃者予繫之目矣，予又接之聲矣，躍入煥如，弗可以形諸言矣。」潛叟對此以「然哉」加以肯定，云：「譬飲也，吐氣糟而納其醇醪；譬相馬也，遺其牡牝黃驪而察乎其天機。則吾所謂文也。」方澤順勢提出「真文」之說，云：「於是止山先生轉南雍，澤不敏，請以囊所談者贈焉。南雍，聚天下豪傑地也，先生之文折旋俯仰，無往而不昭著也，是真文也。真文興則枝辭蔓學凋，枝辭蔓學凋則豪傑起，天下之文將玄同乎。」〔註80〕方澤「求真文」的文學觀念，顯然與心學有著密切的聯繫，《序維揚別駕徐蠡湖詩集》云詩乃由心之所發：「於詩，吾見先生之心益審。夫詩，形心者也。先生家食時無抑鬱之辭，在官無希援之什，歸田無諮憤之聲、煩惋之撰，先生之心其殆定矣。詩之體裁音響，非所先也。嗟乎，使高第顯官而或不能保身完名，以不負所學，即其詩薄曹劉、掩顏謝也，亦將為人藐矣。然則觀先生詩者，不當別具眼哉。」〔註81〕方澤指出詩文之創作須有本，《讀少岳京稿循本論》云：「夫文之閫奧，某無能知。若循本而言，文固思所出也，思之所從出，則本有之無盡藏也。能妙其思而猶忽其所從出也，是酌其流而遺其源也。」〔註82〕這裡說文之本是「思」，但綜合上述材料來看，方澤說的詩文之本，無疑是「心」，即上文所說文乃由心之所發。

〔註78〕《冬溪外集》卷下，載《禪門遺書》第七冊，第56頁。
〔註79〕《冬溪外集》卷下，載《禪門遺書》第七冊，第41頁。
〔註80〕《冬溪外集》卷下，載《禪門遺書》第七冊，第59頁。
〔註81〕《冬溪外集》卷下，載《禪門遺書》第七冊，第64頁。
〔註82〕《冬溪外集》卷下，載《禪門遺書》第七冊，第68頁。

　　方澤不僅參與王學士人的講學活動，與明末的禪徒、文人交往頻密，頻繁參與文人們的雅集活動。《宿澡潭蘭若得金字》云「同遊盡是逃禪客，明月清霄聽梵音」〔註83〕，從題目可知這是一次文人與禪客的雅集，「同遊」的有文人亦有禪侶；文人盡是「逃禪客」表明的是明末文人入禪者之眾。《同宋華川江荻舟過少岳》「幽人傲睨碧雲重，勝友招攜暇日同」及「卻羨玄經新草就，翩翩藻思似揚雄」〔註84〕等句表明亦似為雅集活動。《牡丹》詩序中提到五十年來與相交至密文人的三次雅集，以及《納涼》詩序云：「炎旱相扔，身心俱病，適王秋曹偕張竹橋、姚南山過余納涼，而見泉瓶秋葵，命小童致供，光色燦映，涼氣可掬。因分韻以賦，余得渠字。」〔註85〕可大概知其與文人的雅集之狀。雅集一般都是分韻賦詩，如《白露日偕方潯南過項上林遂邀少渠樵溪玄岳同會而定湖適至，余得蒸字》詩云：「白露被野草，素秋天氣澄。達人歸田初，謀道深季鷹。乃留黃鵠友，爰集青蓮朋。駢筵羅庶羞。中廚具炊蒸。枝辭互刊剪，真義相與徵。豈徒無俗人，亦有形外僧。」〔註86〕參與雅集的，多數為與方澤相知賞者，《秋日言懷呈沈給諫少泉》「誰謂知賞稀，明月瞷我屋」〔註87〕，或許正是這些知賞者成為方澤創作的動力。

　　方澤的詩歌以豐腴辭句暢達性宗、扶持宗乘，無疑是具有自己特點的，如詩作中體現出嫻熟的創作手法，如《至日在別墅作》詩云：「頻年鴻跡似隨陽，冬至今仍藪澤傍。蘅杜芳心空極浦，蒹葭衰鬢映繁霜。山中朋舊多離索，海上波濤每振揚。雲物冥冥天欲晦，風沙冉冉日差長。」〔註88〕本詩以完善的前後照應，將詩者離索、落寞的心境表達出來。「頻年鴻跡」對應「朋舊多離索」「波濤每振揚」，揭明年復一年的外遊、與朋舊的分別；「似隨陽」，寓含著外遊隨太陽的升落而不停歇，以此表達內心中羈旅之情。「頻年」又對應「衰鬢」「繁霜」，進一步渲染在外漂泊的不停歇，慨歎年華的逝去。「雲物冥冥天欲晦，風沙冉冉日差長」寓含著詩者仍在旅途的漂泊之中，將旅途中的孤寂落寞之情再次強烈表現出來。《送經蘊二上人北遊》言其遊歷云：「昔余在童稚，謂壯當遠遊。南浮盡楚粵，北走窮燕幽。俯仰曾幾何，日月忽如流。衰白坐見侵，茲

〔註83〕　《冬溪外集》卷上，載《禪門遺書》第七冊，第 25 頁。
〔註84〕　《冬溪外集》卷上，載《禪門遺書》第七冊，第 25 頁。
〔註85〕　《冬溪外集》卷上，載《禪門遺書》第七冊，第 34 頁。
〔註86〕　《冬溪外集》卷上，載《禪門遺書》第七冊，第 42 頁。
〔註87〕　《冬溪外集》卷下，載《禪門遺書》第七冊，第 41 頁。
〔註88〕　《冬溪外集》卷上，載《禪門遺書》第七冊，第 24 頁。

心良未酬。」〔註89〕《至日在別墅作》詩中運用層層呼應的方式，就是要寫出這種常年漂泊在外的羈旅之感。

〔註89〕《冬溪外集》卷下，載《禪門遺書》第七冊，第 42 頁。

第十六章 「晉字唐詩」之風：雪浪的文學觀念與詩文創作

　　一生經歷坎坷、波折的憨山（詳見憨山章），有一個一生知交的法侶雪浪洪恩。雪浪（1645～1607），俗姓黃，字三懷，金陵人。憨山稱其於佛教主張融會性相，「賢首慈恩，二燈並傳」，即並承華嚴與唯識兩宗，「唱演華嚴，實發因於唯識」，編纂有《相宗八要》，是明末叢林講求法相唯識學最為重要的一部參考資料。雪浪讀書駁雜，「於佛書無所不讀，博綜外典，旁及晉字唐詩，乃曰『不讀萬卷書不知佛學』」〔註1〕。雪浪兼通禪教，闡發佛教義理時借禪說經、引禪說教，沈德符論云：「蓋近日叢林議論，崇尚宗門，主於單刀入陣，寸鐵殺人，而鄙禪修為齷齪。如雪浪輩不禪不宗，又欲兼有禪宗之美矣。憨山歸自粵中，聲譽轉盛，來遊吳越，一時俊少，以得奉盤匜滌溲器為幸，而大家妻女檀施，悲泣求片語拔度而不得，蓋雪、憨所至皆然。」〔註2〕本段話中提及雪浪在明末的影響，錢謙益《雪浪三懷法師洪恩經解科判》中論雪浪與寒山之友誼與影響：「師與憨山大師，同出無極之門大師入五臺山，於冰雪堆中參究大事。師承本師法席，以南方佛道久湮，出為人天眼目，其誓願一車兩輪也。南北講肆，墨守舊聞，會解郵傳，糾纏熟爛，師疏通灑落，稱性而談，聽聞者耳目更移，知見開滌。講已，輒墨然罷去。人或請之，微笑而已。」又談及其著述云：「師既擺落文字，不肯著書，歿後講席雖昌，微言

〔註1〕《新續高僧傳四集》卷第七《明金陵寶華山釋洪恩傳》，載《高僧傳合集》，上海古籍出版社 2011 年影印本，第 807 頁。
〔註2〕《萬曆野獲編》卷二十七，第 693 頁。

中絕，世所流傳誦習，往往標記錯雜，附會失真。」〔註3〕雪浪雖然「不肯
著書」，仍著有《雪浪集》《續雪浪集》《楞嚴科判》《心經說》一篇（有單行
本，亦收錄於《雪浪集》中）、《谷響集》一卷等。《雪浪集》收錄了雪浪的詩
文作品，《明史》卷九十九載為「弘恩《雪浪齋詩集》二卷」。本章敘雪浪的
佛教文學創作。

一

　　嘉靖三十六年，憨山十二歲依西林和尚出家，憨山記云：「時雪浪恩兄，
長予一歲，先一年依大師出家，見予相視而嘻，時人以為同胞云。江南開講佛
法，自無極大師始，少年入佛法者，自雪浪始。」〔註4〕此時雪浪已於前一年
從無極和尚出家，雪浪長憨山一歲，即亦十二歲出家。由於有這段因緣，憨山
一直稱其為「法兄雪浪」，即「以法為兄弟莫逆」，錢謙益敘其二人情誼，云
「憨師少師一歲，並得度於西林長老，同參極師，比肩握手，如連珠玨玉，見
者以為無著、天親也」，並稱二人為中興佛教之一車兩輪：「昔梁蕭之論荊溪，
以為明道若昧，渙然中興。聖人不作，其間必有命世者出焉。我明正、嘉之際，
講肆獨盛於北方。無極和尚起自淮陰，傳法於通、泰二公，具得賢首、慈恩性
相宗旨，歸而演法南都，而其門有雪浪恩公、憨山清公出焉。一車兩輪，掖無
極之道以濟度群有，而法道煥然中興。」〔註5〕

　　憨山與雪浪的深厚情誼，由《題雪浪恩公所書千字文後》《心光法侄持雪
浪恩兄手澤讀之有感》可見。這兩篇是在雪浪去世之後，憨山見到他人攜來的
其所書文字而感發，《題雪浪恩公所書千字文後》云：「予與雪浪恩兄生若同
胞，少共筆硯。予懶且善病，竊慕枯禪，兄苦志向學，無論刻意教乘，即遊心
藝苑，博問強記，食息不倦。染翰臨池，晝夜無間者二十餘年。及登座說法，
迥邁前修，而辭翰擅場，亦稱二妙。我明二百餘年，緇衣之駿，指不再屈。此
予生平心服而敬事者，自愧福輕業重，至老暌攜。惜兄耳順之年，竟成千古……
石禪人攜此卷來，予一見之不覺興悲，三復長歎……其人往矣，手澤如生，睹
此端若寂光覿面也。」〔註6〕《心光法侄持雪浪恩兄手澤讀之有感》詩云：「君
來忽憶故人情，究竟難忘出世盟。乍見遺言猶對面，細思談笑似多生。知從兜

〔註3〕《楞嚴經疏解蒙鈔》卷首之一，《續藏經》第 13 冊，第 505 頁。
〔註4〕《憨山老人夢遊集》卷五十三《憨山老人自序年譜實錄》卷上，第 2883 頁。
〔註5〕《初學集》卷六十九《華山雪浪大師塔銘》，第 1573 頁。
〔註6〕《憨山老人夢遊集》卷三十二，第 1719 頁。

率居高座，直入菩提豈計程。倘再相逢如昔日，肯教同伴不同行。」〔註7〕這兩篇文字讀起來相當感人，深厚情誼溢出於紙面之上。《與雪浪恩兄》的信中，憨山幾乎將雪浪視作了心理上的依靠。書中言「吾輩天然兄弟，尚參商一方，不能時復促膝究心」抒發內心的情意，第三封書中直吐內心中欲得到雪浪肯定與支持之意，云：「吾兄惠我三昧何深也。弟生平於大法緣薄，幼而無聞，老無所知，頃於荷戈之暇，力究《楞伽》，筆之成記，將以此謝謗法之愆。弟恃孤陋之見，既不蹈襲陳言，又未及請正法眼，竟為好事災木，可謂馴不及舌矣。敬專侍者，持請印正，不識就中果有少分相應否。倘於性海掠一滴之味，真空通芥孔之光，差不負此平生，亦不累及法座。若一言無當，即為付之水火，決不敢以此博虛名、增業種，自蔽妙明，更障後人眼目也。慨此末法，正因者希，弟幸與兄同生斯世、同履一門，苟於此法印可其心，弟即不敢稱摩耶同胞，適足以結兜率共座之緣耳。」〔註8〕雪浪在《得東海友人書》中寫到與憨山大師的情誼，如之一云：「得君東海信，何減嶺南書。不有金蘭契，能通水國魚。青山期共老，白髮意猶初。萬古論交者，寧無屈指予。」〔註9〕

憨山有《雪浪法師恩公中興法道傳》，記述其出家情形云：「時有居士黃公某者，夫婦久持齋，一日公攜幼子六郎往設供，六郎即雪浪法師恩公也。公生性超邁，朗爽不群，唯好嬉戲作佛事。及入社學，先生訓句讀，略不經心，督之，第相視而嘻，固無當也。是日設供，值講八識規矩，公一聞即有當於心，傾聽之。留二三日，父歸喚公，公不應。父曰『若愛出家耶』，公笑而點首。父強之，竟不歸。父歸數日，母思之切，促父往攜之。父至強之再三，公暗袖剪刀，潛至三藏塔前，自剪頂髮，手提向父曰『將此寄與母』。父痛哭，公視之而已，由是竟不歸，父回告母，遂聽之。公時年十二也。」是雪浪以唯識入佛門，之後又精研《華嚴經》，「常閱華嚴大疏，至五地聖人，博通世諦諸家之學」，憨山又說「公盡得華嚴法界圓融無礙之旨，游泳性海，時稱獨步」，故有「賢首慈恩，二燈並傳」「唱演華嚴，實發因於唯識」之論。雪浪亦精研禪學，憨山云：「公素慕禪宗，大章宗師開堂於少林，公束包往參，竟中止。既而遜菴昂公，從少室來至棲霞，拈提公案，公折節往從，商榷古德機緣，得單傳之旨。」〔註10〕

〔註7〕《憨山老人夢遊集》卷四十八，第2634頁。
〔註8〕《憨山老人夢遊集》卷十三，第659、665頁。
〔註9〕《雪浪集》卷上，《四庫全書存目叢書》本。
〔註10〕《憨山老人夢遊集》卷三十，第1578頁。

　　雪浪在西林法師門下時，西林特意聘請儒士教其與憨山儒學，憨山《南京
僧錄司左覺義兼大報恩寺住持高祖西林翁大和尚傳》云：「翁居常謂僧徒以禪
教為本業，然欲通文義，識忠孝大節，須先從儒入。乃延儒師，教某等十餘人，
讀五經四書子史。某所以粗知讀書文義，及披剃，即知聽講習禪。即雪浪中興
一代教法，皆翁慈心攝持教養之力也。」〔註11〕文中提到西林對雪浪「慈心攝
持教養之力」自然包含儒學的內容在，儘管如此，雪浪對儒家之書似乎仍是「略
不經心」，著述中確實很少能看到儒學的痕跡。《題畫壽三兄六十偈》中云「天
倫之樂信為真」〔註12〕抒發儒家綱常的真切感受，此樂在最後一句卻落腳於
「常在居家亦出塵」〔註13〕上。《枕流閣為吳幼安賦》中提到「觀風上國唯尊
魯」，只是說國家尊崇儒學，沒有提到他對儒學的態度，《集鳳臺賦贈郭次父》
詩中的「冥神掩一室，堯舜陶粃糠」對儒家之說似乎並不推崇。與堯舜相比，
雪浪更在意「江漢何茫茫」的「大觀」與「賦詩詠仙遊，鑒物精微茫」〔註14〕。
《枕流閣為吳幼安賦》詩前四句「清溪曲曲柳條條，小閣琴書慰寂寥，鍾阜雲
來春帶雨，秦淮月落夜通潮」的描寫是為了表明「南郭東山相映發，不須重憶
武陵遙」，意即前四句所描寫之境是現實中的桃源，這一點與憨山是相同的。
《乙未歲正月予自廣陵罷講，適湛公焦山松寥閣新裝告成，招予安居，為一月
計。偶值嚴寒大雪中渡瓜州江，登岸歇肩閣中。即往西巖禮大士。門弟致公書，
經竹下茅屋因宿其處，向雲煙閣哭郭有道。稍霽，下三詔洞，弔焦君，沖泥尋
瘞鶴銘。自碧桃灣上別山菴，禮準提壇，過海門關，登絕頂，俯視江海，覺身
在虛無縹緲中，知此山彈丸一漚耳。得詩若而篇，以識歲月云》之七：「萬壑
齊驅海，雙峰對若門。盡東迴地軸，直北走山根。沙市鮫人現，樓居蜃氣昏。
桃花臨水岸，莫是武林邨。」〔註15〕《題畫》詩云：「溪橋流水照行人，疏柳
茅簷似避秦。谷口縱無雞與犬，青山漁牧一般春。」〔註16〕這兩首都是對現實
桃源之境的描寫。其友吳兆《雪浪菴看桃花呈恩公》中，將雪浪所居之地描寫
成桃源之境，詩云：「白石累累如雪浪，青山疊疊疑屏障。孤菴結處絕人尋，
千樹桃花深又深。吾師講散生徒暇，或行或坐桃花下。悠然花下悟真機，落花

〔註11〕《憨山老人夢遊集》卷三十，第1548頁。
〔註12〕《雪浪集》卷上。
〔註13〕《雪浪集》卷上。
〔註14〕《雪浪集》卷上。
〔註15〕《雪浪集》卷上。
〔註16〕《雪浪集》卷上。

偏著定時衣。處處飄來天女散，紛紛銜出佛禽飛。如此春山誰獨往，城中人有
山中想。磵戶疏鐘出谷遲，石橋流水和雲響。幾曲雲林望不通，惟將流水世人
同。徐穿鳥語枝邊路，傳過經聲花裏風。步步留人春不盡，掩映嵐光無遠近。
池上數株昨夜開，舊紅幾點逐沿洄。禪關自與仙源異，莫誤漁人不再來。」〔註
17〕可見吳兆頗能領會雪浪之意。

對桃源的敘寫，實際上是體現雪浪對晉人之風的嚮往與傚仿，《明金陵寶
華山釋洪恩傳》記其舍精舍事云：「嘉興楞嚴寺地饒水竹，恩賞其幽秀，作精
舍三間，經營數月，手自塗墍。落成三日，飄然竟去，終身不再至，脫略類此。」
〔註18〕所謂的「脫略類此」即其對晉人之風的傚仿。傳中言其讀書旁及「晉
字」，其行為確實頗具晉人之風，故沈德符論云「其時雪浪洪恩，本講經法司，
而風流文藻，辨博自喜，有支郎蓄馬剪頹之風」〔註19〕。袁宗道《遊居錄》語
云「雪浪善詩，書法遒媚，通名理，有江左支郎風韻」，雪浪對晉人之風的傚
仿，為明末人所皆知。

或許受到晉人之風的影響，雪浪表現出達觀、曠達的心境，嚮往《莊子》
所言的逍遙之境。雪浪頗喜《莊子》，詩作中屢屢出現對逍遙的嚮往，以及由
逍遙而表現出來的達觀心境。《雪浪山中寄懷竹居融公分得三江》詩云：「吾兄
能苦志，一卷臥松窗。萬籟鳴秋雨，孤燈燃夜缸。逗機言有拠，破的穎無雙。
句外標新理，逍遙眾論降。」〔註20〕表現出相當達觀的心境，「句外標新理，
逍遙眾論降」表明他的達觀心境有來自《莊子》的成分，再如《秋日攝山病起
感懷》之三云「幾時全羽翮，縱爾快扶搖」，亦含有《莊子》之意。《宿湖上鄧
孫孝釣雪亭觀白雁》：「信宿同漁父，清秋理釣磯。水鄉菱芡富，晚市蟹螯肥。
半壁懸新月，澄湖斂夕暉。相忘皆道術，白雁傍人飛。」〔註21〕《題鄔子遠
消搖遊冊》詩云：「家山看不盡，何事遠擔簦。入衛交蓬瑗，登龍御李膺。途
經三晉雪，日下九河冰。誰識扶搖意，榆枋豈足徵。」本詩顯然來自楊萬里《和
唐德明問病》之二：「俟命循天更不疑，朵頤那可換靈龜。逍遙豈在榆枋外，
問著扶搖總不知。」《過白雲菴訪懶菴坐其室讀〈莊子〉》直言其讀《莊子》事，
詩云：「靜者千鋒隱，言從一迒迢。白雲流楚楚，黃葉下蕭蕭。性寂形因健，

〔註17〕《御選明詩》卷四十七。
〔註18〕《新續高僧傳四集》卷第七，載《高僧傳合集》，第807頁。
〔註19〕《萬曆野獲編》卷二十七，第693頁。
〔註20〕《雪浪集》卷上。
〔註21〕《雪浪集》卷上。

－589－

機忘氣不驕。松窗時兀坐，把卷是逍遙。」〔註22〕逍遙體現了雪浪的達觀心境，《送愚公還楚分得一東》中對達觀心境體現得更為明顯，詩云：「信忽庭闈至，帆歸雨雪中。完猶和氏璧，獲亦楚人弓。」其中的楚人弓出自《孔子家語》「好生」中「楚王失弓，楚人得之，又何求之」一語，「楚人弓」多比喻失而復得之物，又言不拘泥於得失的達觀態度，如錢謙益《喜復官誥贈內戲效樂天作》詩「三年偶失楚人弓，憂喜迴旋似塞翁」、唐孫華《閒居寫懷》詩「憂喜塞翁馬，得失楚人弓」等詩語。本詩後四句「舍喜燈先卜，吾傷道已東，不煩需寄載，老矣厭雕蟲」〔註23〕，顯示了對懷竹居融的讚揚和懷念，達觀的心境與性情之思融於一體。

二

錢謙益《華山雪浪大師塔銘》論及雪浪的佛教觀念與講法云：「極師弘法以來，三演《大疏》，七講《玄談》，師盡得華嚴法界圓融無礙之旨。本師遷化，次補其處。游泳藏海，囊括川注。單提本文，盡掃訓詁。稱性而談，標指言外，恒教學人以理觀為入法之門。」〔註24〕「以理觀為入法之門」顯示雪浪唯識與華嚴之學，「單提本文，盡掃訓詁」顯示了雪浪直截的禪學方式。盛符升《楞嚴經正見序》言雪浪「直欲掃去諸科」的悟理方式云：「今觀明代宗師，如曹溪憨公、雪浪懷公，咸稱法匠，但懷公之於是經，稱性而談，疏通灑落，直欲掃去諸科，故不復著書。」〔註25〕掃去諸科，是由於認識到世相皆假，屠隆曾引述雪浪之語云：「居士與雪浪和尚觀梨園，雪浪曰：『學佛得如戲場了手矣。彼作帝王，知是假帝王，不喜；作乞兒，知是假乞兒，不愁。分別是假悲，相逢是假歡。錦繡在體，不生愛戀；刀鋸在首，不作恐怖。一切皆假，一切皆作。應世如此，便是大菩薩手段。』」〔註26〕世相皆假，故須直指本性，《答宗伯公問》中論悟入的直截云：「若論此事一切現成，正如虛空大地何處無之，人人具足，法法圓滿。揚眉豎目，早是乖差，凡涉言辭，皆為賸語。正謂向上一路，千聖不傳，把斷要津，不通凡聖，以其太煞，直

〔註22〕《雪浪集》卷上。
〔註23〕《雪浪集》卷上。
〔註24〕《初學集》卷六十九，第1573頁。
〔註25〕濟時：《大佛頂如來密因修證了義諸菩薩萬行首楞嚴經正見》，《續藏經》第16冊，第635頁。
〔註26〕《佛法金湯》下，《屠隆集》第六冊，第642頁。

截分明，所以轉難。」〔註27〕

　　直截悟理的禪學方式，雪浪主張為學當向內心中求。《送幻宇界公遊五臺》云：「遍參南北了無從，飄笠行經萬壑松。螺髻雪中旋五頂，鷲頭雲外宿諸峰。平鋪世界光懸鏡，日射關門倒下春。草樹總能前後偈，漫尋童子不知縱。」〔註28〕強調當下領悟佛理。若當下領悟，草樹皆為佛理，不必「遍參南北」；不能領悟「草樹總能前後偈」，同時也是因為受到執著的牽絆，《秋日攝山病起感懷》之四云「一被微形係，何能日暫忘」〔註29〕。《秋日過吳氏經閣》詩云：「誰向空門學布金，新開龍藏樹祇林。衣裁薜荔頭陀制，人類蓮花不染心。幡影到溪成梵字，經聲出閣總潮音。氤氳細細靈香散，識得諸天莫外尋。」〔註30〕「人類蓮花不染心」「莫外尋」就是不要到處「遍參南北」。其述《般若心經說》明確體現了他的這種方式，文云：「《般若心經》是世尊以人顯法，照見蘊空，而明甚深般若也。恐人不解，故自釋之曰『照見五蘊皆空，度一切苦厄』。何為蘊空？以其色即是空，空即是色，而受想行識莫不皆空也。恐人不知色即是空之旨，而復釋之曰『是諸法空相』，即五蘊之中，生而本自不生，滅亦元無有滅，不垢不淨不增不減者。既此空相，雖具五蘊諸法，而原無生滅垢淨增減，則無色無受想行識明矣，是為照見五蘊皆空。五蘊既空，則世之根塵識三、出世之四諦十二緣，以至能證所證，莫不皆空。既無世之陰界，則亦無出世智得也，能所既忘，五蘊何有，故都無所得，方名甚深般若。菩薩依此而心無罣礙恐怖，遠離顛倒夢想，能至究竟涅槃。三世諸佛依此，而阿耨菩提可得。五住結盡，二死俱忘，何苦惱厄難而不度耶。皆由照見蘊空，而能如是，故讚歎之曰『而此蘊空甚深般若，是大明呪神呪』，以其能革凡成聖，如果裸之呪螟蛉，而不自知。恐人不信，復曰『能除一切苦，真實不虛』，後說密呪，使人斷言語息思想，而契此蘊空般若也。此則但離妄緣，即如如佛，而觀世音能行此耳，故名自在。以至六百卷大經，以此為心，如人之有心，以為一身之主耳。何等簡易直截明白，而世之禪販之徒，自衒自媒，妄談般若，橫生穿鑿，牽枝引蔓，礙正知見，一盲唱之於前，百盲從而和之於後。瞎人眼目，徒增業苦。」〔註31〕雪浪以「簡易直截明白」的方式解說《心經》，頗有「盡翻前案」「演化

〔註27〕《雪浪集》卷下。
〔註28〕《雪浪集》卷上。
〔註29〕《雪浪集》卷上。
〔註30〕《雪浪集》卷上。
〔註31〕《般若心經說》，《續藏經》第26冊，第841頁。又載《雪浪集》卷下。

－591－

西江」〔註32〕之意。

所謂的「盡翻前案」「演化西江」，范景文《補續高僧傳序》中云「往時雪浪大師掀翻義學窠臼，位下龍象，未易指屈」〔註33〕。無論是「盡翻前案」還是「掀翻義學窠臼」，就是直抒本心，不依傍他人之知見。明末元賢論雪浪的解經云：「國朝嘉隆以前，治經者類皆膠守古注，不敢旁視，如生盲倚杖，一步難捨，其陋不足觀也。萬曆間，雪浪起而振之，盡罷諸疏，獨演經文，遂為講中一快。然而輕狂之士強欲效顰，妄逞胸臆，率爾災木。」〔註34〕王志堅《楞伽楞嚴合轍序》中也說：「至雪浪大師出，始盡掃依門傍戶之病，以自心現量出之覺，靈山一會重開生面。然師舌而不筆，聊為人天留一影而已。自是而諸師撰述各露鋒穎，數年來可謂人握靈蛇，至交光之正脈，幾於前無古人矣。」〔註35〕雪浪的解經方式，「聽聞者耳目更移，知見開滌」〔註36〕，梓舟船禪師《示雪浪禪人持經》詩云：「心知雪浪不尋常，每每持經行道場。誠實用心無染處，一瓶一缽一株香。」〔註37〕「盡罷諸疏，獨演經文」需要對佛教與義理有真切的體悟，學者若無真切的實悟，「強欲效顰」而「妄逞胸臆」，會導致「違經叛聖」之害。

對禪學直截悟理方式的體悟，雪浪又並不廢棄讀經，而是主張不多讀書則不知佛法，曹廣端《翠崖必禪師語錄敘》「昔雪浪恩公常言『不讀萬卷書不知佛法』」〔註38〕之語，表明雪浪這個看法廣為熟知。雪浪這個主張與直截的悟理方式並不矛盾，下文有說明。雪浪到後期應該是很少著述了，盛符升《楞嚴經正見序》云「今觀明代宗師，如曹溪憨公、雪浪懷公，咸稱法匠，但懷公之於是經，稱性而談，疏通灑落，直欲掃去諸科，故不復著書」，雖然著述很少了，卻影響到許多儒士文人的解佛教方式，「至若儒門說經，亦多以禪判教，如曾祠部之《宗通》，鍾竟陵之《如說》，錢虞山之《蒙鈔指歸》，正無不合」〔註39〕。

〔註32〕《憨山老人夢遊集》卷十三，第663頁。

〔註33〕《補續高僧傳》，《續藏經》第77冊，第363頁。

〔註34〕《永覺和尚廣錄》卷第二十九，《續藏經》第72冊，第565頁。

〔註35〕釋通潤：《楞伽阿跋多羅寶經合轍》，《續藏經》第17冊，第801頁。

〔註36〕錢謙益：《楞嚴經疏解蒙鈔》卷首之一，《續藏經》第13冊，第505頁。

〔註37〕《梓舟船禪師襄陽檀溪語錄》卷之三，《嘉興藏》第33冊，第360頁。

〔註38〕《翠崖必禪師語錄》，《嘉興藏》第40冊，第291頁。

〔註39〕濟時：《大佛頂如來密因修證了義諸菩薩萬行首楞嚴經正見》，《續藏經》第16冊，第635頁。

　　「盡翻前案」「掀翻義學窠臼」「獨演經文」的解經方式，以及加上對於晉人「不拘細行」之風的喜好和傚仿，雪浪的某些行為看上去頗為特異，被視作江南異人。如顧起元則以「異僧」目之，記其修大報恩寺之情形云：「雪浪修塔時，所構鷹架與塔頂埒。一方僧居雪浪座下，升高，時天新雨，僧著釘鞋，登塔之第九層，從門出，反身以手援簷，距躍而上，至承露盤中。眾人自下望之，為股栗，而此僧往來旋轉，捷若飛猱，易如平地，咸詫以為神。余弟羽王親見之。余謂此僧者，非有肉翅，必膽大如斗，或能壁飛，要之彼法門中大有能狡儈人。《酉陽雜俎》言唐瓦官寺因無遮齋眾中有一少年請弄閣，乃投蓋而上，單練鼅，履膜皮，猿掛鳥跂，捷若神鬼，復建瓴水於結脊下，先溜至簷，空一足欹身，承其溜焉。此人與此僧頗相似。」〔註40〕雪浪的行為確實讓人驚歎，出於一般人之所想像。

　　錢謙益在《華山雪浪大師塔銘》中描述雪浪的行為云：「師高顙朗目，方頤大口，肌理如玉。講演撤座，方丈單床，默修壁觀。嘗於長城山中正定二日，林木屋宇，皆為震動。心下如地，坦無丘陵，不立崖岸，不避譏嫌。論詩度曲，見聞隨喜。鮮衣美食，取次供養。已而飯惟羹豆，臥則芻稈，舍茶則擔水出汲，飯僧則斧薪執具。人以為現少異，而不知其行已有常也。」〔註41〕憨山《雪浪法師恩公中興法道傳》對雪浪特異的行為的記述與錢謙益的《塔銘》大概類同，二人可能在一定程度上做了隱諱，雪浪的實際行為可能更為相當不羈。達觀禪師曾對雪浪的行為提出異議，憨山為之辯解云「師固不知雪浪，吾觀其因地，聽唯識而發心，向藏塔而剪髮，此再來人窺基後身也」〔註42〕。顧起元《客座贅語》言其行為是「不為法縛」：「吾鄉雪浪之洪恩，慧解通脫，不為法縛，廢跡遺心，別有真契」〔註43〕。沈德符「雪浪被逐」記其因「性佻達，不拘細行」而遭逐事，云：「性佻達，不拘細行，友人輩挈之遊狎邪，初不峻拒，或曲宴觀劇，亦欣然往就。時有寇四兒名文華者，負坊曲盛名，每具伊蒲之饌，邀之屏閣，或時一赴，時議譁然。遂有摩登伽鳩摩羅什之謗，實不至此。江夏郭明龍為南祭酒極憎之，至書檄驅逐，歷敘其淫媟諸狀，幾不可聞。或云雪浪曾背誹郭詩，為其同儕緇徒所譖，以致郭切齒，未知然否。雪浪自此汗漫江湖。曾至吳越間，士女如狂，受戒禮拜者，摩肩接踵，城郭為之罷市。雪浪

〔註40〕　《客座贅語》卷七《異僧》，中華書局 1987 年版，第 229 頁。
〔註41〕　《初學集》卷六十九，上海古籍出版社 2009 年版，第 1573 頁。
〔註42〕　《憨山老人夢遊集》卷三十，第 1578 頁。
〔註43〕　《客座贅語》卷三，中華書局 1987 年版，第 85 頁。

有侍者數人，皆韶年麗質，被服紈綺，即衲衣亦必紅紫，幾同煙粉之飾。予曾疑之，以問馮開之祭酒『比邱舉動如此，果於禪律有礙否』，馮笑曰『正如吾輩蓄十數婢妾，他日何害生西方登正覺耶』，其愛護之如此。然郭即代馮為司成者，亦最相善。」〔註44〕這段記載很容易使人想起李贄，雪浪與李贄確實是屬於同時代人，雖未見二人交往之痕跡，相互渲染亦未必不為可能。朱國禎指稱雪浪為「妖淫之尤」者，云：「雪浪，予及見之，偉長而美，有才氣，橫行南中。郭明龍為南大司成，指名逐捕，遁去，不知所終。蓋妖淫之尤也。」〔註45〕平心而論，這些皆非客觀之論，應該是評論者的偏見。顧起元《報恩寺塔》中言其結局云「余嘗為文記之，無何為其徒蠍譖，被逐而死於之平望，叢林中至今為之惋歎」〔註46〕，雪浪的被逐，或許原因很多，「不拘細行」應該是其中重要的因素之一。

　　雪浪的這種特異行為，有些應如沈德符所言是「不拘細行」，錢謙益認為此議論者並不瞭解雪浪，《跋雪浪師書〈黃庭〉後》云：「余少習雪浪師，見其御鮮衣，食美食，譚詩顧曲，徙倚竟日，竊疑其失衲子本色。丁未冬，訪師於望亭，結茅飯僧，補衣脫粟，蕭閒枯淡，了非舊觀。居無何而示寂去矣。師臨行，弟子環繞念佛，師忽張目曰『我不是這個家數，無煩爾爾』。嗟乎，師之本色如此，豈余向者號嗄兒童之見，所能相其髣髴也哉。」〔註47〕錢謙益說的「師之本色」應該指的不是雪浪的行為，而是從本心而言的。

　　儘管行為「不拘細行」，雪浪在當時仍有著極大的影響。雪浪「掀翻義學窠臼」卻仍被視為明末與袾宏等相併列的義學大師，道忞《靈隱嵩居如公塔銘》云：「義學之家，朗達如雪浪恩，高卓如雲棲宏，古心澄芳稱毗尼最著之師，天童顯聖號禪社特尊之彥。」〔註48〕明末高僧智旭《自觀印闍梨傳》中將之與憨山稱之為萬曆時期兩大傑出高僧，「大報恩寺，神廟間傑出二人，一為憨山大師，一為雪浪大師」〔註49〕；並作《雪浪大師贊》云：「掃蕩支離，不拘軌則。瀟灑風流，露疵縮德。分明是玄奘再來，怎怪得肉眼不識。」〔註50〕

〔註44〕《萬曆野獲編》卷二十七，第 692～693 頁。
〔註45〕《湧幢小品》卷二十八，《四庫全書存目叢書》本。
〔註46〕顧起元：《客座贅語》卷七，中華書局 1987 年版，第 229 頁。
〔註47〕《初學集卷》八十六，第 1800 頁。
〔註48〕《布水臺集》卷第十三，《嘉興藏》第 26 冊，第 361 頁。
〔註49〕《靈峰蕅益大師宗論》卷第八之一，《嘉興藏》第 36 冊，第 390 頁。
〔註50〕《靈峰蕅益大師宗論》卷第九之一，《嘉興藏》第 36 冊，第 409 頁。

稱之為玄奘再生，確實是極高的評價。道忞又在《淨明院思修惟公塔銘》將雪浪與憨山等並列為後世不可企及的四大高僧，云：「有明隆萬間，心燈尚微於世，其以說通無礙、職使如來者，在三學之輩，不乏其人。至若稱法社特起之雄，則無踰杭之雲棲宏、燕之達觀可、東吳之雪浪恩、西吳之憨山清為尤著。然諸師或過於高遠，一於超放，未免後昆有不可企及之歎。」〔註51〕錢謙益《華山雪浪大師塔銘》言其對學者「耳目錯互，心志移奪，如法雷之破蟄，如東風之泮凍」之影響。在雪浪的影響之下，東南佛教大盛：「說法三十年，黑白眾日以萬計。閒遊杖錫，四眾圍繞，遍山水為妙聲，化樹林為寶網。東南法席，未有盛於此者也。」〔註52〕由此可見其影響之一斑。費隱禪師《題雪浪法師墨蹟》云：「雪浪法師，千古傑雄，談經義，勝前人。瀾翻貝葉新新旨，唾吐注文舊舊塵。天下聲騰雷灌耳，京師僧擁火傳薪。」〔註53〕《雪浪法師恩公》說得更為具體，云：「說法三十年，如摩尼圓照，一雨普沾。賢首一宗為得法弟得繼席者以百計，秉法而轉教者以千計，南北法席之盛，近代所未有也。」〔註54〕雪浪等人逝去後，明末佛教再次衰落，錢謙益《壽聞谷禪師七十序》中說：「自萬曆間，紫柏老人以弘法罹難，而雲棲、雪浪、憨山三大和尚，各樹法幢，方內學者，參訪扣擊，各有依歸，如龍之宗有鱗，而鳳之集有翼也。及三老相繼遷化，而魔民外道，相挻而起。宗不成宗，教不成教，律不成律，導盲鼓聾，欺天誣世。譬之深山大澤，龍亡虎逝，則狐狸鰍鱓，群舞而族啼，固其宜也。」〔註55〕佛教因人而興亦因人而衰，雪浪之影響可見一斑。

三

　　現在能見到雪浪的詩文集就是《雪浪集》二卷，其詩文頗受當時文人歡迎，四庫館臣評價《雪浪集》云：「嘗說法雪浪山中，故以名集。上卷為詩，下卷為偈語、雜著。朱彝尊《明詩綜》載其詩二首，然未離世法之僧，不能語帶煙霞也。」〔註56〕所謂不能「帶煙霞」不知其意所指，結合「未離世法」之語，或許是指缺少出世超脫之心境而追逐欲望、充斥著世俗的渣滓。從《雪浪

〔註51〕《布水臺集》卷第十四，《嘉興藏》第 26 冊，第 364 頁。

〔註52〕《初學集》卷六十九，第 1573 頁。

〔註53〕《費隱禪師語錄》卷第十四，《嘉興藏》第 26 冊，第 180 頁。

〔註54〕《列朝詩集》閏集卷三，《續修四庫全書》第 1624 冊，第 321 頁。

〔註55〕《牧齋初學集》卷三十七，第 1043 頁。

〔註56〕《四庫全書總目》卷一百八十，《四庫全書》本。

集》中的詩文來看，雪浪不缺少「帶煙霞」的詩作，如《贈萬如法友》四首，
之一云：「風雨杳無人至，閉門靜裏生涯。詩字蒲團經卷，燒香汲水烹茶。」
之二云：「定起一聲清磬，經行幾轉雲堂。課畢篝燈松火，摘來柏葉生香。」
之三云：「飯罷梯雲步石，跏趺草座談經。即非微塵世界，虛空木葉齊聽。」
之四云：「食至三聲鼓響，茶來半卷經圓。四眾和雲散去，祗留明月階前。」
〔註57〕四首詩描述居於山林中的恬淡生活，讀來頗能生出超脫世塵之外之感。
又如朱彝尊《明詩綜》轉引了雪浪的兩首詩，其一《中秋日問主人病》詩云：
「十日佳期踐，山園半畝宮。雨收殘暑盡，月出大江空。背屋一亭竹，當門
幾樹桐。我來憐病榻，數問主人翁。」其二《過安民卿秦淮寓館》詩云：「安
期東海至，暫向白門居。綠酒稱從事，紅妝用較書。舟移淮水月，饌出晉陵魚。
聞道西林勝，能無一榻虛。」〔註58〕第一首煙霞之味濃鬱，第二首用語綺麗，
標舉晉人之風流，因此四庫館臣之論並不準確。

　　文字與禪悟之間的關係歷來多被敘及到，擺脫經籍、知見與文字，是修禪
者所極為強調的，雪浪對此亦多有論述。《答樅江趙居士書》中，雪浪明確提
出文字知見會給悟解帶來繫縛：「自甲午秋白門握手，即知居士於此道殷重，
但不能脫然瀟灑，到返為看佛書，多知多見，轉增繫縛，當面蹉過。貧道不敢
即用本色家風，權以建化門頭接居士矣。」〔註59〕《為陳仲醇跋董太史畫冊》
中，雪浪說：「請著眼看仲醇道友以此冊見示，而不能為雅語秀語，返以酸餡
蔬筍污之，是為佛頭著糞眼中著屑，增人障礙。雖然如是，謂予不忘本來面目，
不隨他轉亦可也。」〔註60〕將文字視為「佛頭著糞眼中著屑，增人障礙」，是
禪悟禪修者常有的說法。文中提出修佛者不要隨文字轉，是自慧能開始提出的
看法。慧能曾提到要轉法華不要被法華轉，《答宗伯公問》闡述了慧能的說法，
云：「試看現前山河大地與諸人正對不分時，是同是別，是一是二；若做山河
大地會，即是謗經。心迷法華轉，心外有法為他轉卻了也。」〔註61〕《示門人
法語》提到「真性既因文字而顯」，隨後接著說「真性既因文字而顯，要在自
己親見，若能親見，便能了知目前是真是妄，返觀一切語言文字，皆是表顯之
說，都無實義」，由文字而開悟，開悟後反觀文字皆為表顯之說，文末的話幾

〔註57〕　《雪浪集》卷上。
〔註58〕　《雪浪集》卷上。
〔註59〕　《雪浪集》卷下。
〔註60〕　《雪浪集》卷下。
〔註61〕　《雪浪集》卷下。

乎又是這兩句話的重複，云：「未開未示之時，便隨一切境界，愛憎取捨，種種妄相，自蔽妙明，受此沉溺，是為眾生知見也。若得開示，便得悟入，能見自心不為物轉，便見一切處無不是此自心彰顯，得大自在，得大安樂。」〔註62〕《示優婆夷法語》中轉法華與被法華轉進行了解釋：「得大自在如空普現，似鏡當臺，觸事無心，遇緣即宗，則能轉物，不為物轉。所以老趙州云『諸人被十二時，老僧能轉十二時』，正謂此也。云何物轉？謂見一切法時，分別計較，取捨愛憎是。云何轉物？謂把來便用，不念有無，如摩尼應色者是。所以相續是病、不相續是藥，果然一切處能歇得念念馳求心，則自然平帖，如龍得水，如虎靠山，譬如壯士展臂不借他力，若風行空一切無礙，此便是物轉、轉物之式樣也。」〔註63〕這裡顯然是對慧能之語的闡發，同時是對慧能之語的進一步闡釋。

上述話語儘管是對文字的否定，從「真性既因文字而顯」中能看到雪浪對文字與悟入之間的微妙關係，即雪浪沒有完全否定語言文字，認為文字能夠顯真性，《與清兄書》中，雪浪清晰地表達云：「若上根利智，匪藉文言，志在通經，文須熟讀；枯坐一理之士，以文不深，終歸籠統；數沙之輩，文若少諭，理實未精，於經轉遠。必須文理俱徹，然後削除己見，無事妄生穿鑿，只順本經遍圓宛轉，左右逢原，隨高隨下，自短自長，深造自得，方頓見經中本意。」〔註64〕對於根性不同者，文字有不同的作用，「文理俱徹」的文字能夠「削除己見」而「深造自得」，如《般若心經說》說：「予憫無聞後進，蔓草難除，佛燈欲滅，故不得已隨筆，略記經之首尾之旨如是，以俟知言。大似揚聲止響，予欲無言可乎。」〔註65〕文字與悟理之關係，直截本性自然重要，不得已仍然要用語言文字加以說明，是雪浪對文字與悟入關係的基本見解，再如《善公書經江寺賦贈》詩云：「世本彌天秀，閒書貝葉文。秋生江樹色，夜入海潮聞。字字含珠網，言言悟法雲。毫端時出現，塵剎竟何分。」〔註66〕

在這樣認識前提下，雪浪並不廢棄文字，《題畫壽三兄六十偈》之一云「一幅雲山一首詩，聊當人間酒半卮」〔註67〕，《虹澗孝廉見過山中有贈賦此奉答》

〔註62〕《雪浪集》卷下。
〔註63〕《雪浪集》卷下。
〔註64〕《雪浪集》卷下。
〔註65〕《般若心經說》，《續藏經》第26冊，第841頁。又載《雪浪集》卷下。
〔註66〕《雪浪集》卷上。
〔註67〕《雪浪集》卷上。

「誰解維摩廣長舌，盡從筆底露機鋒」〔註68〕等詩句表達的就是對文字作用的重視。《送歐水部致政南還二首》詩云：「登壇論絕藝，曠代古人風。宦轍清如寄，文章老益工。五言唐大曆，一疏漢疏公。」〔註69〕對文章創作者的極力讚揚，同樣是表明對文字與創作的重視。與此相應，雪浪努力進行著詩文寫作，憨山《雪浪法師恩公中興法道傳》中提到雪浪讀書、寫作以及「不讀萬卷書不知佛法」的言論說：「公年二十一，佛法淹貫，自是勵志，始習世間經書，子史百氏及古辭賦詩歌靡不搜索。遊戲染翰，意在筆先。三吳名士，切磨殆遍。所出聲詩，無不膾炙人口，尺牘隻字，得為珍秘。嘗謂予曰『人言不讀萬卷書不知杜詩，我說不讀萬卷書不知佛法』。」《跋悅公四十自祝偈》中，雪浪以長篇之論敘述自己文字寫作經歷的反覆，文云：「前輩衲僧，亦有韻語，殆非有意，只欲涵泳性情，遊戲神通耳。或意幽而語直，詞雖不華而理常自足，讀之間有警悟，非徒然耶。自予幼時失足雕蟲，後漸與二三兄弟相期為麗藻模仿之詞，備探前代，要之未聞道時，以斯差排習氣，抑伏雄心也。而今而後，則舉世赭衣發首之徒，無論美惡，一皆若狂，才入空門，便爾高談翰墨，以至竭其精思，廢其寢食，相向以工，想誇以豔，禪那經律，薄而不為。縱使若江淹之擬古，藏真之傳神，何異玉雕楮葉荊尖獼猴，工則工矣，亦奚以為是。則宗風之一變也，淫荒酗亂，易可知非失真迷性莫甚於此。以之而參禪，則何禪而不明，用斯而學道，則何道之不成耶。初意違親離俗，希證聖真，今反以有盡之形軀，隨無涯之思慮，終身役役，不亦悲夫。又其甚者，兢名規利，用之以為終南捷徑，奔馳權勢，因之以作進身良媒，以至喪身敗德，焚和亂俗，莫不濫觴於斯矣⋯⋯由是於萬曆己酉之秋，請佛燈證盟，矢心自誓，懺悔前愆，將舊習筆硯謝絕，改過自新，端心聖道⋯⋯悅公獨留巖谷，即以其年屆四十初度，說偈自祝，共得若干首，正以餐風味道，有得於中，發揚於外，可謂以麗藻之詞鋒，寓西來之密印，雖無心於工，自然合作，言言字字，如鮫目淚流，蚌腸珠剖，映奪今昔矣。」〔註70〕同樣是文字，卻有著兩種不同的分別，僅追求「玉雕楮葉荊尖獼猴」之文字，雖工亦不可取；能揭明真性之文字，參禪則禪成，悟道則道成。這樣的差異，最關鍵在於「文理俱徹」與否。

文字揭明真性，是雪浪詩文中對佛教義理的表達。《雪浪集》中的詩文體

〔註68〕《雪浪集》卷上。
〔註69〕《雪浪集》卷上。
〔註70〕《雪浪集》卷下。

現出雪浪的佛學觀念，《積慶菴聽法》詩云：「鳳去餘荒磊，名園寶地分。江深六代閣，林出半臺雲。簷靜花交雨，空澄海印文。三車俱假設，門外證無聞。」〔註71〕本詩以清明平淡的風格，宣講著佛經義理，再次證明四庫館臣所說其詩「不帶煙霞」之論十分不中允。

雪浪詩文中宣講的佛教義理，有對義理的直接闡發，更多的是對世事的感悟，如《同定源過雲西別館夜坐》「坐中且莫言搖落，世路浮名總陸沉」〔註72〕，《幻景菴偈為瀑泉宗侯賦》詩云：「侘傺虛室中，微陽弄光影。坦夷大道傍，幻力示諸境。達彼了寂然，寐者駭馳騁。天地本蘧廬，何迷復何省。」〔註73〕對無常的感歎，同樣是雪浪在詩文中經常所抒寫的，如《淮陰經廢寺》詩云：「亂石參差迴，疏林薜荔牆。露華園翠壁，風葉掃空廊。爨冷疑無火，花寒忽有香。簷前尋老衲，炙背向斜陽。」〔註74〕寫出無常興衰中的寂靜。「風葉掃空廊」「爨冷疑無火」對應了詩題中的「廢寺」，顯示出無常；「花寒忽有香」與屋簷下「炙背向斜陽」的老衲，則是突出了寂靜。在一首詩中，將無常與寂靜無縫融合在一起，無常中有寂靜，寂靜在無常中體現，雪浪以極妙的描寫將之清晰地表現了出來。雪浪對盛衰無常的書寫，不僅表達對世事變遷的慨歎，同時更多寫出了佛教自身的盛衰，這是在其他佛教僧徒身上所不常見的。如《小崑山輆講贈雲滄》詩云：「天目曾居五百僧，至今無復繼傳燈。應知此道何今古，滄海桑田任廢興。」〔註75〕詩中寫出了天目山曾經的盛況，而今卻傳燈無繼，盛衰之況令人不勝唏噓；後兩句尤其是「滄海桑田任廢興」寫出了對盛衰的超脫。同樣的題旨，同樣的寫作方式，《經惠山寺火後之作》亦體現出來，詩云：「佛事人情重可哀，祝融光裏攝樓臺。收歸化境一時幻，何似咸陽三月災。直使空華看世界，不存諸相見如來。若能自淨池中水，明月莊嚴次第開。」〔註76〕前四句寫寺院遭遇火災的無常，雪浪指出一切境地都是幻相，以幻相看世界則無不是為幻，最後的「若能自淨池中水，明月莊嚴次第開」是對無常的超越。《上元後二日寧文學蔣阿衡招同方成甫王倫甫三祇理公遊上方寺廿韻》「慷慨悲昔賢，風流列時儁」之句是對世事和人生盛衰的感歎，「能

〔註71〕《雪浪集》卷上。
〔註72〕《雪浪集》卷上。
〔註73〕《雪浪集》卷上。
〔註74〕《雪浪集》卷上。
〔註75〕《雪浪集》卷上。
〔註76〕《雪浪集》卷上。

此契無生，天地曾一瞬」〔註77〕之句是對世事與佛理的超脫頓悟。

雪浪對無常的抒寫，非常具有自己的特點，如《登淮南懷柔閣》將無常與
羈旅行役結合起來，「不為釣磯思漂母，空餘殘磊說韓侯」是述說曾經的事蹟，
「信美懷柔終異土」言懷柔閣再美終究是在羈旅之中，而非自己的家鄉，「雲
裏飛湍掛碧流」即是說懷柔閣的信美，「平原無限夕陽秋」稍稍表現的是在羈
旅之中的落寞，亦有曾經繁盛已不再之意，如同元范德機《詩學禁臠》中評論
唐李郢《上裴晉公》「惆悵舊堂扃綠野，夕陽無限飛鳥遲」為「見唐衰氣象」
之意。再如《懷悅觀二兄》是一首懷人詩，云：「同社人何處，飄搖信轉蓬。
葉將秋上下，心逐路西東。月色深庭樹，雲蓉澹桂叢。夢依原上鳥，棲詫向途
中。」〔註78〕詩歌以懷念在羈旅中奔波的同侶為題意，「葉將秋上下，心逐路
西東」「棲詫向途中」等句深化「飄搖信轉蓬」之意，「月色深庭樹，雲蓉澹桂
叢」應是寫作者作本詩時的環境，在這樣的環境下，更能發抒出對掛念者的情
感。《中秋送蒼雲兄北上》記與蒼雲的離別，「月始臨宵滿，人偏向此分」開篇
就把這種情意抒發出來，末句「欲因來雁足，蹤跡好相聞」〔註79〕表達對將要
離別的蒼雲的無限牽掛。《懷悅觀二兄》詩具有濃厚的文人羈旅之情思，與元
好問《寄楊飛卿》「客夢悠悠信轉蓬，藜床殷殷動晨鐘」〔註80〕、元人仇遠《秋
感》「客意驚秋半，炎涼信轉蓬」〔註81〕、明人藍智《恭城縣》「不寐愁聞柝，
無家信轉蓬」〔註82〕等詩句之意十分切近，尤其與明李攀龍《秋夜》詩意相
近，云：「豈敢敧芳樹，多時信轉蓬。鄉心生夜雨，客病臥秋風。大藥三山外，
浮名四海中。自知成汗漫，還與眾人同。」〔註83〕

《跋悅公四十自祝偈》中詩歌「涵泳性情」之說，反映了雪浪對詩歌的認
識，這也是中國古代詩學的主流觀念之一。雪浪有些詩歌卻頗具有慷慨之氣，
如《同沈比部攜酒與李臨淮過劉察園分得全字》詩云：「劉向傳經地，休文載
酒尋。清風同旦暮，白日自園林。坐客憐星聚，飛觴倒月深。漫誇河朔事，慷
慨古猶今。」〔註84〕將慷慨悲涼之氣與無常的觀念融合起來，又是雪浪詩歌中

〔註77〕 《雪浪集》卷上。
〔註78〕 《雪浪集》卷上。
〔註79〕 《雪浪集》卷上。
〔註80〕 《遺山集》卷九，《四庫全書》本。
〔註81〕 《金淵集》卷三，《四庫全書》本。
〔註82〕 《藍澗集》卷三，《四庫全書》本。
〔註83〕 《御選明詩》卷五十九。
〔註84〕 《雪浪集》卷上。

一個明顯的特點。如《冬日將歸雪浪山中留別都門諸子》中充滿了慷慨悲涼的氣調，之一前四句云：「風雪蕭蕭易水寒，白雲擁衲出長安。霜凝野戍鳴鴻窈，木落官河薜枝殘。」詩句顯然有意化用「風蕭蕭兮易水寒，壯士一去兮不復還」之意，在醞釀起「風雪蕭蕭易水寒」這樣悲涼的氣氛下，下句接以「白雲擁衲出長安」引出友人之離別的傷感，與「風蕭蕭兮易水寒，壯士一去兮不復還」的悲壯有著截然不同的氛圍。「霜凝野戍鳴鴻窈，木落官河薜枝殘」兩句寫得有些壯麗，接下來的「溪橋縱有蓮花社，回首燕山獨倚欄」再次加深離別的傷感。之二中的「去住了然俱幻相，誰能分手不躊躇」[註85]以佛教之理看待人與人的聚散，將聚散看作是幻相與無常而消解了離別的傷感。慷慨悲涼之調與無常觀念的融合，表明了雪浪看待與認識世界的佛教方式。

四

　　詩歌中的文人化氣息，使得雪浪的詩作備受文人的喜愛。憨山在《夢遊詩集自序》中提到雪浪的詩作「聲動一時」，說：「僧之為詩者，始於晉之支遁，至唐則有釋子三十餘人。我明國初，有楚石、見心、季潭、一初諸大老，後則無聞焉。嘉隆之際，予為童子時，知有錢塘玉芝一人，而詩無傳，江南則予與雪浪創起。雪浪刻意酷嗜，遍歷三吳諸名家，切磋討論無停晷，故聲動一時。」[註86]「聲動一時」是對雪浪寫作水平的肯定，以及受歡迎的程度。

　　周吉甫編《長干三僧詩》，搜集湛懷、雪浪、憨山三人詩作，並稱為「長干三詩僧」。憨山之詩作，參見本書第二十一章；欽義之詩作，《明詩綜》收錄有《雨夜泊涇縣》，詩云：「水宿同鷗鷺，平沙晚帶船。山城寒漱浦，溪雨暗蒸煙。漁火深秋樹，河流淺暮天。西風鄉思切，千里獨依然。」[註87]寫景中帶有內心之中感發而出的情感，可見長干三詩僧之詩作頗為可讀。

　　雪浪與當時文人交遊密切，沈德符「雪浪被逐」中言其交遊於當時的縉紳之間，云「雪浪名洪恩，初號三淮，本金陵名家子。棄俗為僧，敏慧能詩，博通梵夾，為講師翹楚，貌亦頎偉，辨才無礙，多遊縉紳間。」[註88]雪浪與縉紳、文士之間的交往，從他的詩文中能夠看得出來。《答王百穀先生書》中提到與王穉登的交往，「貧道枯坐山中，一月之內兩得先生手書，則知念我甚殷，

〔註85〕《雪浪集》卷上。
〔註86〕《憨山老人夢遊集》卷四十七，第 2548 頁。
〔註87〕《明詩綜》卷九十二，第 4357 頁。
〔註88〕《萬曆野獲編》卷二十七，第 692～693 頁。

不棄赴淵矣」〔註89〕，一月之內兩封書信，關係可謂親密與厚矣。《送王百穀還吳門》中「豈謂歸期是別期」〔註90〕、《答王百穀虎丘送別》「林棲同倦鳥，山寺晚鐘殘」〔註91〕等詩句再次表現二人之間的親密情感。這些詩歌表明雪浪與當時的文人們之間的交往頗密的一個側影。從《送俞公臨入楚》「武昌題尺素，東下慰離心」〔註92〕之句來看，他和交往的文人之間的情感頗深。于慎行《寄雪浪上人》詩念他們之間的情意云：「別來人欲老，尺素不曾逢。每望長干月，疑聞內院鐘。雨花飄座塵，雪浪起林峰。此際能相憶，江雲隔幾重。」〔註93〕

雪浪頗能抒發文人之心理，《贈陸成叔》描述世狀云：「舉世事雕鏤，荊璞返見遺。騏驥縶其足，駑駘實先之。」然後抒發同情文士之心態云：「所以阮步兵，乃有窮途悲。茫茫方四塞，眷言欲胡為。」〔註94〕又如《得權公手書，聞呂太學腰鶴兄來意，已寢並答來韻》云「勞生羈旅泊，身世本蓬廬」〔註95〕，能深深寫出文人心中之所感受。《中秋坐月》詩云「天上應常滿」是寫對客觀的理性觀察，即如《夜坐聞門人論議偈》云「明暗兩無虧」〔註96〕亦是此意；下句「人間見蔽虧」是寫主觀的思緒變化；月是同一個月，並無蔽虧，蔽虧的是人的情緒本身，亦如《夜坐聞門人論議偈》「口大喉嚨小」之意。第三句「孤光耿遙夜」呼應了「天上應常滿」，第四句「清影動涼思」呼應了「人間見蔽虧」。這首詩之意，雪浪似乎是要表達世間本無煩惱，煩惱都是人自產生的，故最後兩句云「年年自來往，底意有誰知」〔註97〕。本詩表達的人自煩惱之意，或許是雪浪在看月時潛意識而發，並非是有意之抒發。這些應當是雪浪詩歌受到當時文人喜好的重要原因之一。

雪浪對居士們極力讚揚，是其受到文人們喜愛的一個重要因素。如《贈姚居士》長篇詩云：「毘耶杜口元居俗，廣嚴城內稱金粟。金雞月上本同儔，何妨在欲元無欲。龐蘊當年亦在家，男婚女嫁作生涯。西江吸盡方堪道，萬物無

〔註89〕 《雪浪集》卷下。
〔註90〕 《雪浪集》卷上。
〔註91〕 《雪浪集》卷上。
〔註92〕 《雪浪集》卷上。
〔註93〕 《穀城山館集》卷十，《四庫全書》本。
〔註94〕 《雪浪集》卷上。
〔註95〕 《雪浪集》卷上。
〔註96〕 《雪浪集》卷上。
〔註97〕 《雪浪集》卷上。

心鳥是花。唯有飲光最奇絕，與室同居不同歡。三人孰可與為倫，姚君脫爾差不別。三十居家即守真，蓮花一朵不沾塵。撫子弄孫渾已事，出內經營鏡裏身。操行持心類冰雪，佛事人緣兩相接。浮圖高建碧凌虛，遍界光明終不滅。」〔註98〕雪浪稱讚居士「佛事人緣兩相接」且能「遍界光明終不滅」，這是文人居士頗為喜歡和期望的。《寄題阮居士上服齋》云「率性固所安，禮非為君設」〔註99〕，應該是為居士不合佛教戒律與規範的行為開脫。《與解總戎書》中更是云「茲以眾僧之力，世法佛法兩相運轉，自然生兜率陀天」〔註100〕，世法佛法兩不相礙，正是居士所喜歡的，這些詩文反映了雪浪對居士的極力肯定。

　　雪浪同文人們之間的交往，更是體現在經常舉行的雅集上，對他們之間的雅集活動，雖然沒有明確地說明，不過從其詩題中能清楚地看得出來。《秋日山房答柏府林公餘明府馬太學見過分得疏字》詩云：「白露肅清景，簷雲蕩四除。那期蔡蕫逕，亦枉大夫車。興洽談偏劇，交深禮自疏。尊前俱授簡，祇訝薦相如。」〔註101〕《同諸君集鳳凰臺分得中字》詩云：「紫鳳青蓮足並雄，登臺猶想異時風。山關晚霽收殘雨，日射寒煙掛斷虹。疇昔齊梁詞較靡，當筵枚馬賦偏工。蕭蕭落木無窮思，六代豪華感概中。」〔註102〕雪浪參與文人的文字遊戲，與元末明初的良琦一樣，故其受到文人們的歡迎。《七日同崔子玉吳氏昆仲梅季豹集禮公房分得深字》中提到與文人的雅集「共喜向祇林」，表達對佛教信仰的共同嚮往。上述兩詩中的「交深禮自疏」以及「蕭蕭落木無窮思，六代豪華感概中」對歷史的慨歎等詩句，亦頗切合文人之觀念與情感。雪浪與文人們的雅集，有時候是在寺廟中舉行，如《九日前二日同郭次甫安茂卿諸君集高座寺分得時字》詩云：「捭闔閒應對，一杖偶追隨。夢續當年約，心私次日期。預登吹帽處，將及授衣時。賸有淮南士，堪攀桂樹枝。」〔註103〕《應講毗陵留別山中諸友分得六豪》應該是雪浪應邀到毗陵講法，座中進行詩歌唱和而作，詩云：「垂老猶悲別，情鍾正我曹。偏予行獨遠，胡爾臥仍高。海日飛金鏡，林光吐玉毫。孤舟元此岸，奈可為人操。」〔註104〕與一般雅集詩作

〔註98〕　《雪浪集》卷上。
〔註99〕　《雪浪集》卷上。
〔註100〕　《雪浪集》卷下。
〔註101〕　《雪浪集》卷上。
〔註102〕　《雪浪集》卷上。
〔註103〕　《雪浪集》卷上。
〔註104〕　《雪浪集》卷上。

多集中在風花雪月等景致上有別，雪浪的這首雅集詩是極其深情地抒寫離別。
《送胡荊父還廣陵》詩中「意氣傾肝膽，交情託死生」〔註105〕，寫出了雪浪
在送別友人中表達生死之交的情意。

雪浪不僅參與文人們的雅集，而且經常組織雅集活動，《焦山詩社題辭》
自述其組織雅集與結社的情形：「萬曆癸巳之冬，吾門二三子與李氏三兄弟，
學曼倩三冬已足，欠江淹一夢生花，不甘雅道偏師，欲奪詞壇赤幟，是以入林
海國結社……若是依他作解塞，自悟門自然流出胸中方可……朝得句則林間
變色，詩成則江上風生。」〔註106〕大多數的雅集應該如這樣的情形，文人與
佛教僧徒共同參與，所作之詩歌，既表達佛教義理，又追求辭藻之麗。有時候
組織單純的佛教僧徒們之間的雅集，如《寄懷廣公分得十灰》詩云：「寒燈那
可待，行道遍蒼苔。木葉窗中下，風泉谷口來。亂山看殆盡，只卷對誰開。不
共人間世，簷前亦幾迴。」〔註107〕這似乎是僧徒之間的雅集上的文字遊戲。
又如《過石佛菴分得七陽》詩云：「何處問津梁，青蓮石上房。草霑原露白，
松拂嶺煙蒼。密樹巢龍種，深雲禮雁王。諸天寒寂寞，猶自雨花香。」〔註108〕
雁王顯然援引的是佛陀雁王本生故事，不僅表示禪法的高妙，同時表示具有與
佛陀一樣慈悲的胸懷，因此才能在寒冷寂寞之中帶有「雨花香」。

劉覲在作於萬曆戊戌（二十六年，1598）的《雪浪集敘》中，對雪浪的詩
歌給予了高度的評價，敘云：「夫人，材可以詩而不為，而倘然以為之，此可
與觀於詩之外，亦可以觀其詩矣。孤雲之出岫，風與日偶之而變■■以取，非
其奇也。少卿之狀，太白之才，無當於詩，而載其悲與其有致力者，亦無以有
少卿太白之詩歌。善哉，于麟之論太白之絕句，蓋以不用意得之，而工者顧失
焉。曠然放於天地之表，精氣之自，往來通諸其性而相物以出之者，有詩之道
矣。嘗與雪浪講於山中，其論《易》《論語》《楞嚴》《涅槃》之旨，是非不謬
於聖人。及其徒持一卷來，讀之灑然，若遇於大江之上，而白雲煙水，亦不得
結為色相，有詩之道也。於故，吾觀雪浪胸中無以有詩也，而乃其有雪浪之
詩。」〔註109〕劉覲將雪浪詩歌甚至提高到與李白相提並論的程度，評價不可
謂不高。雪浪之詩是出自「胸中無以有詩」，劉覲之論不僅深洞雪浪之詩，亦

〔註105〕 《雪浪集》卷上。
〔註106〕 《雪浪集》卷下。
〔註107〕 《雪浪集》卷上。
〔註108〕 《雪浪集》卷上。
〔註109〕 《雪浪集》卷首。

深洞雪浪之禪。雪浪有些詩歌中的意象相當出人意料，如《攝山逢雪》詩用的形容相當奇特，以「濃妝遠燒痕」來形容「薄蝕屌巖脊」，將濃妝與燒痕兩種面狀搭配在一起，著實有些奇特；「因風颺柳絮」用柳絮形容雪，與常用的以雪形容柳絮相比，又是十分出人意料；而因風飄揚的雪花與如燒痕一般的巖脊，引起詩人「把臂向松門」〔註110〕修禪的內心觸動，與由山林寂靜之境而引發禪思的常用表述相比，同樣給人怪異的感覺。《送界公還海虞》二首之一中「曉日暾高樹，蒼煙入亂流」，「暾」字在詩句中的使用頗不多見，「蒼煙入亂流」之句頗出人想像之外，卻很能對應「寒潮」「深秋」「江路險」「寒雲」等句意；深層對應的是離別，「入亂流」似乎出自唐歐陽詹《旅次舟中對月寄姜公》詩，云：「中宵天色淨，片月出滄洲。皎潔臨孤島，嬋娟入亂流。應同故園夜，獨起異鄉愁。那得休篷轉，從君上庾樓。」〔註111〕詩中的「不妨江路險，把手問重遊」「孤帆處處新」與《旅次舟中對月寄姜公》詩意頗為切合。詩中的「落盡風鳴葉，窺殘月傍人」同樣是出人意料，體現出雪浪詩歌寫作中不同的思致。這樣出人意料的手法與意象，或許正是由於其詩出於「胸中無以有詩」。

〔註110〕 《雪浪集》卷上。

〔註111〕 《歐陽行周文集》卷二，《四庫全書》本。

第十七章　詩禪不二：如愚的詩文創作與晚明文學思潮

　　憨山在為雪浪和尚作的傳中，敘及其弟子時提到如愚，云「公之弟子可數者，多分化四方，南北法席師匠，皆出公門……蘊璞愚，晚振於都下」〔註1〕。如愚留下作品集四種，分別是《空華集》《飲河集》《止啼齋集》和《石頭菴集》，《四庫全書總目》為四種書所作的提要云：「如愚字蘊璞，江夏人。祝髮後行腳四方，尋居金陵碧峰寺，從詩僧洪恩學，周汝登、曹學全、袁宗道兄弟皆與之遊。是集凡四種，初曰《空華集》，詩二卷；次曰《飲河集》，詩二卷；次曰《止啼集》，文一卷；次曰《石頭菴集》，詩三卷，文二卷。《明詩綜》但稱有《飲河》《石頭》二集，合未睹其全也。據自序，最後有《寶善堂集》，今未見。序言文無定質，詩不必有唐，文不必六經秦漢，自許甚高，然材地粗疏徒好為大言耳。」〔註2〕據《千頃堂書目》卷十六，如愚的著述還有「釋如愚《金剛筏喻》二卷，又《金剛重言》一卷，又《心經缽柄》一卷」，這三種著述與《寶善堂集》一樣，不見有存本。作為雪浪大師的弟子，彼時的師徒有被視為學派之勢，藕益智旭《法派稱呼辯》云：「巢松名慧浸，一雨名通潤，蘊璞名如愚，皆不失為雪浪弟子，法師果有派乎。惟其道無足傳，法無足授，不知戒律之當尊，不知紹繼之正務，為師者但貪眷屬，為徒者專附勢利，遂以虛名互相羈繫，師資實義埽地矣。」〔註3〕可見其師徒在當時有著廣泛的影響力。如《四庫全

〔註1〕《憨山老人夢遊集》卷之三十《雪浪法師恩公中興法道傳》，第398頁。
〔註2〕《四庫全書總目》卷一百八十。
〔註3〕《靈峰宗論》卷第五之三。

書總目》提到的，如愚與晚明思潮中諸文人交遊密切，其文學觀念與晚明思潮諸文人的看法完全一致，並在諸文人中發揮著一定的影響力。本章敘如愚的詩文創作與晚明文學思潮的關係。

一

如愚儘管在當時的佛教界有著一定的影響，但佛教文獻中沒有找到關於他的傳記資料，倒是與晚明文學思潮諸文人來往的書信保存下來不少，似乎說明如愚在文人中的影響比在佛教界中的影響要更大一些。

關於如愚的身世，《自解》詩序中提到云：「余未出家時，心懷大志，視取世上青紫如俯首拾遺穗耳，而父母蚤世，生死情深，竄身染服以銷閒歲月，觀一切榮貴如過雀，名聞如浮漚，豈爭此尋常尺寸腐鼠招提為地獄因耶。」據此，如愚應是在父母去世後生出世之心，輕視世俗富貴榮名，《自嘲》兩首應是其內心之反映，之一云：「三界彈九許，一身蟬翼微。何勞銷骨毀，敢惜賣名非。精舍寧蠶室，袈裟詎赭衣。多因先世業，來此無根譏。」之二云：「曾子焉能殺，不疑豈盜金？市人傳虎易，慈母下機深。覆面饒君舌，藏身得我心。古來投譜者，何有到於今。」〔註4〕父母的去世與對世俗的失望，或許是其出家的主因。如愚有《難為詩》二首，書寫對世俗的感歎，之一云：「假法偏宜世，真操若個知。不瞞寧肯奉，會諂定相欺。骨肉情猶紙，師生道似棋。娑婆誠穢土，佛在亦難為。」〔註5〕這是對世俗社會有著極深刻感悟方能寫出來的詩歌。

《與王元馭》書中，如愚提到自己的性格，云：「有憐僧才交者，有憐僧貧交者，憐貧者與僧布，則交盡，憐才者得僧文，則交盡，二者甚至於交未盡而惡僧之性氣不能忍辱者，不但不欲得僧文，且不與僧布，不但不與僧布，尤且加之以毀譖，是僧所以遊海內十分未遇其知己也。惟足下憐僧貧，與其布，憐僧才，欲其文，不但不惡僧之性氣不能忍辱，尤且愛僧有此性氣，而成此人也。」〔註6〕「不能忍辱」的性格更難以與世俗社會相融，如愚遇到的挫折定是相當多的，如《答贊吾陳文學》中說「僧薄於福而厚於志，短於曲而長於直，故謀道有餘而謀世不足，致吹毛索瘢者往往加於非罪」〔註7〕。這段話實在是

〔註4〕《飲河集》卷下，《四庫全書存目叢書》集部第191冊，第81頁。
〔註5〕《飲河集》卷下，第84頁。
〔註6〕《石頭菴集》卷五，《四庫全書存目叢書》集部第191冊，第164頁。
〔註7〕《石頭菴集》卷四，第147頁。

如愚的有感而發，在寫給陳竹坪的另一封信中，交代出「致吹毛索瘢者往往加於非罪」的緣由。《答陳竹坪太參》云：「世之交道，勢與利者十九，仁與義者十三，衛與德者十一，而尤為可必也。即可必，則在縉紳中求者百一，市井中求者千一，沙門中求者萬無一矣。」這段話一樣是對世俗社會的極深刻的體悟，接著說「世人賤視沙門釋子，如不潔之物，僧何幸獨感有道縉紳如我明公者，始終護持，以全一期之佛事」，如愚應該是受到民眾的非議，下文繼續交代事因云：「來教謬雲雅稱地主，竟不能為僧一周旋，此夫子自道也。第可恨者，不在不得明公布施之佛，而在僧歸後諸禪提以竊佛之名加僧，自非作證，孰信市無虎而曾參不殺人哉。」整個事件看上去是陳竹坪支持如愚做佛事，受到了他人的嫉妒，被人從中挑撥，使得陳竹坪亦對之產生了隔膜。信中最後敘述自己個性云：「僧薄劣無知，性直氣戆，屢嬰貝錦，用是鑠金，愧不能報佛及知己之恩。空被法服，有點僧名，自分埋骨青山，無面目見江東父老矣。」〔註8〕應該就是如愚「不能忍辱」的個性，使其受到他人的非議。在《答順竹陳文學》中，如愚還是表達了能夠放下得失與毀譽，云：「僧別足下三年矣，交遊如市，供餐如雲，說法如雨，囊缽如水，而奔馳如驛馬，形亦勞矣，心亦苦矣，業障亦厚矣。然自性清淨，自心尌酌，雖得失是非毀譽炎涼一切付之般若海中作渡人法耳，肯為其汩沒哉。」〔註9〕

　　如愚受到的阻礙絕不止這一次，似乎屢屢經受到此類事件。如愚與文人交遊廣泛，與文人士大夫們談禪談詩，一些交遊比較好的士大夫們甚至捐助如愚修建寺菴，如《常心吾大中丞解見愧大將軍侯帶山少恭周葵東副憲陳新之司農丁元撫司馬朱鬥壚太守段幻然明府黃頻湛任伯甫葛更生諸孝廉為余昌修恒河菴喜贈》，就是寫以上諸士大夫捐助其修建恒河菴。詩有四章，其一云：「行盡千山未卜居，那堪歸錫廢吾廬。荒苔掩戶僧眠棘，野日蒸龕佛守蔬。競市比鄰侵地久，過門長者布金虛。諸公有志清天下，今獨相憐為掃除。」詩中寫有志澄清天下的士大夫們為其修建寺菴。其二云：「穴處巢居何用新，嗟餘不似葛天民。璧穿風息緡經火，柝脫霜飄入定身。鵝鴨喧來殊有忌，龍蛇混去豈無嗔。莫言梵剎宜莖草，昔日浮圖屬許詢。」詩中寫雖然修行不必過於講究場所，其實有寺菴可以定居修行還是有必要的。其三云：「堪與謾道木簰形，分野休占翼軫星。樓閣虛空容我架，鼓鍾功業借君銘。衡山遠色收歸座，香水長

〔註8〕《石頭菴集》卷四，第146頁。
〔註9〕《石頭菴集》卷四，第146頁。

－609－

流攬入扃。都在季公然諾裏,窮見從此不飄零。」寫修好之後恒河菴的狀貌,士大夫們為之撰寫序銘等,如愚與諸士大夫們在其中一起談禪究理。其四云:「摩詰藍田早施僧,淵明拾宅建東林。衣冠盛事空推骨,丘壑高風實在今。問字人來堪息影,灌園叟至好披襟。得成此役恩非淺,矢報賢郎早作霖。」〔註10〕頌揚士大夫們為其修建恒河菴的功績。捐助其修建恒河菴本應是極好的事情,卻再次受到他人的嫉妒而受到阻礙,《與郭明龍大司成》著中云:「僧薄劣無知,恃梓里及都門一會,客歲妄作一啟達記室,意得明公至任作,玄晏先生施我一序,俾後世知僧技不拙,而為鄉黨人龍所知也。不期明公未來時,而僧已為假明府常孝廉請歸里中譚《楞嚴》,父母之邦人情留戀,即常大中丞侯少參周憲使陳司農諸鄉尊為僧修菴,留僧久住,竟被妒者障礙。」〔註11〕從文獻來看,恒河菴應該是修建完成,其中波折也是可以想見的。

受到俗眾的嫉妒與阻礙,對如愚的打擊應該是比較大,這個過程中如上述陳竹坪、郭明龍等人的支持與信任,對如愚是莫大的鼓勵。如愚因此感歎知人之難,《管仲鮑叔論》通過管仲與鮑叔牙事論知人之難,云:「吾人受生於兩儀,得氣於五行,窮通修短,遲速變化,固不可以忽,人而亦難以預知何哉。有先窮而後達者,有先失而後得者,有先知而後愚者,有先泰而後否者,屈伸進退,倚伏低昂,千態萬狀,我固不自知其吉凶取捨,而望人知我,何易乎?」管鮑能知交,在於古人(管鮑)公心多而私意少,即:「古今論知交,獨推管鮑焉,蓋古人達乎天命,盡乎人情,公心多而私意少,憐才急而妒性緩,是以舍短從長,為人如已。」〔註12〕對比管鮑二人的知交,如愚對於陳竹坪、郭明龍等人的支持無疑是十分感激的,對當時的世俗無疑是很失望的,《朗然禪人募化聽經衣單及攢米序》中提到「今時檀越施主向錦上添花者多,雪中送炭者少,俾淹溺者更加墜石,空乏者更加掣肘」〔註13〕。詩文中由此多作有對世俗批評與憤慨之語,如《月江暹公訪我寧湖至夜同過西來菴敘舊》之二云:「世態皆茫昧,寧惟我與君。古人情益見,時俗事難聞。露鳥驚簷月,風化點砌雲。欲眠仍起坐,未久恐離群。」〔註14〕《贈丁元甫司馬》之二云:「君子略失志,小人視靡如。迤邐掛唇齒,跡污生蹢躅。一朝復雲漢,渺覿無九衢。前貧而後

〔註10〕 《石頭菴集》卷二,第124頁。
〔註11〕 《石頭菴集》卷二,第156頁。
〔註12〕 《石頭菴集》卷五,第161～162頁。
〔註13〕 《石頭菴集》卷五,第159頁。
〔註14〕 《石頭菴集》卷二,第116頁。

富，今尊而昔卑。尊卑本一人，是非胡多岐。千里發足始，九層累土基。我心豈木石，不知榮與衰。衰榮無定理，君當浹來儀。」〔註15〕《贈莊我同山人》詩中云「世緣刀尖蜜，舐之恐傷誤……窮交得良朋，免生勢利妒」〔註16〕，詩中顯示如愚對於世俗深深的懼怕之感。

波折多難的經歷，使得如愚堪破世俗與世事，《段梅岑國賓聽經有贈賦以答之》中云「談來燭世翻銷慮，看破浮生總得心」〔註17〕，《春盡有感》詩中云：「百年身世總堪悲。彈指春光今有遺、柳色不經愁眼看。花枝空與故心期。」〔註18〕對世事、浮生的堪破，應該既是如愚出家之因，同時堅定了如愚的修行之志。

或許是對於世俗的失望與堪破，如愚更願意結交出家之僧徒，《壽施信吾居士五十序》中說「餘生於楚，長於吳，久於僧，獨寡交於俗之所謂道人者」〔註19〕。難以確定如愚何時投到雪浪門下，據《上雪浪和尚書》中言「自幼投忱和尚，伏事巾瓶」則應為頗早，書中言其雪浪對其之教導云：「惟我和尚深慈厚德，不逐世眛，曲全我輩了此生乎。愚於和尚高天厚地之恩，粉骨碎身不能以酬萬分之一。」〔註20〕《棲霞寺募重修定慧堂疏》中以自述的口氣說「我雪浪和尚之門人」〔註21〕，藕益甚至稱其師徒能夠組成學派，可見師徒之間相互頗為成就。雪浪雖然對世俗失望，對佛教的弊病亦所有批駁，對佛教界的高僧的關係卻比較親密，尤其是與雪浪之間的關係更為緊密。作為雪浪弟子，如愚稱雪浪「慈悲如佛，恩德如天，聲名蓋海宇，而光明飲日月」。就佛教史來說，如愚將佛陀稱作第一奇人、漢明帝為第二奇人、慧可為第三奇人，雪浪則為第四奇人，云：「和尚翻前窠窟，一掃支離，使正法興於象季，眾生開於覺性。即不修塔，海內有識者莫不舉手加額，皆謂和尚是第四奇人矣。」〔註22〕給予雪浪在佛教史上極高的定位。

如愚作有多首寫給雪浪的詩歌，如下云：

《早春投雪浪山》詩云：「早春寒未盡，郭外路難行。亂壑雲交樹，孤煙

〔註15〕《石頭菴集》卷二，第 118 頁。
〔註16〕《石頭菴集》卷二，第 120 頁。
〔註17〕《石頭菴集》卷二，第 121 頁。
〔註18〕《石頭菴集》卷三，第 137 頁。
〔註19〕《止啼齋集》，第 5 頁。
〔註20〕《止啼齋集》，第 7～8 頁。
〔註21〕《止啼齋集》，第 3 頁。
〔註22〕《石頭菴集》卷四，第 149～150 頁。

雨競晴。巖禽迎水下，溪磬過山鳴。數里空潭曲，超遙入化城。」〔註23〕

《入華山贈雪浪師》詩云：清旦起登途，玄夜始薄戶。徵師巖棲心，偕我夙齡慕。塵鞅彌脫略，趨操寧可睹。卜築此山隅，巖壑非世伍。溪雲飫登頓，澗木足仰俯。蒼煙洞遠村，翠條聯深渚。女蘿龕巢居，流泉溉靈圃。情虛步自安，累遣神非苦。疏放被短褐，窈窕窮幽藪。一任龍潛飛，誰問鶴軒軒翥。雁鳴終天年，樗庸遠斤斧。〔註24〕

《投華山寺呈雪浪師》詩云：「寂絕蓮峰遠，沖寒雪後尋。石橋橫凍樹，山閣閉雲岑。每坐諸天食，恒參七佛心。最宜疏曠者，巖穴寄幽深。」〔註25〕

《同雪浪師集何太吳侍御足園》詩之一：「最洽清秋興，同遊何晏家。池藏六代水，林種四時花。山色登樓近，砧聲負郭賒。自然成吏隱，不必盡煙霞。」之二云：「雅志耽丘壑，無防即宦途。秋風臺上柏，夜月府中烏。淮水猶秦鑿，石城自漢都。會應蘿薜趣，宜爾室家俱。」

《丙申春日投華山贈雪浪師》詩云：「萬化有隆替，勞生靡定度。幽曠冀巖棲，逶迤辭城郭。仰止天人師，婉孌山林樂。入神義所精，和光志存弱。迴心爇慧炬，揚眉施法藥。智囊譽已崇，理窟彌磅礴。遊刃無全牛，擲金期在鵲。伊余蚤拔篲，門牆重然諾。魚筌雖浩蕩，象網獨領略。伏鵠念魯雞，凌霄歎支鶴。高飛羽未成，涉川鱗隨涸。力命叵自由，旋歸慰離索。既憫濕薪束，仍悲漏器酌。戒途趨真風，摳衣從廣漠。三春和氣蒸，眾籟居然作。雨花間梅馥，指揮何婥約。丈室委雲霓，天香光熠爥。疏泉梵唄清，絕壁芙蓉削。睹史居內院，金鉀蕩玄暯。安養除疑城，玉毫匪寥廓。矢心針芥投，永劫祛塵縛。」〔註26〕

《小雪前一日，同漢陰湛若、研真、朗潤諸友，飯雪浪師於高座寺，晚登雨華臺贈》詩云：「滄海深有底，泰山高有極。我師法乳恩，胡可容思測。前月九日交僧臘隱几忘言，自噓嗒恒沙。弟子問穬秕，我師掇出無縫塔，嗟乎！懵懂頑皮人如蚊，飛上鐵牛嚼方知。捕風藏網孔，破瓶貯水奚能內？歸來城中一月多，聞師遊戲出山阿，鳳皇臺上重拈塵，長干寺裏暗哆啊。過我碧峰下，同遊天界中，黃葉布金地，璨若七寶宮。相攜相送石子岡，抵暮相分意更長。要諸法王子，飲師甘露漿。即色即空天樂奏，非心非佛覺華香。是日天陰遊玩

〔註23〕　《空華集》卷下，第48頁。
〔註24〕　《飲河集》卷上，《四庫全書存目叢書》集部第191冊，第53頁。
〔註25〕　《飲河集》卷上，《四庫全書存目叢書》集部第191冊，第55頁。
〔註26〕　《飲河集》卷下，第71頁。

少，不奪吾席意恰好。風回樹攘碧山高，雨過雲藏綠徑小。向晚登臺望朝野，龍樓鳳閣何幽冶。朱雀橋邊楊柳衰，烏衣巷內空嘶馬。王謝功高成土丘，六朝佳麗付杯筽。城裏城外寒山倉，孟冬草樹連煙光。氤氳有無不可寫，分明掛出米元章。左顧右盼江一線，萬里飛帆急似電。無情最是東流水，流盡繁華今不見。竟日追歡豈是歡，老年師弟更為難。古今事業只如此，今日須歡莫畏寒。」〔註27〕

　　上述詩作中，寫出二人的交往，又表現著二人之間的親密情感，情感的表達雖然沒有深情厚語，卻能從描寫煙霞的語句中顯露出來，如「竟日追歡豈是歡」等句寫出了在一起時的歡動之景。

　　憨山為雪浪作傳，並敘及如愚等弟子之情形，如愚與憨山亦有往來，如《冬日送憨山師歸東海》詩云：「夕陰沖飆起，飛素不暫歇。萬木歷寒音，千山凍欲裂。逢師十載心，緬邈一朝別。首路城西岑，諮歸亦何決。言思返窮壑，徇身在寂滅。溟渤無端倪，虛舟時超越。人間日始中，海門星已列。飲露見神人，肌膚猶冰雪。以鳥養爰居，太牢辭樂闋。乘桴想仲尼，望洋歎河伯。仰止雖後塵，道存即前哲。近名非所矜，適己是心悅。因茲懷土深，營魄戀歸絕。悲哉分塗長，流光係難掇。雖云五情空，去住寧無熱。」〔註28〕從詩題來看，本詩寫作時間一可能是憨山從五臺山去嶗山時，二可能憨山與嶗山道士發生太清宮之爭、從北京返回嶗山時。詩中提到「逢師十載心」，似乎應不是在五臺山時，如愚雖然行腳四方，但文獻中看不出如愚曾去過五臺山；因此本詩極有可能是憨山在北京與如愚相遇，返回嶗山時如愚作此詩。「雖云五情空，去住寧無熱」顯示二人之間情感上的親近。

二

　　如愚對佛教僧徒，定位為捨俗出家學道者，《募飯僧米序》中說：「凡民生日用、求食之業不同，然不出於士農工商有據。士則有餼廩，少進則受國家之祿以食之；農則俟其時，別其種、本其根，耨以食之；工則大小巧拙之不同，同於傭力取直以食之；商則處有待無以輕易重，務貿厚利以食之。是其四民之業不同，求食之情一也。至於沙門釋子，袈裟著身，鬚髮落地，業已捨俗學道，於此四道無分矣。曰無分者，非謂弗能也，謂遵佛律一切不敢為也，為則非正

〔註27〕《飲河集》卷下，第 85～86 頁。
〔註28〕《空華集》卷上，第 29～30 頁。

命食也。正命食者，寄命於三界、乞食於四民之謂也，故僧名乞士，又名應供，乞謂在有學地則乞食以資生，應謂證無學果應受供於人天。」佛教僧徒雖然處在四民之外，佛教的功用則很重要，如愚說「開此法門，福利眾生，教後代兒孫依而行之，身心不為衣食累，道德自從日崇且大矣」，又說：「一家舍，眾家湊，積升成斗，積斗成石，積石成百千萬石。不使波臣假貸於東海，滴水可盈於大器矣。諺云『供泥龍真龍降雨，飯凡僧聖僧致福』，它日衲子中有因足食不累其心田者，一旦發真歸元，十方施主同體法身俱獲正命矣。」〔註29〕《棲霞寺募重修定慧堂疏》中，如愚又指出佛教的另一功用，云「晨鐘夕梵，坐講行參，此沙門釋子念報佛恩祝皇王之聖壽者也」〔註30〕。

出家後的如愚，似乎行過苦修，郭正域《石頭菴蘊璞上人詩文序》中說：「余更有一語，世尊雪山十九年，一麻一麥從苦行來，自在菩薩行深，般若行之不深，證之不密，今之僧雛善為曠蕩圓通之說，輕言行而厭言苦矣。夫詩文不苦不成，戒行不苦不深，真心不苦不現。蘊上人苦行久矣，真誠爽朗，不落禪家近套。吾老矣，他年與上人同歸里中，共講無生之學，苦之一字更相與努力。」〔註31〕據此來看，如愚不僅行苦修，且其苦修頗為人所欽敬，至少郭正域是如此認為的。

行過苦修的如愚，對佛教的要求應該是比較高的，從上述對世俗的批評來看，如愚是以正直的態度和方式為人處事與修行，由此可能導致不被一般人所容。對佛教存在的弊病，如愚同樣進行了批評和指斥，如《冬夜小參》之二云：「海水雖多，不可為油。燈光雖巨，不可作日。機智雖巧，不能傲命。造化雖大，不能轉業。佛法至善，難化無信之人。兄弟家能有識得破忍得過，因緣到時，為帝王師，萬□圍繞，聲名揚溢，蠻貊道德著於後世，亦不為分外。因緣不至，安時聽命，隨緣消遣，況一身六尺光陰有限，衣食不多，何用勉強為人招尤喪實。邇年以來學者無老成，叢林有貶剝，為人師者學問德業不真，將就成�，致使輕信削薄之徒，道聽途說，現蒸熱賣，不過圖一時好看，志未遂而病苦臨身，至於喪命而後已者，彼彼不少，皆因以水當油，以燈比日，是以才出頭便折腳也。」〔註32〕無真實修行體悟，道聽途說一點便去現蒸熱賣，這是

〔註29〕《止啼齋集》，《四庫全書存目叢書》集部第191冊，第1～2頁。
〔註30〕《止啼齋集》，第3頁。
〔註31〕《石頭菴集》卷首，第90頁。
〔註32〕《石頭菴集》卷四，第153頁。

晚明佛教存在的嚴重問題和弊病，眾多高僧和文人都對此進行過批評。《與藏六兄》說的同樣情況：「德山上足，言及旋歸，通一信於丈室，但不知龍蛇混雜，白門與祝融何異。邇者人情偷薄，譏學一言半語，便旋蒸熱賣，將經案抬向人家門首，就機說法。」〔註33〕《石城門內地藏菴募重修殿宇敘》中說當時僧徒心卑趣下，云：「吾嘗謂為僧者，宜學佛與阿羅漢，為施主者，宜學阿育王與須達長者，佛與羅漢日中一食樹下，一宿輕視四大而後生全，遠離三而後人尊，故有天龍恭敬不以為喜之語，阿育須達盡其形壽，竭余金寶，視富貴如土，且信因果如影響，故不知王侯之尊大，而崇尚三寶逾於天地君親矣。是兩者不相為謀，而能相為用者，蓋有似於貧而能樂，致富而方能好禮者矣，今之僧不知此，而以莊嚴世諦相高強求，詭隨一切，委心卑辭，曰趣其下，烏得感施主如阿育須達肯心畢資之奉事哉。」〔註34〕心卑趣下的僧徒，是不可能有擔當的，《與劉太守往復》之二批評僧徒缺少擔當：「逆境難打，順境尤難打。學道人遇逆境界則消歸自己，回頭轉腦便將一切放下，至於順境則得一時過一時，循還無已，自謂了得，都不知為順心事緣淹溺了。一朝有不如意，依舊沒擔當，只見我是人非，所以古人云多難成其志。」〔註35〕批評佛教徒沒有擔當，反之而言，如愚的佛教觀念就是強調佛教僧徒要有擔當，這是極正的態度了。

如愚應該是遍覽佛教經籍的，如其多次提到《小品》《楞嚴》等，表明其對於這些經籍是相當熟悉的。《送祥公歸楚》詩中云：「白法明新旨，青山啟舊扉。知君談《小品》，夜月滿林輝。」〔註36〕《坐劉仲楷孝廉樓中留贈》之一云：「五月下真州，逢君意氣投。經猶談《小品》，齋自設高樓。」〔註37〕《贈冀若上足》詩云：「讀殘《小品》坐殘禪，十笏堂中禮聖賢。悟得菩提心上種，驪珠不在九重淵。」〔註38〕通過這些經籍，如愚強調了「空」，如《送何無咎歸永嘉》詩中云「空華覽世榮，浮雲謝羈旅」〔註39〕。如同上文提到對於世俗的堪破，正是看到了「空」，才會有深刻開悟之感。「空」是真實與實相，《閱

〔註33〕《石頭菴集》卷四，第 15 頁。
〔註34〕《石頭菴集》卷五，第 160 頁。
〔註35〕《石頭菴集》卷四，第 142 頁。
〔註36〕《空華集》卷上，第 23 頁。
〔註37〕《飲河集》卷上，《四庫全書存目叢書》集部第 191 冊，第 53 頁。
〔註38〕《石頭菴集》卷三，第 139。
〔註39〕《空華集》卷上，第 29 頁。

藏束袁明府》云：「教網闢弘綱，法門轉玄奧。意至理絕詮，象繫焉能道。朝旭窺牖寒，深雪積欄隩。饑鳥相不言，爨冷寧媚灶。有假情易除，空真性難造。悲哉生死途，業輪無明導。五蘊同桎梏，六趣猶飛瀑。靖一出離心，寂滅斯高蹈。」〔註40〕對「空」的理解及對世事的堪破，使得如愚有了達觀的人生觀念，《劉毗邪正偶張氏歿於白下述所懷以奉慰之》之二云：「人生會有終，但差遲與早。伉儷豈無情，分數固難保。暮為同枝禽，朝作離根草。物化理必然，君勿傷襟抱。」之四云：「惠子弔莊周，責其鼓盆歌。始也有欒然，生形徒差訛。今變而為死，同彼四時過。人且優然臥，君獨嗷嗷何。」之六云：「生人哭死人，生人能幾時。生人空自哭，死者那復知。試觀提傀儡，動息機所為。今但息其機，胡為苦傷悲。」之十云：「水火無常盛，覺皇固已訓。日月有薄蝕，衰殺誰能禁。妙哉忘情人，修短一聽命。君其善加餐，毋為去者病。」〔註41〕三首詩都是在表述對於自然、人世的悟解，其中有明顯的莊子及道家的影子。

以「空」為真實，如愚對「四大」「五蘊」等有著深刻的認識，如《贈黃頻湛孝廉，頻湛善病，勉余寓以佛法》詩云：「四大如毒蛇，將養甚為難。觸之性命傷，奚被沉其歡。五陰如冤賊，常隨不相拾。迷人錯認親，慈悲無少假。六入本空聚，難為久住地。陷阱在其間，倉卒莫能避。死生之巨海，夜風日鼓波。渡之不可得，不渡成蹉跎。吾入天地間，執私苦為樂。長夜醉昏昏，何時而醒覺。獨有頻湛子，智慧如天授。雖同龍見田，不學鷹入韝。功名寓真乘，夢幻解心關。此身既世綱，人世寧可厭。原保良晬子，毋隨前境換。即斯便出塵，真實心一片。」〔註42〕詩中即是以空解四大五蘊，其中的「功名寓真乘」似乎帶有官佛不異之意，下文有說明。作為雪浪門人，如愚主要是禪學傳統，在觀念上強調直心與直見本心，詳見下文。講解佛教傳統中的「四大」時，帶有著明顯的禪學色彩、使用禪學的方式，《四大歌為李抱一道人作》云：「此四大，真可怪，父母未生汝何在，不圖世富貴功名，便著仙佛兩頭解。難可怪，獨可喜，中有真人沒頭尾，不知保重與渠親，妄自貪生而惡死。下劣人，鮮智慧，作人師範圖名利，幾聖源頭錯下針。理欲窮，內空炮，治好光陰莫錯為，急搔回頭也不遲，秦皇漢武何英雄，不得長生配坎離。唷殺人，賺殺人，糞坑裏面覓惟珍，嬰兒飛去歸何處，何處嬰兒是汝身。得好棄，作速棄，定盤星上

〔註40〕《空華集》卷上，第30頁。
〔註41〕《飲河集》卷上，第69～70頁。
〔註42〕《石頭菴集》卷二，第121頁。

無文字，斤兩分明付提毫，提毫人是自家的。我非狂，亦非聖，為爾真實談究竟，識得從來不用工，休將妄撅虛空釘。仙與儒，東與西，指東話西無了時，不如放下得便宜，四大不遭魔鬼持。」〔註43〕詩題中的「道人」，似乎是一位道士，讓道士尋找父母未生之前、「自家的」等，皆是禪學與心學觀念。

　　在人生中悟「空」，在「空」中悟人生，以「夢幻解心關」，如愚強調要放下。佛語中常說的放下屠刀，對於一般人來說，如愚解釋就是放下貪嗔癡，《贈人》詩云：「丈夫相知無蚤晚，縱有離合皆肝膽。誰云冤家不是親，誰云平易非嬉險。我始逢君非輕忽，驗君心地真與弗。君懷忠孝兼俠骨，有恩不受寧甘屈。裂眥拔劍怒衝天，欲擬文殊而殺佛。我終識君是異人，彈指一言便解嗔。不用結�▢兼進履，卻憐射齊與椎秦。君不見廣額屠兒放下刀，三千諸佛手中操。回頭彼岸無多子，即此殷勤是禘袍。」〔註44〕詩題中的贈人，有可能是贈人，或許只是以此為題而自寫體悟而已。

　　與許多禪師不同的是，如愚在強調自性的同時，並不廢權宜之計，如《白牛禪人募造檀香佛序》開篇云「自家一尊活佛，不假雕飾，終日背之，不知供養禮拜，翻特地無音生事，如人刻木像，父母親終於所生，何其迷哉」，接下來話鋒一轉，說：「雖然，此未迷者佛，非迷者佛，今人迷之久矣。匪假外像，莊嚴接引，則覺悟無期，而迷者愈迷矣，是以雕塑鑄盡，無非為徹見法身相，好自家之活佛耳。今僧一舉念造佛，佛從心現，一動口化佛，佛自舌生。檀越一信其佛在，能捨之心或布施香，香是法身；或布施銀錢，銀錢便是相好光明；或一人承管，則一佛出世，或多人湊辦，則多佛現身。儼然不離當處，而三十二相八十種好之佛，檀越與僧皆具足矣。」塑像落成之日，「有供養者禮拜者發心者贊歎者千百億身，無量無數之佛皆從今日造像始」，並「迷者覺，覺者證」，如同「人得見自家真父母，皆生歡喜」〔註45〕。外在的供養與崇奉作為權宜，從而領悟到「自家真父母」，同樣可以達到證悟的目的。

　　主張頓悟自性的如愚，同樣十分注重淨土，如《念佛詩九首贈段幻然明府》之一云：「幾曾寤寐不西方，到處蓮開波若香。心月照乾生死海，慧刀割斷利名韁。三千世界哀窮子，六八慈悲啟願王。自性彌陀恒接引，無榮更見白毫光。」之九云：「宗門教海盡蹄筌，及爾臨終靡現前。欲得法身常在眼，何

〔註43〕《石頭菴集》卷四，第 155 頁。
〔註44〕《石頭菴集》卷三，第 136 頁。
〔註45〕《石頭菴集》卷四，第 158 頁。

妨淨土不離禪。六時蓮漏誰能刻，三笑虎□空自傳。今日君家成夙願，慈航也解駕迷川。」〔註46〕對於淨土，如愚同樣稱之為自性彌陀，是將禪與淨土結合，如同詩中所說「淨土不離禪」，又《贈周寧齋念佛》詩中云「佛本是吾心，昭然不用念」，開篇即揭明是以禪學觀念闡釋淨土，詩續云：「只因前境迷，撇爾隨它換。流轉四聲中，業苦何能笑。如金在其鑛，光明雜不現。修有大智人，陶冶局方便。將此無名鑛，大缸爐中煨。鍛出本來金，打破娘生面。晴空走霹靂，晴識無餘羨。金體即成純，隨意作平釧。雖然萬形殊，一性終無變。而我念佛人，毋自欺云善。試觀二六時，佛是何人念。念者用無邊，用在體中轉。體用肯齊拋，心佛不交戰。如斯念佛人，海底生紅滔。無端贅斯言，何異餿饅餡。饑者可點心，飽者俱生厭。饑飽能自知，釋迦為爾薦。薦爾薦彌陀，不離這一念。」〔註47〕所謂的「不離這一念」，仍是指內心與自性中的「本來金」。

三

　　由上文所述佛教有為「念報佛恩祝皇王之聖壽」的功用，以及對儒釋道的闡述，表明如愚有為統治者服務而使佛教獲得發展的意圖，以及與當時一致儒釋道三教觀念。

　　就為統治者服務而獲得發展空間來說，如愚清醒地認識到「不依國主則法事難立」的形勢，《劉昆耶公子禮余為師賦贈》中云：「世間極大者帝王，人臣極貴者卿相，志傲氣驕極難下人者公子，修道備德與時顯、晦而安貧賤者和尚。然而帝王無道德非尊，卿相無道德非榮，公子無道德者鮮能安饗，和尚無王公大人師事者其道不行。」〔註48〕這裡雖然說到很多，其中傳法要依靠帝王人臣則是十分清楚的。《初住馬祖菴答潛山彭明府》清楚說出佛法振興需要國主大臣的護衛，云：「尚念末法，祖庭凋弊，欲振頹綱，恢弘盛業，自非有力國王大臣真心護衛，似難終始。僧以蠢爾陋資，德薄名微，惟諳獨善，寧誠為人，特因劉行省、阮孝廉諸大檀越，不察庸迷，堅貞謬舉，曲成茲役。」〔註49〕

　　如愚創作文學作品，其中重要的目的便是為了弘法，如《無題》之一云：

〔註46〕《石頭菴集》卷二，第119～120頁。
〔註47〕《石頭菴集》卷二，第122頁。
〔註48〕《飲河集》卷下，第90頁。
〔註49〕《止啼齋集》，第7頁。

「仞利天中受福人，曾經幾謫落風塵。劫來悟得無生忍，願種曇華不種椿。」
寫自己乃被謫之佛門中人，此生已悟得無生之理，之二云：「玉瓶丹井綴銀牀，
佛閣仙燈吐翠香。寫出六朝佳麗句，書來蘭芷甚芬芳。」本詩講述寫作與悟理
的關係，以「六朝佳麗句」般的作品，領悟無生之理，據此則文學作品是末枝
小道，是弘法傳道的重要工具。如愚以詩歌頌揚朝廷，如《送於文若職方奉使
薊門》之二中云「風政規王化，文章紀將功」〔註50〕，也是文學寫作作為頌揚
的媒介，以獲得統治者與文人士大夫的支持。《寄懷曹常侍》之二中直接頌揚
皇恩，云：「金微朝闥九重連，玉勒春回萬乘前。傳道我皇恩澤溥，中官新賜
買山錢。」〔註51〕通過頌揚皇恩，得賜「買山錢」。《贈方僧虔文學》詩頌揚整
個明代，云：「高皇拔劍掃群胡，創鼎金陵隆上都。思安天下賴鴻儒，選士開
科非小圖。二百餘年盛規模，河清海宴似唐虞。奈何時易文體殊，雕風鏤影爭
長驅。功名謬為富貴途，致令倭虜得窺吾。」〔註52〕

　　要獲得統治者的支持，就要調和儒釋觀念，上文提到以自性統攝儒釋道三
教，這是晚明三教觀念的體現。從這方面來說，如愚及晚明的僧徒、文人們的
這種三教觀念，或許是真的發自內心，而非有意調和。如愚《贈楊寰中太學歸
豫章覲親》詩云：「世人學佛見不真，謬謂佛法不孝親。世人孝親存人我，但
知有親撥佛果。君能孝親又信佛，知親與佛非二物。親能生我分葭身，佛能教
我出苦因。使此身心能出苦，世間何有孝親人。長江二月桃花水，兩岸垂楊春
色美。千里風波一葦杭，還家養親稱佛子。」〔註53〕儒佛無異，官與佛亦無異，
《贈別劉毗邪詩》之一云：「君來為選官，禮我為選佛。若見官佛異，如稱誰
作孰。若謂官佛同，呼笑而為哭。萬事強安排，一心成委曲。黑者名為鴉，白
者名為鵠。頂天謂之頭，立地謂之足。有發可云僧，無發可云俗。僧俗似礦金，
官佛如米穀。穀不可充饑，米須要煮熟。金雖可作器，礦在難還復。有修與無
修，雙三名單六。無修是有修，兩眼號雙目。目開不見人，云何而有物。到底
真實言，牛兒便是犢。願君做好官，勿論佛非佛。」〔註54〕官佛不能言同，亦
不能言異，萬事隨順自然，不能強為安排。詩中同時談到修與無修的問題，不
能說修就是無修，也不能說修不是無修。總起來看，如愚在詩中所表明的，就

〔註50〕《空華集》卷上，第 28 頁。
〔註51〕《飲河集》卷上，第 64 頁。
〔註52〕《飲河集》卷下，第 82 頁。
〔註53〕《石頭菴集》卷二，第 133 頁。
〔註54〕《石頭菴集》卷一，第 97 頁。

是不要執著與強安排，不要去論「佛非佛」，若要去論「佛非佛」，結果就是「一心成委曲」。

如愚因此說要窺破三教的藩籬，《冬夜小參》之一：「為僧者，得少窺破三家藩籬，內外典誥積萬卷，佛以治心，儒以玩世，道以修養。日食一盂粥飯，數杯菜羹，有屋當樹宿，有徒給奉事，往來賓客當朝會，動則消閒歲月，靜則攝持身心。征役不經懷，治亂不入耳，快活似神仙。雖觀世音萬八千手眼，吾以為多事，釋迦文千百億身土，吾以為分外，那堪登寶華王座、圍焦頭爛額禪和拾人涕唾，搖唇鼓舌，向熱鬧叢中作是非主人，此豈妒人得時行道言耶。但吾已嘗過，殊覺無甚味趣，徒引後生晚進增煩惱障、消滅其種智也。」〔註55〕所謂窺破三教藩籬，對於具有禪學傳統的如愚來說，就是以真心、直心求道，如《與劉太守往復》之一云：「人不真心學道，說我是儒我是僧，殊不知僧儒間一鬚耳。故有一知半見，都化作障礙，唯真心學道者，不問僧儒，但直心直行，入手便判。雖有些子見解，不執以為是，則日見學問無盡，而道業可成矣。」〔註56〕不求何為儒何為僧，但求直心直行便可入道。之七云：「凡人於佛生詆謗障礙者，如愛己身而憎父母，不知身從父母來，罪不容誅。見得佛是何物，與吾儒吾道源頭門徑何處同別。真實了得方可排佛，只為不知佛是何物，所以極皈依替歡者，莫過道佛是西方聖人，不知佛便是汝排斥之本心。本心何嘗屬東西，故皈依替歡者於佛尚遠，況詆謗排斥者千生萬劫自作冤家，自弒其父母，自眛其眼，何曾見的本心而自任。云我是聖賢，欲扶吾教之正道，夫正道便是本心，得本心者便名聖賢，今既慕名棄實，毀其本心，排其本性，欲名聖賢，如求冥山者南行，路從發足時錯矣，資多胡為乎。」〔註57〕這是禪學觀念，同時帶有王門王學之說的特點。甚至在解釋道教長生之說時，也使用禪學與心學的方式，宣揚自性長生，如《韓子寄何氏祈長壽說》中強調自性長生，云：「韓止菴文學第五子名老兒，投寄何善人家，改名寄壽，祈長年也。嗟，夫人生天地，修短固有定數，雖聖賢不能少為損益，而父母愛子之心無所不至，既已生於富貴之族，必欲寄於佛祖之家。佛祖之道，大慈悲喜捨為四無量之門，人知慈以為父，悲以為母，喜以為子，捨以為壽，雖短可移之為長命，雖賤可保之為貴，況止菴家世起自侯王，積行崇德，鄉人合口無異辭，而已復

〔註55〕 《石頭菴集》卷四，第 153 頁。
〔註56〕 《石頭菴集》卷四，第 142 頁。
〔註57〕 《石頭菴集》卷四，第 143 頁。

厭妻子，慕山林，日與仙人道士遊，則躬行心得，固千萬歲以為期，詎不能令驌子鳳雛喬年永算耶。雖然，仙不當愛子，亦不當棄子，愛子為子累，棄子為仙累，仙子兩置中，不柴心外，不耗神知，一氣本來元足，保合太和，隨緣消遣，順世行藏，雖不棄愛乎仙子，而仙子各取足於自性之長生矣。」〔註58〕文中的「各取足於自性之長生」，有些將道教禪學化與心學化了。從這方面來看，如愚不去尋找或闡述儒釋道三者之同異，而是從直心、自性的角度去認識儒釋道三教。

　　儘管強調以直心、自性認識甚至是統攝三教，如愚同樣傳達著純粹的儒學觀念。《刻王君和遊仙詞五十首序》宣揚儒家之孝云：「夫人之子於親也，不擇地而安之者順也。親意在廟堂，則子言以功名遊，親意在富厚，則子言以泉貨遊，親意在高蹈，則子言以山林遊。今君和年甫弱冠，習博士家言，而不以功名世其家，儒其業，大其門庭，而翻以仙遊鳴者順親也……君和順親可謂孝矣，它日以儒發家，以祿養親，未必不資始乎此。」〔註59〕《壽王斗聯秀才父七十》詩頌揚「百行孝為先」，云：「觀君有道扣君緣，人生百行孝為先。吾嘗養親割其股，今幸有兒亦孝母。吾嘗趨庭受六藝，今幸有兒謹庠序。以此得人身粗安，家雖澹泊心益寬。」〔註60〕又如本書中見到的，明代僧人屢屢為節婦撰寫詩作，如愚亦作有節婦詩，如《郝節婦詩為郝千完賦》詩云：「草獸不易數，水生寧改淵。匪曰牽故跡，賦性良自然。苦節尚往哲，每推男子賢。修能克有終，婦也胡翩翩。樛木縈葛藟，伉儷期周旋。卷耳不盈筐，我馬倏黃玄。既知未亡人，性命甘棄捐。徙以姑嬋思，勉存負所天。一女守孀泣，閨閣暖如綿。七旬修淨土，永失謝葷鱣。迅風激頹流，貞薪滅狂煙。千載烈女情，庶茲芳聲傳。」〔註61〕如愚為郝節婦撰寫詩作，有郝節婦修淨土而向佛之原因，更主要的恐怕還是如愚為郝節婦「千載烈女情」所感化，從而將其「芳聲」傳下去。如如愚等僧人撰寫節婦詩，極其明顯地表明明初以來一直強化的三綱五常的確是深入到人心的。

四

　　如同上文提到的，如愚與佛教僧徒、晚明文人士大夫交往頗為頻密。如愚

〔註58〕《石頭菴集》卷四，第 156 頁。
〔註59〕《止啼齋集》，第 6～7 頁。
〔註60〕《石頭菴集》卷一，第 105 頁。
〔註61〕《石頭菴集》卷三，第 141 頁。

一生行腳四方，交遊了頗多的文人士大夫，如《青蓮館同李季宣孝廉講經賦贈》詩中云「留我談真諦，糾紛謝晏如」〔註62〕就是如愚結交士大夫之情形，再如《於文若尚寶李季宣孝廉程孺文羅伯倫山人見過值雨各賦一體餘得七言古詩》云：「秣陵二月雨瀟瀟，桃花欲開寒更饒。銀鞍寶釧興俱阻，柳色鶯聲並寂寥。幾日西風南陌乾，歌塵舞扇雅追歡。積怨閨中無雁聽，望歸樓上有花看。荏苒春光不自知，空門深掩雲參差。鳴珂曳履故人至，抵掌論心慰所思。山林之下豈無榮，華軒飛蓋交縱橫。非貪陶令攢眉酒，敢結蘇公繡佛盟。等閒晴色未云久，倏忽陰雲席上走。且同作賦鳳皇鳴，漫道傳經師子吼。日掩風生四座寒，鶯聲未動雨聲殘。雨花臺畔爭歸錫，石子岡頭促去鞍。岡頭綠樹浮深翠，堂上青雲談絕藝。丈夫交接在同心，豈溺形骸分鉅細。尚璽公，孝廉郎，山中人兮不可忘。百年窮達只如此，且樂今朝樂未央。」〔註63〕詩中先寫初春之景，這是在描寫他們雅集的時間，春光初綻放的時候，亦是文人士大夫雅集的嘉時。「歌塵舞扇雅追歡」「華軒飛蓋交縱橫」展現雅集場景之盛，如愚與文人士大夫們同心相接共盟，同談「絕藝」；彼時場景之歡樂，似乎使人忘卻了百年之窮達。《雨中過曾將軍園訪蓮宇法友並贈將軍》中「時晴時雨泥途爛，或止或行尋友看」是對行腳的描述，邊行腳邊尋訪友朋，「鍾鼓樓邊大道西，傳是將軍舊竹苑」是去尋訪曾將軍。詩接著描寫曾將軍云：「將軍能武復能文，闊論高談世罕聞。自言年少蒙恩顧，曾為天子樹奇勳。而今生事惜衰朽，那問長城與細柳。老驥雖懷千里心，真龍不入葉公手。」最後「浮雲富貴勉相忘，只須痛飲金陵酒」〔註64〕兩句勸其堪破富貴。不能確定二人是熟交還是初次見面，即使是初次見面，亦能看得出二人見面之歡愉。

　　如愚與結交的文人士大夫之間，往往具有很好的情誼，如《與藏六兄》中云：「弟與兄會而復別，別而復會，會時許多歡懌，別時無限思念。歡懌生於兒子氣，思念起於友朋道義耳。日者夢遊祝融，與兄同住一月，見兄所栽茶樹、所蓋靜室、行止飲啄、笑貌寒暄宛若生平。既而與兄為別，留我久住，送我上舟，種種綢繆慷慨，覺而方知其夢也。遲明果有一僧來自南嶽，彈指數言，皆與夢符，是何神遊華胥，在弟與兄而得親情如此。」〔註65〕因二人之間的「友

〔註62〕《飲河集》卷下，第73頁。
〔註63〕《飲河集》卷下，第72頁。
〔註64〕《空華集》卷下，第49頁。
〔註65〕《石頭菴集》卷四，第15頁。

朋道義」而起思念，思念之情則又如此之深。與《與湯霍林太史》中，寫到與湯霍林之情，云：「不期而談，談深肝腑，不忍而別，別緒獨在耳目。講暇作一詩奉贈，以謝雄文，然文難言，謝太史貴也，雖貧較僧猶富也。富貴之人，非此則無以謝矣，故藉是以見其不忘耳，如詩之當無當故不論。」〔註66〕書中表露出二人感情之深，所說的贈詩以「謝雄文」，是指《湯霍林太史持序文夜過鷲峰見惠賦贈》，詩云：「深夜眾僧人定已，打門如雷來太史。燈前惠我倚馬文，字字傳神合佛旨。艱君筆如切玉刀，刪人口頭荊與棘。艱君眼如照膽銅，燭人言下臧與否。心無萬古書，舉念乏程執。心有萬古人，為人作嚆矢。天地妙萬物，任物賦生理。日月朗太清，隨流鑒到底。日月無往來，天地絕起止。成像復成形，與君文相似。君得佛法三昧力，千生萬劫當作世，出世聞古太史氏耳。」〔註67〕詩中對湯霍林加以極高的褒揚，以深夜眾僧皆入定之後的來訪、交談，來表述二人之間的親密情感，「字字傳神合佛旨」說出來了二人在佛教觀念上的一致性。

　　如愚結交的文人士大夫，一類是入於佛禪者，一類是一起談詩與禪者，一類是扶持其佛事活動者，一類是與其談禪與心學者。扶持其佛事活動者，上文亦有說明。結交的文人士大夫自然以接受佛禪者居多，一起談論禪與詩是如愚與文人交遊的一項重要內容，詩作中能夠瞭解到明末文人士大夫向禪的情形，如《謝在杭司理見過嘉樹林》詩中就能見到明後期士大夫之向禪，云：「十載聞君願執鞭，偶逢此地豈徒然。名同康樂情尤樂，詩比玄暉義更玄。談塵時揮嘉樹下，酒杯頻灑大江邊。居官不作尋常態，肯向裰裟一問禪。」〔註68〕談論禪與心學，更是如愚與文人士大夫交往的一項重要內容，如《答孫別駕》中云「昕夕與二三弟子拖泥帶水，揮塵談玄，商榷性命，究論日用」〔註69〕，既是有雅集之意，更有結社之意，集會或結社中談論不僅有佛禪，更有心學。在這方面，顯示出如愚與晚明文學思潮之間的密切關係。

　　如愚與心學的關係，體現在間接與直接兩個方面，間接方面是指與晚明思潮諸文人有密切關係者的交往，直接方面是指直接與晚明思潮諸文人之間的密切交往。間接交往如《過顧沖菴司馬齋頭賦贈》之一說到與被稱為「作養人

〔註66〕《石頭菴集》卷五，第 159 頁。
〔註67〕《石頭菴集》卷三，第 135 頁。
〔註68〕《飲河集》卷上，第 66 頁。
〔註69〕《止啼齋集》，第 11 頁。

才天下奇」的顧沖菴（養謙）「何緣相見即相知」，顧養謙與如愚一起論詩，云「四方多壘寧亡慮，肯共沙門暫論詩」。顧養謙為嘉靖四十四年（1565）進士，歷任工部主事、郎中等，萬曆十四年（1586）任遼東巡撫、擢任薊遼總督、兵部尚書，兼經略朝鮮軍務。顧養謙政務、軍務等繁忙，仍與如愚談詩，故如愚言「四方多壘寧亡慮」。

顧養謙與明末的文人與僧徒交往密切，如與李贄交往頗密，李贄《書常順手卷呈顧沖菴》中說：「無念歸自京師，持顧沖菴書，予不見顧十年餘矣。聞欲攀我於焦山之上，余不喜焦山，喜顧君為焦山主也。雖然，倘得從顧君遊，即四方南北可耳……因無念高徒常順執卷索書，余正欲其往見顧君，以訂此盟約也。」〔註70〕此書中一則表明顧養謙與佛教僧徒的交往（無念及其徒常順），一則表明顧養謙是李贄的知己。就第二點來說，李贄又有《復顧沖菴翁書》，交代二人之間的交誼云：「某非負心人也，況公蓋世人豪；四海之內，凡有目能視，有足能行，有手能供奉，無不願奔走追陪，藉一顧以為重，歸依以終老也，況於不肖某哉！公於此可以信其心矣。」〔註71〕李贄以顧養謙為知己，顧養謙確實可以稱得上是李贄的知己，《焚書》載顧養謙《贈姚安守溫陵李先生致仕去滇序》，文云：

溫陵李先生為姚安府且三年，大治，懇乞致其仕去。初先生以南京刑部尚書郎來守姚安，難萬里，不欲攜其家，其室人強從之。蓋先生居常遊，每適意輒留，不肯歸，故其室人患之，而強與偕行至姚安，無何即欲去，不得遂，乃強留。然先生為姚安，一切持簡易，任自然，務以德化人，不賈世俗能聲。其為人汪洋停蓄，深博無涯涘，人莫得其端倪。而其見先生也，不言而意自消。自僚屬、士民、胥隸、夷酋，無不化先生者，而先生無有也。此所謂無事而事事，無為而無不為者耶。

謙之備員洱海也，先生守姚安已年餘，每與先生談，輒夜分不忍別去，而自是先生不復言去矣。萬曆八年庚辰之春，謙以入賀當行。是時先生歷官且三年滿矣，少需之，得上其績，且加恩或上遷。而侍御劉公方按楚雄，先生一日謝簿書，封府庫，攜其家，去姚安而來楚雄，乞侍御公一言以去。侍御公曰：「姚安守，賢者也。賢者

〔註70〕《焚書》增補一，第 266 頁。
〔註71〕《焚書》卷二，第 76 頁。

－624－

而去之，吾不忍——非所以為國，不可以為風，吾不敢以為言。即
欲去，不兩月所，為上其績而以榮名終也，不其無恨於李君乎？」
先生曰：「非其任而居之，是曠官也，贄不敢也。需滿以幸恩，是貪
榮也，贄不為也。名聲聞於朝矣而去之，是釣名也，贄不能也。去
即去耳，何能顧其他？」而兩臺皆勿許，於是先生還其家姚安，而
走大理之雞足。雞足者，滇西名山也。兩臺知其意已決，不可留，
乃為請於朝，得致其仕。

　　命下之日，謙方出都門還趨滇，恐不及一晤先生而別也，乃至
楚之常、武而程程物色之，至貴竹而知先生尚留滇中遨遊山水間，
未言歸，歸當以明年春，則甚喜。或謂謙曰：「李姚安始求去時，唯
恐不一日去，今又何遲遲也？何謂哉！」謙曰：「李先生之去，去其
官耳。去其官矣，何地而非家，又何迫迫於溫陵者為？且溫陵又無
先生之家。」〔註72〕

從文中內容來看，顧養謙確實是能知李贄者。從《焚書》中所載之書信中，幾
乎可以說顧養謙是最能知李贄者。

　　李贄對顧養謙評價很高，《與友人》中云：「顧沖菴畢竟又不用矣，不用當
益老。生嘗試評之。顧沖菴具大有為之才，負大有為之氣，而時時見大有為之
相，所謂才足以有為，而志亦欲以有為者也。」〔註73〕作有給顧養謙的詩歌多
首，同樣給予極高的評價，如《讀顧沖菴辭疏》詩云：「文經武略一時雄，萬
里封侯運未通。肉食從來多肉眼，任君擊碎唾壺銅。」〔註74〕《顧沖菴登樓話
別》之一云：「知公一別到京師，是我山中睡穩時。今夕生離青眼盡，他年事
業壯心知。簾外星辰手可摘，樓頭鼓角怨何遲！君恩未答黃金散，直取精光萬
里隨。」之二云：「惜別聽雞到曉聲，高山流水是同盟。酒酣豪氣吞滄海，宴
坐微言入太清。混世不妨狂作態，絕弦肯與俗為名？古來材大皆難用，且看《楞
伽》四卷經。」〔註75〕詩中讚揚顧養謙的文經武略，同時與其深論禪學。

　　顧養謙經略朝鮮軍務、抵禦豐臣秀吉攻朝鮮時，李贄作《使往通州問顧沖
菴》予顧養謙，其一云：「滇南萬里憶磋磨，別後相思聽楚歌。樓拱西山庭履
滿，尊空北海酒人多。一江之水石城渡，八月隨潮揚子過。今日中原思將相，

〔註72〕　《焚書》卷二，第76～77頁。
〔註73〕　《續焚書》卷一，第38頁。
〔註74〕　《續焚書》卷五，第113頁。
〔註75〕　《續焚書》卷五，第125頁。

謝公無奈蒼生何。」其二云：「一擲曾輕百萬呼，良宵誰與共歡娛？人來但囑加餐飯，書到亦應問老夫。已約青春為伴侶，定教白髮慰窮途。請公更把上蒼禱，不信倭夷曾有無。」〔註76〕詩後附書信，云：「某奉別公近二十年矣，別後不復一致書問，而公念某猶昔也。推食解衣，至今猶然。然則某為小人，公為君於，已可知矣。方某之居哀牢也，盡棄交遊，獨身萬里，戚戚無歡，誰是諒我者？其並時諸上官，又誰是不惡我者？非公則某為滇中人，終不復出矣。夫公提我於萬里之外，而自忘其身之為上，故某亦因以獲事公於青雲之上，而自忘其身之為下也。」可知顧養謙即使在抗擊倭寇的情形下，仍給李贄寫信。書中亦頗有為顧養謙鳴不平之意，云：「公天人也，而世莫知，公大人也，而世亦莫知。夫公為天人而世莫知，猶未害也；公為一世大人而世人不知，世人又將何賴耶？月今倭奴屯給釜山，自謂十年生聚，十年訓練，可以安坐而制朝鮮矣。今者援之，中、邊皆空，海陸並運，八年未已，公獨黿釣通海，視等鄉鄰，不一引手投足，又何其忍耶！非公能忍，世人固已忍舍公也。此非仇公，亦非仇國，未知公之為大人耳。」

顧養謙與李贄之間的交誼，表明了其與晚明文學思潮關係之深，如愚與顧養謙的相交，一方面再次說明顧養謙與明末僧徒的交往，另一方面表明如愚在間接方面與晚明文學思潮的關係之深。如愚《過顧沖菴司馬齊頭賦贈》之二云：「蘭芳松老賦歸來，蓋代誰能將相才？記取遼陽三上疏，東封元自主恩裁。」之三云：「中原久矣受承平，何物倭奴敢玩兵。尊狙折衝君有計，袈裟借助豈無情。」之四云：「漢家天馬勢誠危，千載功高說二師。明主有能同武帝，也應前席問君奇。」之五云：「錦帳紅爐獸炭然，金尊綺席坐高賢。談兵爭似譚禪好，且結人間快活緣。」之六云：「地主文章藉重稱，畫堂齋罷問傳燈。不緣衲子為同調，豈信前身亦是僧。」〔註77〕詩中所述與李贄基本一致，讚揚肯定顧養謙在朝鮮抵禦倭寇的功績的同時，為其鳴不平；又以幾乎前身曾為僧稱讚其談禪深入。又有《同冒伯麟文學夜集顧沖菴司馬齊中言別》詩云：「高堂秉炬話深更，詞賦誰堪作主盟。司馬名非因八座，伯麟才豈限諸生。呼童酌酒嫌偷睡，留客圍棋戒請行。愧我天明將欲別，扁舟迢遞重離情。」〔註78〕詩中寫離別之情，可見二人情意頗厚。

〔註76〕《續焚書》卷五，第 126 頁。
〔註77〕《飲河集》卷下，第 87 頁。
〔註78〕《飲河集》卷下，第 89 頁。

　　可能是過多與文人士大夫交往，使得如愚具有文人心態，如《吳栗如郡試不利賦此慰之》詩云：「六宮花萼巧爭春，半是含情半是嗔。莫怪長門深巷冷，年來妾命有逡巡。」〔註79〕詩中體現的心態，與宋代詞人寫詞時的心態及詞中表達的心態極其相像。

五

　　如愚與晚明文學思潮更密切的關係，體現在與晚明文學思潮諸文人直接密切交往上。《冬夜小參》之三中，如愚敘述自己交往的文人，云：「余交遊詞賦中人，皆禪門中具手眼者，如錢塘虞吏部淳熙、剡溪周大參汝登、公安袁中允宗道、檇李馮祭酒夢禎、山東於尚寶若素、梁溪安吏部希范、應城陳給事容淳、懷寧顏尚寶素、公安袁禮部宏道、江夏郭祭酒正域、常大中丞居敬、福建駱禮部日昇、桐城阮司理自華、江夏段明府〔幻〕然、中牟張舉人民表等，其餘詩賦交不在禪者無計，雖一時唱和，莫不究心祖道，提挈宗風，以揄揚其法化耳。後生晚進，不知余借是遊戲縉紳作乞食缽盂，一切效顰技癢，盜余奇句，巧翻作拙，圖名苟利，取笑當時。哀哉，此輩剃除鬚髮，作此野狐精，諸兄弟生死事大，無常迅速，識鑒不高，學問不廣，切不可將難得人身作無益惡業，窮年竟日，虛喪光陰，及至臨終悔之晚矣。」〔註80〕如愚表達三層含義，一是與文人士大夫交遊「無計」，所交遊者有善談禪者，亦有不談禪僅以辭賦相交者；二是與文人士大夫之交往，目的是弘傳佛法；三是批評傚仿者不知其辭賦交之真實意，以奇巧之句「圖名苟利」，而非專注於生死大事。

　　文中提到的所交之文人士大夫，基本上都是晚明文學思潮的中堅力量，他們引領著晚明文學思潮的理論發展與創作發展，既深入談禪，是「禪門中具手眼者」，又是王門後學或者深受王學影響者。故如愚與上述文人的交遊，無論是文學寫作，還是談論禪學與心學，都是在相互激勵與促進。

　　上文提到交往的顧養謙與李贄之密切關係，如愚與李贄亦有往來，如《喜李卓吾見過述舊懷以贈》詩云：「龍湖老頭陀，遍身都是舌。吾將欲白椎，山川奈阻絕。形遙心已歸，神會念非隔。今日一相逢，了然無法說。」〔註81〕詩題中的「述舊懷」表明二人有長期的交往，「喜」則表示與李贄會面時的喜悅

〔註79〕　《飲河集》卷下，第 79 頁。
〔註80〕　《石頭菴集》卷四，第 154～155 頁。
〔註81〕　《飲河集》卷上，第 70 頁。

－627－

心情。詩中「龍湖老頭陀，遍身都是舌」一句，極其生動而恰切地描述出李贄的形象；「神會」表示二人之間的契合，「了然無法說」雖然是說二人本次會面不談法，但卻更能說明二人在思想上的相契。

與王門後學交往最為密切的是周汝登。周汝登是王學三傳弟子，《與周吏部海門書》中，如愚對周汝登表達著想念之情，云：「貧道與居士交遊於無相門中，固有年所矣。其身心性命、佛事人情似無間，然奈緇白異分，行止難同，故於山川來去不無隔越之思。歲月浮沉，恒多懷仰之念，但識因業繫，事逐勢遷，雖欲無離，莫由也已。」又說「貧道與居士雖形居兩地，鼻孔一氣矣」，可見二人之情。如愚在書中提到與諸人座間所談為「生死大事，究以日用」，即為禪學與王學；參與談論者，「咸以夙福深厚，率多領會」〔註82〕。如愚與周汝登所談，更是「必談以死生性命」，《贈別周海門吏部》序云：「公與余為方外遊，十年有奇矣。每一聚首，必談以死生性命，其餘寒溫周悉，靡不罄中折節，蓋心相知也……交深在道，不得不與師眷屬為別。今獲一面，可謂人生離合有分，良緣非偶，彼此慨然。」同時賦贈二章，之一云：「昨夜皖城客子歸，今晨君過說相違。交情十載寧無定，別思一朝誠有機。雲樹春深青拂蓋，海波風動綠垂衣。羅浮巖谷多幽絕，倘不寒盟片錫飛。」之二云：「朱軒紫綬出清曹，羨爾仙郎擁節旄。六館梅花醒別酒，二春楊柳醉征袍。主恩會使曹溪近，仕路何妨庾嶺高。屏幹一方應護法，東南賴可得甄陶。」〔註83〕詩及序中交代二人親近之情，以及在生死性命等觀念上的深契，又《卜築新就用柬周駕部海門》之一云：「十年遊倦客，卜築念初成。樹老吟堪據，雲深臥不驚。故人迷問姓，新燕喜窺楹。跋涉無勞計，煙霞盡此生。」之二云：「僻徑應芟草，頹垣可覆茆。春寒花滯雨，日冷鳥喧巢。問影聊堪止，買山空見嘲。石城來往近，松色似荒郊。」〔註84〕詩中亦可見二人內心之情深。

與晚明文學思潮中文人交往最密切的是晚明文學思潮主將——袁氏三兄弟。袁氏三兄弟，雖然不能說是晚明文學思潮的發起者，但絕對是主將和將之推動至高潮者。三兄弟之長袁宗道，如愚有《與袁玉蟠太史》書云：「僧與宰官書固不韻，不與道人書殊不情，此僧所以問訊石圃居士，而不暇顧金馬故人位尊名重之忌諱也。居士道成德備，官途冷落之懷，處車輪馬跡極繁華熱鬧之

〔註82〕《止啼齋集》，第9頁。
〔註83〕《飲河集》卷上，第80頁。
〔註84〕《空華集》卷下，第48頁。

場，鼻孔得無圓而復缺耶。雖然，至人冰炭去懷，於物旁礴，即火流金石、水稽天漢不能薰溺一毛，況動心乎。」這段話表明二者關係不淺，二者在一起談論的是「說蚌蛤禪」。在如愚眼裏，袁氏兄弟就是佛教的信仰者，「仰庇得會兩令弟，玉樹相輝，金光散綵，三吳豪傑見者為之奪目……異日僧至都門，借是又添一道地檀越矣。」〔註85〕袁氏三兄弟亦以交情頗深之友人視之，如愚《真州江上贈別袁小修》之一云：「璨璨三珠樹，乃生荊山阿。上干衡岳雲，下蔭洞庭波。二株已棲鳳，一株猶挺柯。枝葉繁且茂，榮華更婆娑。不與群芳競，眾鳥難為窠。含情結靈實，竢彼鵷雛過。念我同土親，結交義匪訛。異得雨露滋，分陰覆槁禾。豈期托根異，一旦別離多。攜手臨長岐，慷慨淚滂沱。」之二云：「滂沱亦以洇，綢繆意未中。念子三兄弟，視我非途人。藿蠋變細腰，蒼鷹化海蠙。固質豈無節，受思難惜身。昔者遊京華，頃矣別江濱。商飆動金節，玄鳥候歸辰。秋氣慘離顏，祖餞響然臻。遙遙京口渡，峨峨三山嶄。安得巨靈手，移塞揚子津。留君須臾住，敘此平生親。」〔註86〕詩中「璨璨三珠樹」或許就是指三兄弟，之下詩句應該是讚揚三兄弟之風采，「念我同土親，結交義匪訛」「念子三兄弟，視我非途人」敘述彼此之間的情誼，故有「慷慨淚滂沱」「敘此平生親」之深厚情感。

如愚與三兄弟中的袁宏道來往是最多的，有時在一起的時間頗長，如《答阮澹宇孝廉書》中提到說：「僧住白門，忽忽五年，昨得吳令袁中郎來，略動口唇皮，漣漣涎涎，二人同過一月。」〔註87〕二人有時對彼此的作品交換看法，如《讀〈錦帆集〉贈表中郎明府》詩，就是讀袁宏道《錦帆集》後對袁宏道的讚揚。詩云：「我輸君無髮，君多我有位。君來問我禪，如我做君吏。道德與功名，文章及勢利。兩者相為謀，畢竟無是事。讀君《錦帆集》，知君高世志。鳳鳥豈毛群，麒麟非蟲類。龍性果難馴，兔罝徒見制。千古得若人，佛法有靈氣。」〔註88〕詩中讚揚袁宏道的「高世志」，又肯定其在佛教上的超識；得其人則「佛法有靈氣」，是肯定袁宏道是禪門中的具手眼者。袁宏道為如愚編選《空華集》，現存《空華集》署名為「石霜山僧如愚著、柞林袁宏道編選、豐干潘之恒校」，表明二人關係之不一般；袁宏道能為如愚編選《空華集》，更表明二人在文學觀念與文學創作上的一致與認同。

〔註85〕《石頭菴集》卷四，第 142 頁。
〔註86〕《飲河集》卷上，第 66 頁。
〔註87〕《止啼齋集》，第 15 頁。
〔註88〕《飲河集》卷下，第 82 頁。

　　如愚與三袁經常同遊，如《同袁中郎潘景升中夫丘長孺袁小修攝山紀遊作》詩云：「山固六朝佳，人尤一代盛。川陸至如期，相聚何高興。披雲排霧尋巖壑，撥草瞻風論行腳。每臨奇絕不忍看，回巒倒岫紛叢薄。熱腸冷酒發狂叫，鳥獸知音也解笑。一嶺空藏千箇佛，佛頭卻說有紗帽。十月微霜天氣冷，青松黃葉織如錦。坐對白雲時往還，摩肩接踵穿林影。神工鬼斧巨靈手，片石開巖大如口。晝吞白日與青天，夜深燦爛吐星斗。徵君法度已悠哉，齊梁臺殿今何有。靳尚祠前草更荒，江總遺文名不朽。日不盡歡留夜飲，文言俚語相機穎。豈關境勝愜人情，自是情高增勝境。一會復一離，良辰顧可惜。分手東西南北人，天涯邂逅知何日。」〔註89〕本詩所紀是如愚與三袁同遊攝山，彼時之氣氛應該是非常活躍而高漲，「熱腸冷酒發狂叫，鳥獸知音也解笑」寫的就是如愚當時的內心狀態。本詩提到丘長孺，即丘坦，湖北麻城人。李贄曾長期居住在麻城，麻城也成為當時思想界活躍地之一。丘長孺與三袁交往尤其密切，是公安派重要輔助者之一，從三袁的作品集中便能看得出。如愚應該是與三袁之間的交往而得以與丘長孺頻繁交往，如《九月十六夜丘長儒招同石城河下泛月各述所懷因而賦贈》詩云：「丈夫有奇志，四海欲橫行。但圖目前樂，寧顧身後名。余聞此言久，實未見其人。因茲疑往古，載籍或非真。胡來曠達士，相逢各有時。三袁與丘生，次第成相知。口無齟齬議，心絕利名氣。面貌皆昂藏，形跡忘忌諱。念我同桑梓，方外尤相喜。狂誕率心情，本色徵操履。舉世何庸俗，寒溫假託熟。一言靡相當，恨不全身斃。我雖出家兒，少年多意氣。足跡遍四方，交遊滿天地。無人服道德，何況憐才藝。不惟不相憐，從而增妒忌。任爾真聖賢，不敵假名位。觀此耳目熱，兼之肝膽裂。自忖豈他卑，元因吾計拙。蕩蕩丘公子，生來多俠骨。放身任漂泊，到處成家屬。北登太行顛，羊腸歷險陸。東觀滄海底，一漚期滿腹。著作有新聲，不事強雕鏤。自視若尋常，比人誠金玉。買妾向吳門，屢借秦淮宿。六代富煙霞，晨遊苦不足。夜深招我來，放舟待月出。石城長千里，煙光波靡靡。欲泛莫愁湖，先從桃葉始。機入萬竅息，帆開雙櫓舉。菊花滿倉，香肴核紛且美。呼童秉高炬，開窗覽進止。二儀有真景，三秋誰踐履。中宵剖冥藏，陶然淨渣滓。岸驚樹鳥鳴，浪動渚鴻起。河影霧不分，星辰隨斗指。塔燈遞明滅，村歌難入耳。樓閣懸空排，埤堄失頭尾。三更昏翳消，一川光如洗。漁舸鱗次橫，賈人睡猶語。潮來天有霜，畢遠月無雨。寒生授衣時，杪然歠莫齒。四顧何茫茫，俯仰窮化理。百年

〔註89〕《飲河集》卷下，第84頁。

當此夜，勞生能得幾。攜手上河梁，長嘯樂未央。一吐平生懷，天地隨翱翔。
苟得此心安，相將保歲寒。詰旦再作計，勉盡今宵歡。若為自苦辛，白首徒長
歎。丘生向我語，何時同歸楚。巖壑善吾生，忘言人太古。」〔註90〕這首長詩
一方面表露「三袁與丘生，次第成相知」「夜深招我來」之情誼，彼此相交重
在「俯仰窮化理」之感悟；一方面對丘長孺進行極力讚揚，如「蕩蕩丘公子，
生來多俠骨」等。其中如「任爾真聖賢，不敵假名位」與李贄反對假道學的觀
念一致，「著作有新聲，不事強雕鏤」是典型的文學思潮中所強調的文學觀念。
如愚又有《百六詩四首為長孺賦》，題中的「長孺」應該也是指丘長孺，詩之
一云：「確志事君子，芳情報所私。誰知交頸日，翻是斷腸時。冶態風迎炬，
殘生露墜枝。傷心鴛與鶴，啼喚總成悲。」之二云：「明知妾薄命，偏愛爾多
才。記得生前曲，都成死後哀。玉環雖在手，破鏡已空臺。雲雨巫山隔，千秋
夢不來。」之三云：「妖冶如星散，恩情似霧殘。豈無傾國恨，寧有還魂丹。
地下同誰苦，人間罷我歡。秦箏與蜀瑟，不忍夜深彈。」之四云：「名在卿非
死，形亡我獨憐。履綦塵盡掩，歌扇篋初捐。馬鬣徒埋骨，鸞膠枉續弦。九原
如可會，斷不惜餘年。」〔註91〕詩分四首，繼續表達與丘長孺之間的情誼。

　　如愚熟交的「長孺」還有虞長孺。虞淳熙，字長孺；其弟虞淳貞，字僧孺，
兄弟二人共修習天台宗與淨土宗，尤其擅天台宗的止觀佛。虞長孺兄弟並為
晚明文學思潮的倡導者與鼓動者，亦與三袁等人交往切密，如愚與兄弟二人皆
多有交往，如《立秋前一日宿南屏樓中，風雨大作宛然深秋景狀，因寄虞長孺
吏部並乞直指序》詩云：「林下炎蒸暑未回，雨中秋色故先來。當峰湖影寒沉
日，繞塔溪聲夜走雷。吾土仲宣空信美，他鄉宋玉實悲哉。虞卿倘肯憐同病，
腹裏陽秋為客裁。」〔註92〕詩句「倘肯憐同病」即言二人有同病相憐之意，《過
虞僧孺隱居賦贈兼呈令兄吏部》之一云：「多君季與昆，竟日掩蓬門。山鬼情
難狎，谷神道自尊。挾經鋤畎畝，襆被臥丘樊。相過渾無事，唯看種竹繁。」
之二云：「芳草深茲夏，三旬隆暑移。簡書研露點，木榻就花支。送客白雲處，
開門落日時。大都情景愜，兄弟更相宜。」〔註93〕本詩是寫給兄弟二人的，《留
別長孺僧孺二地主》也是寫給兄弟二人的，云：「避暑多君為卜居，傷秋無那
說歸歟。凌霄支遁應憐鶴，彈鋏馮諼敢冀魚。風雨蕭騷行客路，煙霞寂莫故人

〔註90〕《飲河集》卷下，第82～83頁。
〔註91〕《飲河集》卷下，第83頁。
〔註92〕《飲河集》卷上，第64頁。
〔註93〕《飲河集》卷上，第63頁。

廬。何年偕老商山下，遍把靈芝仔細茹。」〔註94〕詩中描述是與二人在心意上滿滿的相通。

如愚結交的晚明思潮中人物還有如馮夢禎等。馮夢禎是明末極具有聲譽的居士，深入結交佛教與文人兩道，是明末佛教的重要扶持者，與李贄、三袁等心學學者及受心學影響的文人關係密切，本書其他章節中有所言及。如愚在《與馮開之大司成》中提及與馮開之的交往云：「居士德行文範，蓋乎兩儀，疇昔恩澤能無繫念？水遠山長，萍蹤浪跡，去住無恒，以是徒心口內訟，而形軀竟不得追繹故態耳。」〔註95〕《南屏結夏喜馮開之太史見過》詩云：「上公能愛客，過我湖邊居。玉尾談中塵，金根詔後車。歷官唯尚質，俟佛不淪虛。移座頻逃暑，天花到處餘。」〔註96〕二人在佛教觀念上應該是很相投的。

如愚與李贄、袁氏三兄弟及其他虞長孺、丘長儒等人的密切交往，表明如愚亦一直處在晚明文學思潮的中心位置，其創作與觀念都體現出與晚明文學思潮的一致性。

六

如愚深知文章的功用，如上文提到以詩文弘法、以文章頌揚統治者以取得支持等，故其對寫作詩文投入了相當大的精力。與文人相交，詩文是相當重要的媒介，如愚因此更需要寫作詩文作品，《與劉方伯景孟書》中提到「僧又以償筆硯之債」〔註97〕，表明了詩文寫作的現實需要，也表明了在詩文寫作上所投入的精力。如愚筆下亦有相當重視寫作的僧人，如《贈印玄上人》詩云：「偈偏名山足未躡，訪余夏口何其晚。荷擔肩頭詞賦多，聖僧碩儒喙猶短。雖然語言文字禪，到處逢人舉著顏。請看堂前焚鈔者，一滴難將巨壑添。」〔註98〕印玄上人以文字揚禪，詩偈寫作必然相當多。

對於詩與禪，如愚有一段頗長的話予以闡明，《冬夜小參》之三云：

> 近有字也不識者，亂作詞賦，舌也調不轉者，便當座主，東奔西闖，結交縉紳，謂之俊流衲子，此皆其甲作罪魁首。雖然，某甲初不欲作此惡因緣，引壞人家男女，只因初參學時遇雪浪和尚，和

〔註94〕《飲河集》卷上，第64頁。
〔註95〕《石頭菴集》卷四，第150頁。
〔註96〕《飲河集》卷上，第63頁。
〔註97〕《止啼齋集》，第10頁。
〔註98〕《石頭菴集》卷二，第123頁。

尚見余可教，教余業此。余便請益曰「詩僧與禪祖孰愈」，曰「禪
愈」。曰「何不作禪師而作詩僧耶」，曰「爾道詩僧有何過」，曰「詩
圖世名，禪超生死」，曰：「若為名，作詩豈招現苦，亦造未來三惡
道因，但當今信佛法者少，尚詞賦者多，而能為此亦可先以欲鉤牽，
後令入佛慧普賢萬行，可為方便門者利人之一端也。」曰「詩胡可
為普賢行門哉」，曰：「天下有四姓，謂士農工商，惟士多聰明而少
智慧，聰明多故善為文章，智慧少故不信佛法，而能投其所好，即
不信佛法亦肯與僧遊。遊則一香一華一飲一啄布施於僧，結喜拾緣，
種佛法根於人天道中矣。倘獲一個半個有氣息者，回頭轉惱，向佛
法處薰習，種無上因，未可知也。是而名雖詩僧，其實禪祖，有何
謙焉。」余受命禮謝，諦思既作普賢行門不可草草，遂專心六經子
史，出入百家九流，及小說叢談，期欲涉獵盡而造語，語務蓋今古
而後息，由是沉酣歲月，不得滿志，遂遍遊海內詩作禪參，為詞人
才子重，然亦往往遭假禪假道學不通向上竅者下視之。及與余談，
又不余勝，遂相謂余是不測人也。間或拈弄一聲一律，回頭舊路，
則潸然悲悼，不忍作普賢行門以利人，願為禪門祖師奴而不可得矣。
故余詩率多怨言也。何哉？恐引壞人家男女故也。潛傷暗悔，孰得
而知至。為座主則又為人所激發，而與詩道無異情。

雪浪告訴如愚，以辭賦誘引士人信仰佛法是方便法門之一，如此則辭賦對於禪
者來說就不應該是被禁止的。因此詩文寫作之僧徒，表面上是詩僧，其實更是
實質上的禪祖。許多僧徒往往不明此實際，傚仿詩僧或文人所作與生死事無關
之詩文，徒為文字寫作而已。如愚因此告誡說：「我已墮落不堪，慎勿再墮，
急早持一經一咒，作臨命終時還家」〔註99〕。

　　由這段話來看，如愚的寫作最根本的目的還是在於揚禪或弘傳佛法，若詩
文不能用於弘法，則應該便會棄而不作。水平更好的詩文作品能更好地揚禪，
如愚因此對作品的文辭比較重視，尤其如《採石弔李太白先生》中所言「言不
奇不足以贈先生」，可能是由於本詩祭弔的對象是李白，因而講求言辭之奇
瑰。詩歌之語確實顯示出「奇」的特徵，詩云：「言不奇不足以贈先生，心不
同不足以名後進。愧我乎釋子，弔先生乎玄聖。何遭時乎靡臧，遇力士乎善
譖。不怨天而尤人，敢安心而聽命。前席宣室授簡，梁園調羹賜錦。異代同恩

伯陽，函谷方朔金門。宮中蜀道同心異，言辭不枝兮性亦閒。不居廊廟即深山，百年窮達皆歸盡。何似名懸天地間，磯頭流水聲潺潺。亭上清風目往還，不辭濁酒邀明月，吾將與爾破愁顏。千秋萬世誠知己，我何曾生君何死。江山略無古今殊，願君心地常歡喜。一代文章有數奇，清新豪大敢相師。孤帆明日別君去，萬里煙波無盡悲。」〔註100〕或許是由於刻意言「奇」，如愚詩作中帶有莊子之氣勢，如《贈段元智文學》詩云：「草草會君時，知君高品藻。及至綢繆深，愛君心地好。魚服焉能困白龍，鷗餐詎可嚇青鳥？青鳥白龍不足驚，魚服鷗餐難為情。大鵬一朝搏九萬，彼之黃口誇崢嶸。世間萬事如轉軸，屈伸變化多倚伏。當時覆裹蟣蟓尊，今覺井底乾坤促。物情每自高卑彼，先倨後恭何窮已。待君風雲際會來，河潤蒼生非九里，暫時貴賤何憂喜。」〔註101〕值得注意的是，如愚重視文辭，並沒有和揚禪相對立起來，而是以文辭為揚禪服務；言「奇」，也沒有與其所強調的「直抒性靈」相衝突，而是很好地將二者結合在一起。之所以二者在如愚的詩作中沒有衝突，重要的原因是如愚首先強調的是立意，《刻王君和遊仙詞五十首序》說：「古人謂有意而言、言盡而止者，天下之至言也。蓋古人患乎立意難，非患立言也。意在則終日言而不厭，不在，言雖立而不免為賸言矣。賸則至言隱矣，是以每言而不當，古今操觚染翰屬意乎文辭者，難兩得之。」〔註102〕強調立意，輔以文辭，如不能兩得之，如愚強調要立意為先；因此如愚雖然重視文辭，卻並沒有以辭害意。

詩僧與禪能相合，根本在於詩禪的相通之處，相通之處即詩禪皆以悟為則，如傅新德《蘊璞上石頭菴集敘》云「談禪者以悟為則，詩亦然」，作為文學樣式的詩的文學性固然必要，卻並不妨礙「悟」，《蘊璞上石頭菴集敘》繼續說：「比興錯雜，假物神變，難言不測之妙，感觸突發，流蕩情思，言之者暢，而聞之者足以動，則三百篇尚矣。」《詩經》亦是在言悟，究其實質來說，並非《詩經》以妙感悟，而是評論者以「悟」來衡量評價詩歌了，如云：「遞是以降，鴻舉豹蔚而金石其聲，以自附於古之作者，代不乏人。然人獨稱淵明、太白、右丞、襄陽、蘇州諸君子，其所自得處，玲瓏透徹，絕無聲色臭味之習，如羚羊掛角，無跡可尋者。夫豈嘔血刳心、枯髯凋鬢、窮日之力而不得一辭者之所可同日語哉！此無他故，則所為悟頭別耳。」《蘊璞上石頭菴集敘》接著

〔註100〕 《石頭菴集》卷一，第 98 頁。
〔註101〕 《石頭菴集》卷二，第 114～115 頁。
〔註102〕 《止啼齋集》，第 6 頁。

以此敘如愚的詩作云：「碧峰寺蘊璞上人，醉心祖道有年，胸中灑落消搖，殊不知人間有所謂印組者，終日閉門宴坐，左右圖書，蕭然與世外隔，如避秦人。然問法者時來瞻禮，茅菴席扉香一縷出，竹林中始知所處。間與同調煮茗，匡坐相對，談名理能使深源掩口、支公卻步，已稍進其詩數卷，力去雕飾，天然沖夷，太羹不和之味，流羨於齒舌間，相與吟咀久之，若置身於陶、韋諸人之前，而厭世之工於藻者，余固知上人之洞於悟也。或曰：『淵明、太白諸人之於詩，雖各有妙悟，至以拈華微笑正法眼藏勘之，其大致不出綺語耳，非真於性命分際有所窺徹也。上人而淵明、太白、右丞、襄陽、蘇州也，則何以少林、黃梅、曹溪、百丈、溈仰哉？』曰：陶、韋諸人以詩禪考也，上人以禪詩者也。以詩禪者從外入，其致偏，以禪詩者從內出，其力雄，見則同，境則懸矣。譬之雨然，落天宮則珍寶，落修羅則刀槍，而落人間則雨。又譬之水然，諸天見為琉璃，地獄見為濃血，魚鱉見為窟宅，而人間見為水。何以故？所證異於中，斯所觀變於外耳。故詩一也，詩人為之，則綺語矣。道人為之，則妙偈矣。《楞嚴》不云乎『如我按指，海印發光，汝暫舉心，塵勞先起，為物轉與轉物之別也』。作詩者能不為詩所轉，則何渠淵明諸人不為少林諸宗乎。」由此來看，如愚「詩不礙禪」，詩禪無二，《蘊璞上石頭菴集敘》最後說：「余讀《石頭菴集》，而祝融君山之奇、洞庭雲夢之秀、鍾阜大江之雄、天闕棲霞之觀，若盡收而入於子墨之府。上人妙明中所現山川名勝，殆爭流競秀，令人應接不暇矣。嘗戲謂上人『此中末後一句謂何？肯容學人同參否？』上人聽然而笑曰『去去，石頭路滑』。」〔註103〕以禪話的方式，將如愚的詩禪不二敘述出來。

　　如愚的詩作很少有大篇幅皆載宣揚禪理者，相反更多的是描寫風雲雨露煙霞等之作，從這個方面來看，如愚是一位詩者。作為禪僧，其詩作儘管描寫風雲煙霞，其中卻仍透露著禪意，這個方面來說，如愚自然又是合格的禪者。如愚就這樣將詩禪不二體現在自己詩作之中，周應賓《飲河集》序中，言「愚上人亦喜言詩，其為詩也，必極其情之所之才之所至，見之者皆以為風雲月露之致語」，許多詩作看上去的確幾乎的純粹的「風雲月露之致語」，如《龍江關曉發》詩，之一云：「振擢出江干，江風夏不寒。過雲晴帶雨，浴燕曉臨湍。岸柳侵潮濕，灘沙迫曙乾。依微瓜步近，海日上高檣。」之二云：

「乘流風欲順，動槳即前村。赤岸開江寺，青山接海門。鷗驚過浦下，魚戲出波翻。揚子經三渡，勞勞不可論。」〔註104〕兩首詩純粹是寫拂曉時刻從龍江關出發時，所看到與感受到的景致。類似這些詩作看上去並無佛禪之意，但詩中自由的心境、勃發的情致是極其明顯的，如有《懷歸白下示吳門同志》詩中所言「豈若巢葦禽，身心靡瀟灑」〔註105〕之意，即如周應賓接著說的「而不知其於禪教，固甚精也」。有些詩作寓含禪教之理相對明顯，如《同吳孝甫強善長侯師之集李季宣青蓮館分賦得河煙》之二云：「逍遙叢桂苑，猶喜字青蓮。就石窺雲母，迎橋種水仙。鳥聲饞膈竹，人影即溪煙。問法空云悟，終知未絕筌。」〔註106〕周應賓因此說「乃知禪不妨詩，詩不妨禪，禪與詩果無二」。詩禪無二其實一直是詩僧創作禪詩的傳統，如愚的禪詩寫作是對這個傳統的繼承，周應賓對此評論說：「昔晁文元、蘇文忠皆文人也，而喜言禪。靈澈、齊已、無可之徒，皆禪門中人也，而喜言詩禪與詩，其有二耶？其無二耶？夫祖師西來，直欲捐一切文字，而況於詩？又況於風雲月露之詩？若爾得無犯綺語戒乎？嗚呼！迦陵之鳥自其在縠時，而音已異如來，蓋有取焉。夫如來之有取於迦陵也，豈徒以音已耶？」〔註107〕再如《坐高座寺禪房》詩云：「三徑開還僻，孤雲入轉深。到簷晴竹翠，背日曉堂陰。有法觀前劫，無塵淨後心。欲歸仍宴坐，鳥語出山岑。」〔註108〕詩中將詩禪融合為一體，詩即是禪，禪即是詩，詩禪無二。

正如上引《蘊璞上石頭菴集敘》中所言如愚的詩作「力去雕飾，天然沖夷」，既是詩禪不二的表現，又反映的是與晚明文學思潮的文學觀念的一致。湯賓尹《石頭菴詩集敘》云：「談詩如談禪，今之帖，誦者人人稱詩，亦人人稱禪。自吾近日逢人衣冠之族，著衲持齋，往往而是，所居處無不懸佛作禮，案無不置經軸；相與談，無不印及性命。禪道之盛，無今日過者。然高曠之性或藉以浮遊，不類之徒至竄為窠窟，禪之弊亦無過今日。豈惟弊也，禍且滋甚。予嘗以為今日之禪髡者，頭似我輩，舌似要之，未寢其皮，安論神髓？其於詩亦然。夫禪之道，當下便掃，不立文字，便是文字，此禪訣也，亦詩訣也。天地化工之妙，微特今與昨變，朝與暮殊，同時共刻，針芥不容之間，大地眉端，

〔註104〕《飲河集》卷上，第 53 頁。
〔註105〕《飲河集》卷上，第 54 頁。
〔註106〕《飲河集》卷上，第 53 頁。
〔註107〕《飲河集》卷首，第 51 頁。
〔註108〕《飲河集》卷上，第 54 頁。

山河瞬眇，呼之氣轉而為吸，初念脫而為二念，即已陳陳不堪覆拾，闌之既謝
之花，既槁之葉，重黏枝上，必無生理，而況其聲音字畫之粗乎。見形而起，
影緣像以索真，高樹深宮，終慚舐唾，鳳凰鸚鵡，未免捧心焉。有之乎不識，
宮徵莫辨，攢成五字七字輒稱詩句，撮合前人一字兩字輒稱詩人乎。吾客天界
且久，而愚公始自遊歸，所居石頭菴與吾竹樹相望，往故愛其《飲河》、《空華》
諸刻，尋貽近作，快然讀之，似其口門徑吐，腕下直書，了無沾礙，真所謂得
詩之意，覺向者之猶費臨摹也。」〔註109〕《敘》中再次闡明如愚的詩禪不二，
並闡述其寫作「腕下直書，了無沾礙，真所謂得詩之意」，這正是晚明文學思
潮所強調的。

晚明文學思潮中三袁、李贄等人，主要的文學觀念就是書寫童心、直抒
性靈與胸臆等，由上述的評論來看，這些也都是如愚所主張的，也是在創作
中所遵從的。顏素《石頭菴集序》中直接稱如愚的詩歌寫作是「直抒性靈」，
云：「詩何為者？仁人志士不容己於言者也。不容己於言而言，其言必真。闌
夫孩孺，神完足而情暢悅，不覺慷慨發歌，頓足起舞，本無節奏鏗鏘，亦無
緣飾求悅於人，而見者莫不愛，且樂真故也。江夏蘊璞公飛錫吾郡，諸宰官
婆羅門要留結夏，為弟子輩談《楞嚴》，暇以詩視我，我欲於真處觀，而蘊公
獨於真處得，故其發言直鈔性靈，不假外飾，道人之所極欲道，而寫人之所
不能寫。然則蘊公以此鳴詩，則一掉臂、一咳唾皆珠璣璀璨、金石始終；以
此鳴禪，則蘊公於真處無所得，余於真處無所觀，以無所觀觀無所得，則世
人何可以詩目蘊公，而蘊公何可以詩視世人哉。」〔註110〕郭正域《石頭菴蘊
璞上人詩文序》中說：「詩文非禪家事，則阿難多聞富那辯才非歟？世間一切
法不礙真心，詩文何礙之有？吾鄉蘊上人，所著《心經正論》，精到縝密，其
為詩文不襲成言，自抒胸臆，從性靈出，時出時入，有獨造語，令人快意賞
心。近代詞人，步武前軌，不離尺寸，而真趣妙言索然無有。即音響盡合，
格調不爽，所謂腳跟汗口頭禪也。」〔註111〕序從詩文無礙入手，說到如愚創
作「不襲成言，自抒胸臆，從性靈出」，這些主張顯示了如愚不僅與晚明文學
思潮之諸文人交往，更是在文學觀念上保持一致。《跋書溪上落花詩卷尾》
中，如愚再次表達「捨自家無盡藏」而傚仿「大家」是沿門乞討的文學觀念，

〔註109〕　《石頭菴集》卷首，第 92 頁。
〔註110〕　《石頭菴集》卷首，第 93 頁。
〔註111〕　《石頭菴集》卷首，第 90 頁。

文云:「教中戒巧捏歌曲、煥作綺語,而余復有《落花詩》者,為友人所拉成,一時取笑之戲具耳。昔罔識忌諱,伎倆翩翩,每每為人竊為已有,翻獲利養,傍觀者謂余赤足趁鹿,人實得味。又有一等,聲調不法,矩步靡諧,亦學大家兒開口至稱善知識及座主者,質本犬羊,藉是以虎豹其文,亦欲大篇長幅,搖鼓舌爭一時之名,可謂棄捨自家無盡藏,沿門乞缽仿貧兒也。」〔註112〕如愚有《詠溪上落花》二十首,確多綺語,如之一云:「一溪春色盡,幾樹落殘紅。著水愁經雨,辭枝解舞風。芳馨情不異,嫵媚態難同。神女託幽思,微波處處通。」〔註113〕跋中云本詩「為友人所拉成」的友人,是指虞長孺兄弟等,《刻王君和遊仙詞五十首序》中說「虞長孺昆季嘗詠溪上落花各五十首」〔註114〕,則如愚本詩應為和兄弟二人所作。《詠溪上落花》看上去多綺語,其實正是直抒性靈的表現;由本詩為和虞長孺兄弟等所作,進一步證實了如愚與晚明文學思潮的關係。如愚可以說是晚明文學思潮中的重要輔助者與實踐者。

七

如愚詩歌的直抒性靈,表現在書寫自己經歷與抒寫性情上。

也許是性格上的原因,如上文所述,除晚年居住於碧峰寺之外,如愚似乎沒有在某個地方居住太長的時間,《答阮澹宇孝廉書》中有所透露云:「居士兩次書來,俱未得便答,書中招我住浮渡、皖山,其意殷殷懇懇,非在道中人不能如是,非視僧真為道者亦不能如是。僧不能如命而褰裳裹足者,浮渡雖佳,彼已有主,諺云『一林難容二虎』,非渠不肯相求,勢不容也。況渠陽賢陰忌,僧已得之久矣,恐到彼又多一番事耳。若皖山者,風土硬薄,飲食砂多,草木枯悴,人多似實而詐,似文而奸,且巧為造誣,不肯服善。自度雞肋不足以當其拳,況傷弓之鳥見彎木而驚,又肯復求枝耶。是以二處俱難如約也。」〔註115〕所作詩文表明他似乎一直行腳在路途之中,祝世祿《石頭〔菴〕集題辭》記云:「余方外交愚公者,江夏名家子,少歲行腳四方,中歲思歸南岳石頭菴未遂,遂卓錫石頭城南碧峰寺,莊嚴戒律,妙透梵典,隨喜作詩,久之成峡。中有卒然得之,騷人墨客經年累月、嘔心斷須所不可致者,其徒刻之名《石頭

〔註112〕《止啼齋集》,第 12 頁。
〔註113〕《飲河集》卷上,第 61 頁。
〔註114〕《止啼齋集》,第 6 頁。
〔註115〕《止啼齋集》,第 14 頁。

〔菴〕集》，志所居也。而問序於余，余不欲以思議文字於佛頭著糞，為拈數語，聊應所求。咄！此亦一石頭，彼亦一石頭，愚與頑遇，針芥相投無中，唱出『石石點頭，去去不愁，路滑水輪，雙駕泥牛』。」〔註116〕如愚與文人如本序作者祝世祿等相交，創造著不少公案。祝世祿《題辭》中，所指出的其詩作「卒然得之」，實際上就是指其詩歌寫作的直抒性靈與胸臆。《題辭》中指出的少年時行腳四方，行腳四方的經歷都在他的詩歌中表現出來，這些詩歌更是其胸臆的直接抒發，毫無掩飾之意與之辭。

　　從詩作來看，如愚似乎一直在路上，如以「曉發」「夜發」為題的詩作就多不可計，如《長干曉發》《暮秋句容道中曉發》《新亭曉發》《采石曉發》《馬當磯早發》《濟南道中晚行》《山西道中晚行》等；有雨中趕路、為風雨所阻，如《舟中雨夜懷吳門故舊》《雨中投萬年寺》《若耶溪阻雨》《觀音山阻雨》《祖堂山阻雨》《周山所阻風》等；有病在路途，如《舟中病作》《夏日郭村病中作》《養屙張襄城進士館中紀贈》等。更甚者，如愚除夕之夜竟然也在行腳之中，如《除夕前三日復往廬山度歲江上作》《除歲匡山道上迷路》《戊子長安除夜》《趙州客舍守歲》等。由此眾多詩題來看，如愚可謂是名副其實的行腳四方者，大量的詩歌書寫著他的行腳，如《天津曉發有感》詩云：「寒冬晨獨起，登路踐嚴霜。樹老河水白，天空海日蒼。塵連人影斷，風逐雁聲長。役役乾坤裏，煙霞十載忘。」〔註117〕常年的行腳野宿，對如愚的身體產生很大的影響，如《與劉武溪太學》詩中云「野宿經年，身心多恙，伏枕數旬，幾乎早世（逝）」〔註118〕，這樣的情況是能夠想像得到的。

　　如愚行腳的一生，似乎可用《冬日江行》加以概括，之一云：「慣作天涯客，風波每不驚。如何今利涉，翻自念勞生。浪擊寒空暮，沙暄晚樹晴。稍稍新月上，旅泊獨含情。」如愚可謂是真正的天涯慣客，歷盡數不清的風波，只能面對旅程中之風波獨抒內心之情。之二狀旅途之情形云：「問宿寧須寺，舟中臥亦安。枕流看逝鳥，得食過前灘。」之四中的「前途深浩蕩，去去總銷魂」似乎是對虔誠的茫然，之三中寫到野鶴「悲鳴過九皋」〔註119〕，應該是內心之感觸與獨自奔波於旅程中內心之感受。《贈唐載甫》似乎也是對自己一生行腳之心態的總結，詩云：「江海不見底，不知波濤深。草木不經時，不知歲寒

〔註116〕　《石頭菴集》卷首，第95頁。
〔註117〕　《空華集》卷上，第29頁。
〔註118〕　《石頭菴集》卷四，第150頁。
〔註119〕　《飲河集》卷上，第54頁。

心。歲寒雖苦，操有松柏。波濤雖深，魚龍是宅。嗟乎，志士拭眼看世路，羊腸何逼窄。君為白下人，我為郢中客。屈指相交二十年，多少艱難與損益。若非能砥柱中流，幾環錫杖化為液。我髮在君頭，君心出我口。雖非共命禽，俱是喪家狗。百年夢裏未醒人，雲雨毋論翻覆手。得錢且盡沽美酒，他人緇素余何有。」〔註120〕詩中描述一生旅途之艱辛，深觸讀者之心；詩中「羊腸何逼窄」「喪家狗」等語是對路途之中情狀的深入敘寫。

　　如愚對於四方行腳，似乎並非出自內心之願，如《暮秋句容道中曉發》詩云：「久居不叶韻，驛馬逐星奔。豈曰善時動，侵此曉霜繁。憧憧潮來往，役役中心煩。寒焱集遠樹，素襟信風翻。逶迤牽長郭，靈圃接荒原。瓜瓞紛且枯，藿黍刈已屯。草木被沃野，牛羊亂丘樊。眷眷悉遠遊，迢迢隔故園。行止為誰謀，忉怛密勿言。」〔註121〕《將遊天闕山詠足》詩云：「嗟而雙白足，到處尋山水。跋涉不勝煩，勞苦未嘗悔。故遣與馬安，甘聽心目使。趺坐受曲折，乞食忘羞恥。一聞登牛頭，捷若附驥尾。市井王侯門，趨赴者如蟻。豈特增榮華，亦能免生死。爾獨不肯踐，莫非命而已。」〔註122〕詩中敘說對於行腳的煩擾，同時抒發自己不肯趨奉富貴之門的感歎，《秋日自省偈》詩對自己一生的行腳進行反省，云：「不須歡喜不須愁，但得平平過了休。家計短長應自辦，人情高下豈能周。芒鞋已識尋山水，錫杖何勞問去留。多少古今只者是，一林紅葉萬方秋。」〔註123〕如愚的行腳，很多時候可能是迫於無可奈何，有些時候則是體「道」而行，《冬日送洞疑上足歸越中》詩云：「懷歸從水路，別我出山門。黃葉半留樹，白雲全覆村。歲寒衣可補，食少缽猶存。莫為身貧累，應知道在尊。」〔註124〕在行腳中求「道」，亦或許是對於「道」的追求，使得如愚在行腳中安心。《三月十五日招姚使君諸公齋會並答見贈》之二中云：「體道心無累，忘名世不猜。德音多及我，投報愧非才。」〔註125〕隱隱亦是寓含求「道」之意。

　　《自錢塘至新安雜詩》中云「望望前途狹，依稀權不容」「林巒雖信美，何處寄吾蹤」實際上寫出了如愚對於行腳四方的迷茫，《舟中有感》再次表述

〔註120〕《飲河集》卷上，第 68 頁。
〔註121〕《飲河集》卷上，第 54 頁。
〔註122〕《飲河集》卷上，第 70 頁。
〔註123〕《空華集》卷下，第 65 頁。
〔註124〕《飲河集》卷下，第 90 頁。
〔註125〕《飲河集》卷上，第 57 頁。

這種茫然之感，詩云：「已分煙霞高臥尊，胡為杖錫逐波奔。風回白鳥點清浪，岸起黃沙翳遠村。感慨圖澄腸自塞，飄零濱若首空存。知余何地堪懸錫，不向燈前乞佛恩。」〔註126〕如愚亦有懸錫息腳之意，或許由於習慣了四處行腳奔波，對於懸錫定居，似乎存在著茫然之感。《甲午春日詠懷》之五云：「處世元非易，何因反住家。安心空有術，託業竟無涯。繞指剛雖在，悲絲色已加。溪頭春草綠，兀坐惜年華。」〔註127〕這是隱藏於內心中深刻的感歎，行腳者找不到住家安居的理由，更從另一方面襯托出如愚行腳的迷茫。這種茫然，一可能是來自於對世俗佛教的失望，上文引述到如愚對於世俗及世俗佛教的批評，《趁春行》詩又批評世俗佛教云：「金陵人家幾百萬，趁春遊樂費無算。三朋四友出南門，女唱男隨各寺串。僧歡客至竈頭熱，經不看兮佛不念。看經念佛雖正理，金陵之人不甚喜。君不見鷲峰寺裏講《楞嚴》，誰人曾捨幾挑米，不如鍋上種田多，免得殘軀而餓死。」〔註128〕二是對於路途艱險的感歎，亦有如上文所言對於俗世險惡的感歎，同時有對志意未申的歎惜，如《送陳紹文民部罷官歸楚》之一云：「眾女嫉蛾眉，好修空自長。中情豈戶說，哀時獨不當。人心險山川，奚必歎羊腸？仕路猶鴆毒，飲者盡為傷。所以楚大夫，勞歌誦九章。姱節苟不渝，願君保其芳。」之三云：「羨爾陳仲弓，攬轡清天下。一朝失所願，與我別離者。熙陽將南陸，草木媚郊野。撫景念歡娛，御情對五馬。窮途志未申，桑梓交彌寡。片言不自持，黯然為君寫。」〔註129〕再如《自寶坻歸京師有懷》詩云：「感物與時遷，人行盡遂心。滔滯言誰訴，邑鬱志空沉。京華遊俠地，車馬相追尋。非余可潛盤，念之生悲愔。」〔註130〕行腳中的如愚心中的落寞與悲愔之情，一定是極其濃鬱的。

不停歇地行腳，如愚亦不停地抒寫旅途之景，如《投妙靜菴宿》詩云：「入谷天將暮，投棲處尚遙。昏鴉集野樹，寒店接荒橋。日落人偏冷，途長馬不驕。前村聊可宿，何必問相招。」〔註131〕典型之作如《自錢塘至新安雜詩》，本組詩共十四首，之一云：「扁舟風水勝，觸目趣難言。人影穿山竇，林光起石根，伏波回晚照，側岸劇寒喧。漁子勞烏鬼，呼張何太繁。」之二云：「竹

〔註126〕《石頭菴集》卷二，第131。
〔註127〕《飲河集》卷上，第55頁。
〔註128〕《石頭菴集》卷上，第134頁。
〔註129〕《飲河集》卷上，第56～57頁。
〔註130〕《空華集》卷上，第29頁。
〔註131〕《空華集》卷上，第29頁。

色何其綠，江流映轉青。時寒魚傍草，山暝樹懸星。有食籠中雀，無家浪裏萍。歔歙明月夜，橫吹起長亭。」之三云：「萬艘爭流急，逆波上纜牽。路高行雨外，雲迴墮帆前。水綠苔猶積，林紅葉更然。孤村才入眼，恨不息行肩。」之四云：「望望前途狹，依稀櫂不容。半灘懸進路，孤壑掩回峰。水店聽新鳥，山祠識舊封。林巒雖信美，何處寄吾蹤。」之五云：「空蒼擊曉楫，望裏樹氤氳。水口深涵，峰頭亂觸云。雞聲村市接，山色雨晴分。倏忽過前瀨，奔濤不可聞。」之六云：「山背樹藏日，灘頭石起煙。落霞橫斷浦，殘照刺長川。斥鷃寒求食，鰊魚晚出淵。子陵臺已近，千載憶高賢。」之七云：「一棹次淳安，煙波向晚寒。亂峰樵引路，諸浦漁爭灘。行色誰云樂，歸期自信難。同舟人意好，語笑時追歡。」之八云：「江上臨宵月，舟中涉遠人。降霜光欲冷，競水色逾新。生暈還移桂，臨河不轉輪。共誰歌扇底，含笑自相親。」之九云：「山水娛人意，行途不計勞。丹巖石鑿宇，芳谷樹藏舠。賈客能維纜，村童慣桔槔。響山潭可笑，隨語應兒曹。」之十云：「望去金山小，行來匹練新。應聲潭上樹。照影水中人。雙逝鳧歸岸，孤鳴鶴下濱。窮年依旅食，何日是通津。」之十一云：「岸煙生夜色，山閣吐寒燈。鳥去橫枝度，猿歸絕壑騰。驚風承委葉，流澗瀉縣藤。何意行殊域，中宵百感增。」之十二云：「曉霧諸峰晦，人言空裏聞。舟橫低浦樹，纜引上灘云。日腳穿林出，浪頭觸石分。須臾陰靄散，千嶂氣氤氳。」之十三云：「一水初分界，群帆競上流。石形同踞虎，山勢類連牛。含影松翻雨，吞聲魚避鷗。泛觀情不淺，竟日倦雙眸。」之十四云：「孤燈然絕壁，崦映樹中昏。過鳥啼依雨，飛雲斷入門。塵蹤殊易託，霞思邈難論。顧此潛魚躍，相忘道彌尊。」〔註132〕詩中幾乎將沿途之景致都作了描述。

　　如愚寫路途之景詩，幾乎沒有喜悅之情，而是充滿對於旅途的厭煩，落寞與惆悵的情緒充斥心頭，如上引《天津曉發有感》中的「塵連人影斷，風逐雁聲長」，以「人影斷」寫旅途之寂寞，以「雁聲長」寫旅途之惆悵；亦如《同潘景升程仲權胡鵬運集宋忠甫心遠軒分題賦得秋夜韻得六魚》詩云「厭看蛾拂火，愁聽雁過廬」〔註133〕。只有當碰到友朋時，心情才變得喜悅，如《清源喜遇月峰桂公》詩云：「數載不逢支道林，天涯邂逅意何深。香分晚樹齋頭飯，聲度寒雲谷口禽。白業已無愁別念，青山故有戀歸心。黃花笑我風塵色，不肯

〔註132〕《飲河集》卷上，第59～61頁。
〔註133〕《空華集》卷上，第29頁。

全輸籬下金。」〔註134〕詩中的喜悅雖然沒有明確表現出來，「意何深」「香分晚樹齋頭飯」之語寓含的喜悅是不言而喻的。

　　上引各詩作能明顯看到，如愚在煙霞之句中不斷洩露著自己的情緒與情感。行腳四方就要不停地與友人別離，如《離別行留贈陳順竹贊吾昆中兼呈令翁大參》中說「離別復離別」，詩作中便要不停地敘說別離之情，「恩情何可說」。「何可說」不是說不可說，而是說別離之情說不盡，詩云：「春風吹起水連天，握手相看成哽咽。君家父子愛我篤，扶持艱虞盡委曲。縱使男兒鐵石心，難禁畏路傷情哭。傍觀譏我學道人，胡為世上兒女仁。事不嬰心談何易，況乃死生在客身。出門去，路萬里，此段相思何時已。」〔註135〕詩中的「此段相思何時已」說出了二人的別離之情，友朋間的深厚之情甚至超過骨肉，《將遊諸名山與弟子輩言別》詩云：「艱難共朝昏，恩情逾骨肉，一旦別離生，悲哉淚盈掬。」〔註136〕與超過骨肉之情的友朋相別離，自然是「淚盈掬」的了。《贈別劉毗邪詩》組詩，幾乎都是在寫與劉毗邪的別離之情，之一云：「心不是水，時流無住。言不是絲，日結無緒。形不是膠，久合固難。路不是箭，去何容易。可憐殺人，功名刀利。安得女媧補天手，執彼祖龍驅石鞭。杖此無情長江水，停我離人欲去船。」之四云：「本無緣而會，豈有情而別？為交深而思苦，念異鄉而同客。柳葉雖已青，杏花猶未白，問君何時行，或者在三月。」之五云：「君豈不為道，我豈不用情？情多不見道，道在難容聲。通情不通道，如彼燈上花。焰色雖可喜，結果則望差。通道不通情，如彼水中月。光影豈非真，捉摸不可得。道情兩相忘，如世猜假謎。道情兩欲全，如人作夢囈。不若且用情，菩薩真實慧。」之六云：「寧結無情友，不交有意人。無情易解攜，有義難分身。花有並頭蓮，魚有比目鱗。此豈怯孤單，天分義所親。所親而欲疏，安能不沾巾。」之七云：「欲晴不晴天氣，將別未別客心。坐看梅花曉發，行歌楊柳春深。可憐腸轉如轂，堪笑群分似禽。打起精神作樂，贏他一刻千金。」之八云：「常年與人別，一日兩日思。今朝與君分，所思無盡時。水流終到海，花發本依枝。如何同根株，東西忽間之。」〔註137〕如如愚這般在詩歌中大規模寫「情」，在佛教僧徒中是很少見的。

〔註134〕《空華集》卷下，第47頁。
〔註135〕《飲河集》卷下，第90頁。
〔註136〕《飲河集》卷上，第66頁。
〔註137〕《石頭菴集》卷一，第97頁。

八

抒發內心強烈的情緒與悲憤，是如愚詩歌直抒性靈的又一直接表現。

上文提到如愚以詩歌頌揚統治者，尋求統治者的支持以弘教，如愚在詩歌中也表明了對於士大夫政治文化的認同。與劉毗邪詩中，如愚曾闡明官佛無異，《贈別劉毗邪詩》之二以「發而皆中節」評論劉毗邪，云：「交是別之根，悲是歡之果。不知厭交歡，於別悲計左。離合非兩途，悲歡元一夥。欲交而無別，此情惡惡可。欲歡而無悲，此人太有我。歡時固可交，悲時固可別。措大老頭巾，發而皆中節。」〔註138〕詩中表達的發而中節，自然是宋明以來儒家士大夫一直所遵從和認可的。

如愚與統治者有著相當的聯繫，兩首詩中提到奉內旨。如《辛卯春日奉內旨飯僧南海樂石帆廣文雨中來別贈余以劍賦以紀之》詩云：「袈裟非染世，藉此一間遊。破雨憐君送，乘槎情我浮。帝京分馬足，鄉國盼牛頭。解佩多相贈，臨岐一蒯俟。」〔註139〕內旨，有可能是皇帝的聖旨，也有可能是皇后的懿旨，雖然不能確定如愚所奉內旨是皇帝的旨意還是皇后等人的旨意，卻能表明如愚與最高統治者的直接聯繫。《黃河雜詩九首》的序中，如愚提到「偶承內旨，奉役南溟」，看來這次的行腳是奉旨而行，序中敘述這次行腳云：「自春至秋，往復五月。舟行艱阻，隆暑侵人。觸景懷歸，厭長途而更遠，因言適志，嗟短布而難旋。詠歸田之舊賦，憶割袂之新知。黃金鎰盡，白眼人多。似木偶以橫流，虛無定想；同波臣而假貸，實有遙嫌。」如愚一生行腳四方，有些行腳並非是其所願，而是奉旨而行。序中可知如愚對於行腳亦十分厭煩，如上文所顯示的；雖然想回歸，想掛錫安居，卻一直不能做到，這恐怕也是如愚心中極為鬱悶之事，詩之三云「每憶歸南國，及歸反北行」。序中顯示這次行腳，如愚有著極深的感觸，「白眼人多」可想知其在途程中之經歷，本詩之四云：「漂泊非吾念，其如辛苦何。雨聲繁在樹，風色獨迎波。夢異歸林鳥，心同赴熖蛾。無時容暫息，雙眼對山阿。」之六云：「半世成何事，長途倦敢論。空懷黃鵠志，忍負白鳥恩。六月當隆暑，孤舟繫小村。問津天下是，何必念荊門。」之九云：「幾年曾息蹕，今復說辭家。遠樹雲屯雨，當帆浪落花。客歌驚短布，鄉夢戀長沙。不識藏身計，煙波滋自嗟。」詩中充斥著對於不停行腳的嗟歎。序末云「悲哉之氣，九韻茲成，初心是鑒」，即《黃河雜詩》充滿著「悲哉之

〔註138〕《石頭菴集》卷一，第97頁。
〔註139〕《空華集》卷上，第33頁。

氣」，詩之一云：「黃河傳九曲，何止百千灣。傾到風斯順，須臾浪作慳。月蒸
舟似甑，灘阻岸猶關。無那鳴蟬急，愁心掛客顏。」〔註140〕不僅是「悲哉之
氣」，更有悲憤、悲怨與悲愁之氣。

　　詩歌中的悲哀、悲憤、悲怨與悲愁之氣，顯示了如愚詩歌與多數詩僧不同
之處。大多數詩僧的詩文作品在提到統治者時，往往以頌揚為主，如愚在詩歌
中有對統治者的頌揚，更有對統治者對國事的批評，以及對於民眾疾苦的關
心。如《己亥冬夜兩聞雷電有感》詩云：「三冬無雪固非令，兩夜交轟雷電馳。
怪事寧惟關國政，泰階已自亂天時。鳥驚獸褢謾安寢，君聖臣賢好費思。不下
武皇哀痛詔，上方賜劍欲何為。」〔註141〕詩中隱含的是對於國事的批評，雖
然不能具體確定如愚隱寓的是何事，但一定是當時影響與爭議頗大的事情。
《時艱》中「他日兵戈」亦是在隱寓時事，云：「隕星動地怯時艱，更報平原
出五山。妖孽豈容傳戶口，禎祥猶望格天顏。此時鄉國愁將別，他日兵戈苦欲
還。卻笑一身同海鳥，行藏不合向人間。」〔註142〕與一味頌揚的相比，如愚
對於國事與時事的憂慮，使他更像一名士大夫。

　　如愚生活的主要時期是在萬曆皇帝時期，萬曆皇帝所行許多事情在當時
都具有非常大的非議，對當時的社會生活造成巨大的混亂。如向全國派出礦監
稅使是其一，如愚《江行即事》詩似乎就是在影射這一事件，之一云：「小艇
淹波倦客程，眼中實事難為情。幾關輆岸皆抽稅，數日維舟不放行。秋夜惱人
損眠食，夜涼望雨過江城。津頭市口魚蝦少，商賈可知無利爭。」之二云：「賦
稅攔江何太繁，客心驚悼暗埋冤。寧知狼虎波濤上，不問生民社稷根。幸可袈
裟忘去住，苦遭舟楫累朝昏。因憐沙際得魚鳥，任意飛鳴過別村。」〔註143〕
本詩明顯是對時事的不滿，而且應該就是對萬曆皇帝四處派遣礦監稅使的不
滿。礦監是萬曆皇帝派到各地督領金銀等礦產開採的宦官，稅使是萬曆皇帝派
到各地徵收商稅的宦官，礦監稅使將徵收來到銀錢，進獻給萬曆皇帝。礦監稅
使每到一地便大肆搜刮錢財，稅使開始一般派往「通都大邑」，但從如愚的詩
歌來看，稅使不僅派向小城邑，更設在江河之碼頭。「賦稅攔江何太繁」反映
的似乎是反覆徵稅，文獻載「水陸行數十里，即樹旗建廠」以徵稅，可謂是對
於民眾的搜刮達到了極致。「賦稅攔江何太繁」「狼虎波濤上」「不問生民社稷

〔註140〕《空華集》卷下，第38頁。
〔註141〕《石頭菴集》卷一，第105頁。
〔註142〕《石頭菴集》卷一，第105頁。
〔註143〕《石頭菴集》卷二，第125頁。

根」充滿著對於統治者的強烈指責與憤怒，如愚在本詩中表現出強烈的悲憤之氣。

《江行即事》對統治者強烈的譴責，反面就是對於民眾民生的關懷，《淳西菴暮夜有詠》便寫到民眾的疾苦，之一云：「平林野井荒煙秋，棉蟲地蠶疊隴頭。鵲啄鵠爭喧向夕，西風刮骨寒天愁。鶉衣百結參農伍，闕世與言性非苦。胡麻飯熟含哺熙，人是而今心太古。」之二云：「挑燈刺目盈蹄荃，經史空存死聖賢。山高海深涉難盡，博得文章不值錢。愚夫所樂智者鄙，不學蠹魚學慕蟻。羊頭懸久已無膳，泣路之人尤可恥。」之三云：「涸塘冷吹掠簷過，子夜饑鳥啼喉破。田谷新收如雨春，天明欲急完官課。春耕夏種何其勞，粒粒皆出民脂膏。惟嫌食祿千鍾少，馬蹄寧知有數毛。」之四云：「雞鳴甕庸光出白，群動營營競火宅。死來生去為誰忙，東奔西撞空磕額。紙薄蒲團坐露地，寐無夢擾覺無累。名實從知雨未虧，任爾朝三與暮四。」〔註144〕詩中多哀歎與悲憤之語，感歎民生之艱辛，「經史空存死聖賢」無疑是對世事與社會的極度失望。同時「死來生去為誰忙」之問，幾乎觸及到人生之本質，人的一生是為誰而忙，為什麼而忙，所忙為何事，所忙終歸要到何處。《長水行》詩云：「長水天，魚龍歡，操舟利，行路難。天長水，魚龍喜，麥爛根，樹生耳。無故增人愁，何時而得止。米貴薪濕老嫗嗟，富者酣歌貧者死。」〔註145〕本詩頗有杜甫「朱門酒肉臭，路有凍死骨」之意，如愚這些關懷民眾民生的詩歌，幾乎與杜甫之作具有同等的力量。更值得注意的是，如愚對於統治者「不問生民社稷根」的譴責和民生疾苦的同情、關心是在整個行腳期間所寫，也就是說其詩作中所反映的情況，並非是一時一地的狀況，而是遍及全國且一直存在的狀況，這就是使得他詩歌中的譴責與關心民眾疾苦的力量更加強大。

由於詩歌中對統治者的強烈譴責與民生疾苦發自內心的關心的情緒，使得評論者認為如愚的詩歌中多「悲憤之語」，曹學佺《石頭菴集序》說：

> 今之世未嘗諱詩，而又似深諱詩也。縉紳家作者什七，而談則百無一，不談則諱也。山人詞客行於世者一詩，私而論之又一詩也，所行與論悖，則諱之之故也。顧獨武弁與僧家日趨於詩，則以是文其陋為要結耳，詩而至於資要結也，尚可稱詩乎。惟其諱之之愈甚，故其竊之之易為力也。則所好之不真也，人而苟真好，詩則何害於

〔註144〕《石頭菴集》卷二，第126頁。
〔註145〕《石頭菴集》卷三，第134頁。

禪？禪所以資詩耳，猶乎冠冕揖讓、鉦鼓號令、煙霞水石、樵採傭作之間，無一而非詩也。或曰「詩作矣，何必於談」，曰：「夫子不日德之不講乎？佛不說法乎？又不曰講武乎？不談則其義理不新，而人無所資發。愚常見有書中所不載者，而多得諸四方之口也。有思慮所不通者，而忽現於立談之頃也，故談之之功與思學相參焉者也。」余在金陵有詩社談詩，社中有愚公。余之初訪愚公於石頭菴，愚公自江上來，余讀其新詩，異之；今年信宿菴中，始得睹全集。頃愚公講經永慶寺，與余邸相近，蓋朝夕過從於謝公墩之側矣。愚公詩，古體有氣力，五言律奇而險，顧多慷慨悲憤之句，不作禪語，所以為佳。僧家詩苦入禪語，是猶縉紳家有富貴氣，秀才有舉業氣也。愚公遇山水則樂，友朋則樂，夜談則樂，談興則起舞，蓋得乎詩之趣矣。或曰「談非不可懼有禍耳，夫人不常言晉以清談取禍者乎」，晉室東渡，功必首王謝矣，新亭數語，群興克復之心，對奕如常，已知淝水之捷。夫不談則不成王謝，無王謝則不足以祚晉，是晉得談力也，何禍之有？噫！石頭是昔所營戎壘地也，愚公以之名其菴，日與客談詩，值太平時耳。夫以士馬倥傯、成敗俄頃之際，而從容談笑自若，此予與愚公日徘徊於荒墩野草間，而未嘗不三歎興起於斯人也。〔註146〕

曹學佺指出詩禪不相害而相資。作為佛教僧徒不作禪語，而多有慷慨悲憤之句，並非是反映如愚的入世心懷，而確實是對民眾疾苦發自內心的關懷。與僧家詩「苦入禪語，是猶縉紳家有富貴氣，秀才有舉業氣」不同，如愚的詩歌「遇山水則樂，友朋則樂，夜談則樂」，正是其直抒性靈創作觀念的體現。詩中「多慷慨悲憤之句」也是他詩歌直抒性靈的另一典型表現。

　　如愚的悲憤之語，在詩歌中有大量的表現，《舟雨濕書行》詩云：「半年旱魃偏難雨，一月淋漓不住滴。詎止壞卻函中經，腹裏藏書亦打濕。蠹魚膠股嘴難伸，我不干天天害人。湖田水漲秧成梗，山稻溪沖化作塵。前日求雨今求霽，上天何意苦斯民。民家無食但忍饑，官家徵賦何能支。若使今秋再無登，天下安危不可知。我願皇天開其目，雨晹時若成生育。不惟蒼生性命全，使我經書有處讀。天不開言意已白，誰教子行遠作客。經書固用好篋裝，行李應須付安宅。疏慵不謹太頑癖，爾徒舟師兼有責。年登非登天不知，盈虛消長民自索。

君不見縱使飢饉十分荒，良田好米豪家得。又不見一字不識市井徒，終身富厚萬事敷，經書千卷胡為乎。」〔註147〕詩歌直指上天，指責上天「苦斯民」，致使「民家無食」，再加上「官家徵賦」，民眾的生計更是雪上加霜。詩末雖然以「願皇天開其目」表達良好的祈願，詩中對上天與統治者充滿著指斥的強烈悲憤之語卻是掩蓋不住的；這些悲憤之語沒有任何的掩飾，都是從其胸臆中直接抒發而出的。

《舟雨濕書行》詩顯示的，是如愚的悲憤之語既有統治者甚至上天的譴責，又有對民眾疾苦的關心。詩歌中的悲憤之語又包含在對人世的感慨和悲憤之中。上文有所提及如愚對俗世的批評，以及內心中對於俗世的極大失望，《駱臺晉禮部見過賦見獨篇以贈》詩云：「舉世貴耳賤其目，始昵終仇何反覆。君不因人喜怒生，取捨從心須見獨。有人殺我借君手，君持干將如木偶。有人榮我屈君過，君不鼎言奈若何。鐘鳴忽然山亦崩，水流火就偏相應。君豈不知位自尊？君豈不畏世人論？頓忘名分甘如此，俾余九死難酬恩。君不見士有道益無親，列子居鄭四十年，闔國視之如常人。又不見理有合形難間，龍光漫射斗牛墟，張華獨識豐城劍。以斯相知重古今，報君何事感君深。更願君知人似我，天下之士為君擒。」〔註148〕詩中主要是吟頌二人之間的情誼，以及駱臺晉禮部對他的相知，但開篇「舉世貴耳賤其目，始昵終仇何反覆」透露出對於人性的極大失望同樣是掩蓋不住的。對於人世的強烈憤慨之語，與此詩相近的有《贈別劉毗邪詩》之三，云：「謂天長，舉頭見，謂地闊，動足踐。愛者恨不多積如錢，憎者恨不速滅如電。岸留水不留，蜂戀花不戀。一口刺腸針，難穿分手線。」〔註149〕

悲憤之語又體現在對歷史的書寫之中，如《宿赤壁弔蘇東坡先生》詩中云：「勝地無名賢，如富爾鮮貴。雖有萬不同，終難敵在位。名賢乏勝地，如龍爾絕水。民雖苦旱魃，雲霓焉能起。赤壁山水甲天下，得君來此高聲價。當其漢末三分時，吳魏雖王皆權詐。眼前富貴等浮漚，萬古姦臣賊子罵。曹為鬼，孫為鼠，盜竊豈直一壞土。君似魚，臣似水，宮府分應為一體。荊州何嘗屬爾曹，償假為言誠無恥。笑鳳雛，與黃蓋，小兒計誘阿瞞敗。悲周瑜，小器量，不共戮力復許昌。及死翻嗔怨生亮。噫，危乎幸哉！操兵百萬歿江南，比

〔註147〕 《石頭菴集》卷一，第 101 頁。
〔註148〕 《石頭菴集》卷一，第 95 頁。
〔註149〕 《石頭菴集》卷一，第 97 頁。

時身死應無地。敢留一旅守襄陽，僅存性命何奸疑。」〔註150〕本詩是寫對於蘇軾的仰慕之情，詩末「賢矣先生，千秋俯仰，江漢含情」表達對於蘇軾仰慕之深。詩中對於歷史人物卻按照自己的價值觀念進行了討伐，「吳魏雖王皆權詐」「萬古姦臣賊子罵」則是激烈慷慨之言。一般的僧徒與士人在書寫至三國事時，更多的是對於盛衰變化無常的慨歎，如蘇軾對於三國事的書寫便是感歎歷史的無常，如愚在詩中體現出來的態度是頗為令人驚訝的。如愚同樣有對於歷史變遷感慨之語，如《登雞鳴山遠望》詩云：「城闉跡難偏，登高得縱觀。朱甍標帝闕，碧樹隱天壇。六代江波在，千秋王氣殘。殷勤追往事，越縣有長干。」〔註151〕詩中對盛衰的書寫，寓含著對於歷史無常的慨歎，此詩表明如愚作為佛教僧徒以無常的觀念來看待世界。與《登雞鳴山遠望》表達純粹的佛教觀念相比，《宿赤壁弔蘇東坡先生》詩體現出來如愚的態度，確實令人驚訝，或許這正是如愚真實心性的體現，是其直抒胸臆的真正表現。

〔註150〕《石頭菴集》卷一，第 108 頁。
〔註151〕《空華集》卷下，第 49 頁。

第十八章 「未將一字與人」：無念與晚明文學思潮

　　萬曆二十九年（1601），發生了一件令人震動的事，就是禮部給事中張問達上疏參劾李贄，劾疏云：「李贄壯歲為官，晚年削髮，近又刻《藏書》《焚書》《卓吾大德》等書，流行海內，惑亂人心。以呂不韋、李圓為智謀，以李斯為才力，以馮道為吏隱，以卓文君為善擇佳偶，以司馬光論桑弘羊欺武帝為可笑，以秦始皇為千古一帝，以孔子之是非為不足據。狂誕悖戾，未易枚舉，大都刺謬不經，不可不毀者也。尤可恨者，寄居麻城，肆行不簡，與無良輩遊於菴院，挾妓女，白晝同浴。勾引士人妻女入菴講法，至遊攜衾枕而宿菴觀者，一境如狂。又作《觀音問》一書，所謂『觀音』者，皆士人妻女也。而後生小子，喜其猖狂放肆，相率煽惑，至於明劫人財，強摟人婦，同於禽獸而不之恤……近聞贄且移通州，通州離都下僅四十里，倘一入都門，招致蠱惑，又為麻城之續。」
〔註1〕張問達的參劾，直接導致李贄被捕入獄，並在獄中自殺而亡。張問達疏中所說的「士人妻女」，當時指的是湖北梅國楨之女梅澹然。李贄與梅國楨有個共同熟交的禪僧黃檗無念，梅國楨《跋無念卷》中云讀無念《黃檗復問》有可喜、可疑、可論，其中三可喜是：「王士琦者，余快友，九年別矣，不知坐進此道也，一可喜；有念師出吾理中，二可喜；卓吾《告近溪先生文》，如哭如笑，若飛若舞，敘其平生出處，襟度如畫，三可喜。」此三可喜道出了三人之關係。本文應該是作於梅國楨結識無念之前，語氣之中的喜悅決定了二人之後的密切關係。儘管如此，梅國楨與無念在佛教觀念上有一定的差異，本文接

〔註 1 〕《神宗萬曆實錄》卷三九六。

著對無念論周元孚「似於詞章、勳業、氣節著腳」而「意頗少之」之論，言可疑，云「捨詞章、勳業、氣節、飲食、男女之外」〔註2〕無處覓佛。本章以無念與晚明文學思潮之諸文人關係入手，析論佛教與晚明文學思潮的關係。

一

鄒元標為無念作《小傳》，無聞有《無念和尚行由》，黃岡弟子樊志張在無念去世時作有跋語，這三篇是無念為數不多的傳記資料。無念名深有，別號西影，楚麻城人。生於嘉靖甲辰年（1544）二月十七日，天啟七年（1627）丁卯歲七月二十八日示寂。父母早亡，家中長者「習其有奇」而縱之披剃。一日有禪僧謂之「生死事大，須是參得明，始不負一生出世」，可能是啟發了他的堪破生死之志。於是遍訪伏牛山、五臺山、廬山等天下名山，拜訪了大休、秋月、無窮、古清、遍融等名師，與李贄等文人相善，交往密切，「焦太史、陶祭酒、黃庶子、王方伯、袁考功皆降心相聚」。明末的這些文人頗受無念的啟發，「如大雨普布」。明末禪林「狂慧風熾，毒流衿珮」，無念獨藏鋒遯世，「貌古風高獨步一世也」。鄒元標與無念交善，欽佩無念之學，論之云：「世儒好鬪佛，佛不可鬪，所以鬪者狂禪耳。念公名行冠一世，恂恂若處子，棲隱一山，當楚中州界，遙瞻紫氣，隱隱隆隆，豈無謂哉。」〔註3〕

無念在示語中曾提到「黃瓜茄子」，如云：「參學須要知己，莫在公案言句上求明白。我前數十年只在黃瓜茄子公案上求明白，便是向外覓。後來聽說『拿物非手，吃飯非口』，回頭返已，方知公案黃瓜茄子不是外頭的。」〔註4〕黃瓜茄子是無念初參禪學時所遇到的話頭，楊起元在《贈無念上人序》中敘無念開悟事云：「無念上人初參學善知識，遇善知識於蔬圃中植蔬，跪問佛法大意，善知識曰黃瓜茄子，上人不契，辭去。歷盡辛苦，幾喪身命，忽地夢醒，方大徹悟，依舊是黃瓜茄子也。黃瓜茄子誰不識之，而上人獨不識，必待歷盡辛苦幾喪身命，疑團崒破，然後識焉。」〔註5〕無念在聽到黃瓜茄子話頭之後，又「歷盡辛苦，幾喪身命」而開悟，其開悟的經歷可謂艱辛，明聞在《無念和尚行由》中詳細記述了無念開悟之過程：

> 師聞此說，密走出外，欲往伏牛，不知去處，遇一僧引至徐州

〔註2〕《梅國楨集》卷二，湖北人民出版社 2006 年版，第 98～99 頁。
〔註3〕《黃檗無念禪師復問》卷之五，《徑山藏》第 149 冊，第 146 頁。
〔註4〕《黃檗無念禪師復問》卷之四，第 137～138 頁。
〔註5〕《黃檗無念禪師復問》卷之五，第 146 頁。

七尖峰。彼有知識號大休，師至休已示寂，因問一禪僧當時有何言句開示往來，僧曰：「昔有一僧，從峨嵋來，為道甚切，一到要見。休正在茄園架瓜，僧至園中，問『如何是西來意』，休指茄曰『黃瓜茄子』。僧不契，再問，休曰『莫勞道黃瓜茄子』。僧終不契。下山，別參一禪師，禪師曰『你從何處來』，僧曰『尖峰來』，曰『大休有何言句』，僧舉前話，禪師合掌曰『真大慈悲』。」吾師聞舉，悯然曰「彼問西來意，如何便答黃瓜茄子」，禪師曰「你問他去」。師終日迷悶不得明了，往伏牛，又問一禪師，禪師曰「你自參會好」。復往北京，問諸名宿，皆不肯說。嘉靖丙寅，登壇受戒後，疑情結滯胸中成痞，復往五臺，遍問明師，詣東臺參秋月，月曰「你就是善知識」。師又問黃瓜茄子，月曰「且放下，在此過夏，聽《楞嚴經》。」

對大休的「黃瓜茄子」話頭，無念終究沒能領悟。之後經過長期遍訪高僧、辛苦參修，可謂是經歷生死關口，方才頓悟自身之「本命元辰」：

待三年畢，又復遍參江浙，轉至廬山，會大安禪師，安問曰「汝號甚麼」，師曰「無念」。安曰「那個是無念」，師茫然無對。傍有一僧跪求開示，安曰「起來轉一轉」，僧便轉，安曰「誰叫你轉」，僧曰「老爺叫我轉」，安一喝。師正不識無念，又被這一喝憂悶，下山至舟中，大病，飲食都不下，自歎曰「無念自不識，枉做人在世上」。友朋勸曰「且從容吃些茶水，是你忙不得的」。復回本山，正憂悶中，有二人至，請師誦經，師辭曰「我不會誦經」，三辭不獲免。後至經堂，會幾友夜坐，敘數年行腳，友人曰「何不問你自家」，師曰「如何是自家」，對曰「拿物非手，吃飯非口」。師聽說「每朝吃飯」時不覺失手，碗在桌上，分明是手口，如何不是？行住坐臥，恍惚如夢，忽然夜中有哭笑二聲相觸，猛然開悟，喜倒臥床，睡至五更。友人至榻前，問「你昨夜見個甚麼」，師又茫然無對，昨夜歡喜，驚散十分，又轉生煩惱，不覺大病，不進飲食。主人請醫下藥，師曰「我十分精神想失八九」，醫曰「也只勞神太過，心火逼急，兩眼皆腫」。師自歎曰「今年若不識無念，自縊而死」，友人曰「你有此志，今年必得」。五月餘身未沾席，食未充飽，終日如夢，一日從榻坐起，出門偶見面一盆在當路，撥起送至櫃中，見有果籠，將手推開，不覺失手，櫃蓋打頭，渾身汗流，撫掌笑曰「遍大地是個無念，何疑

之有」，從前疑滯，一齊看破。友人問曰「你見個甚麼」，師曰「親
見你我，才得個逍遙自在」。

這樣艱辛的開悟過程，對無念的影響是相當大的。首先，在無念心中印下了生
死之事乃最大事的種子，云：「不知來處謂之生大，死不知去處謂之死大，此
個事最為要緊，所以古人如救頭。然你等未出家時，乃知生死要緊，既得出家
了，圓頂方袍，卻去觀山玩水，把生死全然不顧。」〔註6〕其次，解悟不靠別
人言語、公案或話頭，如云「汝等腳跟未得立地，都在靠人言語，行持埋沒自
己，柱杖不得自由」〔註7〕。第三，強調要有拼命捨死的精神才能參悟得到自
心，如云「過去恒沙諸佛歷代祖師誰不捨了痛處，若不捨此痛處，不名布施，
生死牢關終不斷根，須要拼命捨死一番，方得解脫」〔註8〕。又說要有不怕死
的精神與毅力來了因果、忘得失與是非，《復李孝廉》云：「若真怕死，且看這
一怕死的從何而起，查來查去，不論年月，如水濕麻繩，漸漸緊來，逼到無用
力處，連那怕死的、查考的一齊粉碎。」〔註9〕儘管經歷過生死大觀，無念至
此仍沒有徹底開悟，在後來遇到李贄而徹悟之時，意識到此時見解仍「墮在
識見海中」而「以為自得」。對無念的最終解悟，明僧通容《光州黃檗無念深
有禪師》記其簡要云：「麻城熊氏子，往五臺伏牛遍扣名宿。至廬山參大安，
安曰『汝號什麼』，師曰『無念』。安曰『那個是無念』，師茫然。回山對友說
數年行腳事，友曰『何不問你自己』，師曰『如何是自己』，曰『拿物非手，吃
飯非口』。一夕聞哭笑二聲，相觸有省。入龍湖同卓吾居士，到駟馬山，有講
主至，士問『清淨本然，云何忽生山河大地』。主講罷，士對師曰『汝試說看』。
師擬對，士將師膝上一推，曰『者個聻』。師豁然，偈曰：『四十餘年不住功，
窮來窮去轉無蹤。而今窮到無依倚，始悔從前錯用功。』僧問『如何是道之體』，
師曰『滿口道不著』。曰『四大離散時如何』，師豎起拳曰『者個不屬四大』。
問『如何出離生死』，師召僧，僧應諾，師曰『從者裏出』。曰『和尚說的話，
某不曉得』，師曰『待汝曉得堪作什麼』，曰『何故瞞人』，師曰『你夢不醒，
反怪別人』。」〔註10〕這裡簡要記載了無念苦參四十年的經歷、李贄對其之引
導等，其中所載無念解悟後與學道者之間的對答為其他文獻所不載，所謂「你

〔註6〕《黃檗無念禪師復問》卷之四《法語》，第135頁。
〔註7〕《黃檗無念禪師復問》卷之四《法語》，第138頁。
〔註8〕《黃檗無念禪師復問》卷之四《酬問》，第141頁。
〔註9〕《黃檗無念禪師復問》卷之一，第115頁。
〔註10〕《五燈嚴統》卷十六，《續藏經》第81冊，第163頁。

夢不醒，反怪別人」亦是對自悟自得的強調。無念受李贄啟發而悟道，下文有詳敘。

　　根據《行由》所述，無念從開始到徹悟，確如樊志張所言「苦參四十餘年」，其所作跋云：「念公和尚，夙乘願輪，力摧見網，超舉拂拈槌之常格，露炎焰毒鼓之真機，苦參四十餘年，不與萬法為侶。」〔註11〕梅國楨的姪子梅之煥《護塔文》中云「艱難險阻備嘗，拼命始歸樂國」〔註12〕。無念的努力參行，獲得極高的認可。如陸光祖《贈無念禪師偈》中敘述其遍參求悟之行，云：「本出庸流家，薙髮修苦行。歸依於空門，遍參求悟證。疑破黑漆桶，皮毛脫落淨。入佛兼入魔，非凡亦非聖。」這樣的精進苦求，得到陸光祖等人的「稽首遙禮敬」〔註13〕。樊志張跋中提到無念解悟後的弘法情況，云：「幻住八十四歲，未將一字與人。雖李老志量衝天，慢習猶嫌俠骨，即鄧公天資近道，宗脈早慟，斯人所以二十載求友勤渠，應知粥飯時為人親切。迨夫榆景逾揚遠照之暉，譬彼晨星獨耀高旻之峻，雲集遍諸方，耆碩鷗遊，傾一代名卿，得髓得皮。」〔註14〕從悟法到弘法，是無念角色的轉換，跋中提到的「未將一字與人」體現的是禪學觀念與弘法方式。

<h2 style="text-align:center">二</h2>

　　無念「未將一字與人」，實際上就是強調悟解不執泥於語言文字，顧起元《黃檗無念禪師復問原序》云：「黃檗無念禪師得無師智，思與大心眾生開佛知見，以報佛恩。一時宰官居士以此事來參叩者，不覺老婆心切，向一座無縫塔上透個機關，所謂官不容針私通車馬也。然雖如是，猶恐觀者執語生解，影外認影，足外添足，則此一番葛藤，又須快刀鏟斷，清淨眼中可容如許金屑乎？六祖有云『諸佛妙理非關文字，常笑老子饒舌賺人』，只『諸佛妙理』四言已是一篇大文字矣，即說不關文字為諸佛妙理，恐曹溪滴水未夢見在，昔世尊說法四十九年，卻言我於法未曾說一字。作如是解者，可以印《黃檗復問》矣。」〔註15〕即「未將一字與人」並非無文字，而是說「不關文字為諸佛妙理」。過多關注文字，恐學者「執語生解」，由於「影外認影，足外添足」而成為解悟

〔註11〕《黃檗無念禪師復問》卷之六，第158頁。
〔註12〕《黃檗無念禪師復問》卷之五，第154頁。
〔註13〕《黃檗無念禪師復問》卷之六，第149頁。
〔註14〕《黃檗無念禪師復問》卷之六，第158頁。
〔註15〕《黃檗無念禪師復問》卷首，第103頁。

的障礙。無念亦有著述，由於強調「未將一字與人」，其著述使得「從上諸祖伎倆盡失」，袁宗道《黃蘗無念禪師醒昏錄原序》中云歷代禪宗祖師「如三玄要、四料揀、五位九、十七圓，相拄椎豎拂，行棒行喝，輥球打鼓，燒畬斬蛇，野狐貓兒，須彌山，麻三斤」等「種種垂慈」，「直下似崩崖怒濤，猛風迅雷，聞者頭破目之皆裂，真是奇特」，與無念的著述相對照，竟「伎倆盡失」〔註16〕。

所謂「從上諸祖伎倆盡失」，實際上寓含著對歷代禪宗祖師與禪法的批評，如《復岳司馬石帆》中批評禪學者「不具本眼」，云：「近時學道者不具本眼，盡被邪宗誘入他窟，並不遺半個過量丈夫，回頭返腦向自己腳跟下推窮，一向只去倚墻靠壁，攀為己有，眼空一切。無知之流，信以為實，互相引證，秘為極則快事，殊不知大家牽入火坑去也，真為可憐憫者，設有知者，亦只得緘口坐視而已。」〔註17〕無念由此歎惜「海內真學道者零落」，《復左督院心源》云：「遠承翰召，何感如之。僧平生溫飽自適，別無所長，何辱名公大誨。海內真學道者零落如辰星，此際豪傑皆流入氣魄名障中，可歎也。」〔註18〕《復汪司馬靜峰》云：「時臨像季正法凋摧，慧宗一脈寥寥幾絕，海內法席不無，然不免殊途異轍。」〔註19〕《復岳司馬石帆》中敘慧能之後的禪學弊病，云：「曹溪分派以來，人有榜樣，後來人心不古，識解多端，然后德山臨濟棒喝交馳，機鋒掣電，令你捫摸不入，插足不得，不過勦絕情見，坐斷意根，初非實法。」〔註20〕

強調「未將一字與人」，無念就是避免禪學以一知半解為禪悟，云「或有得了一知半見便以為足，以牛跡當大海，只管放逸，皆是自飲毒藥以為甘露，不知有喪命之患」〔註21〕。又說「六祖不識一字，三藏十二部無不貫通，只為學者逐文解義，若有一則公案一卷經不看得粉碎，不名參學事畢」〔註22〕。《酬問》中亦提到不能執公案而悟道，云：「或遇善知識將一則公案或一奇語問你，只拔你知見病根，若是個真無事的人，隨機應答，無有思量。若是佛法知見不

〔註16〕《黃蘗無念禪師復問》卷首，第103頁。
〔註17〕《黃蘗無念禪師復問》卷之二，第117頁。
〔註18〕《黃蘗無念禪師復問》卷之二，第117頁。
〔註19〕《黃蘗無念禪師復問》卷之二，第118頁。
〔註20〕《黃蘗無念禪師復問》卷之三，第134頁。
〔註21〕《黃蘗無念禪師復問》卷之四《法語》，第138頁。
〔註22〕《黃蘗無念禪師復問》卷之四，第141頁。

忘，雖口不言，面上帶色，卻有一物妨礙。」〔註23〕又指出「錯會以講文字者便謂是法師」是謗法，「一切學人只在文字上注解，背自心宗，喪佛命脈」〔註24〕。開篇提到無念不贊成修禪明心「於詞章、勳業、氣節著腳」，其中的「詞章」，同樣是不執泥於語言文字而悟道之意，《復毛文學玄淑》云：「來教雖真切，奈何未步正徑，多被知解卜度瞞過，且蘊習太熟，開談揮毫，不無拖泥帶水。」〔註25〕詞章會遮障真智，即「歌賦詩詞，事事要通，言言要妙，不知蔽真智而求外慧，被知解遮障」〔註26〕。耽溺於詞章，一方面耗費太多的心力，另一方面更重要的是會誘使學道者從知解上去認佛，《複方督學訒菴》批評學者向經籍上尋道理，云：「世學者莫不以識見解會分別能所為知，至於聰見不及處，則以為知有未盡，理有未窮，仍向古人冊子上旁求博採，漁獵見聞，見人說得相似便作道理會去。」〔註27〕《復黃司馬季主》云讀書執義而障礙真空，云：「世人讀佛書，奈何不識題目，佛明說了義，人反執義妙湛，總持是空名，萬事都是自己，只因執著為實，被他障卻真空……今時學者奈何離不了元字腳，若從冊子上領解的，問他已躬下事，便將冊子上話來抵對；若是識見領覽的，問著便將識見抵對。」〔註28〕

無念同時在避免學道者以「口說奇言妙語為禪」，《復鄧文學信之》云：「道是何物……若以口說奇言妙語為禪者，反不如三家村裏種田博飯吃的漢子，說真實話，死後無罪。秖因眾生妄誕，不守本分，失卻本心，達磨當日航海而來，直指各人本心，無分外事。《法華》云『是法非思量，分別之所能解』，《楞嚴》云『但有言說，都無實義』，今時人造妖捏怪，說黃道黑，指東劃西，豎拂搖拳，誑惑眾生，造地獄業，苦亦甚矣。」〔註29〕從這些批評來看，無念強調不執泥於語言文字而悟道，要識自心而悟道，不識自心則離道轉遠，《復王司空墨池》云：「近代時人不識自心，將粥飯氣作禪道傳人，如窮子出門，背父逃走，轉求轉遠。」〔註30〕不識自心，一方面直接的結果是不識自家「主人公」，如《復王憲副豐輿》云：「公平生全力在於性命，命根不斷，是非鋒起，我此

〔註23〕 《黃檗無念禪師復問》卷之四，第 139 頁。
〔註24〕 《黃檗無念禪師復問》卷之四，第 139 頁。
〔註25〕 《黃檗無念禪師復問》卷之三，第 129 頁。
〔註26〕 《黃檗無念禪師復問》卷之四，第 139 頁。
〔註27〕 《黃檗無念禪師復問》卷之一，第 112 頁。
〔註28〕 《黃檗無念禪師復問》卷之二，第 118 頁。
〔註29〕 《黃檗無念禪師復問》卷之三，第 130 頁。
〔註30〕 《黃檗無念禪師復問》卷之三，第 128 頁。

昭昭靈靈，乃自生後入此殼漏子，被現前種種業力驅使，如今三界二十五，有莫不依此為憑仗，以此當主人公。」〔註31〕一方面會導致「各逞私心」，眾生「不知寡欲是道，各逞私心，以公取私，以強欺弱，便生多事」，《復王司空墨池》對此進行批評說：「四海九邊，原自清淨，無辜欺取私財惹起干戈，傷害天理，風雨不時，黎民困苦，我佛又設緇衣，棄欲割愛，隱處巖穴，作人標榜。不料日久，狂瀾熾起，一夥瞎禿捏目生花，拈搥豎拂，擬古代頌，名之曰禪曰道，良可太息。」〔註32〕

　　針對以上提到的學道者以知解為禪的狀況，無念指出真正的解悟，在於悟到自心中「意盡言窮」而不能達究竟，《復王憲副豐輿》中云：「古人到此，意盡言窮，若是義解之流，饒他識量衝天、聰明蓋世，到這裡無插足處，方知前頭工夫易得，後步工夫最微。十地菩薩量等三千大千世界說法不可思議，見性如隔羅縠；等覺菩薩了色即空，悟空即色，法量未滅，智識有限，饒他說法如雨如雲，總是度量智，是量邊事，終非究竟。」〔註33〕

　　對富貴、勳業來說，無念指出「皆係前定，希之不來，驅之不去」〔註34〕，因此「一切富貴眷屬，帶一些不去」，修行者一旦「入富貴中應接不暇」，便會「將從前自己事盡情忘卻了」〔註35〕。無念不贊成從勳業上著腳，卻也認為勳業並不妨礙修佛，士人們有「做官就做不得佛」的擔心，只因「不識主人，隨逐識奴」。《復李太守文臺》中指出「官乃形衣，形是心役，學道學心，役不妨主」，因此不必居山林之後而修佛，當「趁此色力尚強，精神尚壯」時努力修行，與官場與勳業中「看這臨機應物的從何處來」，如此參來參去，「有朝摸著自己面目，乘般若力，秉智慧權，致君澤民，利莫大焉」〔註36〕。由上述可知，無念強調的中心不在於文字、詞章、富貴、勳業等本身，強調的是是否能從中領悟自心。若能領悟自心、從道心上修佛修禪，不僅自悟而不執泥於文字、富貴等，更能「致君澤民」，此處可見無念亦保持有與明末士人「致君行道」的願望。

　　執泥於言語文字等會成為悟道的障礙，成佛成聖的之念，同樣是悟道的障

〔註31〕 《黃檗無念禪師復問》卷之一，第 110 頁。
〔註32〕 《黃檗無念禪師復問》卷之三，第 127 頁。
〔註33〕 《黃檗無念禪師復問》卷之一，第 109～110 頁。
〔註34〕 《黃檗無念禪師復問》卷之二《復陳少卿石泓》，第 122 頁。
〔註35〕 《黃檗無念禪師復問》卷之二《復丘參將長孺》，第 120 頁。
〔註36〕 《黃檗無念禪師復問》卷之二，第 119 頁。

礙。唐宋禪人認為學道者不能有成佛之念，成佛之念亦是執念，無念的觀念顯然與唐宋禪人一般無二。《復毛文學玄淑》不能為禪所執縛，云：「此際足下未曾夢著，故一毛不契，便即忙亂手腳，禪乃沖我關之鐵砲，足下執禪自縛，曷能解也。」〔註37〕又云：「若謂禪言可形、意可測、理可度、智可知的，盡大地都是三藏十二部剩語打發去了，又何待足下講禪道耶。」禪非言、意、智可解，以言、意、智解禪即是為悟禪之念所執縛。執念凡情不能悟道，《複方督學訒菴》云「或遇順則喜，遇逆則怒，愛則著，憎則離，是則稱，非則毀，乃至善惡取捨，種種分別者是」〔註38〕。執念於聖證之情同樣不能悟道，《復中海禪師》提到聖證之情障礙悟道，云：「要諳本分事，猶有聖證量，在未得拼命一下，不免被聖證魔縛，使自不覺祖師門中不容是事。若有一毫聖情不盡，即是我見未忘，就中妄立聖凡同異等障。」〔註39〕無念之所以認為聖證之情是悟道的障礙，便如《復潘兵部昭度》所云「佛法原無甚麼，說個撒手懸崖，亦是剩語」〔註40〕。

　　無念由此特別強調學道者不要有執念，《復傅考功泰衡》要學者「切不可認著」，無念解釋道：「若作聖解，迷在中途，所以前步工夫只圖見性，後步須要透出重關，覷破生死，譬如駕船無風浪時，撐篙蕩槳之人也都扶得柁，若遇風浪滔天，須是久慣的稍公，柁柄在手，隨波上下，安穩無憂。到恁麼時，便好逢場作戲，隨寓安身，出格利生，無處不可。若有毫釐未盡，強作主宰，卒境一至，瞥爾情生，雖有見識聰明，都用不著，實自欺瞞，非先賢之罪也。」〔註41〕「作聖解」就會「迷在中途」，「作聖解」其實就是執念；禪悟要尋究見性，但見性又要解脫前人見解的執念而「透出重關」，「逢場作戲，隨寓安身，出格利生」等都是破除執念的方式。要做到「逢場作戲，隨寓安身，出格利生」的前提，是要了因果、忘得失，《復蔣文選蘭居》中云不僅要了畢「有為功業」，亦要了因果、忘得失：「過現未來三念果盡否？得失了忘否？若有絲毫不盡，說得十分明白，不知全身坐在世情窠裏，常被世情播弄，觸境逢緣，千思萬慮矣。」〔註42〕不能了因果、忘得失，往往就被境情所「播弄」；了因果、

〔註37〕《黃檗無念禪師復問》卷之三，第 129 頁。
〔註38〕《黃檗無念禪師復問》卷之一，第 111 頁。
〔註39〕《黃檗無念禪師復問》卷之二，第 129 頁。
〔註40〕《黃檗無念禪師復問》卷之三，第 128 頁。
〔註41〕《黃檗無念禪師復問》卷之一，第 115 頁。
〔註42〕《黃檗無念禪師復問》卷之二，第 119 頁。

忘得失就不會被境情「播弄」而了悟自心。還要去貪，貪同樣是執念更是欲念。有人問「不得自由」，無念指出不自由之因在於貪求，云：「貪名高尊顯，被顧惜魔管束，不得自由。貪人恭敬，被恐怖魔管束，不得自由。貪聰明智慧，被名言教典管束，不得自由。汝貪天福，又被十善魔管束，不得自由。汝貪極樂，又被想魔管束，不得自由。汝貪真如，又被真如魔攝，不得自由。汝貪涅槃，又被涅槃魔攝，不得自由。」貪求之物包含範圍極廣，有貪求則被束縛住，若無貪求則「處處自由」〔註43〕。

通過上述的陳述，非常明確的是，無念認為悟禪不是向外求，是要用「自智鑰開己寶藏」，《復李文學》云：「大丈夫以他山之石可以攻玉，借境煉心，莫向外求，縱求得來，必有失去，何不用自智鑰開己寶藏，隨處安閒快樂矣。」接著描述自身本具之一段風光云：「凡所有相，皆是虛妄，不知自己一段風光照天照地，耀古騰今，何用外覓也。」〔註44〕向內求就不能「隨人腳跟轉」，如果「隨人腳跟轉」了，如《複方督學訒菴》云「就是達磨西來，覓個自肯的不可得」〔註45〕。達摩西來並為慧可安心之事，對無念有著深刻的影響，如《復樊居士山圖》中「豈不聞『神光覓心了不可得，磨云我與汝安心竟』」之句中便可知。受此影響，無念以同樣的方式開導樊居士云：「又云偷心未死，吾不知偷是何人，心是何物，若果有偷心，速呈出來吾看。若呈不出，切莫草草。」〔註46〕有僧問「靈靈寂寂的東西歸於何所」，無念接著反問「你即今靈靈寂寂的東西在甚麼處」〔註47〕。又以正面的方式，點破詿稱解悟者，云：「修行人自謂見性成佛，且道見得的在那裏，將呈吾看；既呈不出，又言見性，專向無智人前胡猜亂道，惑亂諸人，墮地獄有日在。」〔註48〕無念以達摩為慧可安心的事例，說明的是要自悟己心，道不外求。達摩與慧可安心之事例，無念或許也是在表明這是不隨人轉、站穩腳跟的學道方式，《復瞿太守洞觀》中強調依靠禪學非是以「見識聰明利口辯論」而以為自得，不被幻境播弄「方得腳跟穩當，才有參學的分望」。書中鼓勵瞿太守「莫捨弘誓願力，抖擻根塵，是非場裏，挺身直入，救取一個半個，才是英雄出世的

〔註43〕《黃檗無念禪師復問》卷之四《酬問》，第 143 頁。
〔註44〕《黃檗無念禪師復問》卷之三，第 130 頁。
〔註45〕《黃檗無念禪師復問》卷之一，第 112 頁。
〔註46〕《黃檗無念禪師復問》卷之三，第 131 頁。
〔註47〕《黃檗無念禪師復問》卷之四，第 140 頁。
〔註48〕《黃檗無念禪師復問》卷之四《法語》，第 139 頁。

人也」〔註49〕。

明末心學家尤其是泰州學派的心學家們在提到了悟自心時，最為強調頓見自性與聖人一般無二。無念傳播的禪學了悟方式，屢屢強調悟道中的「猛省」，如《復黃司馬季主》云「忽爾猛省，不求人知，不顯己會，方是了事漢」〔註50〕，《復汪司馬靜峰》云「果然猛省，盡大地是無生，處處成極樂國矣」〔註51〕。猛醒之後的境地，《復丘參將長孺》之中云：「若知真樂非境，真常不遷，方會死生一致，寤寐一如，政使醒後豁然，不妨大地是個美人，吾身亦滿大地，行住坐臥不見有美人相，亦不諱有美人相，玩之弗為情，棄之弗為逆，不怕大地是口劍，吾身亦周大地，行住坐臥不見有刃可避，方知無我相，亦無心外之法也。」〔註52〕無念的「猛省」，與泰州學派心學家們的頓悟實質上是一樣的。無念詳細描述與形容他的「猛省」云：「公氣魄豪俠不凡，只恨不在己分中打點，若趁早回頭，討個分曉，便好遊戲三界，就事安身。不然，我是我，事是事，縱做得勳業格天，功名蓋世，源頭上不清徹，才力氣魄在名利窠裏，臨命終時，依舊黑漫漫地。不如放下門外事，向那理會不及處，猛著精彩，著力打點，著力查考，忽然英雄憤發，爆地一聲，脫胎換骨，不求無事，分明絕矣。」〔註53〕無念描述自己「爆地一聲，脫胎換骨」之狀云：「僧數十年，只為這件事，不避寒暑，窮參力究，困苦勞形，逼得身心無逃奔處。一日掇盒送櫃，不覺失手，櫃蓋倒來，打頭作痛，豁然猛覺，踢破無明，掀翻識浪，數十年愁苦，一旦休息，外緣既寂，內識不停，鼓作精神，滔滔變化，遇境逢緣，六根不歇。」〔註54〕所謂「爆地一聲，脫胎換骨」，就是無念一直敘說的「猛省」。

王陽明及之後的泰州學派的頓悟，接引的對象是上根之性者，無念的「猛省」或者「爆地一聲，脫胎換骨」接引的對象也是上根性者。無念指出禪學有三種接人方式，《復劉太史雲嶠》云：「下根人來，除境不除法；中根人來，境法俱奪；上根人來，全體作用，不立崖岸。」〔註55〕所謂上中下三根之分，《復

〔註49〕《黃檗無念禪師復問》卷之二，第120頁。
〔註50〕《黃檗無念禪師復問》卷之二，第118頁。
〔註51〕《黃檗無念禪師復問》卷之二，第118頁。
〔註52〕《黃檗無念禪師復問》卷之二，第121頁。
〔註53〕《黃檗無念禪師復問》卷之一，第109頁。
〔註54〕《黃檗無念禪師復問》卷之一《復王憲副豐輿》，第110頁。
〔註55〕《黃檗無念禪師復問》卷之一，第109頁。

潘兵部昭度》云「秖緣利鈍不等，假設教網澇漉眾生，若人猛醒，總皆權喻」〔註56〕。雖三根皆為權喻，對無念來說，顯然更重視第三種方式，強調人要信得過自己的「本命元辰」，云：「若信得過，識得破，腳跟穩，當趁此境風大進，是非裏鍛鍊出世英雄……伶俐漢腳跟須點地，脊樑硬似鐵，遊戲人間，幻視萬緣，脫去知解，及至作用不落窠臼，才是觀自在也。」又云「先識得自己，所以脫灑自由」〔註57〕，而不被事所轉。

「猛省」自己的「本命元辰」等之類的說法與觀念，顯然是接引上根性者的方式，但無念認識到「猛省」並不容易做到。根據「苦參四十年」的悟道經歷，無念在講求「猛省」時定然不會忽略日常的修行。如說「工夫不可疏懶，若疏懶便隨世情流轉，若謹慎又是障礙，有疑未盡，切莫自昧」〔註58〕。對於修行工夫來說，重要的還是領悟到自身的「本命元辰」，若領悟到「本命元辰」則處處皆為修行，云：「不肯自信你二六時中無處不是觀音手眼，無處不是普賢妙行，頭頭物物，總是佛事，人人各自赤灑灑底。若不自信，由你求得飛身放光千般變化，與生死不相干，縱求得有個悟入，猶如石火電光，如清水中添一杓灰塵，自是非他，不知是飲喪命之毒藥。汝今更不可外覓，但向無趣向無巴鼻無用力處拼命捨死，實無別法可得，只看日用動作處，是誰主張？汝若會得，自然解脫。」〔註59〕根據這個敘述來看，無念重視上根，強調會得自心處處無非妙行，此即強調即使上根性依然要不斷精進，才能獲得「猛省」之境態，云：「從上佛祖，不傳別法，直指人心，若不識本心，便向外求，於妄心中復生妄境，如邀空花，復結空果，縱經塵劫，不能成就。只為汝等根性遲鈍，不能頓入。老僧今日不免向人假設方便，教你諸人當發信心，莫生疑障，二六時中迴光返照，遇境便看，語默動靜，周旋往返，身心莫放，以悟為則。若到這步，更加精進，討個下落，如是用心，如是返看，看來看去，頭頭獨露，物物全彰，萬境不能侵，千魔不能入，悉無縫罅，明暗色空，了無彼此。大地山河，日月星辰，三際因緣，十方造化，不滯纖毫，一個疑情，更無別念。」〔註60〕無念對修行的態度，正如所援引「不是一番寒徹骨，爭得梅花噴鼻香」之語所表達的。

〔註56〕《黃檗無念禪師復問》卷之三，第 128 頁。
〔註57〕《黃檗無念禪師復問》卷之一，第 109 頁。
〔註58〕《黃檗無念禪師復問》卷之四《法語》，第 138 頁。
〔註59〕《黃檗無念禪師復問》卷之四，第 134 頁。
〔註60〕《黃檗無念禪師復問》卷之四，第 134 頁。

　　無念對修道的期望，即如《復董太史思白》中云：「自是乘般若力，勿忘本願，正好垂手入廛，於太平盛世大建爐，錘煆得出一兩個鐵面無情漢，續佛慧命，以示後昆。使世出世法悉賴劻佐，佛道王道不無梁棟，方同千古聖賢以宇宙為家，物我一體，優人之憂，樂人之樂。」〔註61〕句中的「於太平盛世大建爐，錘煆得出一兩個鐵面無情漢」，既是強調修行，又是強調修行者的勇氣和意志，無念認為要有不畏懼死的意志和勇氣去修行，《復李太守文臺》云：「佛之一字，乃覺之別名，不覺時我隨境轉，覺來我能轉物，又何得厭官而取佛乎，謬之甚也。要了此事，須把『死』之一字懸在眼睫下，如墮萬丈坑要求出相似，釘一確二，著實取究，莫類世流僅附談柄而已。」〔註62〕這種不畏懼「死」的勇氣和意志，如同有人說的具有「俠骨」之氣，因此有云「學道人非具俠骨不能」。無念肯定修行者的「俠骨」之氣，但同時又指出如果執著於「俠骨」之氣，亦不可學道，《復潘兵部昭度》云：「謂具俠骨人能學道，則可若謂必俠骨人方可學道，恐執俠不化，終被意氣驅逐，難得本體呈露。故世之貴俠骨者，以愈於齷齪庸腐輩耳，非真俠骨可貴也。況英明特達之士，未必俠骨，又復追蹤俠骨，是本體逾失也。」〔註63〕「執俠不化」同樣是學道人的障礙，這種障礙甚至「愈於齷齪庸腐輩」。

　　遍遊天下參訪名師並苦參四十年，最終領悟到重要的是向內求並領悟自身的「本命元辰」，對自己參訪經歷的反思，無念弘法時不再贊成外出「去諸方參禮知識」，去請個「無意味話」回來「納在胸中」，「三年五載孤迴迴的深究己躬，更不回頭顧腦」〔註64〕。同時不再強調參識外物與舊時公案，無念曾舉自己事例說明云：「參學須要知己，莫在公案言句上求明白，我前數十年只在黃瓜茄子公案上求明白，便是向外覓。」〔註65〕一味執參公案的參學方式，是從他人言下去討分曉，云：「一日龍湖夜坐，有宗師舉『本來具足』『本來無一物』兩則因緣示眾，有僧對『原來具足』，又有對『原來無一物』。師曰：既是無一物，問著便眼睜睜的心怯怯的，卻似有個說不得的物事一般。既是具足，如何開口成滯，恐怕說得不是，隨語生解，到他人言下討分曉。」〔註66〕

〔註61〕《黃檗無念禪師復問》卷之二，第118頁。
〔註62〕《黃檗無念禪師復問》卷之二，第119頁。
〔註63〕《黃檗無念禪師復問》卷之三，第128頁。
〔註64〕《黃檗無念禪師復問》卷之四，第135頁。
〔註65〕《黃檗無念禪師復問》卷之四，第137頁。
〔註66〕《黃檗無念禪師復問》卷之四，第138頁。

向外去尋覓的，往往只是「求知見玄妙」與他人的「奇言妙語」，無念指出這些所謂的知見玄妙與奇言妙語「正是障汝蠱毒」，因此「莫向熱鬧處求」，只向「無搭撒無倚靠無聲臭處」解悟「生死路頭」〔註67〕。雖然不主張遍參天下、不主張執參舊有公案等，主張解悟要靠自己的「猛省」，但無念還是指出修道中需要他人的提醒。如有問「性是自有的，為甚麼不見，要仗師友提醒才見」，無念云：「性雖是有的，不遇師友說破，決不肯自信，譬如栗穀種子，若遇水火損壞，要逢水土發生，一粒歸上，發生無盡。人之本性亦復如是，遇情慾而損壞，遇師友指出自信真常。」〔註68〕這裡所謂的提醒，就是提醒學道者領悟到自心或者自身的「本命元辰」。

非向外求、不參外物與外境，即不聞「要明白聞人奇言妙語」、不再遠遊遍參名師，而是在日用中用工，「信得及」自心的「本命元辰」或「本地風光」，才可能猛省，無念云：「汝等若信得及，日用動靜打成一片，若到這般田地，或有善惡境相現前，皆是你五陰魔障，囊劫習氣，切莫認他。惟有疑情昭昭靈靈，推之不去，蕩之不散，猶如寒潭秋月，無有纖毫趣向，忽然一聲，疑團粉碎，大地平沉，露出本地風光，才好諸方懇求印正，然後山間林下，柴乾水便，盤結草菴，待時而至，接物利生。」〔註69〕在日用中「叩己而參」，《復王文學在明》云：「少年奔馳，未能學道，吾不知道是何物，縱學得奇言妙語，反添眼翳，豈不聞從門入者不是家珍？所以三教聖人各立權巧，指人返觀，忽然猛省，識自主人變化萬端，自不能測，故名不睹不聞。果有此志，總在日用中迴光返照，叩己而參。」〔註70〕無念在此指出三教之道相同，無念又用眾生都是共一西影（無念）來表達三教之同，云：「我終日與你說的，是西影中現出來的一個影相，盡大地眾生、十方諸佛、歷代祖師、蠢動含靈都共這一個西影。」〔註71〕若達自心則「一切聖人同此一宗」，若有一毫不同「便是異端」〔註72〕。所謂在日用中「迴光返照，叩己而參」，即是在日用中指「忽然猛省，識自主人變化萬端」。「自主人」則是《復樊居士山圖》中說的「個個眾生皆有如來智慧德相」，眾生不省「反執妄求，每日飯後說出許多

〔註67〕《黃檗無念禪師復問》卷之四，第 136 頁。
〔註68〕《黃檗無念禪師復問》卷之四《酧問》，第 139 頁。
〔註69〕《黃檗無念禪師復問》卷之四，第 135 頁。
〔註70〕《黃檗無念禪師復問》卷之三，第 131 頁。
〔註71〕《黃檗無念禪師復問》卷之四，第 138 頁。
〔註72〕《黃檗無念禪師復問》卷之四《法語》，第 138 頁。

葛藤，末世凡愚執著為實」〔註73〕，才造成自性被障迷。

對日用的強調並非所有聽道者能夠明瞭，有人問「如何是日用神通變化」，無念云「你二六時中治事待客，上下酬應」〔註74〕便是日用的神通變化。亦有人「問日用何為」，無念以六首偈回答，之一云：「終日閒閒無所為，記得曾參一字機。無限精神空費了，依然還是舊行持。」之二云：「終日閒閒無所為，鳥啼花笑互酬機。客來問我為何事，飯罷菴前走一時。」之三云：「終日閒閒無所為，蒲團竹椅盡生埃。祖師公案忘來久，禪客來參懶接陪。」之四云：「三十年前學坐禪，猶如求鏡去磨磚。於今忘卻途中事，語默依稀記不全。」之五云：「饑即餐兮倦即眠，有時微笑水雲邊。赤心片片無人會，下是黃泉上是天。」之六云：「饑即餐兮倦即眠，閒忙動靜只隨緣。人間甲子無心記，開到梅花又一年。」〔註75〕從六首偈來看，日用就是在日常中之行為，在饑即餐倦即眠中體悟自心。其中的「記得曾參一字機」，很顯然是受到了心學家的影響。

偈中的「饑即餐兮倦即眠，閒忙動靜只隨緣」體現的是禪學的任運隨緣，是對執著、是非的超越。無念強調信得及就要在日常中去做，不必思量是非，有人問今人如何幹不來「堯舜幹的事業」時，無念說：「堯舜當初怎麼做，何嘗要是與不是，今人且不去幹事，只在那分別處想是與不是。若是丈夫氣概，出頭一番，撩起便行，管甚好歹，恁麼信得及，便與前聖無差別也。」〔註76〕只在心上去思量是與不是，便是悟道的障礙；信得及就是超脫對是與不是的思量，而是以丈夫的氣概「撩起便行」。

這些話強調在日常日用中叩參自身的「本命元辰」的重要性，修行不在遠遊、不在外境與外物，從此可知無念對日用中用工，一方面在提醒修道者要避免思量是非的悟道之障，一方面日用中要任運隨緣而非一味守靜，《復陳稽勳蠡源》中云：「近來日用何為，切莫守靜以為功課，若執久不化，貪閒愛寂，懶接人事，日久月深，漸成偏枯之患，忽復遇境，當情忻厭成礙。」〔註77〕若在日用中只作如守靜等表面的工夫，會成偏枯之患，同樣是悟道之障。這些敘述，表明無念對修道悟道之觀念可謂是圓融無礙。

〔註73〕《黃檗無念禪師復問》卷之三，第131頁。
〔註74〕《黃檗無念禪師復問》卷之四，第139頁。
〔註75〕《黃檗無念禪師復問》卷之四，第143～144頁。
〔註76〕《黃檗無念禪師復問》卷之四《酬問》，第142頁。
〔註77〕《黃檗無念禪師復問》卷之二，第120頁。

　　無念與明末文人的密切交往，在禪學或者悟道觀念上自然是相互影響、相互「提醒」的，其在晚明文人中的極大影響，下文中可以看到。這種廣泛的影響，表明著無念禪學觀念的被廣泛接受和認同，如袁宗道《黃檗無念禪師醒昏錄原序》中提到對無念禪學觀念的評價，時旁有不肯的人云「莫謗他古人好，古人垂語如荊棘刺難下足故，如鐵釘飯難下口故，西影拖泥帶水，有甚奇特，堪超佛祖」，袁宗道云：「子且莫草草，子第知諸祖語如刺如鐵，而不知西影語泥裏有刺，米中有鐵，使你冬瓜瓠子不知不覺傷足傷齒，不尤勝古人耶？雖然，古人今人都是一期方便，隨痾設劑，寧有勝劣，你若作古人解今人解，誰勝解誰劣解，豈惟辜負西影，抑且埋沒諸祖。」袁宗道認為無念的禪學「泥裏有刺，米中有鐵」而「尤勝古人」，這句話不僅使「其人茫然而退」〔註78〕，更是對無念禪學觀念極高的評價。

三

　　無念與晚明不少文人交往且關係密切，梅國楨是無念交往關係最為密切者之一。由開篇的敘述可知梅國楨與無念的關係極為熟悉、緊密，無念在《復潘兵部昭度》中對梅國楨評論云「居士與梅長公乘般若力遊戲人間，機調相投，非老朽所能測也」〔註79〕，這是對梅國楨思想一個極高的評價。又在《復鄧文學信之》中云其真識得生死，云：「不聞孔子三千徒眾，終其身秖取一顏氏，子雖有七十二賢，秖可傳言宣教，幾人實識得心來？近時海內學道者如牛毛，識心者如麟角，老朽奔馳五六十年，求夫真為生死，秖有令叔文潔公、梅司馬衡湘公二人耳，其餘都是說禪說道，打口鼓子，堪作何用。」〔註80〕

　　梅國楨，《湖廣通志》卷四十八稱之為「梅國正」，誤。字克生，麻城人。少雄傑自喜，善騎射，中萬曆十一年進士。梅國楨為官頗為關心民眾疾苦，《明史》本傳云：「除固安知縣。中官詣國楨，請收責於民，國楨偽令民鬻妻以償，民夫婦哀慟，中官為毀券。」又事功卓著，本傳云：「擢御史，會巴拜反，學曾師久無功。時寧遠伯李成梁方被論，廷議欲遣為大將，未敢決，國楨獨疏保之。乃遣成梁子如松，為提督將遼東、宣大、山西諸鎮兵以往。而國楨監其軍，遂與如松至寧夏。」〔註81〕梅國楨身上帶有濃重的俠武之氣，《明語林》卷九

<hr>

〔註78〕《黃檗無念禪師復問》卷首，第 103 頁。
〔註79〕《黃檗無念禪師復問》卷之三，第 128 頁。
〔註80〕《黃檗無念禪師復問》卷之三，第 130 頁。
〔註81〕《明史》卷二百二十八，第 5979 頁。

論云：「梅國楨三試不第，因攜家長安，與酒人、俠客浮觴。角射或效武夫，結束或如羽流。長髯大鼻，聲如洪鐘，望者卻走。」袁中道《梅大中丞傳》云「長大鼻髯，有若劍客道人之狀」「騎駿馬，帶長弓，控羽箭」；又記梅國楨曾邀請其到「云中晤言」，袁中道記云「予少時有奇氣，相見直坐上坐，捫虱而譚，公待之益恭」〔註82〕。又文又武，有文章有事功，與文人武夫、緇衣羽流等交，行事不羈，此即梅國楨之形貌。

關於梅國楨與李贄的關係以及著述情況，凌禮潮箋校的《梅國楨集》中有較為詳細說明，本章不再予以陳述。只說明一點，凌禮潮在箋校《梅國楨集》前言中言「《千頃堂書目》著錄《徵哮奏議》一種（題作《征西奏議》）」，實際上《千頃堂書目》卷五載「梅國楨《征西奏議》二卷」。

梅國楨可謂是親近禪者與心學者而又事功卓著者，無念對梅國楨的事功也是很欽佩，在《復梅司馬衡湘》第一書中云「臺下靈州之役，其作用妙處，與卓老談之久矣」，梅國楨在當時人眼中應該是文武、經濟、事功俱全者，《復梅司馬衡湘》第三書云：「數年在江西，每聞鄧老道及公經濟之才，並見詩、疏稿，當今真難得此人也。又云國家幸有此長城之寄，更復何慮？」這應該是很多人的看法。正因為明朝有梅國楨輩，無念等人道其方可以安心修道，第三書云「我輩林下人得以安心學道，真大快事」。梅國楨對無念亦相當肯定，《送無念禪師赴豫章請》云：「余得念師，朝夕越十五年，平生礙膺之物一旦消釋，是師大有造於余也。師所居黃蘗山僻險而瘠磽，豺虎之所盤據，人跡所不到。師與徒眾披荊榛，創廬舍，擇可耕者耕之，緇素麇至，堂廡日臻，歸然一大叢林矣。」〔註83〕二人之間的交往超過十五年，無念對梅國楨有「大有造於余」之影響。

梅國楨在追立事功同時，追求出離生死，《復梅司馬衡湘》第一書云「生死難明，欲於風波中求出頭耳」。袁中道《梅大中丞傳》中載梅國楨曾向其問學道事，袁中道答以「學道未契」，梅國楨即回書，將其所結識的佛道之士一一介紹給袁中道，云：「貫城之旁，有日中之市焉。雖無奇瑰異物，而抱所欲者，各恣取以去，求友亦若是耳。公欲於此處求友，顯靈宮古柏，婆娑委地，作虯龍形。東便門外，奈子花如錦幄，可容二十餘人。晉陽菴中，有唐鑄觀世

〔註82〕《珂雪齋集》卷十七，第711～719頁。
〔註83〕《黃蘗無念禪師復問》卷之六，第148頁。本文在《梅國楨集》卷二載為《黃蘗紀略》，湖北人民出版社2006年版，第107頁。

音相。沙窩水葛道士毬，順城門守門老中官射，亦不佞數十年內所得友也。公倘欲之，便以相贈。」〔註84〕又記二人討論學道事云：「一日暇，公謂予曰『料理堂事，入衙偃臥，令兩婢槌背，便過一日，可謂無事』，予曰『公於此道曾有所入否』，公曰『我昔聽方湛一講論，有所入，至今灑然』。予曰：『護生須是殺，殺盡始安居。公未搗其巢穴，而據爾安居，未可也。』公曰『殺之何用』，予曰：『此拔刀自殺者也。或於文字上殺，或於朋友聚譚時殺，或於無義語上殺。皆殺機也。若是，即吾欲公厭事矣。』公曰『善』。公於是深研悟理。」〔註85〕梅國楨與無念之間談論最多的亦是學道事，可見梅國楨對出離生死的追求之念一直縈繞在心頭。對事功與求道的關係，無念對梅國楨說：「夫道本無方，迷於執方，丈夫事業，無妨道也，不曰『不離法場而證菩提』乎？然未可謂功業真無妨道也，不有捨淨飯之位而入雪山者乎？要之隱現無所，不可惟不辦生死之心，徒爾效顰，則真不可耳。令愛真靈照覆出，不知若翁果龐居士否？居士沉金帛於水矣，若翁獨不能沉功業於水乎？」無念的這個解說相當圓融。如同上文所言，無念反對在富貴勳業上著腳而求道，但又云富貴勳業不礙求道；這裡云事功無妨求道，又云不可謂「功業真無妨道」。富貴勳業、事功是否礙道，關鍵在於是否從明悟自心上求道。

　　無念在《復梅司馬衡湘》第二書中，提到「接手書，感承遠教」，應該是梅國楨接到無念書信時的回覆，無念又接著進行了再回覆。《梅國楨集》中收錄有《與僧念公書》，開篇云「承教」，亦是表明對無念書信的回覆，接著討論「身是苦本，亦云極樂」，似乎是無念在信中對之所言。此即是無念《復梅司馬衡湘》第二書之所言，書中云「接手書，感承遠教」，顯然是梅國楨曾予之書，書中內容之言大概為「所云世緣素輕，近益脫然，獨疾痛一關不能打透」，無念復之云：「明知四大假合，有身為患。僧謂人之至親者身，至難者患苦，必先打透此關，有個出身之路，然後便好逢緣作戲，借境煉心，縱患苦臨身，亦脫然無累。蓋身是苦本，亦云極樂。若離苦求樂，譬如捨礦求金；若即苦是樂，又是認礦作金。古人到此，舌折辭窮，切不可退惰，只要猛省，返身一擲。」梅國楨在《與僧念公書》中闡述云：「若離苦求樂，譬如捨礦求金；若即苦是樂，又是認礦作金。不即不離，乃從來相傳捷徑。感服，感服！但以金礦喻苦樂，鄙意未免有疑。有樂必有苦，有苦必有樂；樂自是樂，苦自是苦。苦樂在

〔註84〕《梅國楨集》附錄，第 228 頁。
〔註85〕《梅國楨集》附錄，第 229 頁。

人，猶善之與惡、好之於醜。非若今之不外於礦，礦之即可為金也。非苦方為樂，不樂方為苦。苦樂兩忘，方為不苦不樂，方可打透疾痛一關，方有出身之路。」信未接著云「鄙見如此，再望開示」〔註86〕。查閱無念與梅國楨的書信中，《復梅司馬長公》第二書似乎是無念對梅國楨關於「苦」「樂」問題的回覆，書中討論的是「苦」「樂」，云：「若是親達無知之境，了無彼此之相，不屬意識，不蓄是非，那討『苦』『樂』二邊。但循世緣，隨機應物而已。又有誰受苦樂，誰耽忻厭耶？大都只作譬喻說過去了，總未真達無知之旨耳。僧數十年前聞說有個佛可成，便謂成佛後獨超物外，另有神通變化，如意樂事，所以憤鼓妄想，沸起馳求，磨褌擦褲，遍歷艱險，忽被幾度掀天撲地的惡煞逆境照破，頓使空劫積習、人我高山、是非棘林、無明惡覺欻然蕩盡，始親見得眾生是佛之功德母，佛是眾生之慈悲父，了無棄取，方得四楞蹋地，倒向眾生隊裏摻煉已躬未盡之陰氣。年來才得一星之力，欲共一二銅頭鐵額漢鼓揚法化，用了私心。奈何不堪，共行終泯，殘喘於冰崖而已。門下英俊不群，惟不忘本，誓趁此大明之下，拔得三兩靈裔出來，續遠佛燈。」由這幾封書信可見，《梅國楨集》中的《與僧念公書》並非只是一封書信，有可能是將幾封書信合在一起了。

這種情況在《復梅司馬衡湘》第三書中也出現了。第三書云：「數年在江西，每聞鄧老道及公經濟之才，並見詩、疏稿，當今真難得此人也。又云國家幸有此長城之寄，更復何慮？我輩林下人得以安心學道，真大快事。及某回來，又聞公以出世自任，山僧甚不然，豈可將世間第一等便宜，都要占盡了也？留下此一著，與山林野人過日罷。何得攙行奪市？昔龐老亦是楚人，公豈龐老復出乎？他一家洞明大法，來去自由，今果有此大手段、大力量否？幸以所得處，見教一二，何吝法之甚？令愛大法已明，公信得及否？若信得及，不妨與之商量，彼決不負乃翁也。」〔註87〕《梅國楨集》中收錄有無念《復梅衡湘》書，即此處的第三封書，標題後注曰「見《復問》」，但所錄書與此處差異較大，全文為：「數年在江西，每聞鄧老與僧道及總督公經濟之才，並是詩稿、疏稿，便歡喜無量，云當今真難得此人也！又云國家幸有此長城之寄，再復何慮？我輩林下人，得以一意安心學道，此大快事也。及某回來，又聞總督公以出世自任，將此大法，便欲一肩擔荷。山僧甚不然，豈可將世間第一等便宜，都要占

〔註86〕《梅國楨集》卷三，第120頁。
〔註87〕《黃檗無念禪師復問》卷之一，第107～108頁。

盡了也？留下此一著，與我山林崖穴中野人過日罷！何得攙行奪市？昔龐公亦是楚人，公豈龐公復出乎？龐公一家數口，洞明大法，來去自由，公今果有此大手段、大力量否？何不以所得處，見教一二，何吝法之甚耶？今令愛靈照也，今大法已明，公信得及否？若信得及，不妨與之商量，彼決不負乃翁也。」〔註88〕觀書中「今令愛靈照也，今大法已明」與第一書中「令愛真靈照覆出」之句，似乎《梅國楨集》的編纂者將無念寫給梅國楨的這兩封信的語句抄雜在一起了。

　　《黃檗無念禪師復問》中收錄的《復梅司馬衡湘》三封、《復梅司馬長公》四封，每封書都是以「來論中」「來云」等語開篇，表明梅國楨寫給無念的書信相當多，《梅國楨集》中只保留下一封，保留下的狀況如上所述，可知《梅國楨集》遺漏不少。梅國楨在寫給無念的書中，主要的內容是在討論學道以及學道的體會、感受，如《復梅司馬長公》書中云「來論中，謂一切看破，已得大自在法」，無念為之解云：「既看得破，火噴噴的，戰兢兢的，無非幻妄，又有何靜可守？何鬧可厭？若有靜鬧可分，終是大夢未醒。」梅國楨的書中顯然是提到守靜、厭鬧之語，無念點破其尚未「看破」，若「看破」則無靜可守、無鬧可厭、無靜鬧之別。梅國楨「又云醉人不怕虎，正得無知之力」，無念又指出其問題云「既有無知之力，可得畢竟，還屬寐語」，遂進一步為之解如何是「三昧造化屬我」云：「只有筋骨痛時，甚不好戲處，勉強做去，日久月深，習慣機忘，豁然貫通，隨處逍遙。到此地位，便好遊戲三界，借幻軀作幻戲，單棲不覺寂，群聚不覺擾，說話忘口，下筆忘手，便是無心，三昧造化屬我矣。這段事人人有分，只因執賢愚巧拙，分為限量，造為已有，認著形器，要常住世，所以我是他非，豈不謬哉？此處醒悔，得孔氏耳順，即我礙膺之物化矣。」無念認為梅國楨並沒有真正「看破」，為之指出真正「看破」的境態，是為了鼓勵梅國楨繼續體悟而悟得最終的「道」的境態。

　　無念在書中又提到梅國楨「云人命在呼吸間」，無念承認「此語真切」，可惜「世人都只把做說話忽略過去了」，指出「不是自家經歷，幾番利害，世情怎麼冰冷得來」，這是對梅國楨的肯定。梅國楨又云「昨日的今朝不見了，早辰的下晝不見了」，無念肯定道「不是夢醒，焉得親切」，為之解說此乃「本色道流」：「朽謂隨說隨了，又有誰說誰記，若有可說可記，是分外的事。回頭猛

醒，赤條條地又有何事。只因今人要明心見性，要識西來大意，這總是事。若真無事者，饑來吃飯，困來打眠，應用隨緣，不留朕跡，這才是本色道流。」梅國楨又云「夢白昔在山中望侍郎不得到，今日侍郎望山中又如何得到」，無念肯定此語「盡行說透了」，但仍擔心其「到己分上又輕放過」，並以丘長孺事為例云：「前長孺居遼陽，寄我書云『這番歸來，幸虛我一榻以了餘年』，及至抵家，整日應酬人事，那得閒工夫幹辦自己事來。」心上雖有認識，日常人事應酬中卻忘記了「自己」。之所以能在日常人事應酬中忘卻自己，這是將人事應酬和「自己」進行了分別。與將人事應酬和「自己」有分別不同的是，張居正「視天下為一己，不復思有身家」，因而「才得洪流遠大，名垂不朽」。一般士人「用志在恩子榮名，總之私欲，心在防患過甚」，所以「兩失其全」。無念且以數人之例繼續解說云：「今觀此老，世所罕有，不審於己躬下安身立命，以居士慧眼觀來，可有下落否？又李長者英敏過人，下筆無滲漏，識浪滔天，凡讀其書者無不受益，總是依通俠氣不化，此真俠骨見解者所使的樣子也。延伯一生妓妾滿室，從朝至暮，無片刻寧靜，及至死苦臨頭，一毫受用不著，這是積凡財欲被財欲所使的樣子也。當急看破。惟不能看破，所以積凡財欲的被財欲所使，抱識見的被識見播弄，不知無事是究竟法。居士云『先帝甫一月而疏通數十年廢滯，又去之太速』，他能以一月之間了數十年弊病，又以一日之間了人生百歲纏縛，大了當人生滅之場肯久戀耶？這段葛藤，望居士一刀截斷，免絆後人。」無念為梅國楨的解說，可謂是喋喋不休之老婆舌了。第三書之後，無念緊接著寫了第四書，書中云「居士昔云『昨日的今朝不見了，早起的晚上不見了』，此語透骨徹髓，非親證一番不能有是妙論」，無念應該是認為梅國楨於悟道到了緊要之處，擔心其放棄或不能真正「看破」，遂緊跟著寫了此書，由此見出無念對梅國楨的關念。書中一再開解梅國楨切勿「迷己逐物」云：「得失成敗，物之性也，眾生不能洞達，一向迷己逐物，不免被五行管定。然而順則生，逆則殺，生殺循環，何有窮極？大丈夫漢須與世別，若依然逢順則喜，遇逆便憂，又何與於造次顛沛之旨乎。如秀才不經歲考，莫辨優劣，官吏不經考察，莫別賢愚。學道人若不經幾番拂逆事，安能識其的當，此正利害。卒爾面前宜著精彩看，果到盡致之地否？還被境物奪得否？且世之稍有識見者，便知得為失本，成是敗因，況生平以大事為己任者，豈隨得失成敗流動乎？」書末大力鼓勵梅國楨趕快「裂開見網，割斷情根，放出無礙大光明藏」，云：「然此火災，非無因突出，既當壘卵之世，居士乃社稷生民所繫，上帝以

是試剛健也。未須具隻眼，莫作等閒忽略過去了，經世出世只在一星間耳。今日三十，明朝新正，事物循環，無乃首尾相換而已，於一真靈明有何增損。快快抖擻精神，裂開見網，割斷情根，放出無礙大光明藏，照破五蘊山頭，元來是個淡蒲蘆。」最後「多買爆竹，廣辦珍饈，過個奇勝新年」〔註89〕一句，既是新年祝語，又是提醒梅國楨在日用中體道，是任運隨緣之觀念的體現與運用。這些書信，尤其是第四書，老婆舌確實是老婆舌，而從中顯露更深的是與梅國楨之間真摯的友情與道情。

上文提到李贄、梅國楨之女梅澹然的關係，無念與梅澹然聯繫同樣頗多，幾人之間應該有朝夕相處之時刻的存在。無念有《復尼大士澹然》三書，「大士澹然」下有注云「即衡湘公女也」；無念在書信中與梅澹然討論的是道學。第一書中云「來書言言真切，可惜精神向見解上去了」，顯然是梅澹然寫信給無念，闡述自己的看法，並請無念予以解答。「言言真切，可惜精神向見解上去了」是無念對梅澹然求道態度的肯定，又指出其存在的問題。「可惜精神向見解上去了」不僅是梅澹然求道中存在的問題與偏向，同樣是大多數學道人所存在的問題與偏向，無念云：「孔子三千徒眾，個個聰明，博達善學，愚者止顏子一人。近時學道者，譬如猜謎，或於公案或於話頭上猜著歡喜也，當悟了一番，縱把三藏十二部一千七百則都明白了也，只是播弄精魂，不如收攝真神，向那黑漫漫處要曉不能曉、要說不能說，眼睜睜地如機關木人相似，到此更加逼拶，豁然豁地一聲，頭破腦裂，如夢忽醒，方知從前見解，都是夢言。」無念的這段話，既是明末禪宗的見解，更是王學尤其是泰州學派的見解。書中尚不忘讓梅澹然轉達對梅國楨的告誡，云：「尊翁聰明豪俠，真不可及，不免被伶俐所使。忽日老苦臨身，不能治也，不若勸渠趁此強健時，向那神筭不到處，計較難測處，見聞不及處，討個分曉，縱有神機妙用，能所是非一齊休歇，惟有饑食倦眠而已，只待報緣一盡，符到奉行。」書中的「能所是非一齊休歇，惟有饑食倦眠而已」，與《復梅司馬長公》書中的「多買爆竹，廣辦珍饈，過個奇勝新年」同意，都是表達任運隨緣之意。第二書中，無念又告誡梅澹然要在日用中隨緣體悟，云「學道須趁初心猛利，就要討個分曉，日用對境，逢緣才得出脫」，否則「日久月深，漸忘精進，依舊流於世情」，這是要梅澹然避免《復梅司馬長公》書第三封中丘長儒修行之病。第二書中，繼續指出學道者之

〔註89〕上引《復梅司馬衡湘》三書，載《黃檗無念禪師復問》卷之一，第107～108頁；《復梅司馬長公》四書，載《黃檗無念禪師復問》卷之三，第125～127頁。

病，云「近時學道人，只圖口舌便利，見識聰明，及乎病苦臨身，一些也用不著，又不恨自己念頭不切，立志差錯，反說先聖也只如此」，無念告誡澹然「且莫錯會好古聖一言半句，如吹毛劍，鐵釘飯，木扎羹，塗毒鼓，無你側耳處，無你下口處，無你著意處，無你近傍處」，不要「狹路相逢，眨眼錯過」，而是要猛省、成為頂天立地的漢子，云：「到這裡情消想絕，思盡神窮，寒暑兩忘，寢食俱廢，正於無可捉摸處，驀忽猛省，馳求頓歇，再不隨聲逐色到此地位。但是聰明解會，能巧神通，脫手讓與他人，終日如癡如訥，空腹開心，世人亦不識，鬼神覷不見，閻老子無處著眼，才是個頂天立地的漢子。」第三書繼續指出梅國楨悟道中的問題，如云梅國楨云「以楞嚴晦昧為空相」，是「自己細惑未盡，見識不化」而「生出許多見解」，此是「不識真空所在」而致使「緣境晦昧，明被明昧，曉被曉昧，覺被覺昧」；又云梅國楨「膽略聰明可遵，唯這著子不敢奉承」，原因在於「見識太廣，機巧太多，被伎倆氣魄參合，難得淨盡」。無念此封書信的目的，應該是擔心梅澹然被父親引導向道學偏誤處而不能徹悟，因而再次提醒云：「自性真空，觸物而應，臨機而變，你向何處知曉他？譬如睡著，無夢無覺時，你知在何處？忽然響聲驚覺，知從何來，要省響聲未至、知未生時，是何境象，切莫作睡醒會好。」〔註90〕對照寫給梅國楨的書信與寫給梅澹然的這三封書信，無念儘管肯定梅國楨修道的勇猛決心與志向，實際上對其道學體悟並不是十分認可，指出其修道中存在著與一般世人存在著同樣的問題，並沒有真正「看破」。由於擔心被梅國楨將梅澹然引向偏誤，而一再告誡與提醒，似乎說明無念認為梅澹然在修道上的根性上要高於梅國楨。由此便可以解釋，如李贄、無念等人為何與梅澹然之間的關係如此密切，以致於引起巨大的轟動而成為李贄被劾被逮的重大罪名。

四

　　無念與梅國楨、梅澹然父女的關係中，李贄的身影一直存在其中。李贄與梅澹然事在晚明曾轟動一時，同時也是晚明思想史上的一個象徵性事件。李贄與梅澹然關係應當是很親近的，《與梅長公》中李贄極力稱讚梅澹然，云：「公人傑也，獨知重澹然，澹然從此遂洋謚聲名於後世矣。不遇盤根錯節，無以別利器，公宜以此大為澹然慶。真聰明，真猛烈，真正大，不意衡湘老乃有此兒，

〔註90〕《黃檗無念禪師復問》卷之一，第108～109頁。

又不意衡湘老更有此侄兒也。」〔註91〕以「真聰明，真猛烈，真正大」這樣形容一個女性，顯然是李贄對其修佛之志的高度肯定與欽佩，《與周友山》亦云梅澹然等為出世丈夫，云：「《觀音問》中有二條佛所未言，倘刻出，亦於後生有益。此間澹然固奇，善因、明因等又奇，真出世丈夫也。」〔註92〕《豫約》中稱讚梅澹然「是出世丈夫」，「雖是女身，然男子未易及之，今既學道，有端的知見，我無憂矣」。二人並非師徒關係，梅澹然卻經常以師之禮向李贄請教，「雖不曾拜我為師（彼知我不肯為人師也），然已時時遣人走三十里問法」。梅澹然以師之禮待李贄，李贄似乎默認二者之間的師徒關係，「彼以師禮默默事我，我縱不受半個徒弟於世間，亦難以不答其請，故凡答彼請教之書，彼以師稱我，我亦以澹然師答其稱」。這種「不獨師而彼此皆以師稱」的關係，李贄稱之「亦異矣」〔註93〕，即二人無師徒之名，卻有師徒之實。二人關係的親近，一在實際的師徒關係，二在心理情緒上的親近，《復澹然大士》書中云：「出來不覺就是四年，祇是怕死在方上，侍者不敢棄我屍，必欲裝棺材赴土中埋爾。今幸未死，然病苦亦漸多，當知去死亦不遠，但得回湖上葬於塔屋，即是幸事，不須勸我，我自然來也。來湖上化，則湖上即我歸成之地，子子孫孫道場是依，未可謂龍湖蕞爾之地非西方極樂淨土矣。」〔註94〕李贄似乎在居龍湖期間出來遊方四年，這封書信如同在傾瀉白己內心中的情緒，這種情緒的傾瀉似乎可以表明二人關係的親近。當然這種親近無關男女之情，更多是在道學上的認同。

李贄的書信中，透露出梅澹然所修與信仰主要是觀音及淨土。梅澹然曾寫信給李贄云「觀世音大士發大弘願，我亦欲如是發願，願得如大士圓通無障礙」，並願意「塑大士像」，請李贄為之作記。李贄云：「觀音大士發大弘願，似矣。公大士之願，慈悲為主，以救苦救難為悲，以接引念佛眾生皈依西方佛為慈。此一切圓通無障礙，則佛佛皆然，不獨觀音大士也。此塑像，直布施功德耳，何必問余。」對梅澹然的「大弘願」，李贄鼓勵道：「蓋言成佛者，佛本自成，若言成佛，已是不中理之談矣，況欲發願以成之哉。成佛者，成無佛可成之佛，此千佛萬佛之所同也。願者，發佛佛各所欲為之願，此千佛萬佛之所

〔註91〕《續焚書》卷一，第 31 頁。
〔註92〕《續焚書》卷一，第 15 頁。
〔註93〕《焚書》卷四，第 183～184 頁。
〔註94〕《焚書》卷二，第 79 頁。

不能同也。故有佛而後有願，佛同而願各異，是謂同中有異也。願盡出於佛，故願異而佛本同，是謂異中有同也……故單言菩薩，則雖上乘，猶不免借願力以為重。何者？見諦未圓而信心未化也。唯有佛菩薩如觀音、大勢至、文殊、普賢等，始為諸神發願矣。故有釋迦佛則必有文殊、普賢，釋迦為佛而文殊、普賢為願也。有阿彌陀佛則必有觀音、勢至，彌陀是佛而觀音、勢至是願也。此為佛願，我願澹師似之。」梅澹然與李贄在修佛上的交流應該是十分頻繁的，李贄信中云「聞師又得了道」，顯然是梅澹然在給李贄的信中談到了自己對「道」的體悟。李贄儘管回信中首先提到「道豈時時可得耶」，接著的「真正學者亦自然如此」一句應該是對梅澹然體悟的肯定，並以南宋心學家楊簡「屢疑而屢悟」之例解說云「唯其疑而屢破，故破疑即是悟」。李贄信中的「彼以談詩談佛為二事」，可能是梅澹然在信中提到作詩會妨礙修佛，李贄云「不知談詩即是談佛」，為之進一步解說云：「若悟談詩即是談佛人，則雖終日談詩何妨。我所引『白雪陽春』之語，不過自謙之辭，欲以激厲彼，俾知非佛不能談詩也，而談詩之外亦別無佛可談。自信失余之意，反以談詩為不美，豈不誤哉。歷觀傳燈諸祖，其作詩說偈，超逸絕塵不可當，亦可以談詩病之乎。」李贄這裡談到創作與修佛的關係，體現的是心悟則無非佛事，即「若真實能詩，則因談佛而其詩益工者又何多也」，若此則不必「以談詩為病」；若「本不能詩而強作」〔註95〕，作詩則病佛矣。

　　對禪修，李贄自然是主張不立文字，在給梅澹然的信中卻一再提到讀書與讀經，如《觀音問》中云「佛之心法，盡載之經，經中一字透不得，即是自家生死透不得，唯不識字者無可奈何耳」，接著闡發讀經之益云：「若謂經不必讀，則是經亦不必留，佛亦不用有經矣。昔人謂讀經有三益：有起發之益，有開悟之益，又有印證之益。其益如此，曷可不讀也。世人忙忙不暇讀，愚人懵懵不能讀，今幸生此閒身，得為世間讀經之人流不肯讀，比前二輩反在其後矣。快刻期定志立限讀之，務俾此身真實可以死乃得。」〔註96〕《豫約》中云「不聚而談，則退而看經教，時時問話，皆有的據」〔註97〕，《復澹然大士》中談到自己讀書「《易經》未三絕，今史方伊始，非三冬二夏未易就緒，計必至明夏四五月乃可」〔註98〕，這些都表明李贄與梅澹然很強調討論

〔註95〕《續焚書》卷四，第166～168頁。
〔註96〕《焚書》卷四，第167～168頁。
〔註97〕《焚書》卷四，第183頁。
〔註98〕《焚書》卷二，第79頁。

讀書與讀經。

　　梅澹然對修道的追求與努力，在當時應該有著巨大的影響，《觀音問》中
提到梅澹然的影響云「世人貪生怕死，蠅營狗苟，無所不至，若見此僧端坐烈
焰之中，無一毫恐怖，或遂頓生念佛念法之想，未可知也」。梅澹然使得眾人
「不知自努力向前」，云：「自信、明因嚮往俱切，皆因爾澹師倡導，火力甚
大，故眾菩薩不覺不知自努力向前也。此其火力比今火化之僧又大矣。何也？
火化之僧只能化得自己，若澹師則無所不化。火化僧縱能化人，亦只化得眾人
念佛而已，若澹師則可以化人立地成佛，故其人力自然不同。」〔註99〕李贄有
《題繡佛精舍》詩，贊其云：「聞說澹然此日生，澹然此日卻為僧。僧寶世間
猶時有，佛寶今看繡佛燈。可笑成男月上女，大驚小怪稱奇事。父然不見舍利
佛，男身復隱知誰是。我勸世人莫浪猜，繡佛精舍是天台。天欲散花愁汝著，
龍女成佛今又來。」〔註100〕

　　從上文對無念與梅澹然關係的敘述來看，二人與梅澹然的關係都極為密
切。李贄與無念二人的關係同樣極為密切。李贄對無念來說，應該是極其重要
的，如同上文提到的，無念最終的徹悟便是受到李贄的啟悟，《行由》詳細敘
述了李贄對無念的啟悟。萬曆七年（1579），石潭居士延請無念住龍湖，萬曆
九年（1581），李贄來訪。無念與李贄開始了密切的交往，在修道、學道與體
悟方面進行了深入的交流、往來問答，無念終得徹悟，《無念和尚行由》記云：
「夜坐問曰『你見處說說看』，師從始至終一一吐露。居士曰『你且放下』，師
心下沒有理會。同住四十餘日，邀過黃安，居士請眾友會每日交談『你只放
下』，師曰『我沒有甚麼放下得』。住月餘，回龍湖，看洺訛公案不省，漸漸有
疑，請問石潭居士。居士曰『你還要看經』，師曰『我不識字，不知看甚麼
經』。居士曰『看《維摩經》，《楞嚴經》雖好你看不得』，師曰『如何看不得』，
居士曰『此是最上一乘的文章，我也理會不來』。師聽說，如箭入心，他把我
做那樣的人看。回到龍湖，就看《楞嚴》，看到『知見立知即無明本』，忽然疑
病又發，四五年的歡喜全然失散。疾往黃安，居士一見，問曰『工夫何如』，
師曰『我有一疑』，居士曰『疑個甚麼』，師曰『知見立知』，居士正色曰『這
個不是你知見』，師又不契。居士邀眾友到駟馬山，會有講僧至同會。夜坐，
居士問曰『清淨本然，云何忽生山河大地』，法師講罷，居士曰『無念你說

〔註99〕《焚書》卷四，第168頁。
〔註100〕《焚書》卷六，第229頁。

－676－

看』。師將開口，居士將師膝上一推，曰『這個嚲』，師忽猛省。歸至龍湖，靜
坐數日，平生所得的杳無蹤跡，從此以後，疑惑淨盡，不遇本色，宗匠惡辣鉗
錘墮在識見海中，鼓腹搖唇，以為自得，擔閣數年，愧感鄧公相信之，極設盡
計較欲剿他識見，不知自己腳跟未穩，先喪己命。忽省十地菩薩夢見眾生身墮
大河，欲救度，故起勇猛心，發大精進，驀地猛省人法兩空，始得入門，全無
干涉。從今而後，只是舊時人，不做舊時夢。偈曰：四十餘年不住功，窮來窮
去轉無蹤。而今窮到無依倚，始悔從前錯用功。」〔註101〕對無念的參悟，李
贄在《與焦漪園太史》中曾提到，云：「無念既入京，便當稍留，何為急遽奔
回？毒熱如此，可謂不自愛之甚矣。此時多才畢集，近老又到，正好細細理會，
日淘日汰，胡為乎遽歸哉。豈自以為至足，無復商度處耶？天下善知識尚未會
其一二，而遂自止，可謂志小矣。」〔註102〕這段記述來看，李贄對無念甚為
關心，但對無念的參悟以及參悟方式卻是直言不諱地批評，李贄的這段記載應
該是上文所言無念「又不契」的時期。無念對李贄對其之啟悟極為感念，對之
極為尊敬，鄒元標《小傳》中提到無念與李贄的關係，云：「次與卓吾李長者
友，長者以不善藏為世忌，公終身左右之，有告之曰『大貴人方怒熾』，曰『斫
首穴胸何妨』。予因是而知念公之定也。」〔註103〕李贄惹怒朝中權貴，無念能
以「斫首穴胸何妨」的無悔精神，毫無顧忌而一直「左右之」，可謂令人敬佩
之至。

　　無念在《復梅司馬長公》稱讚李贄云：「李長者英敏過人，下筆無滲漏，
識浪滔天，凡讀其書者無不受益，總是依通俠氣不化，此真俠骨見解者所使的
樣子也。」〔註104〕無念與李贄的關係，當時便引起他人的注意，如有人問「你
和李卓老這一起人又無傳授，糊來糊塗的，是那一宗下的人」，二人之間並非
傳授關係，但在道學上又如此親近，遂引起此問。無念云：「若有傳授，便是
邪法，我也不是五宗門下人，三世諸佛歷代祖師皆從這一宗而出。」〔註105〕
這是禪學式的回答，簡潔地回答二人所悟的為同一法同一道。上面提到李贄對
無念對道尚「不契」時的批評，李贄有多次對無念的批評。無念在書信與弘法
中，一直強調不立文字，但李贄卻批評無念實際上在強調文字，如《與焦從吾》

〔註101〕《黃蘗無念禪師復問》卷之六，第 158 頁。
〔註102〕《續焚書》卷一，第 27 頁。
〔註103〕《黃蘗無念禪師復問》卷之五，第 145 頁。
〔註104〕《黃蘗無念禪師復問》卷之三，第 126 頁。
〔註105〕《黃蘗無念禪師復問》卷之四《酬問》，第 142 頁。

書中云：「見菴兄，幸出此相訊，云《湖上語錄》有無念從旁錄出，弟以其人好事，故不之禁，又不知其遂印行，且私兄與菴也……今已令其勿行之矣。大凡語言非關係要切，自不宜輕梓以傳；即關係切要，人亦必傳之，又不待己自傳也。」〔註106〕由李贄的評論可知，無念對「道」的認識並不徹底。李贄將楊定見與無念視為知己，《窮途說》云：「住龍湖為龍湖長老者，則深有僧；近龍湖居而時時上龍湖作方外伴侶者，則楊定見秀才。余賴二人，又得以不寂寞，雖不可以稱相知，然不可以不稱相愛矣。」李贄云「天下唯知己最難」，能在龍湖得到楊定見與無念兩位知己，李贄因云「老死龍湖，又何疑焉」。儘管以知己相處二十年，楊定見與李贄對無念都有所批評，《窮途說》續云：「兩年以來，深有稍覺滿足，近又以他事怪其徒常聞，逃去別住，余乃作書寄之，大略具在《三歎餘音》稿中矣。楊定見勸我言曰『和尚且坐一坐』，蓋念我年老費力，又以深有自是，決不聽我故也……若深有與我三人者，聯臂同席十餘年矣，學同術，業同方，憂樂同事，徒弟徒孫三四十人視我如大父母、真骨血一般，建塔蓋殿，即己事不若是勤也。其平日情義如此，今縱忠告而不聽，尤當繼之以泣，況未嘗一言，而遂以為不可乎？余謂連爾亦當作一懇切書與之，諸徒弟徒孫輩亦當連名作一書與之，彼見眾人俱以為言，即有內省之念矣。況深有原是一老實之人，只為無甚見識，又做人師父，被人承奉慣了，便覺常聞非耳。若人人盡如常聞之言，彼必定知悔也。且深有未打常聞之先，本無失德也，雖不言可也。今既亂以皮鞭打常聞矣，猶然不得快活，復怨怒上山，造言捏詞，以為常聞趕之，日夜使其徒眾搬運糧食上六七十里之高山，不管夏至之時人不堪勞，則為惡極而罪大也，是以不容坐視而不作書以告之也……定見尚不省，乃謂和尚尚不聽我等之言，而欲深有聽和尚之言，必不得也，況人都說是和尚趕他上山去耶。余謂既說是我趕他去，則爾此書尤不容於不作也。不但救深有，亦且救我，使我得免熱趕之罪，是一舉而救我二人，尤不可以不作書矣。」〔註107〕因為常聞，使得李贄與楊定見、無念有所嫌隙，「只為無甚見識，又做人師父，被人承奉慣了」一句，看出李贄對無念的批評確實比較嚴重。

　　無念在龍湖時住在芝佛院，芝佛院所在地「風吹竹戶，月落深潭，朝煙暮霞，足稱幽雅」，李贄《答周友山》中提到無念蓋芝佛院云「芝佛院是柳塘分

〔註106〕《續焚書》卷一，第 45 頁。
〔註107〕《續焚書》卷二，第 71～72 頁。

付無念蓋的，芝佛院區是柳塘親手題的」〔註108〕。李贄亦定居在龍湖，結識無念之後，經常在芝佛院活動，《復焦弱侯》書云「計且住此，與無念、鳳裹、近城數公朝夕龍湖之上……我已主意在湖上，只欠五十金修理一小塔，冬盡即搬其中」〔註109〕。李贄居石湖，其中即有無念的原因，《釋子須知序》中提到與無念居石湖之經過云：「余自出滇，即取道適楚，以楚之黃安有耿楚倥、周友山二君聰明好學，可藉以夾持也。未逾三年而楚倥先生沒，友山亦宦遊中外去。余悵然無以為計，乃令人護送家眷回籍，散遣僮僕依親，隻身走麻城芝佛院與周柳塘先生為侶。柳塘、友山兄，亦好學，雖居縣城，去芝佛院三十里，不得頻頻接膝，然守院僧無念者以好學故，先期為柳塘禮請在焉，故余遂依念僧以居。日夕唯僧，安飯唯僧，不覺遂二十年，全忘其地之為楚，身之為孤，人之為老，須盡白而髮盡禿也。」〔註110〕李贄與無念共居龍湖二十年，可謂知交頗深，另外亦可看出無念結交文人眾多。李贄築建了芝佛上院，《答周友山》云：「今接蓋上院，又是十方尊貴大人布施俸金，蓋以供佛，為國祈福者……我此供佛之所，名為芝佛上院，即人間之家佛堂也，非寺非菴，不待請旨敕建而後敢創也。」〔註111〕芝佛院成為李贄、無念、梅國楨父女及眾文人、信徒等活動、聚會及講學之所。

在二人交往期間，李贄作有《書龍湖圖贈無念上人》，稱「吾不知上人果能無念否也」，知無念此時尚未有徹悟。李贄在文中為之講無念之意，云：「夫周子講道於此多年矣，一旦乃能得上人於戒律之外，雖上人亦不以戒律故滿足其意，而時時與十方賢聖窮究真乘，觀其心不無念不止也。湖之勝愈以有加，而芝佛之院棲佛之樓結構煥然，非徒然矣。雖然真乘可冀，無念大難，夫學道者人都其心欲細，細則能入其氣；欲粗，粗則能出意；欲其柔，柔則善縱志；欲其強，強則善奪守；欲其密，密則神不可窺發；欲其疾，疾則魔不敢近。方正也而邊奇，雖八面掠敵可也；甫奇也而忽正，可使千聖落膽矣。彼以天地為棟宇者，將以為大矣，不知特醯罈之雞耳；以宇宙為幕席者，自以為快矣，不知特甕牖之子耳。要皆以一人之知慮而欲測無窮之佛智，以一己之度量而欲忖無盡之佛事，以一二之手足而欲遍無邊之佛國，是以北轅轉疾去楚轉遠，非有至人，又安足與議至道哉。」這是對無念的一再啟悟，文末偈云：「石湖有潭，

〔註108〕《續焚書》卷一，第 25 頁。
〔註109〕《焚書》增補二，第 268、269 頁。
〔註110〕《續焚書》卷二，第 56～57 頁。
〔註111〕《續焚書》卷一，第 25 頁。

無念居之。石湖有屋,無念止之。石湖有經,無念會之。石湖有佛,無念念之。昔念石湖,今念自己。念而無念,石湖澄止。」〔註112〕為啟悟無念,李贄現廣長舌之形象,為之闡釋「無念」之意。至萬曆十七年(1589)時,李贄作《無念上人誕辰》文,云:「有僧無念,學道精勤,眾人不知,目為庸僧。我與念僧相伴九載,知其非庸,以念無故。何謂念無?與俗人處,念即自同於俗不見俗,故將念離俗,是故一時賢人目之為俗,然念僧真實俗也。與賢人處,念即自同於賢不見賢,故將念希賢,一時俗人目為賢,然念僧真實賢也。」「學道精勤」是無念的一貫修行作風,上面提到李贄對無念的批評,此時稱無念非庸,知其已達徹悟的境態,是對無念的真正認可。李贄表達了二人之間的交契,云「共登無遮道場,永以為好,不妨遊戲三昧」〔註113〕,由此可見,批評歸批評,李贄視無念、楊定見為重要的知己,《三蠹記》中稱無念、楊定見與自己三人為三蠹,云:「深有雖稍有向道之意,然亦不是直向上去之人,往往認定死語,以辛勤日用為枷鎖,以富貴受用為極安樂自在法門,則亦不免誤人自誤者。蓋定見有氣骨而欠靈利,深有稍靈利而無氣骨,同是山中一蠹物而已……夫既與蠹物為伍矣,只好將就隨順,度我殘年,猶爾責罵不已,則定見一蠹物也,深有一蠹物也,我又一蠹物也,豈不成三蠹乎?作《三蠹記》。」〔註114〕當然,李贄這裡是肯定之辭,並非真的指三人為蠹物,所謂的三蠹物實際上就是三知己。《登樓篇》序云「是篇別楊生定見、上人無念而作也,楊母及其室人俱深信佛乘,故篇末及之」,專為無念與楊定見所作此篇,可見三人間的知己之情,詩云:「登樓不見余,定知余已去。此間相識人,問余去何事。勢利不在余,諸君何勸渠。中有楊定見,三載獨區區。心事如直繩,孤立終不懼。畏首復畏尾,誰能離茲苦。但知道在吾,不顧害有無。上人稱具眼,居士當何如。龐公難難難,龐婆易易易。會得無難易,與吾同居止。」〔註115〕詩中的「上人稱具眼」則是對無念的肯定。

　　無念誕辰時,李贄作《無念上人誕辰》偈云:「有僧無念,學道精勤,眾人不知,目為庸僧。我與念僧相伴九載,知其非庸,以念無故。何謂念無?與俗人處,念即自同於俗不見俗,故將念離俗,是故一時賢人目之為俗,然念僧真實俗也。與賢人處,念即自同於賢不見賢,故將念希賢,一時俗人目為賢,

---

〔註112〕《黃檗無念禪師復問》卷之五,第 147 頁。
〔註113〕《黃檗無念禪師復問》卷之五,第 148 頁。
〔註114〕《焚書》卷三,第 107 頁。
〔註115〕《續焚書》卷四,第 105 頁。

然念僧真實賢也。嗚呼，佛澄塗掌，羅什吞針，念僧不能，但不可以念僧不能，故而遂高視澄公與什公也。汾陽腥穢，布袋街頭，念僧不肯，但不可以念僧不肯，故而遂下視汾陽與布袋也。是歲也己丑，是日也二月十七，念僧生身實當，是日載茶載歌，載觴載詠，聊以為歡，共登無遮道場，永以為好，不妨遊戲三昧。念僧其欲為名高乎？抑且俗與同也？俗與同則十方無壁落，為名高則大地生荊棘，得力不得力，皆於是乎在。」〔註116〕這段話，可謂是對無念的極高評述。

無念與李贄關係的密切，可以通過與無念與其他人的通信中體現出來。《復王憲副豐輿》中提到李贄與王豐輿等人的談道，王豐輿以「渠說都是哄人的」論淯訛公案，李贄評價說「觀公之言，不必問，學可知矣，不唯辜負古人，亦乃自欺瞞耳」。李贄之意應該是要學道者「如箭入心，結滯胸中，欲透不能，欲罷不能，懷下聖胎」般地深入體會公案，公案是「先聖憐憫眾生沉沒苦海」而設，公案「智識不能解，利口不能言」，有靈根者長期參悟而「嘖地折嚗地斷」，從而擺脫生死利害。《復陶太史石簣》中云「自領教，來會卓老」，似乎與陶望齡論道之後，去找李贄印證。《復焦太史澹園》中提到「金陵別後，消息茫然，李卓老化為烏有」，表明無念與焦竑的談論中亦多涉及李贄。焦竑《贈無念禪師偈》云：「春深聞爾百花潭，曾與維摩共一龕。浮世無成悲小草，空門何意見優曇。龍知聽法歸池缽，馬為馱經度嶺嵐。烏榜宗風今欲振，好傳消息遍江南。」題下注云「時同卓吾住龍潭湖」，即為無念題偈的同時，亦不忘示李贄。

李贄的書信中，更是屢屢提到無念。《答周友山》中提到云「無念已往南京，菴中甚清氣」〔註117〕，《寄京友書》中提到讓無念給其捎回書籍，云：「《坡仙集》我有披削旁注在內，每開看，便自歡喜，是我一件快心劘疾之書，今已無底本矣，千萬交付深有來還我。大凡我書，皆為求以快樂自己，非為人也。」〔註118〕《書常順手卷呈顧沖菴》云：「無念歸自京師，持顧沖菴書……因無念高徒常順執卷索書，余正欲其往見顧君以訂此盟約也，即此是書，不必再寫書也」〔註119〕。《羅近溪先生告文》中提到無念與羅汝芳的交往：「方聞訃時，無念僧深有從旁贊曰『宜即為位以告先生之靈』。余時蓋默不應云。既而臘至

〔註116〕 《黃蘗無念禪師復問》卷之五，第 148 頁。
〔註117〕 《焚書》卷一，第 26 頁。
〔註118〕 《焚書》卷二，第 70 頁。
〔註119〕 《焚書》增補一，第 266～267 頁。

矣，歲又暮矣；既而改歲，復為萬曆己丑，又元月，又二月，春又且分也。深有曰：「某自從公遊，於今九年矣，每一聽公談，談必首及王先生也，以及先生癸未之冬，王公訃至，公即為文告之，禮數加焉，不待詔也。憶公告某曰：『我於南都得見王先生者再，羅先生者一。及入滇，復於龍裏得再見羅先生焉。』然此丁丑以前事也。」〔註120〕在寫給焦竑的信中，更是大量提到無念，下一節中將有詳述。這些書信中提到的無念，表明了無念在李贄交往圈中的極其重要的位置。

無念在外遊方時，李贄代替無念作告文。《代深有告文時深有遊方在外》有兩篇，之一云：「龍潭湖芝佛院奉佛弟子深有，謹以是年月日，禮拜梁皇經懺以祈赦過宥愆事。念本院諸僧雖居山林曠野，而將就度日，不免懶散苟延，心雖不敢以遂非，性或偏護而祗悔。夫出家修行者，必日乾而夕惕，庶檀越修供者，俱履給有功。早夜恩惟，實成虛度。縱此心凜凜，不敢有犯；而眾念紛紛，能無罔知。公一毫放過，即罪同丘山；況萬端起滅，便禍在旦夕乎？深有等為此率其徒若孫，敬告慈嚴，慈以憫眾生之愚，願棄小過而不錄；嚴以待後日之譴，姑準自改而停威。則萬曆二十一年十月以前，已蒙湔刷；而從今二十一年十月以後，不敢有違矣。」告文中，以無念的口吻，諄諄勸導修道者潛心修道，之二開篇亦苦口婆心勸導修行者安心「誦經」與「禮懺」，云：「切以誦經者，所以明心見性，禮懺者，所以革舊鼎新。此僧家遵行久矣。皆以歲之冬十月十五日始，以次年春正月十五日終。自有芝佛院以來，龍潭僧到今，不知凡幾誦而凡幾懺矣，而心地竟不明，罪過竟不免，何哉？今卓吾和尚為塔屋於茲院之山·以為他年歸成之所，又欲安期動眾，禮懺誦經。以為非痛加仟悔，則誦念為虛文；非專精念誦，則禮懺為徒說。故此兩事僧所兼修，則此會期僧家常事也。若以兩者目為希奇，則是常儀翻成曠典，如何可責以寡過省愆之道，望以明心見性之理乎？謂宜於每歲十月，通以為常。否則每一期會，必先起念；先起念已，然後舉事；既舉事已，然後募化，既募化已，然後成就。如此艱辛，謂之曠典，不亦宜乎！從今以後，不如先期募化有緣菩薩，隨其多寡，以為資糧。公得二時無饑，即可百日聚首。於是有僧常覺，慨然任之。不辭酷烈之暑，時遊有道之門；不憚跋涉之勤，日履上聖之室。升合不問，隨其願力，無不頓發菩提妙心；擔荷而來，因其齋糧，可使隨獲菩提妙果。」告文中指出「誦經者明心，而施主以安坐自收善報；禮佛者仟罪，而施主以粒

〔註120〕《焚書》卷三，第 123 頁。

米遂廣福田」，如此則「不唯眾僧不致虛度，雖眾施主亦免唐捐」，告文之末進一步指出「如此歲歲年年，則眾僧有福，施主有福，常覺亦有福」，最後向佛前明證，云「恐以我為妄語，故告佛使明知之」〔註 121〕。李贄並作有《同深有上人看梅》詩云：「東閣觀梅去，清尊怨未開。徘徊天際暮，獨與老僧來。」《又觀梅》詩云：「雷雨驚春候，寒梅次第開。金陵有逸客，特地看花來。」〔註 122〕

無念與李贄、梅國楨、梅澹然的關係，是佛教僧徒與明末思想界、文人與信徒之間的關係的縮影，看得出明末佛教僧徒與思想界、文人、信徒之間的密切融合。

五

袁宗道、袁宏道、袁中道三兄弟是晚明文學思潮中的重要人物，無念與三兄弟都有所往來。由無念與三袁之間的交往，可以知道晚明文學思潮是在佛教僧徒、心學家、文人等共同作用下而出現的。《開黃檗山記》中，袁宏道記載其兄弟三人初見無念禪師的情形，云：「無念禪師少年苦參，至四十始了。初創金地龍潭，參禪最號勝處，此地隔城二十餘里，已為閒寂，而師復有深藏之志。又得黃檗山，蓋師去黃檗，正愚兄弟來龍潭時也，急遣使邀回，對談數日，語卒抵掌〔似有闕文〕黃檗之勝，云：『山極峻頂獨平，上有荒田數畝，麋鹿成群，如嬰兒頭上饑虱。每鑱山藥充食後，徐行菴外，看群鹿戲，鼓掌談之，則皆星散。有荒田可耕，野菜可食，麋鹿可作伴，此福宜為衲子受，予志決矣。』遂入黃檗山為終老計，且貽書我曰『貧道己事未明，向天涯覓寶藏，勞碌三十餘年，今識海少停，只合插鑱山居，以盡天年』，予曰『此山寂寞久矣，應有所待其待師耶』。」〔註 123〕袁宏道記載了三兄弟初見無念的情形，更記載了無念開創黃檗山的情狀，此後三袁與無念的交往開始變得密切，對禪學的參悟亦相互肯定與認可。

三袁之長的袁宗道，在無念的啟悟下而悟禪，並進而以禪詮儒。袁中道《石浦先生傳》中記云：「先生官翰院，求道愈切。時同年汪儀部可受，同館王公圖、蕭公雲舉、吳公用賓，皆有志於養生之學，得三教林君艮背行庭之

〔註 121〕《焚書》卷四，第 148～149 頁。
〔註 122〕《焚書》卷六，第 231 頁。
〔註 123〕《黃檗無念禪師復問》卷之五，第 153 頁。

旨，先生勤而行焉。己丑，焦公竑首制科，瞿公汝稷官京師，先生就之問學，共引以頓悟之旨。而僧深有為龍潭高足，數以見性之說啟先生，乃遍閱大慧、中峰諸錄，得參求之訣。久之，稍有所豁。先生於是研精性命，不復談長生事矣。是年，先生以冊封歸里。仲兄與予皆知向學，先生語以心性之說，亦各有省，互相商證。先生精勤之甚，或終夕不寐。逾年，偶於張子韶與大慧論格物處有所入，急呼仲兄與語。甫擬開口，仲兄即躍然曰：『不必言！』相與大笑而罷。至是，始復讀孔孟諸書，乃知至寶原在家內，何必向外尋求。吾試以禪詮儒，使知兩家合一之旨。遂著《海蠡篇》。既報命，旋即乞歸。七八年間，先生屢悟屢疑。癸巳，走黃州龍潭問學，歸而復自研求。」〔註124〕無念「數以見性之說啟先生」是對袁宗道在禪學上的啟悟，袁宗道遂「研精性命」，體悟到「至寶原在家內，何必向外尋求」，並以之詮釋儒學。無念在寫給袁宏道的《復袁考功石公》第一封書中，對袁宗道「肯好學」非常讚賞，對袁宗道禪學體悟卻指出是入於「義路」，若能從義路上回頭，成就則「未可知也」〔註125〕。在《復袁考功石公》第二封書中，無念詢袁宏道「不知令兄何如」之語，表明無念時常惦記著袁宏道。

　　陶望齡在給無念的信中稱袁宗道為「真了手漢」，無念對此「不任欣慰」，但又勸其「切不可以此為是」，若「自認是」則將「終無日新之用」。《復袁太史石浦》以自己的學道經歷指示袁宗道，云：「僧入山來，愚訥兀坐，全無活計，數十年所學，不知向何處去了，依然只是個住山僧耳。山中人無別事，只有幾個法親，常在心中，若得無法可執，無見可逞，吾事畢矣。」〔註126〕陶望齡在《與袁石浦》書中，稱袁宗道為「善知識」，云：「天下有二等自在人：一大睡者，二大醒者。惟夢魘未覺人，謂睡著則已欲醒，謂醒則正在夢境，叫號譫囈，純是苦趣。僕，夢魘者也。足下雖振其手，搖其足，未肯霍然寤也。欲自在得耶？憶侍雅論時，覺身心時時有益。自遠勝友，轉復茫然。雖自鞭策，較往日已加緊切，而愈求愈遠，不自知其入於支離艱僻之內。此古人所以願親近善知識，以為甚於衣食父母也。長安如弈棋，世路艱難矣。」〔註127〕這封書中提到的「大醒者」，自然是指袁宗道了；陶望齡相當謙遜，

〔註124〕《珂雪齋集》卷之十七。
〔註125〕《黃檗無念禪師復問》卷之一，第112頁。
〔註126〕《黃檗無念禪師復問》卷之一，第114頁。
〔註127〕《歇菴集》卷十一，《續修四庫全書》本。

袁宗道「振其手，搖其足」亦不能「霍然寤」。這封書中並沒有提到「真了手漢」，無念《復陶太史石簣》書中又稱陶望齡稱他為「真了手漢」，書云：「果有真志，二六時中切不可放過，逼到有眼如盲，有耳如聾，更加逼拶，忽有個省力處，就是得力處。果爾到此，慶快平生，方知佛不欺人，故云『未到家鄉惟務到，及乎到了也尋常』，又有何玄妙能巧向人言哉？又莫作平常會，才道平常，便不平常了。公既不被生死羅籠，便好遊戲人間，幻視萬緣。書中道某是了手漢，不知即日用應酬了，抑另有了處？若另有了處，如夢說夢，若即事了，何處是了？這裡分疏得出，方具隻眼，不然秖自欺耳。」〔註128〕無念在書中一貫地強調立學之志，並指明在日用應酬中方是真了，須「具隻眼」才能真了。

　　袁宗道有《寄無念》詩二首，之一云：「飛錫今初返，經年半在吳。已無壽者相，不厭少年懼。歲月看山盡，雲霞見海隅。東南名下士，一一過逢無。」之二云：「最苦天涯去，玄言稀賞音。相逢談果報，同事見輩心。枯峭人難合，清羸病易侵。空談有長者，相對好開襟。」〔註129〕詩中的「東南名下士，一一過逢無」表明無念交往之廣泛，「玄言稀賞音」應該是說真正能與無念禪學觀念相契者並不多，這從上文李贄對無念的批評可以看得出來，袁宗道在詩中似乎是表明他是無念的知音。

　　無念與袁宏道的密切關係，可以從袁宏道作的《法眼寺記》中看得出來。《記》中，袁宏道稱無念「海內之優曇」：「余見天下衲子多矣，窮山僻谷或未盡見，然求苦參密究具宗門正知見者，如吾友無念禪師，實近日海內之優曇也。」《記》中描述了無念學道之經歷、與李贄之關係等，亦描述了無念寄住黃檗山之情形，云：「後復厭喧，寄棲商城之黃蘗山。山勢博大崇聳，迥無人跡，念公見而愛之，涉其顛，復睹平衍，乃曰『是可田』。詢之山下民，則曰『此商城張太學田也，歲久不治，已同石田』。念公曰：『田雖荒，可墾，僧眾居此，參禪念佛之暇，令其開荒種畦，可足一年糧，吾可藉此為終老計。』會十兄弟訪李異人及念公於湖上，念公自山中來，語及山中事，是時予同年范光父令商城，予走一字語之，光父欣然以檀施事屬太學。太學大喜，願盡以施僧。念公念田荒蕪已久，非數年可盡闢者，今受田當並受糧，田荒糧重，恐反成累，遂語太學曰：『檀越以全田見施，極是利益，但恐僧人一時難墾，願開

〔註128〕《黃檗無念禪師復問》卷之一，第114頁。
〔註129〕《白蘇齋類集》卷之四，第33頁。

一畝則僧完一畝之糧。』太學如命,於時龍湖本色衲子安分度日,不為虛浮無忌憚之行者,半居此山,剪荊棘,治蓁楚,虎豹之與居,猿狄之與伍。數年以後,佛殿僧舍粗可居住,衲子躬耕自鋤,自種自食,無求於世,即道可辦,居然有古叢林之風。」這篇《記》實際上就是描述了無念創建黃檗山的過程,以及在山中的修行。無念在黃檗山不僅禪修,更有實踐,故云:「十方檀施,極非細事,耕種而食,雖較勞苦,而食之無愧。且古大善知識皆親自鋤田栽菜,腰鐮荷鍤,不以為苦,後來學者纔有一知半解,便思坐曲彔床受人天供養,次者鼾鼾飽食,褡帽長衣,燒香煮茶,作山人冶客之態,耕種之事愈所恥而不為。」正是由於後世禪法有此處所述之種種弊病,致使「末法衰替景象,於此可見」。明末禪弊之一,就是狂禪盛行,袁宏道批評道:「近日狂禪熾盛,口談此事現成、一切無礙者,項背相接,與其豁達空以撥無因果,真不如老實修行、念佛之為妥當也。」與無根之狂禪相比較,袁宏道對無念的禪修提出了期望,云:「願念公嚴立藩籬,與此清淨道侶老於此山,其有詫詫然為無忌憚之言,行無忌憚之行,口角圓滑、我慢貢高者不許停此山一時一刻,庶幾兒孫相傳,法堂之草永不復生矣。」出於對無念的肯定,袁宏道表達了願意與無念共住的願望,云:「聞其上麋鹿多躁田苗,僧皆架屋夜守,佛聲浩浩,山答谷應,四季有野菜黃精可食,予又聞而樂之,願與念公共住。昔五祖演云『今年一寺莊田顆粒不收,不以為慮,唯一千五百衲子一夏舉一個狗子無佛性話,竟無一人發明,深為可憂』,今黃檗山中諸衲子其有能發明狗子無佛性話者,有耶無耶?或有所待耶?皆未可知。」〔註130〕雖云不知山中是否有真正徹悟禪學者,但從其對無念的肯定來說,袁宏道應當是肯定了無念對禪法的領悟的。

所謂的狂禪,所指之含義頗多,詳見筆者《晚明狂禪考》(《南開學報》2004 年第 3 期)及《晚明狂禪思潮與文學思想研究》(巴蜀書社 2007 年版)等。其中之一義是指禪學狂縱無根之禪風,袁宏道《論禪》中論禪有二弊,其一為狂禪,云「有一種狂禪,於本體偶有所入,便一切討現成去」。於本體上討一切現成,兼具禪學與心學二者之主張,特徵在於頓悟頓修,「往往利根上智者」,然此事並不容易得,如袁宏道引大慧語李漢老云「此事極不容易,鬚生慚愧始得」。上根智者「得之不費力」,其他禪者「遂生容易心,便不修行」,這樣便會「多被目前境界奪將去,作主宰不得」。狂禪之風,一方面容易造成

〔註130〕 《黃檗無念禪師復問》卷之五,第 153~154 頁。

未悟而言悟的誑誕之病，另一方面容易造成修禪者放棄修行工夫，「日久月深，迷而不返，道力不能勝業力，魔得其便，定為魔所攝持，臨命終時，亦不得力」。可以說，狂禪乃高明者之病，云：「世間粗心於本分事上，不曾於十二時中密密照管，微細流注，此是業主鬼來借宅耳。此病近於高明者，往往蹈之。」第二種禪弊與此相反，忽視禪學中的向上之事，一味過於沉潛於修行或念佛而已，「又有一種不求悟入，唯向事上理會，以念佛習定為工課，才見人提起向上一著子，便要抹去」。一味念佛者「見執法修行者則讚歎，見心上乾乾淨淨灑然不掛一事者，反以為不修行，而疑之謗之」，這種悟入者「雖外面無破綻可摘」，實則心火熠熠「如欠二稅百姓相似」，「遮障宗乘，害佛慧命，亦終為地獄種子而已」。袁宏道所接觸到的修行者，「大都不出此二種，而執法修行不求悟入，一病尤為近來無靈根者之所託逃」。能克服此二者之禪弊者，袁宏道認為只有無念，見到無念後，袁宏道「始知宗門尚自有人，佛祖大事猶有可與激揚者」。無念對袁宏道說：「『大事未明，如喪考妣，大事已明，如喪考妣』，大事既明矣，若之何如喪考妣耶？又引古德云『此事須悟始得，悟後須遇人始得』，若悟了遇人的當垂手方便之時，著著自有出身之路，不瞎卻學人眼，若秖悟得乾蘿蔔頭，不唯瞎卻學者眼，兼自己動便傷鋒犯手。」無念的這番話，既是強調禪學的向上事，又是強調踏實地修行，袁宏道因感歎道「此事以悟為極則矣，誰知悟後政自有事」。袁宏道又以自身的禪修為例云：「若予者，雖幾番有所解入，然獼猻子實未捏殺水牯牛，實未得純熟也。若硬休去，是未大死而求大活也，悟且未能，而況於大慧所云之大法乎，況於奪饑人食、解耕夫牛、為人抽釘拔楔乎。」袁宏道之所以肯定無念禪修無二種之病，就在於無念既有向上事，又有「既悟以後之事」﹝註131﹞。

　　袁宏道對早期的無念似乎亦有所批評，作於萬曆二十七年（1599）的《答無念》書中，袁宏道是以引導者的身份對無念的禪修進行勸誘，云：「所云意識行不得一著子，不知念禪如何受用？世間未有名聞利養心不除，煩惱火熠熾，然而可云意識行不得者也。夫貪嗔識也，貪嗔不行，即是意識行不得也，莫錯認也。生輩從前亦坐此病，望公剗卻，且將《起信》《智度》二論，理會一番，方知近時老宿，去此事尚遠。遠在鄧公，雖未必證悟，然一生修行，當亦不至墮落。若生與公，全不修行，我慢貢高，其為泥犁種子無疑，此時但當慟哭懺悔而已。公今影響禪門公案，作兒戲語，向謂公進，不知乃墮落至此

────────────

﹝註131﹞《黃檗無念禪師復問》卷之六，第 151 頁。

耶。公如退步知非，發大猛勇，願與公同結淨侶；若依前只是舊時人，願公一字亦莫相寄，徒添戲論，無益矣。汾州《普說》一紙寄上，幸細心看。」〔註132〕作於萬曆三十五年（1607）的《與無念》書中，袁宏道對無念禪學的評價發生了變化，稱「海內如念師超悟，絕響矣」〔註133〕。袁宏道對無念前後禪學評價的變化，可能與無念在禪學上的進悟相關。《再晤無念禪師紀事》中，袁宏道謂無念與焦竑在禪學上不誤人，云：「及予歸柳浪，而念公適至，老成典型，居然在目，蓋予之耳不聞至論、余之舌噤而不得吐久矣。撫今思昔，淚與之俱。夫使海內人士無志大乘，則已若也，生死情切，則幸及此二老尚在。痛求針札，余非阿私所好者。蓋予參學二十年，而始信得此二老，及自謂不至誤人。」〔註134〕袁宏道對無念的肯定，應當是隨其禪學進悟而變化的。

無念對袁宏道同樣相當欽佩，「素服公筋骨如鐵，膽壯神雄」。但相比於袁宏道對無念禪學的肯定，無念在《復袁考功石公》第一奉書中卻批評袁宏道由於「好奇勝之」而致使「開口應對，便不本色，不覺被機語氣魄瞞過」。在《復袁考功石公》第二封書中，無念對袁宏道禪學的評價變得非常高，云「知見佳刻戲笑怒罵皆為佛事，真法門梁棟也」，這封信應該是「別後數載」所寫，袁宏道的禪學在幾年內「日益精明」，從而成為「法門梁棟」。第四封書中，無念與袁宏道交流禪學體悟，云：「適逢來教，聞發憤志斷除助因，此念既發，定成聖果。承寄汾陽一段因緣，我前在藏裏揀出欲勸絕鄧公見解，不覺老僧也被他打失鼻孔，至今痛恨無地。又承寄來，不知是我仇敵，我費盡數十年辛苦，學得禪道，零零碎碎，盡被揭擄一空，依舊只還得個粥飯僧耳，老窮無倚，空守寒崖，閒時栽得些惡辣物事，管待禪客。倘不棄，來我山中，也要奉上一碗辣，出一身白汗，到這裡全身放下，一步一看，除我一身之外，更有事？縱有說的明的修的學的，總是剩語。」隨後一句「此話非公力量超群，斷不敢陳上」〔註135〕，即是對袁宏道禪悟的高度肯定。

袁宏道寫給無念的詩歌頗為不少，由此可進一步見到二人之間的關係。詩中表達著對無念知音般的識賞，如《同無念過二聖寺》之一云：「自從智者去，

〔註132〕《袁宏道集箋校》卷二十二《瓶花齋集》之十，上海古籍出版社1981年版，第777～778頁。

〔註133〕《袁宏道集箋校》卷五十五《未編稿》之三，第1603頁。

〔註134〕《黃檗無念禪師復問》卷之五，第151～152頁。

〔註135〕《黃檗無念禪師復問》卷之一，第112～113頁。

寶珠曾遊此。今日無念來，添一故事矣。」之二云：「長者即維摩，和尚似鶖子。中有妙音人，可比散花女。」〔註136〕（萬曆二十二年甲午1594作於公安）所題的分別詩，感情的表達與流露相當真摯與濃厚，如《別無念》之一云：「漢口來何易，湘江去不難。北風吹順水，三日到齊安。」之二云：「送君竹林祠，竹子何森森？不痛別離腸，但傷知音心。」之三云：「辛苦李上人，白髮尋知己。為爾住龍湖，爾胡滯於此？」之四云：「湖上望君切，江上送君苦。江上與湖上，計程一千五。」之五云：「陸程華容道，水程京口驛。良無黃金贈，感慨復何益。」之六云：「謂爾真吾師，謂吾真爾友。不知歐冶爐，肯鑄玩鐵否？」之七云：「海內交遊多，何人可與語？我欲知姓名，東西南北去。」之八云：「落魄蘇季子，無官妻嫂欺。爾若不見憐，飄零安可知。」〔註137〕（萬曆十九年辛卯1591作於公安）《別無念》云：「五年一會面，一別一慘然。只消三回別，便是十五年。念我志參學，黃楊木子禪。百遍聽師語，終不破蓋纏。闕彼生盲人，生不識紫朱。告以朱何似，轉告轉模糊。別師既不忍，留師復苦難。十月江風多，留毛蓋腦寒。」〔註138〕（萬曆二十五年丁酉1597作於南京）《無念同余迎先伯修，賦此為別》云：「瘦石如何比老顏，才留筋骨在人間。一舟破衲慈明哭，幾葉寒帆學士還。病久思歸黃柏嶺，衰來夢上戒壇山。江西湖北頻來往，學得心閒似水閒。」〔註139〕（萬曆二十九年1601）這些詩作顯示無念與袁宏道長時期的關係一直很深。

　　無念對三袁中最小的袁中道的評價相當高，第一封書中云「令弟聰明才學出自天然，要緊處毫釐不肯放過，真不可及」。第二封書中云：「又見令弟《與梅楊和書》云：『學道事甚大，非一面作功名、受富貴、耽聲色、料理世情，一面又去學可以了得。』又云：『古人四十年打成一片，除粥飯二時是雜，用心何等勤苦專一，今才有所得，便以為一切無礙，恣情作業，不知地獄債何時還也。』」對袁中道的這些話，無念直言「可畏可畏」〔註140〕。袁中道《與無念》書中，提到欲南歸與無念相見，云：「陳無異來，得手教，知道體安善為慰。不肖得一第，差了書債，然舊時相知相愛之兄弟友朋，無一存者，觸目頗增淒涼。秋間若不與秘書之選，則乞差南歸。不知晴川、大別之間，可得一良

〔註136〕《袁宏道集箋校》卷二《敝篋集》之二，第79頁。
〔註137〕《袁宏道集箋校》卷一《敝篋集》之一，第45頁。
〔註138〕《袁宏道集箋校》卷十一《廣陵集》，第527頁。
〔註139〕《袁宏道集箋校》卷二十六《瀟碧堂集》之二，第874頁。
〔註140〕《黃檗無念禪師復問》卷之一，第112、113頁。

唔否？王大可回，草率寄候，不盡欲吐。」〔註141〕舊知的零落，可體會到此般欲見之思的深切。無念病重時，袁中道作《深公病大作，予亦病，夜述示長孺》詩三首，之一云：「階下曉霞侵，窗前鉤月沉。一燈橫直榻，雙臥短長吟。可憐歲已暮，不意病瘉深。西去波如雪，南留米似金。」之二云：「朔風滿天地，與君何所之。健來猶忍耐，老去費支持。夜鼠時窺燭，霜鳥忽亂枝。呻吟寐不得，恨殺漏聲遲。」之三云：「一居連病榻，只是鬥悲呼。父母正遙遠，如來定有無。黑風吹水立，白浪撼山孤。妬殺秦淮度，桃根正倚爐。」〔註142〕詩中流露出的情感，是明顯可見的。袁宏道《與無念》云：「丘大帖來，說公去會稽。問麻城人，說往江西。及得小修書，又云在白下。想是近日神通廣大，能分身說法。」〔註143〕（萬曆二十七年1599作於北京）這裡的「丘」，即丘長儒，袁中道的這首《深公病大作，予亦病，夜述示長孺》寫作時間大概與袁宏道寫此信的時間接近。

三袁、梅國楨與無念之間亦有相互的聯繫。袁宏道在寫給無念的第二封書中提到梅國楨，云「梅長公到京，諒納入知己中，此公到是個貨，赤歷無染，膽壯神雄，正可憂任，奈不生鼻孔，無把捉他處願宛轉慇懃，造就得出來不同弱質無氣味者。」〔註144〕知無念、梅國楨與袁宏道三人之間亦有相互之交往，袁宏道在《家報》中云：「昨梅中丞邀請數次，因塞上苦寒，尚未及行。梅，真正好漢也，兒恨不識其人。」〔註145〕這是袁宏道在未見梅國楨之前，對無念的評論和想見之情。

六

除上述的李贄、三袁等人之外，無念與晚明文學思潮中的其他學者的交往同樣十分密切，這些交往同樣產生著相互的影響，對明末的禪學、心學與文學都有著巨大的影響。

無念與大量文人交往，眾多文人對其充滿了敬仰之情，如趙用賢《送無念禪師還楚》提到對無念「不佞恨從遊之無幾，而又愧攀留之無術」，語句中充滿了對無念的敬仰。趙用賢對佛教「理未窺一班」，指當時的修行者「心執有

〔註141〕《珂雪齋集》卷之二十五，第1081頁。
〔註142〕《珂雪齋集》卷之一，第40頁。
〔註143〕《袁宏道集箋校》卷二十一《瓶花齋集》之九，第751頁。
〔註144〕《黃檗無念禪師復問》卷一，第112頁。
〔註145〕《袁宏道集箋校》卷五《錦帆集》之三，第203頁。

無，覺海滉漾」，「貢高執有者謬謂已得法要，而不知竟落偏義；苦行談空者自許既證大覺，而不知亦墮迷情」。在聽了無念對禪學「不事語言，直契宗旨」的講解之後，「知菩提自有密義，大乘自有正法，爽然心開」，隨作偈以贊之，云：「頭白於今侍遠公，南宗誰復悟真空。帝城鐘曉秋雲杳，一葦相將度楚東。」〔註146〕方沆《因無念禪師示客偈》中云言無念朝夕參承，云：「余將北行，報滿以暑甚，小憩城南。會無念禪師自楚黃石湖來，因與王水部圭叔朝夕參承，彼此甚適。」有人云無念「無念特禪寂枯槁者之為」，勸解方沆不要與無念交遊太近，否則會「妨正道而廢職業」，方沆對此頗不贊同，云：「自無念之偕余山中，予見其饑餐倦息，朝盥夕浴，而未嘗有怠事也，又見其風月清佳，據梧支策，獨來獨往，若神遊太虛而不知其出於塵埃之表也。有時接見士大夫，主賓應酬，杯盤交錯，徐察之無厭色也。有時揮麈談空，則理不必天地有而語不必千聖道者。無念肆言之，吾兩人肆聽之，繃繃乎若旁之無人也。蓋無念而無不念，無不念而實無念，吾師乎吾師乎。」方沆字子及，明穆宗隆慶二年（1568）進士，官全州知州，後歷南京戶部、刑部侍郎。方沆這段話說明了三個方面，一是方沆及其他文人與無念的密切交遊；二是修行勤苦，精神風貌出於塵表，禪理獨到；三，方沆以師事之。正是願意以師事之，方沆「且將終身與之遊」，並作偈以示之，偈有六首，之一云：「真空妙智鏡同圓，枉廢磨礱歷歲年。到底憑君拈撲破，始知父母未生前。」之二云：「白牛閃爍秘形山，牧子招尋日往還。鼻孔拽來繩忽斷，方知祇在故園間。」之三云：「空谷何緣自應聲，洪鐘待叩為誰鳴。從他巧覓知音者，唯有聾人聽得真。」之四云：「真性圓明照大千，還如片月落平川。云何逐影生差別，昧卻中天一點圓。」之五云：「穿衣吃飯原無事，兀坐閒眠豈是禪。學道不從聲色薦，工夫歷劫總如然。」之六云：「無邊空界任周流，一性能將一切收。影裏覓心那可得，大如捨海認浮漚。」〔註147〕這六首偈談到的，是向無念體認禪法。

　　陶望齡與無念交遊頗多。陶望齡，《明史》卷二百十六有傳，云：「望齡少有文名，舉萬曆十七年會試第一，殿試一甲第三，授編修歷官、國子祭酒。篤嗜王守仁說，所宗者周汝登，與弟奭齡皆以講學名。」無念有《復陶太史石簣》書，讚揚陶望齡「學有大進」，按《明史》本傳來看，這裡所說的「學」應該是王學，亦應該包含佛教之道學。陶望齡之「學有大進」，是由於「夙植德本」，

〔註146〕《黃檗無念禪師復問》卷之六，第149頁。
〔註147〕《黃檗無念禪師復問》卷之六，第149～150頁。

才能「如是懇切」。無念告誡陶望齡為學不能「只圖充闊神機，增長見識」，應該有「真志」，「二六時中切不可放過，逼到有眼如盲，有耳如聾，更加逼拶，忽有個省力處，就是得力處」。到此地步「方知佛不欺人」，故云「未到家鄉惟務到，及乎到了也尋常」。為學「又莫作平常會」「才道平常，便不平常了」。陶望齡曾稱袁中道是「真了手漢」，亦稱無念「是了手漢」，是對無念禪學的肯定。無念去會見李贄，似乎也有陶望齡的勸說，《復陶太史石簣》第二書中云「自領教，來會卓老」。陶望齡言評價「志氣真切，只是路徑不同，但向聰慧氣魄上著力，不肯退步」，無念回應自己只是修行用力：「我此門中無你分曉處，無用氣魄處，只貴息機忘見耳。某無一能，只這著子不肯泛然，左挨右拶，值得途窮路絕，覷透淵源，饒他千聖出來，也須吃棒。」〔註148〕陶望齡作有《端午日無念師二詹生吳生同集齋中偶看坡公汁字韻詩戲效韻五章末章呈似念公》五首，之一云：「吾聞稽阮儔，頹然嗜米汁。呼酒如救焚，五斗未曾濕。清言多妙理，往往酣中得。不知三閭公，沉湘有底急。有如雲間鵠，面試池中鴨。覆載豈不宏，愁人眼空幕。園芳延令節，安石榴花赤。秫米煮菰青，菖蒲兼酒白。酒為濡吾唇，花以華吾幘。行從漁父歌，一弔孤壘泣。醒魂老更苦，澆酒筬其缺。今日良宴會，坐有千里客。願客醉勿醒，醒後尤來集。」之二云：「當暑思峨眉，千年藏雪汁。積冷冰齒牙，一想枯喉濕。往往隔雲巘，玄漿寧可得。譬彼越人遊，不救溺者急。況我困喧隘，有似失水鴨。氣濕地更潮，雲昏天欲幕。賓去稍自便，襪解腳暫赤。既滌越窯青，還尋雪芽白。手煎不辭倦，未用籠頭幘。水火已應候，快聽蒼蠅泣。悠然起暇望，青山到牆缺。顧我有好顏，真成主與客。疏篁復解事，簌簌清風集。」之三云：「榴嬌乍頳頰，柳暗初流汗。湖南去飯牛，飯飽牛耳濕。炎景閙騰騰，嘉賓來得得。同忻節物換，再歎流光急。艾葉巧成虎，沉香微吐鴨。開軒去屏障，獨許亭花幕。越酒苦醽醁，盞落珊瑚赤。家傳蘇氏方，頗類吳中白。豈徒側君弁，歡賞行墮幘。連槽泄春溜，幾夜糟床泣。餅罍幸未恥，杯勺豈愁缺。主人不自謀，醞美真為客。莫厭園疏貧，明朝肯來集。」詩後有注云「予家造真一酒，色味似三白」，可能由於陶望齡家釀造有好酒的緣故，集會或結社比較活躍。之四云：「生平食字飽，渴飲松煤汁。共厭強韻詩，思苦筆未濕。紛如舟競渡，紅錦志先得。勝事出危險，好語生迫急。每愛孟東野，銅牛誇射鴨。雖無壯士懷，幽韻寫蒙幕。飛情高鳥墮，洗恨游魴赤。不獨吟者勞，聞歌已頭白。伊余亦何事，肩筇發去

〔註148〕《黃檗無念禪師復問》卷之一，第 114 頁。

幘。胡不日中眠，強效寒蟲泣。靈均去我久，風雅道漸缺。我欲拜低頭，誰是
詞壇客。何當喚韓孟，去作《城南集》。」之五云：「學道如癡狗，銜枯苦求汁。
悟道如涸魚，登陸徒呴濕。空虛無片段，豈要論失得。跡往電猶遲，鋒馳箭非
急。多言只自困，喧呶亂鵝鴨。誇足走踄踄，勞晴花幕幕。吾師無寸鐵，應敵
雙拳赤。摩壘大鼓幢，摧邪老韓白。而予本幻士，枯木昌冒冠幘。蚓有無腸歌，
鵑有無情泣。雖然共居諸，且不受盈缺。從師莽浪遊，非主亦非客。眼看曠劫
事，一會靈山集。」〔註149〕詩中敘述與無念等人雅集（「良宴會」）時的情狀，
同時表達對道學的體悟，這種體悟應該是從相互啟悟中得來的。

　　無念與焦竑的交遊相當密切，推測其原因，可能是由於焦竑的道學悟解被
公認是相當深入的。《明史》卷二百八十八有傳，云：「焦竑字弱侯，江寧人。
為諸生有盛名，從督學御史耿定向學，復質疑於羅汝芳。舉嘉靖四十三年鄉
試，下第還，定向遴十四郡名士讀書崇正書院，以竑為之長。及定向里居，復
往從之。萬曆十七年始以殿試第一，入官翰林修撰……竑博極群書，自經史至
稗官雜說無不淹貫，善為古文，典正馴雅，卓然名家。集名《澹園》，竑所自
號也。講學以汝芳為宗，而善定向兄弟及李贄，時頗以禪學譏之。」無念與焦
竑的相交，是袁宏道從中搭橋，袁宏道《再晤無念禪帥紀事》云：「余山居九
載，再遊南北，一時學道之士俱落蹊徑，至白下晤焦先生，使人復見漢官威儀。
有來詢者，余曰焦先生洪鐘也，試往扣之。」〔註150〕無念與李贄同在龍湖時，
焦竑曾前去拜訪，並作有《贈無念禪師偈》兩首，詩題注云「時同卓吾住龍潭
湖」，序中敘拜訪經過，云「念公過金陵，予日與談禪，得其慈力，一時涉入
如幻三昧，此其機緣，非在一期果報間也」，知道無念曾到南京見過焦竑。焦
竑賦偈贈之云：「春深聞爾百花潭，曾與維摩共一龕。浮世無成悲小草，空門
何意見優曇。龍知聽法歸池缽，馬為馱經度嶺嵐。烏榜宗風今欲振，好傳消息
遍江南。」〔註151〕李贄多次向焦竑提及與無念同遊，《復焦弱侯》云「計且住
此，與無念、鳳裏、近城數公朝夕龍湖之上，所望兄長盡心供職」〔註152〕，
《與焦從吾》書云「今春三月復至此中，擬邀無念、曾承菴泛舟白下，與兄相
從」〔註153〕，《又與從吾》提到除了無念則無可談論者，云「無念來歸，得尊

〔註149〕 《歇菴集》卷二。
〔註150〕 《黃檗無念禪師復問》卷之五，第151～152頁。
〔註151〕 《黃檗無念禪師復問》卷之五，第151頁。
〔註152〕 《焚書》卷二，第46頁。
〔註153〕 《焚書》增補一，第255頁。

教，今三閱月矣，絕無音使……此中如坐井，捨無念無可談者」〔註154〕等，表明三人之間的關係十分密切。

李贄寫給焦竑的信中多數都會提到無念，可以進一步說明三人之間關係的緊密。如《與焦弱侯》云「無念又作秣陵行，為訓蒙師，上為結交幾員官，次為求幾口好食、幾貫信施鈔而已」〔註155〕；《與焦弱侯太史》云「此月初一日，弟已隨柳老與定林、無念諸僧同登江舟，欲直至建昌，然後由浙江至秣陵會兄」〔註156〕；《與弱侯焦太史》云「今年三月復至此中，擬邀無念初入地菩薩、曾承菴向大乘居士，泛舟至白下與兄相從，遍參建昌西吳諸老宿」〔註157〕。《又與從吾》書中云：「無念來歸，得尊教，今三閱月矣，絕無音使，豈科場事忙不暇作字乎？抑湖中無鴻雁，江中少鯉魚也？都院信使不斷，亦可附之，難曰不便也。此中如坐井，捨無念無可談者。」〔註158〕其中的「捨無念無可談者」顯示二人之間的契合。《復焦弱侯》書云「無念回，甚悉近況」，是通過無念的書信瞭解焦竑的狀況；又提到「無念得會顧沖菴，甚奇，而不得一會李漸菴，亦甚可撼」，是與焦竑談論無念與文人的交往。書中「衰朽田野之老，通刺上國，恐以我為不祥」之語，已經反映出李贄所面臨的狀況。又云：「聞有《水滸傳》，無念欲之，幸寄與之，雖非原本亦可；然非原本，真不中用矣。方菴至今在滇，何耶？安得與他一會面也！無念甚得意此行，以謂得遇諸老。」〔註159〕這些書信提到的，不僅是二人之間的密切關係，而且也是無念與諸文人交遊情形的記載。

焦竑於無念似乎並無虛與委蛇之詞，書信中直接討論禪學問題。上文提到無念過金陵拜訪焦竑時，焦竑與之討論「無念」之義，云：

> 　　西影禪師名深有，嘗過建業，共論無念之義。翟德孚後至，云：
> 「念本非有，念不必無。知是義者，是名無念。」予觀馬鳴云：「如
> 人迷故，謂東為西，方實不轉。眾生亦爾。無明迷故，謂心為念，
> 心實不動。」即此義耳。問：「何謂原始反終？」曰：「父母未生之

〔註154〕《焚書》增補一，第255～256頁。
〔註155〕《續焚書》卷一，第34頁。
〔註156〕《續焚書》卷一，第15頁。
〔註157〕《續焚書》卷一，第21頁。
〔註158〕《焚書》增補一，第255～256頁。
〔註159〕《焚書》增補二，第268～271頁。此書與上引《又與從吾》書，《焚書》皆錄自《李溫陵集》，《李溫陵集》所錄並非是單封書信，而是將幾封書信抄撮在一起的。

前，始也，此時無有處所，了不可得。四大各離之後，終也，此時亦無有處所，了不可得。始終了不可得，即今現在何處？故《經》云：『知是空華，即無流轉，亦無身心，受彼生死。』」問：「過去未來，其空已見，此心現在，何得言無？」曰：「無現在心也。瞿德孚有言：『我一舉心，已屬過去。我心未舉，方名未來。非未來心，即過去心。現在之心，復住何處？』學者知一念才起，了不可得，是過去佛。過去不有，未來亦空，是未來佛。即今念念不住，是現在佛。念念相應，即念念成佛。此是最初方便之門。《還源觀》云：『由於塵相，念念變遷，即是生死。由觀塵相，生滅相盡，即是涅槃。』」〔註160〕

這段討論，焦竑主要是問，無念主要是答，焦竑並沒有展現他的禪學觀念。這次南京相會，給無念留下的印象應該深刻，《復焦太史澹園》書中云：「金陵別後，消息茫然，李卓老化為烏有。以法臺視之不知了手何如？若以為未了，則彼自掛冠以來，精進殆無寧刻，豈以聰明豪傑勤苦數十年而猶未耶若？以為了，則又安所憑據？公素具法眼，且卓老亟稱海內知己惟公一人，故今所疑難，不得不以相質，此段商量正是出生死關頭處，不作比方人物看，望明以示我。」〔註161〕信中表達三個意思，一是對於金陵別後無消息的悵然，二是說了李贄對焦竑的推崇，三是稱讚焦竑「素具法眼」，並向焦竑請教，讓焦竑明示「生死關頭處」。第二書中提到「大令郎欲構靜廬，置野朽於座右，共商個事，不惟吾宗有託，且殘喘得所賴」，「大令郎」應該是焦竑的長子，「吾宗有託」應是指其於道學禪學有深悟，下文「復接手教，知遽斷世緣」知焦竑長子早逝。無念以此事為機，講說「濟生死關津」，云：「了此大事，須卸卻一生裝載，乾竭累積珍藏，將至玄至妙的、能覺能悟的、陰結不化的、隱隱在臟腑中作奇作怪的劫賊陰魔，通身打落，罄教淨盡，全無倚託。如靈魂不得附屍相似，倒向平地上，忽轉過身來，才有一星見量現前，急須吹毛鏟落，無令纖土停針，方許少分相應。」〔註162〕此事例可見無念與焦竑之間對禪學的討論確實直接而了當。

無念對焦竑，既肯定其禪學上的悟解，又批評因耽溺於詞章而障礙自身之

〔註160〕《焦氏筆乘》續集卷二《支談》中，中華書局2008年版，第290頁。
〔註161〕《黃檗無念禪師復問》卷之一，第114頁。
〔註162〕《黃檗無念禪師復問》卷之一，第115頁。

本色，《復潘兵部昭度》中說：「焦太史末路果是本色，則繁苛盡除，豈不足佳？然與老朽交最久，獨汎濫詞章，擔閣一生，未免內有能是的心，外有所是的法，將本色盡情埋沒，而反以障本色者為太本色，豈謂其器度尋常少一段俠骨乎？恐錯認本色矣。」〔註163〕無念與焦竑交往的時間最久，對焦竑的瞭解自然十分深入。無念的這個評論，是從悟解不應從詞章、勳業等處著腳引出發出來的。焦竑著述宏富，對禪學的見解亦走的是上根路線，無念則因其著述太多而錯認本色，實際上並非中肯之評價。《復袁考功石公》第二封書中，對焦竑亦有所批評：「焦先生輩奈患聰明太毒，難教淨盡受，症在極微細所知愚處，故不能渾融。境風卒來，湊泊猶在，種地不空，出皆渣滓，舉筆開談，不無根蒂。為人手眼，說法導迷，如將勦賊，先破其巢，然後擒如探囊。今時學者不經本色，開導多是，鼓唇意度，博一肚皮道理，親師近友，只圖撥些勝負，那得半個虛心空腹者哉。這件事若欲求人，正好於聖明之下，大闢爐冶，鍛鍊群雄，閃電光中攝取得三兩個英靈者，佐助宗乘，使佛燈不墜，含識乘恩，功莫大焉。」〔註164〕在李贄等人對焦竑禪學極為肯定的情況下，無念對焦竑禪學的批評顯示了其禪學極其認真的態度。

無念與江右王門的鄒元標有較深的交遊因緣。《復鄒司寇南皋》書中有「不審年來，已躬造詣何如」之語，似乎二人之交往亦不少。鄒元標為學不諱禪學，《明儒學案》論其學云：「先生之學，以識心體為入手，以行恕於人倫事物之間、與愚夫愚婦同體為工夫，以不起意、空空為極致。離達道，無所謂大本；離和，無所謂中，故先生禪學，亦所不諱。求見本體，即是佛氏之本來面目也。其所謂恕，亦非孔門之恕，乃佛氏之事事無礙也。佛氏之作用是性，則離達道無大本之謂矣。」〔註165〕鄒元標以佛教引入儒學，無念以此言鄒元標「天姿卓異，膽志超群」而能夠「佐助吾宗」。雖然「正足勝任此段因緣」，無念亦指出鄒元標「聰明太煞」，對佛教「多被見解陰魔瞞過，於般若本心不能觸動，先哲斥為認賊作子者是也」。無念因為之言對佛教要有「親證」：「若據本位中一切覺知全無交涉，但起絲毫覺知，即劫家珍之賊，非本覺主人也……浮世事無有盡期，扶世擔子，挑來已極，亦當放下，圖個輕安。出世一法，最緊要事急忙下手打教淨盡，畢此殘緣，分明落處，三界出沒，無復滯礙，入凡

〔註163〕《黃檗無念禪師復問》卷之三，第128頁。
〔註164〕《黃檗無念禪師復問》卷之三，第112頁。
〔註165〕《明儒學案》卷二十三，第535頁。

不卑，入聖不尊，佛界魔宮，隨意自在。」〔註166〕討論佛教應該是二人交遊的重要內容，儘管無念並不完全贊同鄒元標的佛教觀念，但在佛教觀念上應該對鄒元標有所引導。

無念與泰州學派的楊起元有對佛教之說的討論。楊起元字貞復，號復所，萬曆丁丑進士。《明儒學案》論其學云：「先生所至，以學淑人，其大指謂：『明德本體，人人所同，其氣稟拘他不得，物慾蔽他不得，無工夫可做，只要自識之而已。故與愚夫愚婦同其知能，便是聖人之道。愚夫愚婦之終於愚夫愚婦者，只是不安其知能耳。』雖然，以夫婦知能言道，不得不以耳目口鼻四肢之欲言性，是即釋氏作用為之性說也。」〔註167〕楊起元之學如泰州學派其他學者一樣，「博之釋典」而發明儒學。楊起元有《贈無念上人序》與無念討論佛教「亦精於經世者也」，云：「予觀佛之說，汪洋浩蕩，縱橫變化不可窮詰，而究其實際，不出於現量，過去心不可得，未來心不可得，現在心不可得。如此則念念寂滅，雖有知識，安可停哉。如此則日出不顧日入，日入亦不顧日出，耕田不顧鑿井，鑿井亦不顧耕田，如耳目口鼻不相踰而互為用，如此則善不知愛，惡不知憎，生不知欣，死不知惡，大道之世，何以踰此。予故曰佛精於經世者也。彼出世者，西域所歆豔，亦往佛所立之名色，而佛因之也。不然，道固無有不出世者也，奚必立出世之名，然後出世哉。昔有僧聞鼓聲，舉鋤大笑而歸，百丈曰『俊哉，此是觀音入理之門』，後喚其僧問何所見，僧云某聞鼓聲歸吃飯，此真悟入實際者也。」無念以此指出精於佛法者可入堯舜之道，云：「後世不能竭其精力，以求於民，而求於民者亦不能止於此，是以能竭其精力以求於民而求於民止於此者，莫過能仁氏也。夫竭其精力以求於民者，乃竭其精力以自求者也，求民止於此，乃自求止於此者也，是故通於佛法者，然後可入堯舜之道。」儒者對佛教的偏見，在於只看到學佛者於西方淨土「了生死而已」，或者「至求福田利益，廣施財寶，造寺度僧，以為功德」，儒者恥為之而「遂謂佛之教足以惑人而讎疾之」。由於不深研佛教之理，致使「吾儒之學竟止於粗淺，而不足以入堯舜之道」。入佛而後明儒，可以說是明末一類深入佛教文人的看法。楊起元對佛教是出世還是經世，看法是相當圓融的，「言經世者謗佛，而言出世者亦謗佛也，均一謗也，不若言經世矣」〔註168〕。二者均

〔註166〕 《黃檗無念禪師復問》卷之二，第116頁。
〔註167〕 《明儒學案》卷三十四，第806頁。
〔註168〕 《黃檗無念禪師復問》卷之五，第146～147頁。

為謗佛，不若言經世，又是儒家的立場了，故其學術是以佛教發明儒學。

　　無念與江右王門鄧以讚交往時間頗長，無念在《復袁考功石公》云與鄧以讚為真知己，云：「近有一疑，無人為我破得，僧與鄧公相處數十年，承其過愛，相信之深，真知己也。今一旦捨我而去，雖日夕思念，竟不知在何處。公具慧眼者必能看得透，畢竟鄧公真在何處，若能破我此疑，莫大之恩也。」〔註169〕鄧以讚《贈別無念禪師》書中與無念討論「念」，云：「余最善念，蓋嘗求無焉而不獲，今乃知不必無矣。何也，念性本無，非斷故無，以覺此則為佛，以此覺人則為師。予常以語人，人如聾如啞。今年秋，無念上人來自楚，余留居五日，則見其不寂不亂，庶幾前所謂無念矣。然上人謂我曰『前念即凡，後念即佛』，是猶在轉移之間。夫既知念性本空，則無煩惱而非菩提，無生死而非涅槃，如釵釧是金，非融故金；泡沫是水，非滅故水。是以舉一眾生而諸佛並攝，舉一念而法界全收，又何前後之有歟。上人爽然曰『如是如是』。」〔註170〕如書中所言，鄧以讚「最善念」，《與許敬菴》書中論云：「非悟無念，則未知今念之多危。非見天心，則未知物則之有自。源清而後流潔，心寂而後感神。」〔註171〕無念對鄧以讚的求道之心頗為讚賞，梅國楨《送無念禪師赴豫章請》中提到「師每言『為道真切，無過鄧定宇，三十年如一日也』」〔註172〕，這是對鄧以讚努力求道的肯定。

　　無念的苦參與證悟、與明末文人的交遊及類似講學的弘法，使其在明末有著巨大的影響，顧起元云：「自謂宿世有空門緣，所交緇流頗眾。若楚黃蘗深有之禪那，蜀高原明昱、越天台傳燈之講義，越雙井惟傳之詩句，固錚錚佼佼，法中之龍象也。」〔註173〕即無念被視為明末佛教之「龍象」之一。從明末諸文人與其之交遊及評價來看，無念稱得上是明末佛教龍象之一，如明末高僧憨山在《本住法頌壽念師八十》序中言對無念「一念嚮往之忱」，云：「不慧披服道風三十餘年矣，竟無緣一睹光相，且以業力驅馳幻海將二十年，如託異國，故與法門諸大知識音問益遠。頃投老匡山，望黃蘗剎竿咫尺間，側坐白毫相中，日蒙照拂，無由一致，問訊前秋。陳無異居士入山，道及老師，慈念慇懃，是知先蒙攝受者，非一日矣。不慧何緣過辱加被之如此也。感謝無量。比來宗

〔註169〕《黃蘗無念禪師復問》卷之一，第112頁。
〔註170〕《黃蘗無念禪師復問》卷之五，第148頁。
〔註171〕轉引自《明儒學案》卷二十一，第494頁。
〔註172〕《黃蘗無念禪師復問》卷之五，第148頁。
〔註173〕《客座贅語》卷三，第85頁。

門寥落，野干亂鳴，殆不堪聽。所幸老師踞窟獅子，雖全身未露，而爪牙無敢攖者，時聞吼音為之慶快⋯⋯師少志向上，蚤悟自心，開頂門之正眼，豎無畏之高幢。法門歸重，衲子趨風，莫不指歸第一義，令入自信之地，誠末法之津梁，長夜之慧炬也。宗門寥落，賴師獨振其家聲。不慧雖未承顏，而心光相照，不隔一毫，以法忘情，無彼我相為日久矣。嗟予老矣，愧不能一接塵尾以結法喜之緣耳。」〔註174〕憨山至嶺南之後，作《與黃檗無念禪師》書，稱讚無念「以荷擔此道為心，安住平等法界」〔註175〕。憨山又有「過九峰禮無念祖師」詩云：「梵王宮殿隱煙霞，門外紅塵世路賒。山自九峰開淨土，僧從千葉坐蓮華。光浮石室留宸翰，影落諸天護絳紗。若問西來端的意，分明全付一袈裟。」〔註176〕由憨山對無念的推許來看，無念確實稱得上是明末的佛門龍象。

無念並沒有提出自己的文學觀念，但他與晚明思潮中諸文人的交往，及直抒胸臆、追求本色的禪學觀念，不可避免地對晚明文學產生著深刻的影響；晚明思潮中諸文人的文學觀念，必定有著無念之觀念的痕跡和影子。

〔註174〕《黃檗無念禪師復問》卷之五，第 152 頁。
〔註175〕《憨山老人夢遊集》卷十四，第 176 頁。
〔註176〕《憨山老人夢遊集》卷四十八，第 658 頁。